志忑

《新周刊》2011年度佳作

XINZHOUKAN 2011 NIANDU JIAZUO

《新周刊》杂志社　选编

漓江出版社

图书在版编目（CIP）数据

《新周刊》2011年度佳作·忐忑/《新周刊》杂志社选编.—桂林：漓江出版社，2011.12

（2011中国年度作品系列）

ISBN 978-7-5407-5498-3

Ⅰ.①新… Ⅱ.①新… Ⅲ.①散文集—中国—当代 Ⅳ.①I267

中国版本图书馆CIP数据核字（2011）第247413号

《新周刊》2011年度佳作·忐忑

选 编 者 《新周刊》杂志社
责任编辑 庞俭克 户春晖
美术编辑 石绍康
责任监印 唐慧群

出 版 人 郑纳新
出版发行 漓江出版社
社 址 广西桂林市南环路22号
邮 编 541002
发行电话 0773-2583322 010-85893192
传 真 0773-2582200 010-85890870
邮购热线 0773-2583322
电子信箱 ljcbs@163.com
        http://www.lijiangtimes.com.cn
        http://www.Lijiangbook.com
印 制 三河市鑫金马印装有限公司
开 本 720×980 1/16
印 张 22.5
字 数 360千字
版 次 2012年1月第1版
印 次 2012年2月第2次印刷
印 数 30001-40000册
书 号 ISBN 978-7-5407-5498-3
定 价 34.80元

目　录

新周刊
NEW WEEK

2011 年度佳作

追问中国

中国有多贵？

贵国真贵！

月收入3000元可称为白领，月收入5000元可称为中产的时代，一去不复返。

持币100万买不到三居室、身家10个亿进不了百富榜的时代，火速到来。

无论工资是否跑赢了CPI，中国人的生活成本越来越高、消费越来越贵，已是事实。

人民币还是那个人民币，购买力不再是那个购买力。

中国为什么这么贵？外贸依赖、货币增发、公共服务垄断、利益链条过长、财富分配失衡、社会保障无力——众人各执一词。真正的、根本上的原因，你懂的。

中国有多贵？我们按照时价，列举了从1元到1亿元的消费方案。我们在四个国家的六个城市采集生活成本指标，描摹城市人居感受。我们把钱给到各阶层的人手中，观察他们如何消费、能买到什么。

贵，在影响生活品质的同时，也衍生出焦虑、不安全感和无力感，进而令社会上的大多数人感觉挫败。

我们要物价平稳、收入递增、社会安定、生活美好，不要贵。

生活需要购买力

中国为什么这么贵?

文/胡尧熙

2011年1月20日，北京三元桥旁的贵国酒店。它于2004年开业，只是一间普通的商务型酒店，但今天，"贵国酒店"这个名字在国人看来别有意味。（图—赵钢/新周刊）

中国贵吗？深圳2009年人均可支配收入为29245元，名列全国第一，按照联合国的标准划分，深圳人的购买力进入世界中等发达国家的行列。中国不贵吗？产自东莞的里维斯牛仔裤在中国柜台里的身价是899元人民币，在美国亚马逊网站上气焰锐减，标价24.42美元，合人民币166元。贝佐斯动用了什么样的谈判技巧，才可以让同一款商品在穿越半个地球后，价格悄然缩水5.4倍？中国贵不贵，是现实世界中的最大的哥德巴赫猜想，满世界都是推论和答案，你可以亲历和感受，但仍旧不知道其中缘由。

贵中国的焦虑症

好的时代，人期盼未来；坏的时代，人怀念过去。2011年的人动辄寻找2003年的记忆，那时候CPI是生僻的名词，收入仿佛有可持续增长的动力，物价平衡在喜闻乐见的水平，月收入3000元者可以自称白领，月收入5000者梦想跨入中产，有恒产者自有恒心，有恒心者自信能够拥有恒产。步入新十年的起点，你失望地发现，中产者也不是橄榄形社会中最厚实坚韧的那一部分，而是身处金字塔的夹层中，进退维谷，上下不能，收入未必是牛车，但物价绝对是高铁，一路绝尘而去，不给半点追赶的机会。中国人的收入在过去7年间上涨12.76%，2010年的物价只需一个季度就可以不动声色地超越这一数字，让7年勤奋化为乌有。

中国贵不贵，和CPI无关，和基尼系数无关，所有统计数据都抵不过冷酷直白的收支明细，如人饮水，冷暖自知。

贵是一种焦虑，是卡在喉咙里的一根刺，欲吐不能，欲咽不得，只能艰难消化。富士康的员工焦虑，经历两次涨薪后的流水线工人月薪冲破2000元，只能购买半部自己亲手组装的iPhone4，全国收入最高的深圳人也焦虑，29245元的人均年收入在19755元/平方米的房产均价前自惭形秽，不够购买一个卫生间。"蒜你狠"和"豆你玩"刷新了中国人对食品价格的敏感度，它们置身于计划经济和市场经济的体系之外，由看不见的资本之手操控。有人已经丧失了焦虑的权利，联合国统计，仍有1.5亿中国人依靠每天不足1美元的收入勉力生活。在高高在上的物价之前，所有关于拉动内需的愿景都是浮云，生活的权利也在一分一毫的支出中大伤元气。

2009年年初，金融危机肆虐之时尚有昙花一现的消费券供人饮鸩止渴，进入2010年后的物价飞涨时代，饮鸩止渴也变成奢求。我们给力奥运、给力亚运，却无法给力春运，有力IPO，有力外贸，却无力抑平物价，一切看似吊诡，却是写照。怎样解答焦虑中的疑问，让2011年的经济生活重回正轨，这关乎生活的权利，更关乎生活的尊严。

中国有多贵

2010年，中国的财政收入已达GDP的30%，这一数字不经意间已经和北欧的丹麦、挪威站在同一起跑线上。不同之处在于，北欧诸国是全球福利最好的国家，国民均享受"从摇篮到坟墓"的全部社会保障。在经济总量迅速膨胀，成为全球第二大经济体后，中国仍是世界上福利最低的国家之一，在教育产业化、住房商品化后，连带医疗、养老等大部分社会保障均要国民自己负担。物价之所以贵，在于从产品生产到销售等各个链条的利益环环相扣，生活成本之所以居高不下，在于社会保障无力，付出大于所得，造就中国人勤劳而不富有的现状。

环比世界，中国之贵，外国人也感同身受。英国《金融时报》的记者在调查中惊异地发现，从中国内地运货到美国的运费，竟然比从广州运货到北京还便宜，前者价格是后者的一半。普通人的生活成本总是在利益之手的操控下环环上涨——由于中国铁路货运超负荷，物流公司要想申请一个车皮的指标，运费之外的额外费用竟然高达5000到5万元之间，这些费用流向何处不得而知，但来源却再清楚不过——你和我这样的普通人。

物价飞升是发生在经济领域内的事情，但经济学却无法解释一切，正如它无法解释在一个急需振兴国内消费的国家，居民为什么宁愿把钱存在银行里。中国人自己明白这道选择题的答案，在微薄的利息和狂飙的物价之间，消费或是存储其实都无关紧要，两种选择都不是好选择，那么不如选让自己觉得有安全感的那个。

世界上90%的打火机由中国制造，75%的DVD播放机由中国制造，60%的牛仔裤由中国制造，在中国制造蔓延全球的大背景下，催生出另一个吊诡——同款商品，国内价格高过国外。人民币和美元的博弈每每都在外贸交易中展开，中国每出口1美元商品，国内就要按照人民币和美元的汇率比增发相应数量的人民币以平衡国内市场，这些由出口结汇投放的巨额货币，全部以通货膨胀的方式转嫁到了普通人身上，造成货币购买力大幅度贬值，物价相应大幅度上涨。中国工人生产商品，美国人收获商品；中国政府得到美元，中国公民收获贬值的人民币——新增加的商品流向了国外，新增发的货币却留在了中国，不断稀释着人们手里货币的购买力。

外贸和内需本应是经济发展中并行的两只脚，内需不振，经济必定偏瘫。偏瘫式的经济最终造就不可理喻的物价，事实证明中国不仅有房地产依赖症，还有外贸依赖症。这是不是中国这么贵的理由——因为不依赖国内需求，所以放任让物价飞？

让生活有购买力

阶梯电价、水费上涨，公共服务的价格也在2010年启动了上扬的发条。中石油2010年全年纯利润为1676亿元，换算成天，这家巨无霸垄断企业每天尽赚4.59亿元，但它仍旧孜孜不倦地申请财政补贴，甚至谋求天然气涨价。

公共服务不全然是商品，却比商品更能左右你的生活，但对于这些生活必备资源，我们没有定价权。从上世纪90年代后期开始，对于公共服务的涨价，中国开始实行听证会制度，和其余制度一样，它很快显露出难以言喻的中国特色，只可意会，无法言传。十多年来，中国的每一次听证会都以通过涨价方案作为最终定论，参加听证会的市民代表似乎都是那20%掌握了80%社会财富的高端人士，而非你我身边平凡的升斗小民。或许正因为平凡，所以被遗忘。

贵中国当然不是这个国家应有的面目，它是中国在强国进程中遇到的一个坎坷。这个因物价而焦虑的时代称不上坏，只是让人不安。有安方能乐，一个国家之所以伟大，皆因它能尊重并实现每个公民渺小而又简单的愿望。中国人在2011年的愿望很朴素，不奢求创业和彩票致富，只求凭工作所得能过上体面的生活。或者，至少让他看到这种可能性——面对普通的生活，他拥有足够的购买力。奥运让世界欢腾，亚运让近邻赞叹，中国的毅力、韧力、执行力、创造力不应该只在举世盛会的时候才呈现出来。

北京生活成本报告
只有公交最平民

文/邝新华

活在北京有一个好处，那就是离人民币比较近。中国印钞造币总公司就在西直门外大街，紧挨着北京动物园。总公司旗下的北京印钞厂就在宣武区白纸坊，曾经有网帖曝出印钞厂内印币的图片，面对大面积的百元人民币红钞，工人们一脸严肃。近水楼台先得月，各省、市北京办事处是揽项目的先锋，而生活在北京的普通人得到的是连号的新百元人民币——"连号新百元大钞"这一说法来自香港某时评家，他说是通货膨胀的病症。

400元买房与4毛钱公交

2011年1月20日，北京的一名房地产销售员正卖力地推介房产。2010年，北京市市区的出租房租金均价为2793元/月，而六环以内的房屋售价也超过了2万元/平方米。（图—赵钢/新周刊）

北京朝阳区管庄是个好地方，廉租房住户郭春平称她租住的45平方米的二居室月租才77元。一时舆论哗然，因为一个大学毕业生需要花2000多元才能在管庄租一个二居室。不过这本来就是惠民政策。有北京市户籍人士在取得资格后，于2010年年初在管庄以每平方米400多元的价格购入经济适用房，那时管庄周边新房的价格都在每平方米2万元左右。

根据房产中介我爱我家去年12月的统计，2010年北京市租金均价2793元/套，同比2009年的2417元/套上涨了15.56%，是过去7年来的新高。房东涨价的方式是很简单粗暴的，他会告诉你他儿子要结婚了，房子不租了，或者直接跟你说房租涨500元，不租就走人。自从2010年3月份两会期间北京通州区区长扬言北京市中心要搬往通州，通州的房价甚至就从不到一万涨到两万多，北京六环也告别了万元时代。

与疯狂的房价相比，北京的公交费是最平民的。普通市民只需要4毛钱就可以坐大部分的公交，2元钱就可以地铁一日游。据闻，北京公交部门是由建设部门补贴的。

8元拉面与25元套餐

燃气价要调整了，去年北京市发改委公布了两个方案，一个是从现行的2.05元/立方米调至2.28元/立方米，另一个是调至2.32元/立方米。11月12日听证会要讨论到底是实行哪个方案。一个选择题，涨也涨得你没有脾气。

拉面的价格在北京同样有代表性。在西单、中关村等商业大楼顶楼的大食代里，拉面基本上是10元到12元一碗，如果运气好会有两三片酱牛肉。在

二、三、四环的居民区，拉面价格是8到10元，一般都有三五片酱牛肉。在五环外的居民区，你可以品尝到5元的清汤拉面，但只要加肉，一般都要8元。在去年元旦，也有不少拉面店老板把5元的清汤拉面改为5.5元。不过。这10%的涨幅是不会算进CPI的，有人说那是因为统计局领导一般不吃拉面。

在中国传媒大学，有同学发现食堂菜单在去年换了两次，换一次菜单就涨一次价，馒头由原来的2毛钱一个涨到了5毛钱一个。炒河粉更是从原来的4块钱一份，先涨到6元一份，再涨到8元一份。一些商业楼的快餐店里，一个套餐依然是20元到25元为主。当然，对于很多在大饭馆吃公司以及在食堂吃公家的人而言，饭钱再涨也没感觉，只是在加油时多垫点钱而已，但最终还是可以报销的。

成都生活成本报告
四年间支出暴涨
文/刁贵

临过年的时候，对物价总是能够看得更清楚一些。年前陪父母去采购年货，着实感受了一番飞升的物价，在家乐福超市，一斤虾米卖到103元/斤，震惊之下，只好灰溜溜转战菜市场，没想到菜市的价格更加耸人听闻——112元/斤。在虾米面前，我觉得自己更像虾米。

成都深处内陆，生活成本自然不能和沿海城市相比，这个道理放在以前行得通，但在2010年，事情已经起了变化。去年成都最轰动的事情之一便有出租车提价，起步价从6元上涨到了8元，一举超过南方重镇广州。和所有公共服务涨价一样，本次涨价据说还是经过了公平公正公开的听证会后决议的，只是我很想了解参加听证会的代表月收入到底是多少。

成都的生活成本已然不低，早就向杭州、广州这样的城市看齐，猪肉价格在2010年一度突破过25元/斤，最高兴的四川人应该是刘永好，饲料可以趁机再卖得贵一些。食品价格在去年发生了翻天覆地的变化，几乎所有食品的价格都上涨了20%左右，两年前3000元月薪可以在成都过点貌似小资的生活，现在完全没了这个可能性。

能够聊以自慰的是，成都的房价在全国来说仍然不算高，虽然市区内的新楼盘均价已经逼近1万元/平方米，但在三环路外，价格至少会降下一半。对于在成都工作和生活的外地人来说，成都的房租有所提高，二环路以内的单间租价大概要400元左右，一套一的房子每月租金在800元上下，虽然仍旧离沿海城市有很大差距，不过和前两年比已经上涨很多。2007年的时候，一环路以内80平方米左右的房子租金也只要每月1000元左右。但目前这种看似低廉的租金也很快会被打破，随着其他物价的上涨，租金水涨船高是顺理成章的事情，在有地铁规划的区域，房子价格都会鸡犬升天。

我一个朋友在媒体工作，2007年的时候，他们曾做过一次成都生活成本调查，那时候月薪1500-3000元就算是成都的标准白领了，这个数字在今天肯定要刷新一下，没有4000月薪都不好意思和人打招呼。我当时也参加过那个调查，还记得自己填的数据：每月休闲娱乐花费在200-400元之间，衣着和美容类消费在200元以下，现在这些数字至少要翻3倍。我父母很节俭，从来不买任何非必需的生活用品，保健品之类的东西都由我孝敬，但即便如此，他们每月最简单的生活花销也在1500元左右。从2007年到今年，也就4年时间，生活成本的确翻了3倍左右，叫人不得不感慨物价。中国的物价真是这块神奇土地上的一朵奇葩。

公司的一个同事2008年从北京调职过来，住了一段时间之后大发感叹，如果抛开房价、地理和气候等因素，北京的生活成本其实比成都还要低。他的理由是，两地衣服基本价格都相同，但北京的质量要好过成都，北京的公交价格也比成都低，吃的价格更是相差无几，只要把房子车子的问题扔一边，成都相比北京真没什么优势。我没在北京住过，不知道他说得对不对，如果他所言属实，我也不知道该高兴还是难过。

成都的物价上涨，有时候我觉得未必是这个城市出了问题，物价上涨是全国的普遍现象，大家都活得不容易。可政府从来没有出台过控制物价的有力措施，就像当初房价飞涨的时候，一群经济学家站在台上批评中国人太爱买房，要学会租房住。这根本是偷换概念，你不帮我解决问题，反倒每天来指责我不应该怎么样。大蒜的价格去年飙到那么高，难道是全国人都哭着喊着要吃大蒜么？

再见，10块钱以下的快餐

文/丁晓洁

10块钱的番茄炒蛋饭

2010年，广州酒家的一个面包，半年内从2.5元涨到了4.5元；大家乐餐厅的一个猪扒饭，一年中从2010年的19.5元涨到了21.5元再涨到28.5元；风行牛奶的一瓶酸奶，从2月的2.5元涨到了5月的2.8元又涨到了12月的3元……肠粉在涨，甜品在涨，连便利店的茶叶蛋都在涨。

据大众点评网发布的2010年度城市生活消费报告统计：2010年广州外出就餐的人均单次消费为55元（如果你正好生活在市内消费最高的天河区，那么恭喜你，这里的人均单次消费是68元）。虽然广州的外出就餐比起北京和上海仍然要低不少，但相对2009年同比增长22%的数据，却是一线大城市中增幅最高的。

涨得最有代表性的是中式快餐店。2010年9月，都城、皇鹏烧鹅仔、聚龙阁快餐店掀起新一轮涨价，涨价0.5至2元不等，不少菜式涨幅超过10%。其中，占广州中式快餐市场最大份额的都城快餐店，在6月份已经涨价2元的情况下，所有菜式又再次涨价1–2元，最便宜的番茄炒蛋饭从9元涨至10元后，你再也别想在都城吃到10块钱以下的快餐了。

放弃快餐，回家做饭？未必靠谱。据广东省价格监测中心数据，广州的鸡蛋已经从一年前的4.7元涨至5.3元，而2010年的生姜、蒜头、绿豆的零售均价同比2009年涨幅均超过100%，在广州江南果菜批发市场，生姜和蒜头批发均价分别是每公斤7.17元和9.37元。一个广州家庭妇女在网上晒出的消费单显示：2010年她平均每月在饮食上的消费为350元，而2009年还仅仅是每月250元。

2万元购房时代下的14.3年

伴着城中村的拆迁、乘着亚运的春风，2010年房租猛涨。涨幅最厉害的城中村周边房租甚至达到了300至500元的涨幅，外来打工者们开始感觉到在广州租房的压力。根据搜房网在2011年1月做的调查：目前广州的出租房租赁均价为2844元/月，一居室的租金已涨到2050元/月左右，二居室的租金则维持在2300元/月。

不得不租住着高价房的原因是实在买不起房。从2008年的8340元/平方米猛升到2009的9346元/平方米，到2010年攀登到13074元/平方米——广州一手住宅均价终于在2010年突破了万元大关。与此同时，市中心的房价更是突破了2万元，广州进入"2万元购房时代"。

二手房的涨幅同样惊人，据满堂红地产公司提供的数据：2010年广州二手住宅买卖均价为11047元/平方米，成交的套均总价为88.9万元/套，比2009年购买同等面积的二手房差不多贵了18.7万元。结合广州市统计局发布的数据：按照2010年1-3季度累计，广州城市居民人均可支配收入为23310元，即2590元/月。按照一个家庭夫妻二人工作计算，2010年广州平均每个家庭购买一套二手房需要花费其14.3年的收入。

"的士毫无悬念地涨了，房子毫无悬念地买不起了，工资毫无悬念地不会涨了"，广州人民说，"除了不幸福的，广州人民还是很幸福的"。

普通人如何应对通胀?

黄亚生：除了房子，没什么可囤积的

采访/张坚

黄亚生　麻省理工学院斯隆商学院教授，其著作《有中国特色的资本主义》曾获评《经济学人》年度书籍。

通胀是一个政治问题

《新周刊》：横向来看，现在金砖四国都在不同程度上面临通胀的危险，对于发展中的国家而言，通胀是普遍现象还是特殊现象？

黄亚生：通胀分几种，一种叫温和型通胀，一种叫高通货膨胀。温和型通胀在很多国家出现过，韩国有，现在的印度也有，没有太多反常的地方，高通货膨胀就是另外一回事。通货膨胀考虑的，其实不是价格本身的高度，而是它增长的速度。像拉美在80年代碰到的情况就是通货膨胀控制不住了，并不是价格有多高，而是价格上扬的速度非常快。通货膨胀一般来说，每年增长3%、4%左右，都是可以控制的。而增长15%，甚至20%以上就是高通货膨胀，它们甚至能发展到100%，200%，1000%甚至10000%。

通货膨胀很多时候是政治上的问题。比如印度不是没有通货膨胀的问题，但它整个社会的价格都很明晰，政策响应速度比较快。印度人对收入增长和通货膨胀的预期比较协调，所以不会造成政治问题。中国最近是3%，这种程度上，老百姓就接受不了了，这说明老百姓的预期不是很乐观。这是一个政治问题。

《新周刊》：有相当多的经济学家认为，全球流动性过剩、美国定量宽松政策和人民币升值预期导致的资本流入是这一轮通胀的主要成因，是这样吗？

黄亚生：我不太认同中国此轮通货膨胀是"输入型通胀"的看法，通货膨胀有一个重要的途径是从其他途径进口资金，资本账户也不会100%天衣无缝。但中国资本账户和其他国家都不一样，因为它可以进行严格的资本管控措施。像过去90年代，东南亚确实出现过问题，就是日本经济衰退，造成资金留到东南亚，那是日本资本账户的自由度比中国高。中国情况和日本不同，所以我觉得肯定有输入的影响，但这不是主要因素。

中国式的资本通胀

《新周刊》：你以前写文章谈过很多关于中国模式的东西，可否简要谈谈，"注重投资出口却不注重居民消费"的中国模式和这一轮通货膨胀之间的关联？

黄亚生：老百姓收入增长不快，实际是过去十多年中国通货膨胀没有变得很严重的原因。

中国通货膨胀是出现在资本市场上，比如煤、钢铁这些东西，价格增长非常快，这使煤老板收入增长特别快。

把价格分成两边，一边是生产者的价格，一边是消费者的价格，可以看出过去消费者价格并没有增长很快，因为人们收入低，所以购买力不强。某种意义上，生产一方和消费一方在抵消。但最近一年出现了新的情况，比如劳动力工资的上涨等，这种要求在过去是被压制的。现在允许一定程度的工资上扬，所以工资增加的速度特别快。但现在农民工的工资以30%的速度上扬，和以往农民工的工资被压抑一样，都不是市场的结果。

最近发生的情况，可能是因为过去压抑通货膨胀的这方面的力量，过去是负的，现在是正的。我是这样的解释，可以说过去几十年中国依靠投资和出口的政策压抑了通货膨胀。你看上世纪90年代，不光没有通货膨胀，而且消费者价格指数是负的。而农民的收入也没有怎么增长。"出口导向型"经济就是这种现实下的被动选择结果，因为国内的消费太弱。

《新周刊》：相对其他国家来说，经济稳定对中国而言可能更重要。在可预见的时间内，你认为哪些经济政策能缓解类似通胀等问题带来的不确定性？

黄亚生：央行出台了各种措施来抑制通货膨胀，但没有很强的动作，只是一些轻微的加息等等。这里面有政治的考量。一方面是必须考虑地方政府和国企，因为它们都是投资的主力，如果收紧资金，会增加它们的融资成本，影响GDP。另一方面，又必须考虑通货膨胀对社会的伤害。这其实是一个两难困境。但真正有用的措施，必须是要排除那些不相干的因素。

通货膨胀会使人们对银行失去信任

《新周刊》：改革开放之后，中国出现过好几波通胀，分别在上世纪80年代中晚期、90年代初期和最近这一轮，在你看来，前两波通胀的成因和这一轮有什么不同？

黄亚生：上世纪80年代的通胀，其实和今天有很大不同，甚至不能称为通货膨胀。那时候是转轨期，因为价格改革，物价一下子就涨上去，今天则是一点一点往上走。

《新周刊》：对于普通的中国人而言，面对通货膨胀的威胁时能做什么？

黄亚生：这真的很难说。80年代人们可以囤积那些商品，今天可以囤积什么？好像只有房子了。

《新周刊》：现在能够预想得到的后果是什么？

黄亚生：通货膨胀会使人们对银行失去信任，出现挤兑的问题。今天情况和80年代不太一样，那时候人们收入的增速是比GDP更高的，这意味着政府让利给老百姓，但今天情况是刚好相反的，GDP、政府财政收入和国企的收入增速都很快，在银行的储蓄当中，企业和政府储蓄占了绝大多数，家庭的储蓄反倒很少。现在很多人仍然在看好中国经济，但数据能说明问题。前几年，流入中国的钱比流出中国的钱多，但现在也反了过来。

东南亚金融风暴的时候，有人说是外资撤出，其实没有那么简单。外资也

1962年，南京同仁街菜场设立"一分货"专柜。此一时彼一时，今天1分钱的购买力和1962年已不可同日而语，不可能买到任何商品。（图/CFP）

是看到这些国家的富人转移资本之后才这么干的。

《新周刊》：通货膨胀对中国的出口有什么影响？

黄亚生：如果再过一段时间，中国的通货膨胀影响成本，劳动成本上升，材料成本上升，必然要反映到产品的价格方面。如果中国出口情况不好，那就是一个非常尴尬的地步。外国人希望你升值，但你自己是希望贬值的，所以，这是一个非常大的矛盾。

外国人之所以觉得你还要升值，是因为中国出口外贸的竞争力非常强，虽然盈余在缩小。对他们来说，你还是盈余，他还是需要你升值的，从你自己的角度来看，提高出口竞争力是要贬值的啊。那个时候就非常尴尬了。现在中国政府和美国政府的问题在于一个要升值，一个不升。如果以后真变成一个要升值，另一个要贬值，那就更加尖锐了。

中国人的财富去了哪里？

文/肖锋

请看几则网上点击量颇火的消息：

第一条：中国人的财富去了哪里？由招商银行与贝恩咨询公司联合进行的一份调查显示，拥有1亿元人民币可投资资产的人群中，有27%已经完成移民，47%正在考虑离开祖国。

这与美国财政部的非法钱款流向监控报告相一致：自去年夏季以来，从中国向外秘密转移的现金大幅增加。中国的非法资金转移在全世界首屈一指。2000年至2008年间，从中国流出的款项总额达到2.18万亿美元。即是说，即使按照中国13亿人口平均计算，人均1600美元。

第二条：逾八成人反对个税3000元起征。全国人大常委会通过网站向社会征集意见，其中赞成以3000元作为起征点的仅占15%；要求修改或反对占85%。网民普遍的看法是，起征点不要一刀切，应该考虑收入类型的不同、地区的不同、城乡的不同等等。更有一些网民质疑，从来也不知道个税都花到哪儿去了，花钱不透明，收税就该免谈。

第三条：存钱的不幸。一年前央行1年期存款基准利率3.25%，以此计算，去年5月存入一笔1万元一年期定存，今年5月到期后连本带息可取出10325元；但因5月CPI同比上涨5.5%，如果将这10325元用于日常消费，仅相当于一年前的9757元。也就是说，这笔定存不但没赚到利息，还比当初存入的1万元贬值了243元。

高物价之下，加薪对于普通工薪者而言，意义有限。去年钟伟教授称2027年一线城市1000万不够养老犹言在耳。1000万只是个数字上，关键的是，2027年中国人能否体面而幸福地活着。中国老龄化最严重的上海，现在是三个在职人员供养两个退休人员，20年后将是每个在职人员都得供养一个退休人员。

第四条：公路收费绵绵无绝期：成渝高速重庆段仅用4年时间就收回了足够还清贷款本息的钱，但违规继续又收了26亿元的费，至收费到期前还将收费101亿元。

公路是国家的公共事业，不应收费，但当初为了调动民间资金发展交通设施建设，国家把非经营性的公路交给了经营性的公司管理。于是出现修路比房地产更暴利的怪现象。

以上四则消息可归结为：投资难，征税难，存钱难（养老难），上路难。考验中国人集体智慧的时候到了。

民营企业出现关闭潮已不是假新闻，两极分化之下富人担心财富安全也是社会事实，如何实现"让先富起来的人带动全民致富"，正在考验执政者的执政智慧。

逾八成人反对新个税案则考验政策制订者的智慧。通过，则有违民意；

不通过，则危及政策的权威性。个税改革如果未能缩短贫富差距，如果只是加重了中层阶级的负担，那么培育中国中产阶层只会流于一个口号。

CPI高涨，油价高涨，存钱又倒贴银行，股市变赌场（股市专家曾言七赚两赔一平才是正常股市，现实却永远是七赔两平一赚），购房又赶上限购令。"我的钱"无不处于普遍的焦虑之中。存或不存，炒或不炒，同样考验百姓的智慧。

香港政府但凡财政有盈利，就以派发红包形式退税于民。大陆百姓不指望发红包。但退税是可以拿出来探讨的。对中小企业退税或对工薪者减税，可以极大激发民间的创造力和刺激消费欲望。否则，只会跌入收税（收费）—逃税（财富转移）—税源萎缩的恶性循环之中。经济硬着陆只是暂时现象，抑制或扼杀民间创富热情才是民族长远的担忧。

能否将垄断国企利润全部上交分予国民？国民经济困难时能否裁减公务员或"吃皇粮的"？政府能否大幅压缩"三公"消费？地方政府能否不倚重土地财政？这些都将考验决策者的智慧。

中国成为全球第二大经济体，财政收入每年30%左右的增长，而国民收入却不能与之同步。

当前是多重考验并存。上下沟通与相互谅解是必需的。但无论哪项改革措施的出台，都需有个前提：别折腾百姓那点小钱。

追问中：一个"中国控"15年来的15个提问

15年的《新周刊》，是快速演进的现实中国的提问者。

2010年5月15日出版的《新周刊》这样描述"中国控"：

"'我爱你，中国'——又远不止'爱'这么简单。是爱里带着哀愁，心里憋着劲，眼里含着泪水，满脑子纠结，胸中怀着一团火，又不时发出一声叹息。是愿意为之奋斗终生，又在具体事情中时常有无力感。是自己忍不住愤怒，但听不得外人骂她。是既相信政府又抱怨体制，是既对未来充满希望又对现实失望。"

15年来，《新周刊》就是这样的"中国控"。

15年来，《新周刊》以"中国"为努力彰显的核心价值，致力于报道那些改变中国社会面貌的力量和打动人心的人、事、物。《新周刊》更测量时代的体温，紧跟潮流与发展的步伐，与当代中国人一起，对有关中国的一切提出了"千万次的问"。

15年后的今天，我们向自己、向专家、向中国，再次追问有关中国的15问：中国缺什么？中国人还有梦吗？中国人担心什么？什么东西没变？还有多少中国味？怎么看美国？网络改变中国了吗？如何发现城市魅力？艺术家批准了吗？大学到底怎么啦？如何破解阶层之谜？还敢爱吗？像什么一样生活？怎样才能住得更像个人样？中国人为什么要追求成功？

我们都是中国人，追问中国就是追问我们自己。

什么东西没变？

文/朱坤

1996–2011，什么东西没变？

国已变，从发展中社会到小康目标达成，从前工业社会到世界第二，从被世界遗忘的角落到人人称羡的"中国奇迹"发生地；家也变，山川早已改变模样，乡村业已"空心化"，三四十个城市狂奔于国际大都会之途，故乡已然不在；人也变，三十而立成了F40，愤青变身中产，飘一代成了既得利益者。

变化最为剧烈的，莫过于寻常世象：底线一退再退，终至不可再退；贫富分化的大背景之下，阶层和解困难重重；社会学家孙正平所说的"社会溃败"值得警惕，人人期待信任感和安全感。

2005年，香港铜锣湾。

（图—张海儿/新周刊）

在与强大外来文明和历史传统的角力中，被改变的不是世界而是我们。更可怕的是，为何没人问，什么东西没变？

没变的是利益群体，加入WTO也曾让我们欣悦，幻想国际规则能够使既得利益群体却步，事实是，经过短暂冲突、试探与融合，国际规则也已让位于中国"潜规则"。

没变的是社会格局：权力、名声与财富的内循环，中国特色的通胀，赢者通吃……

没变的，还有世道人心，任何时代，中国人对于理想生活的渴望从未改变，诚如温家宝总理所言：要让每一个中国人活得幸福而有尊严；让人民感到安全有保障；让社会实现公平正义；让每个人对未来充满信心。

世界上还找不出哪个国家像我们一样对"变"这个字寄予如此厚望，我们太习惯于在运动和口号下完成一场社会变革了。中国还找不出哪本杂志会对中国之"变"如此敏感而咏叹再三。15年来，《新周刊》一直以自己的方式探讨"变"与"不变"的永恒关系：什么东西变了？什么东西没变？变化中哪些值得珍惜回味，值得抢救保存？不变中哪些值得冲垮樊笼，奋力打破？

杨锦麟：让变的步伐更有节奏、更稳健

资深媒体人，香港卫视执行台长，凤凰卫视前资深时事评论员，生于1953年

这些年来，中国社会的发展速度没变，但人心变了。一个是民智已开，民心求变；一个是人心浮躁，追逐短期效益，不择手段，丧失最基本道德伦理底线约束的社会异变。大陆城市的地表建筑日新月异，但下水道基本不变。片面追求增长速度，却忽略了人最本质的心灵构建，信仰缺失的现象正在意识形态以外的诸多领域呈现令人吃惊的狂乱和失序。

香港人、台湾人现在的欲望是"不变"，任何发展过程的华人社会，都有发展规律的相似轨迹，只是大陆的块头大一些，历史包袱重一些，面对的问题多一些，承担的责任重一些，很难做到"无欲则刚"，只能不断在求新求变过程中逐步改善自己，让自己的步伐更有节奏，更加稳健，而不是继续一路狂奔。

中华民族最广大人民群体中，悲天悯人和善良真诚的基因并未完全消失，也不会完全异变，它不需要人为的因素去"圈养"和保护它，它是与生俱来的，溶化在我们的血液之中的，如果它还在。还能在任何危难时刻迸发出顽强而无法被忽视的能量，那么这个民族就还有希望。

马家辉：内地还没到不变的欲望比变的欲望多的时候

传媒人、专栏作家、文化评论学者、台湾问题研究员，1963年生于香港

这15年来，内地的"变"可以说是"巨变"，从个体的角度来说，生活方式、心理状态，都发生了很大的变化，对将来15年，或者50年，会有深远的影响。

我说自己印象特别深的：第一个变化是人们不再压抑自己的欲望，而且学会理直气壮地表达。不管是消费的欲望，还是人的欲望，莫不如此。我说说亲身经历的一件事：有个四川一个什么地方的女生，在微博上公开说：好希望遇到马家辉，然后扑上去，把他的衣服扒下来……这无论是从我个人的观念，还是以往对内地的印象，都是不能想象的。

改革开放之初，人们摸着石头过河，是探索该不该有财富，怎么致富；现在大家有钱了，进入摸着石头过河的第二个阶段，就是去找享受财富的游戏规则。现在的内地，可以说在开一个欲望嘉年华。由于社会结构的变化，中下阶层对富有阶层有怀疑，认为他们的财富来路不正——阴谋论，所以也不喜欢他们炫富。但将来社会变得开放、多元、公平、平等，人们会发现，炫富也没有什么，就跟炫家庭幸福、炫老公/老婆一样，都只是一种生活方式而已。

第二个变化，我觉得是内地人，尤其是内地年轻人，他们具有了一种"城市"而非"国家"的视角。近几年来港台作家纷纷北上，如果从"国家"的层面看，我们这些人就不够"政治正确"：比如香港作家，没有"国家"的概念，目中所见，只是香港这个城市，选择它，然后过的是自己的生活而已，在以往的内地，会被冠以"小资"、"洋奴"的帽子。现在的年轻人不同了，他们学会用"城市"的视角来界定自己及他人，所以懂得欣赏港台作家对城市的抒写，并引起共鸣。

至于什么东西没变，我对内地了解不深，就说说我一个朋友。十多年前我问他，最开心的事情是什么？他回答说是过年回家，和家人一起。现在他发财了，再问他什么最开心，他还是想着家人，说家人开心他就开心。尽管有人说内地道德崩坏、人心涣散，但我觉得中国人传统的"家"的概念没有变。

和内地相比，香港、台湾的"变"显得不明显，十年前开的一个商店，十年后你来看，它还在。现在的香港和台湾，已经过了"巨变"年代，不变的欲望比变的欲望多。不仅不变，还有一种怀旧的氛围，要重建集体记忆。内地还没有到这个阶段，至少要到10年以后，才可能到不想变的阶段。到时候，内地人会后悔，怎么变得那么快、那么多。

中国人还有梦吗？

文/何雄飞

中国人还有梦吗？

100年来，容闳怀的是留洋梦，康有为怀的大同梦，孙中山怀的是民主梦，陈独秀怀的是启蒙梦，楼适夷怀的是新锐梦，施蛰存怀的是尊严梦，湖北省当阳县跑马乡的全体社员怀的是卫星梦……

中国梦长期面对4个对手：美国梦、欧洲梦、澳洲梦、东洋梦。2000年那会儿，中国人一直做的是诺贝尔梦、足球梦、申奥梦、WTO梦、500强梦、小康梦、绿色梦、E生活梦、廉政梦、航母梦、统一梦。2003年，搜狐CEO张朝阳的梦想是希望自己能再年轻一岁，漫画家廖冰兄的梦想是希望活着看到中国进入小康，CCTV主持人沈冰的梦想是做个全面的主持人，步步高总经理段永平的梦想是20年后，企业还在……到2011年，有些中国梦，梦已圆，有些中国梦，梦仍未圆。

2009年，中国民生银行、零点咨询、旅游卫视启动新中国成立60年以来最大规模的国人梦想大调查——《中国人梦想白皮书》项目，调查发现，"奋斗"是中国人梦想追求的主线：建国初是"自我牺牲式奋斗"，改革开放时期是"求变式奋斗"，当代是"创造性奋斗"。

北京紫禁城靠南池子一端的城墙下，一位进城打工的农民在酣睡。
（图—张海儿/新周刊）

84.8%的中国人认同当下中国存在"中国梦"，64.1%的中国人认为与以往各个时期相比，当下中国最容易实现梦想。中国梦主要类型是：创业梦、子女梦、财富梦、行走梦、卓越梦、知识梦、公益梦。而实现中国梦最主要的因素是：勤奋努力、身体条件、技能、教育程度和运气。

每座中国城市、每个中国人都有一个梦，你或是要上北京漂出一个未来，或是要奔海南、广州捞现金发横财，或是要跑深圳奔小康、守在上海做白领，跑到西部当矿老板……改革开放30年，中国按下快进键，中国人坐在一辆飞飙的"和谐号"动车里，他们总是"睡不着"，像拧紧发条的机器人一样，疲惫地奔逐于梦想和生活之间，诸多的梦想被挤压成供完一套房、买上一辆车、养好一个孩子。

中央党校教授周天勇在《中国梦与中国道路》一书中提醒，实现中国梦需三个条件：一、充满创造力和活力的公民社会；二、强有力的执政党和政府；三、秩序和稳定的社会政治环境。他提醒，"中国梦"很容易陷入盲目自大与不思进取的陷阱之中，变成一场"中国梦魇"。最重要的是要走好当下路上的每一步，过好每一天。

白岩松：中国人永远都会有梦

中央电视台新闻评论员、主持人，著有《痛并快乐着》、《幸福了吗》，生于1968年

中国人永远都会有梦。但是我们正在经历一个非常重要且艰难的梦的转换。一个覆盖大众、建立在国家基础上、国家独立富强的梦，正在过渡到每一个公民自己梦想实现的过程，这是目前这个时代非常重要的特质。即，由国家梦向个人梦的转变。

从辛亥革命到现在一百年，辛亥革命是一个标志，中国走出故宫所代表的封建和皇朝，走向共和。一百年前中国一塌糊涂，内忧外患，虽然有民主科学，但真正的梦想其实是独立和富强。在过去的一百年相当长的时间里，个体变得没有那么重要了，个体的梦想被覆盖了，甚至个体也自愿被覆盖了——它全部投身于国家大的"中国梦"实现的过程中。这有历史原因，可能从历史演进的角度来说，也是对的。但经过一百年的努力，起码到2008

年，这是一个非常重要的标志，个人的独立和国家的大梦已经差不多了。随着改革深入，个人的梦想开始前所未有地浮现出来，而且需要被尊重。中国梦正式进入到一个——首先个体梦想被尊重，其次有它实现的空间和可能——这样一个阶段。

国家梦和个体梦两者不是对立的。国家的大梦接近实现了，给个体梦提供了一个坚实的平台。如果没有国家经过一百年实现独立真的富强起来，个人的梦想很难出发。弱国的注意力恐怕更多放在如何让国家富强起来。一个国家梦想实现后，搭起了重要的平台。但个人梦在寻求实现的路径、渠道和空间时，我们更多的是忧心忡忡、是焦虑于看到的问题，这涉及民主、公平等等。这需要全方位的思考。

个人梦想想要实现有三个因素：第一，个人有个人的梦想，且这个梦想不仅仅建立在物质的基础上。个人有梦是最重要的，浑浑噩噩的人也不少，我们习惯了认为问题都在别人那，习惯了指责问题都是政府的，中国人不太习惯反省自己，政府和别人都有值得反思的地方，那我们自己呢？中国人要学会面对自己和尊重自己。梦想也是尊重自己的重要的一部分。所以我希望，在一个物欲横流的时代里，中国人越来越有属于自己的梦想，是超越了简单的物质的梦想——当然对于很多人来说物质依然是一个梦想，但是到了这个阶段要超越它——大部分公民要有自己的梦，或者说以梦为马。第二个就是公平，公平是一个社会环境的改变的关键，不管是高考还是公务员或者关系。第三就是民主，中国一定要走向民主，只有走向民主，个人梦想跟国家才会有互动，国要尊重民，而民也通过民主的方式更好地推动国的建立。这三点密不可分。

可能民主和公平是个很巨大的时代课题，但我认为最重要的是，我四十岁时写过的十二个字：捍卫常识，建设理性，寻找信仰。对于个体来说要有自我约束，在这个没有宗教基础的国度里，人要慢慢建立敬畏。"敬"就是什么是最好的，你要去实现；"畏"就是你害怕什么，不能突破底线。现在所有乱象都跟"无敬无畏"有关，这需要从个体去建立起来。所以，对于任何一个国家，民主公平都是一个历史过程，但是在这个过程中，每个公民在做什么，恐怕要从捍卫常识，建设理性，寻找信仰，拥有敬畏开始。我们也要强化和成长我们自己，否则我们往哪走？这个时代非常让人担心。民主经常被提到，我们让内心的民主意识理念足够成熟了么？每个人都会得出自己的答案，要快速地向前走。

熊培云：梦想，首先是一种想象的自由

南开大学传播学系副教授、硕士生导师，著有《重新发现社会》、《自由在高处》等，生于1973年

"中国人是否还有梦？"现在提出这样一个问题，也是一种现实考虑。生活的各种压力使人不得不面对现实，比如为了买房子放弃自己的梦想。不过，需要一所房子，就是梦想。大家最关心的其实不是有没有梦想的问题，而是生活有没有其他一种可能的问题。

梦想，首先是一种想象的自由。如果一个国家，大家都为买房子奔波，没有长远的打算，没有更适合自己的人生规划，社会就会失去创造性，失去多样性和丰富性，这样的社会即使不说它没前途，至少是没有趣味的，是单调的。这个时代的人们，虽然通过奋斗买起了大房子甚至豪宅，但就精气神来说，也是活得灰头土脸的。

或者可以分开来看，中国人的梦想，就每个个体而言，千差万别。但是社会的梦想都不会差太多。希望有安全感，有自由宽容的氛围，并且每个人活得都有尊严。

其实相较过去而言，社会开放和自由很多。问题在于这个国家底线没有真正形成，所以很多人其实都处于一种焦虑之中。不管是有多大权，还是有多么多的钱，甚至连很有学问的学者，都难逃这种焦虑。没有安全感，自由似有还无。（比如你买了个房子，你精心布置，在里面生活很多年，可政府如果说拆就拆了，你这自由就是没保障的。这就好像你在网上发一个谈论政治或焦点问题的帖子，你发出去了，可很快被删除了。这样你的言说的自由就处于被没收的状态。而且你都无法申诉。）所以我一直在说，随时可以被没收的自由，不是真正的自由。而这也是底线没有形成的社会的一个特征。

今天社会的进步在于，你不关心国家大事，不紧跟着政治走，也不再有人拿着棍棒驱赶你。因为你有自己自由生活的权利，而且社会也就此达成了共识，认同美好生活是政治的出发点，也是归宿。生活应该高于政治，而不是相反。

中国人有梦，从国家压倒一切的旧梦醒来，重拾人的梦想，脚踏实地的梦想。虽然有挣扎、冲突、混乱与混沌，但是在社会觉醒之后，人们因实现自己的梦想而重新缔约，一个美好社会的轮廓正在显现出来。

还有多少中国味？

文/文尔达

"在旧上海，'法国'与'上海'相处无间，在今天的新上海，既看不到'法国'，也看不清'上海'，'东方的巴黎'已经自我肢解了。"

在《退步集》中，陈丹青痛陈中国城市"进步"之弊。阿城说保守是一个褒义词，例如英国的保守派"把英国的每次进步都保持下来，不能让它再后退。保守派对于激进左派更多的质疑是——你的进步意义在哪里？"中国需要的就是这样的反思。

是时候回顾我们优秀的文化传统还剩下多少了。在全球化背景之下，广州要在江边种植曼哈顿，重庆建起"纽约纽约"写字楼，广东惠州要翻版奥地利哈尔斯塔特镇；在旅游业的利益驱动下，四处是脑残式掘古，争"南北分界标志线"、争黄帝、争老子、争西门庆——但当中国人还在讨论该不该废弃中医时，韩国人正投入巨资为所谓的韩医针灸申请世界文化遗产；当中国人为古人故里争来争去，韩国的江陵端午祭已经"申遗"成功，中国人连"端午节"都被抢去了。

抢去我们文化传承重要事物的，不仅有韩国人，还有拍脑袋的城市CEO、相中老胡同区域的房地产开发商，以及急功近利的城市规划。同样，至今依然有保护着我们文化传承的人——这包括保护传统文化的NGO，将中国文化向外推广的孔子学院、老子学院，卖座的中国功夫电影，惹来争议的"私塾"教育，养生热下频频登上电视节目的中医，甚至一帮爱好者的汉服小聚会，都让我们时代的中国味得以传承。

保留中国味，绝不仅仅是大力申遗就足够，还包括对历史的教育，文化的传承，民间公艺的保存与资助；保留中国味，不靠兴建假古董，也不仅仅靠保护古迹，还需支持私人博物馆、支持民间组织，让更多的人参与到保护文化的行动之中。同样，保留中国味，亦不仅仅是保存带有中国烙印的老事物，还应包括对传统文化的传承。最后，中国味还应该包括人情味。

中国要找回自己的中国味，需要每个人自我觉悟——这种觉悟，让我们的国民可以慢下来、静下来，以此对抗物欲社会的浮躁与功利、重新找到文化认同并寻回自我。

于坚：中国味减弱的过程里隐藏着复兴契机

诗人，著有《诗六十首》、《棕皮手记》等，生于1954年

"绝版中国"的这一说法，2006年由《新周刊》封面专题提了出来。今天大家或许没有意识到，我们周围在发生的文化传统、生活方式的改变是多么大。我们有必要对现代化再作深层思考，在经济快速发展以来、人们对物质的追求超标之后，端正我们的文化态度。

现在我常说，"现代化已经走到底了，还能怎么着？"你不是高速公路不能走太快，你楼盖得再高还要怎么着。你活在这些东西之间有什么意思呢？每个房子都是中国传统生活的载体，你把它拆掉了，把百年老店拆掉了，把左邻右舍的关系全部拆掉了。所有的生活方式都在模仿西方，人为地把我们赶到一个陌生的社会。西方自古以来就有这种个人主义的传统，它的精神纽带是依靠教堂来联系的，中国社会人和人精神的纽带不是依靠宗教，它是依靠文化——这个文化是渗透在生活里面的，是天人合一的——把这个摧毁了，把神这个层面的东西摧毁了。

中国人民不是没有宗教信仰，那种信仰是在毛笔，是在奇石，是在日常生活的寓教于乐。若没有了这些，我们住在现代化的小区里面能有什么联系？唯一的联系就是看电视。

要问今天还有多少中国味，我觉得不算多了，汉语和我们的饮食是我们坚固的不可撼动的两张底牌。当然，汉语的力量非常强大，我认为汉语是中国文化在进化面前最伟大的、最后的反省。现代主义的特点是量化世界、改变世界的速度，而汉语在当下的这四十年起到了刹车的作用。另外一个就是食物，民以食为天，这个天还没有垮下来。

也许全球化的影响下，在新生一代人身上，汉语和饮食这两点的影响正在逐渐减弱，但它至少还是一个漫长过程。而且，在这个减弱的过程里是隐藏着复兴契机的。因为现代化说到底是非常不好玩的，它没有诗意，仅仅是给人以物质的满足，它不提供人生的意义和价值，它把你的生命规范起来量化，像一些货物一样地装箱打包。我相信从人的生命经验角度来讲，人都需要爱，要生活，要生儿育女，这种永恒的普遍性的东西是不会变的。年轻一代肯定会意识到这个的重要性，只是时间早晚问题。

你看中国年轻一代和西方最不一样的地方就是，工业化在西方如火如荼地进行的时候，出现了法国的1968年的革命和美国的嬉皮士运动，这些运动都是对现代化物质文明的厌弃；但是在美国60年代的时候，5万多的嬉皮士跑到美国最原始的州去，就是为了抛弃现代生活，要过自然的生活。目前就中国来看，我认为觉醒得太晚了。

徐文兵：中国味儿首先有自己独特的世界观和价值观

中医师，厚朴中医学堂堂主，从事传统中医理论的研究和教学。著有《字里藏医》等，生于1966年

辜鸿铭先生定义的典型的中国人是"既有着成年人的智慧，又能够过着孩子般的生活——一种心灵的生活"。我的理解是，中国人是早慧的民族，这得益于我们有着能与天地鬼神沟通的伟大祖先，幸运的是，这样的传承千万年都没有断裂。

中国味儿首先有自己独特的世界观和价值观，同时也能与其他不同世界观、价值观和谐共处。中国味儿是道家赋予的，而不是儒家。这种中国味儿体现在不同世界观、价值观的共处，所谓"道"不同。而方法、手段、战术、器械的差异就更大了。

首先，中国人是信神的，中国古称神州。现代有一部分中国人除了不信神，还亵渎神，还污蔑诋毁神职人员，巫婆神汉都成了蔑称。牛鬼蛇神四个并列，就可明了神在当下的位置。还有一部分人信外来的宗教。另有中国人信仙不信神。如今还有几个中国人相信无形无象，恍兮惚兮，幽兮渺兮，看不见摸不着的神？有几个去奉祀、祭奠、供养、愉悦神？

其次，中国人是尊崇、敬畏天地自然。不会搞出人定胜天、与天斗与地斗的闹剧。更不会提出更高更快更强这种脑残口号。危楼高千尺，高处不胜寒，更高图什么？置之死地才后快，更快岂不是速死。柔弱者生之徒，刚强者死之徒，强极则辱有几个中国人知道。电视里面整天叫嚷"心有多大舞台就有多大"，殊不知"心比天高，命比纸薄"的人比比皆是。

现在人们总说世界在变平，但是世界变平是在变和，还是在变同？我们丧失了中国味儿，就是被人洗脑，做别人的附庸。如果他们的信仰、文化比我们优秀也倒罢了。可惜目前我所接触的所谓西方文明，与人类身心健康的目的南辕北辙。我们被西化以后，几千年传承下来优异的本能，觉、感、悟这些中国味儿都被偏见和痴见覆盖屏蔽了。恢复知觉，恢复常识很有必要。

当然，遇到矛盾冲突必须做出取舍，就看你追求什么了。道家是贵生的，所以才讲究修身养性，尽其天年。儒家是讲舍生取义的，要杀身成仁。革命家为了自由，要抛弃生命和爱情。各从其欲，皆得所愿。

中国人被诟病不讲究逻辑思维，这只是从智的角度讲，想把握多元素、复杂参数、普遍联系变化发展的规律，逻辑思维是远远不够的，这需要慧。二元对立，非白即黑，非好即坏，是小孩子层次固化的考量，无法适应复杂多变的环境。

中国人经济的独立会促进人格精神的独立，相信中国人会逐渐恢复良知，恢复对祖先的认同和尊重，会为中华文明感到骄傲，会恢复自信自尊。毕竟物质文明解决不了精神和文化的痛苦。

怎么看美国？

文/肖锋

中国人把最美好的词给了这个国家。

没有一个国家像美国这样引起中国人的复杂感情。它是自由开放、膜拜未来的国度，它是胡萝卜加大棒、实施双重标准的霸权象征。中国人对这个"美丽的国家"交织着好奇与憧憬，茫然与渴望，愤怒与向往。

1999年5月8日中国驻南联盟大使馆被炸，学生们马上冲到麦当劳、肯德基门口抗议，可第二天又去美国使馆排队等留学签证。美国对中国一贯实施双重标准，无论是人权问题还是两岸问题。同样，在中国青年眼中也有"双面美国"。

美国是中国青年渴望的新大陆，美国也是贪官逃亡的避难所。美国是中国留学生最多的国家，美国也是中国海外债务最多的国家。

中国领导人明白，倡导对外开放，首先是对美国开放。这个国家是这个星球上最成功的国家，用二百余年就成为继罗马帝国之后人类史上最强大的霸权。它是老大，好莱坞假想地球遭受入侵时，是美国独力拯救人类。

可美国人不解的是，为什么世界人民都越来越像他们，却也越来越恨他们？

中国对待美国的态度，就是对待全球化的态度。欲拒还迎。

从"中国可以说不"、"阻击霸权"的愤怒，到"让全球化抱抱"的慎思。全球化是个悖论式的发展过程：既有一体化又有分裂化；既有国际化又有本土化；既有集中化又有多样化。有人称之为福音，有人咒之为灾难；有人视之为机遇，有人把它看作陷阱。

《新周刊》为中国全球化之路破的三道题是：

美国是榜样吗？中国崛起握有多少软实力？全球化与民族主义的平衡点在哪里？这三个问题，是中国人全球化路径都绕不开的设问。

三十年后，美国梦是过去时，中国梦是现在时。中国从边缘进入世界舞台核心，中国从排外到兼容，中国人的欲望榜前三位是：有更多钱、国家富强和周游世界。

中国人看美国是"双面美国"，同样，美国人看中国也是"双面中国"。

《时代》周刊提出美国该向中国学习的五件事：1.充满活力；2.重视教育；3.赡养老人；4.多多储蓄；5.放眼未来。

反过来，"他山之石可以攻玉"，以美国为镜，中国需要在软实力和创意立国方面狠下工夫。

张力奋：中美之间仍将漫长纠结

英国金融时报副主编，FT中文网（www.ftchinese.com）总编辑；复旦大

学新闻系毕业；留英，传播社会学博士，生于1962年

上个月，中国人民的老朋友，美国前国务卿基辛格到访北京。四十年前，他肩负总统尼克松的使命，秘访中国，华盛顿与北京开始解冻，冷战时代的国际地缘政治就此改写。在京逗留时，八十八岁的基辛格和十多位"海龟"有个早餐会。他说，过去四十年，几乎每年都到中国，见面的多是中国领导人，他很想听听年轻人如何看美国。

我问他，假如美国不改变对中国现行政体的基本判断，美中两国有可能成为真正的友邦和战略伙伴吗？基辛格做了细致回答，大意是：美国没有意愿，也没有能力在全世界改变他国的政治制度或形态；但在必要时，美国会毫不犹豫地捍卫自己坚信的基本价值理念。

基辛格长于外交辞令，这番话却说得很直白。很久以来，我一直有个疑惑：虽然中美间裹挟越来越多共同的经贸利益，但不同的制度，将使两国长期行走在冲突的边缘，各种潜在的利益摩擦也因此发酵催化或显影。近几年，中美经济战略对话的规格越来越高，白宫重要阁员几乎倾巢而出，礼炮和公报言辞都很响亮，以"战略伙伴"相称，但公关的想象终非政治现实。真正的"伙伴关系"，用不着印上"伙伴"两字。刻意表达或声明的，恰恰正是缺失的。横亘中间作怪的，是制度。

近年，中国领导人访美，双方每次都为礼宾规格颇费周章。正因未到"伙伴"的火候，彼此才在乎台面上的东西。外国领导人到访美国，最高礼遇不仅是白宫座上宾，更重要的是在国会山的参众两院正式演讲，才算是"自己人"了。近年来，中美间的各种利益日趋交融，是事实，但离"战略伙伴关系"还遥远。

无论你崇拜还是诅咒美国，无论你爱恨交加，美国已是中国国情的一个重要章节，一个内政命题：美国是"中国制造"的最大市场；中国是美国最大的债权国；中国的外交虽倡导"多极世界"，实质上仍以美国为锚。即便金融危机后美国在全球的政治经济影响力走下坡路，中国决策者最看重的还是华盛顿的声音。如同美国把美元变成了中国的内政家事一样，美中双边的利益博弈难分你我，很可能一荣俱荣，一损俱损。

中美是一对怪夫妻，彼此看对方，都有盲点。前不久，与美国布鲁金斯研究所董事会主席约翰·桑顿闲聊美中关系。他曾任高盛总裁和CEO。2003

年，他急流勇退，辞职后到中国清华大学当教授。他说，前几年曾去美国国会就中国问题听证时，他对国会议员说，在表决有关中国的提案前，请你们至少去中国走一趟。他说，仍有相当数量的美国议员从没踏足过中国。我觉得，开放的美国，也有闭锁的一面。就这个意义讲，中国人对美国的好奇心和学习精神，显然高过美国人了解中国的愿望。

过去100多年，中国人对美国为中心的西方世界和文化，感情虽纠结，还是心向往之。这从中国人对西方大国国名的中文译名也能察觉：美国，英国，法国，德国，都是汉语中的好词，间接透出中国知识界对西方的欣赏和期许。"开放改革"三十多年中，中美关系曾陷入低谷甚至冰点，比如1999年5月美军炸毁中国驻南斯拉夫大使馆，在中国激发强烈民愤。但这并不妨害不少中国大学生一边参与反美示威，一边准备托福到美国大使馆前排长队，申请赴美签证。很难想象，中国人对任何其他国家有对美国这般的关注度和爱恨纠结。

在微博上，我问中国网友：说起美国，你想到什么？网友说，"霸权"，"第一个想到的就是民选，民选国家领导人"，"虽非天堂，绝非地狱"，"一个100分满分可打90分的国家"，"期待美国人不那么好斗，过更俭朴的生活"，"自由"，"创新是美国的动力所在"……

10年前去印度采访，我突然感觉，一个中国的邻邦竟可以如此遥远。而就中美而言，两国的心理距离比人们想象的却要近许多。中美有很多相似点，疆域、人口、经济体量都属大国，都觉得自身的经验独特，自成一体，民族性中也都有骄傲、自负和刚愎的一面。

美国正经历又一个低谷，但中国没必要幸灾乐祸，因为美国是中国的核心利益所在：美国仍是世界上开放度最高的经济体，仍是最有活力的创新源泉，仍是最多元的价值／思想的产地和集散区，仍是权力制衡最充分的国度之一。这些都是中国未来改革必须跋涉的领域。美国可能不会建设中国式的高铁，举办不了"北京奥运会"，但它在13亿中国人获得普选权之前，已选出了黑人总统。在很多人看来，美国仍是个可以筑梦的地方。

中国的崛起，很特别，像幢摩天楼，一面迅速攀升，一面紧张地修补加固并不坚实的地基。中国的崛起，自然伴随风险。理智的美国，不要企图阻挠中国的成长发展。视中国为友，中国可能成为朋友；很大程度上，美国帮中国，正是帮美国自己，可能也是成本最低最安全的风险控制。

加藤嘉一：美国是中国面对的最重要的国家

日本在华专栏作家，著有《中国，我误解你了吗》、《中国的逻辑》等，生于1984年

今天，美国与中国是最引人注目的两个国家。如何处理好中美关系，对整个世界国际关系发展产生着最大影响。

在跟中国的关系问题上，美国是唯一一个能对中国说"不"的国家。而2008年以后，连美国对中国都开始非常客气、克制。因为中国的市场牌、经济牌、人口牌已经太大了。

中美关系是全世界最大的双边关系。中美在知识产权、人民币升值、经贸、人权、宗教、东亚合作、军事竞赛、台湾问题等方面都面临长期复杂的问题，这些都是两国需要抱着战略耐心面对的课题。另一方面，两国又都极其需要对方，是一种战略伙伴合作的关系。中国为了自身发展而务必处理好、稳定好与美国的关系，美国则为了落实全球战略同样需要中国的支持与配合。在一定时期内，它们要实现的是一种互惠互利的关系。在中美两国超越历史，不断寻找共同利益的当今，它们最重要的还是正确认识对方，并定位自己，保护自己的底线，不触及对方的底线。

从现状看，作为"利益相关方"，中美都认识到了对方国家利益的底线，尽可能尊重对方的核心利益。美国方面不会在中国的核心利益，比如台湾问题上采取刺激对方的措施，中国方面也将在反恐、中东、朝核、美国国债、地区合作等问题上积极配合美国方面的利益需求。

从长远看，中美关系仍然带有相当浓厚的"复杂性"。中国有很多内耗，需要外压来化解，而中美之间，未来肯定也会有很多摩擦，如贸易顺差逆差等很多问题还没有浮出水面。而全世界最重要的三边关系是中日美。21世纪东亚的世界，如果中日不合作，东亚共同体绝对搞不起来，保持最警惕态度的就是美国。美国是日本的盟国，日本的老大，同时也是中国的老大，也是中日的老大。日本会是中美未来摩擦的协调者，也是未来合作的调频者。

网络改变了中国吗？

文/胡尧熙

　　由技术主导的社会变革在人类历史上比比皆是，就像工业革命催生了大资本主义时代，机器运作取代了手工作业，任何技术逻辑的飞跃都会演变为社会逻辑的进步。互联网革命亦如是，中国的第一家网吧诞生在1996年，它有50台联网的电脑，每小时收费30元，其时中国网民的数量不足2万。2011年，中国有网民4.85亿，网站191万个，网络是生活工具、生活方式，也是人性展示场。

　　4.85亿网民是一个庞大而复杂的构成，他们中有官员、意见领袖、草根民众，这个族群的社会身份各有落差，他们在现实世界中的丰富性成就了网络世界的多元化。这种多元化让我们得以目睹网络问政、恶搞精神、人肉搜索等各种气质迥异的互联网作品横空出世。网络其实只是各种信息碎片的流窜通道，把碎片拼接到一起，就组成了当代中国的浮世绘。线上的中国风貌就是线下的中国实景，大喜和大悲同在，有举国欢腾的盛会奥运，也有彷徨无助的弱女邓玉娇。

　　互联网是技术至上的产物，在发展中却渗入了更多人性的特质。网络走到今天，网民已经不再是受众，而是主体，他们在一个前所未有的情绪出口里参与这个国家的大喜和大悲，为邓玉娇呐喊，为"7·23"遇难者追问，沉默的大多数得以发声，少数派意见也不至湮灭。网民既是网络内容的创造者，也是现实社会的监督者，在破坏和创造的历练中，网民成长为网络公民，网民的声音即是民意的投射。美国最高法院大法官苏特在离职时留下名言："和谐的国家生活，来自多股力量的相互抗衡和争论。"看起来互联网正在实现这一点，它独有的平等属性和互通的特质让人们学会了在争议中寻找社会共识。

互联网提供巨大的信息空间和宽广的言论平台，它的触角也不限于此，门户网站拓展了新闻空间，社交网站拓展了沟通空间，B2C和C2C网站拓展了商业空间，搜索引擎拓展了知识空间，简而言之，它们拓展了中国人的选择空间。但这种选择未必是无限的，2011年中国的网站数量191万个，比上一年的383万个减少了将近一半。这种现状暗合了互联网观察者林军在《沸腾十五年》中所说的"中国互联网必须接受中国式的监管"，但你不必担心互联网带来的新新气象和变革步伐会有所放缓，林军还说过"互联网是中国改革的下半场"，这句话我们可以用另一种积极的方式解读：互联网是人类最美好的发明，而它带来的变革，才刚刚开始。

胡泳：互联网打破垄断

互联网学者，北京大学新闻与传播学院副教授。译著有《数字化生存》、《比特之城》等，生于1965年

互联网对中国的改变有三：首先，分权、匿名和灵活的互联网促进了信息传播的民主化。在中国，媒体长期作为党和政府的喉舌，现在被视为"沟通政府和人民群众的中介桥梁"。在这种情况下，互联网成为政府唯一无法完全垄断的媒介。在互联网的环境下，公民获取信息的成本大大降低，所获得信息的丰裕度和即时度也都有了较大提高。简言之，公民对于社会事物的知情能力大大提高。在Web2.0媒体之中，公民更是可以直接介入信息的生产，而这在传统的、国家控制的媒体渠道中是无法想象的。

其次，互联网创造了公民对政治和社会问题展开讨论的公共领域。由于互联网的交互特性，各种公共论坛应运而生，公众第一次拥有了对公共事物进行评论、交换意见、形成舆论的场所。随着知情能力和评论能力的提高，他们对社会生活和社会决策过程的介入程度越来越高，而这种介入程度的提高反过来又促使公民在这方面提出更高的要求。

第三，在中国，互联网加强了民众之间的联系与集体行动。互联网作为一种组织民众的手段作用初显。因为实地的集会仍然受到严格的监控，互联网成为一种替代性的活动场所。同时，兴趣相同者开始利用互联网从事志同

道合的事业。

尽管有以上的进步，互联网在中国的发展仍然存在障碍因素。这些可以归结为三点：政府仍然保持一套世界上最精密的网络控制体系并执行严厉的网络监控政策；互联网在全国的普及率仍然较低。这些障碍使得互联网不可能以一种戏剧性的方式改变中国的政治生活，相反，非正式团体和个人利用互联网创建自主社区、促进政治参与的方式产生了最大和最积极的政治影响。通过这种方式，互联网帮助创造了社会资本。

方兴东：互联网助力中国在全球的崛起

互联网学者，著有《IT史记》、《起来——挑战微软霸权》等，生于1969年

十多年来，中国互联网从无到有，从小到大，从大到强，成为中国社会变化的催化剂。互联网最大的贡献就是助力中国在全球的崛起。

一个是信息透明，互联网改变了中国社会的信息传播方式，引爆中国社会方方面面的变革；另一个是带来了全新的财富创造和分配方式。比起房地产和股市，互联网领域并不是中国财富最聚集的地方。但是，互联网领域是中国财富最阳光、最干净的地方。截至目前，中国互联网上市公司的市场价值总和达到2500亿美元，成为中国最大的阳光财富创造地。这万亿财富，大致三分天下：大约有1/3的财富由国内外风险投资获得，尤其是国外风险投资，他们在中国互联网领域得到了巨额的财富回报。还有1/3主要是国内外购买中国互联网公司股票的股民们，随着中国互联网股价的上涨，他们也分享了互联网的盛宴。还有1/3，主要是由互联网公司的创业者和管理团队分享。这万亿财富，正在全面推动中国互联网和高科技领域更为广泛的创业和创新浪潮，这笔财富堪称是中国最有社会价值的投入与产出。

互联网已经成为公共外交和国家安全的必争之地。与十年前相比，政府管制和互联网治理的力度空前加强。国家政策思路从"先发展再管理"转变为更为保守的"先管理再发展"的思路。各部委之间的互联网管理协调和互动成为全新的挑战，政府部门的政策极大影响了中国互联网的发展进程和成长空间。针对中国互联网本身的管理制度还没有突破，这是最大的遗憾。

互联网改变了中国社会的很多问题，也成为中国很多社会问题的根源。

10年前，互联网影响的只是人们的梦想和想象。而现在和未来，中国社会问题的根源很大程度都与互联网直接相关。这主要由四大倒置所造成：小孩比家长更懂互联网；学生比老师更懂互联网；员工比老板更懂互联网；群众比官员更懂互联网。这种倒置总体来说是好事，矛盾的积累终将进一步推动中国社会更深层次的变革，包括我们互联网管理制度的突破。

十多年来，中国网民从0提升到5亿；从三大门户赶着泡沫破灭的末班车上市，到50多家上市的互联网公司阵营；领军的网站市场价值从当年的10亿美元级别提升到600多亿美元；一批充满理想和激情的年轻人从无钱、无权、无势到今天的一个个首富……十年来，中国互联网的巨大变化不仅仅体现在这些惊人的数字上。最根本的是，中国互联网将数亿的中国人带入了网络时代，将中国从一个半工业半农业社会带入信息社会。互联网普及将一种新的精神、新的文化和新的文明带到中国的各个领域和各个层面。

如何发现城市魅力？

文/文尔达

中央商务区必有步行街，步行街必有色调鲜艳的欧式建筑，视线内必有一间麦当劳。古迹附近必有文化街，文化街必有油漆未干的中式建筑，视线内必有卖香肠的摊位。高级商场外必有咖啡馆，酒吧街外必有烧烤档，新商务区必有扎堆的玻璃幕墙摩天大厦，艺术区必由工厂改建，创意园区必须永远都在郊外……是为千城一面的中国城市印象。当城市失去了想象力，也失去了个性、气质与生命力。

库哈斯提出过"广谱城市"这个概念，认为全球化城市正变得毫无特征。其中，他是这样调侃中国的建筑师："中国建筑师效率是美国同行的2500倍。"新加坡的国际演艺协会主席本森？潘传顺也描述过这种现象：

"我们的城市就是我们自己的家，而不应很容易就被另一个城市同化。如果大家都变得一模一样，那将是一个悲惨世界。"

城市个性也是一个城市的软实力。中国的城市自我意识正在觉醒——城市CEO终于明白，城市个性也是一种软实力，正如人们通过街头乐团认识维也纳，通过保持完好英伦范儿的老城区认识伦敦，通过休闲与田园认识"第四城"成都。中国的城市，正在通过展会、建筑设计、电影植入、申报世界文化遗产、兴建地标、改名、选拔形象代言人、选美、自我命名××之都、征集城市口号等方式，以图重新确立自我特征，去发掘吸引投资者、人才、游客的城市吸引力。

从历史、文化、景点、民俗、企业、品牌、建筑、美食到关于一座城市的集体记忆，到诸如爱情斑马线这样的城市细节，构成了一个城市的魅力指数。但要找回城市魅力，关键词却是城市文化：中国工程院院士何镜堂说，一个城市或是一个国家，最终能不能现代化，除了GDP以外，最重要的还得看文化的品位、文化的能量。

中国的城市化的进程，亦是急之国的进程。尽管城市的外表迅速被改变，要发掘城市的内涵却非一朝一夕之事——要拥有城市文化，要先找到市民的文化。香港要在西九龙建设世界级艺术区，却遭遇了12年口水拉锯战。政府期待打造艺术馆吸引游客，但文化界认为应多花资源在培育本土文化上。台湾地区提出"文化就在巷子里"，一年有最顶尖的文艺团体在社区做100场到150场的演出——城市文化，最终还需在街巷孕育；城市气质，其实就是本土化的气质；城市魅力，最终还应取之于市民。

杨东平：在大城市讲魅力很矫情

文化学者，北京理工大学文学院教授，"自然之友"副会长，著有《城市季风》、《最后的城墙》等，生于1949年

北京、上海这两座城市，十几年来变化非常大。上世纪90年代以来，这两座城市的命运，某种程度是一种共生的过程，它们出现了开放性、移民化、国际化等特征。

地方文化的衰竭与中国城市化的这种进程是共通的，上海很典型，过去

是上海人的上海，现在已经变成全国人民的上海，所以要讲普通话，这是没办法的，因为这是一个普遍的进程。现在的问题是，在共性的进程当中，城市的管理者能不能耐心地、细致地保留自己的文化，有没有这种考虑？有没有这种努力？

"保卫粤语"等运动是城市居民为保护文脉所做的一种挣扎，是一种绝望的努力。北京有很多拍摄胡同的人，他们所能做的最大努力，就是把胡同拍下来——因为这些胡同都是会被拆光的。这个过程，对城市而言是非常惨痛的一面。老房子已经拆得差不多了，现在已经开始在拆一些90年代的房子，比如北京的凯莱大酒店。上海的情况也是如此。

另一方面，这十多年来，市场化、移民化、国际化对城市人格的塑造有非常大的意义。上海最为明显，上海的城市人格是在计划经济时代萎缩的——90年代以前，上海变成一个封闭的城市，是上海人的上海，上海人变成了小市民，还有"围裙丈夫"。过去，上海有十里洋场，是冒险家的乐园，之后却是"围裙丈夫"的天下。这个过程现在被打破，上海成为一个开放的城市，"小男人"的面貌也开始改变。上海又成为冒险家的江湖，企业家的江湖。现在，上海有"新上海人"，东莞有"新莞人"，很多原住民的城市已经变成移民化的城市。这种变化，意义非常重大。

城市魅力是非常个性化的东西。比较而言，小城市，比如大理、丽江，魅力更大一些，就大城市来说，它的缺点和吸引力同样明显，但它机会非常多，有很大的文化空间，但这种东西能不能成为魅力我觉得很难说。现在北京、上海讲魅力，会觉得是很奢侈、很矫情的事情，在成都、杭州或许可以讨论魅力的问题。

王军：拿"大裤衩"定义3000年的城市很可悲

新华社高级记者，著有《城记》、《采访本上的城市》，生于1969年

中国的城市，我认为拆掉的地方都是很有魅力，建出来的新城市都缺乏魅力。比如说上海，上海的浦西很有魅力，浦东就没有魅力，因为尺度发生了变化。浦东、陆家嘴那边是汽车的尺度——宽马路、高栏杆、围墙社区、没有街道生活，中国造新城都是这么造的。以汽车的尺度来构建城市的空

间，大家只能一下楼就上车，因为没有街道。浦西就很有魅力，因为它不是以汽车的尺度，而是以步行者的尺度。它的街道不宽，路很密，又有很多十字路口，大家都愿意在那逛，有很多街道生活。我相信一个贫苦的人也很容易在那找到工作的机会。

外滩的改造就很好。外滩以前是被浦东拉过去的，它以前是十个车道，现在把十个车道缩窄成四个车道，把过去的交通埋到地下，把地面恢复成比较窄的街道，大家都可以逛。它站在两个尺度之间。所以，我觉得一个城市的魅力并不只是历史文化方面的东西，还包括这个城市应该按照什么样的尺度来规划和建设。

面对大规模的改造，所有城市都要非常慎重。全世界至今为止没有一个进行大改造而没有遇到大麻烦的城市。大家都说巴黎在19世纪的17年大改造好——把街道弄得很整齐，把下水道也修好了……确实有很多的优点，但也留下了极其惨痛的后遗症。把那些贫民窟全赶到郊区去，贫富就在城郊之间分区，穷人都在郊区一带无法翻身，因为他们的公共服务无法改善。巴黎到今天还在承受痛苦。

我觉得大改造应该尽可能去避免，像北京这种大改造更是没道理。大改造已经让我们看到了这个结果——把北京这个上千万人的城市变成单中心的城市，大家跑到郊区睡觉，跑到故宫周围来上班，这个交通怎么弄啊？北京2005年的整体改造规划就是希望改变这种单中心的城市结构，一个大规模的巨型城市只有一个中心是不可以的，应该是多个中心的发展，就从这点来说，不能继续拆除老城了。何况，老城区还是让中国人感觉骄傲的地方。

北京把自己拆得没有文化容量。什么叫文化的容量呢？就是你的母体。巴黎有很多标志性建筑都是外国人设计的，要说它怪也很怪。蓬皮杜艺术中心，结构全暴露在外面，"肠子肚子"全让你看，你说它有多怪，但是今天的巴黎人很喜欢它。贝聿铭先生设计的卢浮宫改造工程，把一个金字塔作为它的一个入口，你说它怪不怪？也怪。但你一看它还是巴黎。因为巴黎长得好好的，整个老城还保存很好，蓬皮杜艺术中心（和其他新建筑）只会使它分外妖娆。我们中国老说什么旧的不去，新的不来，这种思维方式是值得探讨的。

你到巴黎去看，旧的东西保存得非常完整，新的东西要有容量才能接受它——它只会让这个城市变得更加丰富，而不是感到很恐慌，不会让人觉得巴黎一下改姓了。北京就面对这样一种危机，把自己的文化拆没了，一个"大裤衩"出来，大家就会惊慌失措。一个"大裤衩"就定义这个有3000年的城市，这是多可悲啊。如果一个城市把自己的文化拆没了，大家对新建筑就会越来越敏感。

中国缺什么？

文/肖锋

1793年，英国乔治国王特使马嘎尔尼带走了一封信，信中称中国无需任何英国产品。"奉天承运皇帝敕谕英咭利国王知悉，咨尔国王远在重洋，倾心向化，特遣使恭赍表章，航海来廷，叩祝万寿。"中国真正被批准进入全球贸易体系WTO是在206年之后。

170年前，天朝乃世界之中心（即中国之"中"）。鸦片战争一声炮响打掉了天朝的尊严，让清朝知道世界之大，竞争之烈。

中国近代与西方交往的历史是一部屈辱史。中国先是发现自己缺"船坚炮利"，而全套西式装备的北洋水师依然在1894年的甲午战争中覆灭。于是发现还缺先进的社会制度，便照虎画猫引进了议会制、总统制，袁世凯复辟后又发现还缺民主科学，"五四"时期的人们纷纷拒买日货，爱国热情空前高涨，甚至妓女上街声援，小偷罢偷，可随后军阀混战。有人批评说，中国人一向缺乏合作精神……

170年后，中国人民终于站起来了，中国经济总量跃升全球第二，中国看上去什么都不缺，又什么都缺。

中国不缺"中国制造"，中国缺"中国创造"。"中国制造"是以牺牲子孙后代的碧水蓝天为代价的。

中国不缺历史，但我们需要更多的历史反思。如何避免人治，如何抛却救世主情结，走向现代型法治社会是一个绕不开的课题。

中国不缺实用主义，但我们需要更多的未雨绸缪和细致规划，既发展经济，又保住城市文脉。

中国不缺维权意识，但维权机制有待完善。无恒产便无恒心，一切现代社会制度都无从谈起。

中国不缺潜规则，中国缺对公平、公正、公开的明规则的严格遵守。没有明规则，短期行为盛行。

中国不缺人才，中国缺想象力。没有想象力的国家只能是急功近利的国家。

中国不缺教育，中国缺没有奥数和各种培训班的童年。中国的应试教育正以牺牲童年幸福为代价，应替以素质教育。

中国不缺"德"，中国缺"德行"。德之不行，永远只是空洞的训令。

中国不缺"心眼"，中国不缺"精明"，但唯有大智慧方能使社会有共识。

中国不缺膜拜，中国缺共信共享的价值观。烧香拜佛不是行贿神灵，而是求诸自己的良知。

中国不缺知识，中国缺常识。没有常识的社会只能听凭谣言四起。

中国不缺解释者，中国缺提问者。中国不缺拥护者，中国缺质疑者。

中国不缺有关部门，中国缺创意部。

中国不缺刀柄，中国缺刀锋……

1999年，《新周刊》对中国的追问，今天仍可重提。

易中天：底线是最重要的

学者，厦门大学人文学院教授、博士生导师，著有《易中天文集》16卷，生于1947年

你问当下中国缺什么，我看最缺底线。这很可怕。一个人，没了底线，就什么都敢干。一个社会，没了底线，就什么都会发生。比方说，腐败变质的食品，也敢卖；还没咽气的病人，也敢埋；自己喝得五迷三道，那车也敢开；明明里面住着人，那房也敢拆。还有"共和国脊梁"这样的桂冠，也敢戴，全不管那奖多么野鸡，多么山寨。

于是冲突迭起，于是舆论哗然。不是"当惊世界殊"，是"世界当惊

殊"——怎么会有这种事？怎么会这样？

奇怪并不奇怪，不奇怪才怪，因为突破的都是底线，比如"恻隐之心"，比如"敬畏之心"，比如"己所不欲，勿施于人"，比如"杀人偿命，借债还钱"。这些原本都是常识，却被丢到九霄云外。被严令禁止的"毒奶粉"，自然会重现江湖。

可见，底线是最重要的。没有了底线，企业就会弄虚作假，学者就会指鹿为马，裁判就会大吹黑哨，官员就会贪赃枉法，警察就会刑讯逼供，法院就会草菅人命。从这个角度说，底线就是生命线。

人类为什么要有底线？为了生存。人，是社会的存在物。任何人，都不能一个人活在这世界上。所以，只有让别人生存，自己才能生存；让别人活得好，自己才活得好。希望所有的人都活得好，甚至为了别人的生存放弃自己的利益，这是"境界"。至少不妨碍别人的生存，不侵犯别人的利益，不破坏社会的环境，这是"底线"。其中，通过立法程序明文规定下来的，是"法律底线"；在社会生活中约定俗成，大家都共同遵守的，是"道德底线"；各行各业必须坚守的原则，比如商家不卖假货，会计不做假账，医生不开假药，是"行业底线"和"职业底线"。境界不一定人人都有或要有，底线却不能旦夕缺失。因为底线是基础，是根本，是不能再退的最后一道防线。基础不牢，地动山摇；防线失守，全盘崩溃。

中国人从来就有底线。做生意，明码实价，童叟无欺；做学问，言之有据，持之有故；做官，不夺民财，不伤无辜；做人，不卖朋友，不丧天良。正是靠着底线的坚守，中华民族虽历尽苦难，中华文明却得以延续。

要想守住底线，必须不唱高调。因为那些"道德高标"，比如"毫不利己，专门利人"，并非所有人都能做到，甚至是大多数人做不到的。做不到，又必须做，就只好做假。道德做假一开头，其他的造假就挡不住。假烟、假酒、假合同、假学历，就都来了。当下中国缺底线，这是重要原因。或者说，重要原因之一。

所以，我对未来中国的希望，就是八个字——守住底线，不唱高调。

任学安：中国什么都不缺，又什么都缺

中央电视台财经频道副总监，《大国崛起》、《复兴之路》、《公司的

力量》总导演，生于1968年

面对"中国缺什么"这样一个问题，我的看法是，中国什么都不缺，但好像又什么都缺。

你说我们缺什么？大国的地位、民族的自信心、国家富裕的程度，甚至法律的完备……宏观上我们确实什么都不缺。从总体数量上讲，我们已达到一个前人从未达到的"不缺"的程度——科研水平、文化教育、医疗建设、社会发育的方向、市场经济法规的建立，什么都有。但仔细再想，尤其是从你提问的"缺什么"的角度去想，又觉得什么都缺。我们经常感到我们缺司法的公正、缺对社会秩序基本的遵从、缺社会的诚信、缺财富的均衡度……说得再具体些，比如新闻发言人制度、听证会制度、完善的交通法规、城建规划体系，很多方面，我们全有这样的"表"，但未完全实现那样的"里"。

另外，网络时代的社会是个显微镜和放大器。不能只从宏观上看，还要更多从微观去感受。因为每一个人的苦难都是最大的苦难。它有时可能是这个社会最微不足道的一个小事件，但在讲求"以人为本"的今天，每一个人的真实生活感受在网络时代就会成为整体社会的集体感受。因此，当上述所谓的"不缺"，比照到不同阶层、分配到不同社会群体身上时，经常就会发现较为严重的"缺"和一种普遍的"缺"。

这种什么都不"缺"，但又什么都"缺"的状态，表明今天中国社会已进入复杂多元的深度转型期。你可以说因为它太大、因为它人口太多、因为它历史包袱太沉重、因为它社会转型太过艰难……但充斥在你眼前的是好的坏的同时并存、喜欢的不喜欢的杂糅交织。当整体社会迈入现代化门槛时，无数传统的东西亟待解决。过去老讲"光怪陆离"，一直对这个词没有切身感受，现在你认真观察当下出现的各种美好与肮脏混杂的现象，真的可以知道光怪陆离是何种景象！

无论从历史和现实看，中国作为一个大国是毋庸置疑的，这是一个客观存在。但问题是，当你用13亿人这个概念来衡量、用每一个公民的感受来衡量时，你会发现——我们不能说是"小"，而是不完美、不完善。我们还需要进一步加强和创新社会管理，真正让每一个民众都能享受到作为一个大国公民应有的权利、责任、义务以及幸福感。从这个角度来讲，由于中国历史的特殊性、中国的地缘、中国的人口等等各方面情况，使我们离一个强大的大国、离一个真正有实力的大国、离一个让每个老百姓都能真真切切感受到自己是一个大国公民的大国，以及离一个受到世界人民普遍尊重的大国，还有很长的路要走。

这个路是什么呢？就是整个国家从每一个方面的现代化——政治的现代化、经济的现代化、社会管理秩序的现代化、官员行为的现代化、法治精神的现代化、文化教育的现代化、人文精神的现代化。

艺术家批准了吗？

文/胡赳赳

可怜的中国城市，可怜的中国艺术家，"欢迎来到真实的废墟"！

2000年《新周刊》发表《中国城市十大败笔》，痛批城市建设十大症结：强暴旧城、疯狂克隆、胡乱"标志"、攀高比傻、盲目国际化、窒息环境、乱抢风头、永远塞车、"假古董"当道、跟人较劲。此文作为新华社内参送达中央领导。5年之后，建设部副部长仇保兴再次指出中国城市发展的八大"盲目症"：盲目拔高城市的定位，盲目扩大城市人口规模，盲目提倡多组团的城市空间布局，盲目进行旧城的成片改造，盲目迎合小轿车的交通需求，盲目地进行功能分区，盲目进行周边环境的再造，盲目地体现第一责任人的权威。

在发达国家，艺术家在城市建设中是代表民意审美的重要一环，艺术家手中握着投票权和否决权。艺术家批准了吗？是追问在城市大开发建设中，趣味和审美对城市高度的严重背离。

是的，城市在前进，审美在倒退。中国南北分界线的"脑残式"考古，更印证了城市败笔的总结性陈辞和归纳："假古董"当道。

城市分一二三线，小区分三六九等。貌似各取所需，各安其位，实则人被粗暴逻辑按入其中，动弹不得。房价高企、强拆、限购——乡村回不去，城市不待见，一代中国人在城市里失去故乡。

不是人们不想审美，而是这需要闲暇、需要心灵的视野、需要慢下来，但——就连我们的语速、步速和开机速度都是越来越快的。

艺术家甚至保卫不了自己在城市里的工作室，拆迁保卫战，使艺术家同样沦为弱者！

在北京，有人说"一个没有窗户的三角形房子都能卖出去"，这时，何谈城市美学？大裤衩、小蛮腰等地标性建筑日新月异，这是政府主导的"拳头产品"，此时，艺术家拥有话语权又怎样呢？

结论是：艺术家不能代表民意，有时他们连自己都代表不了。这是艺术家与城市建设之间的尴尬距离。他们要么选择合谋，要么选择边缘。

建筑师、艺术家、艺术教员、评论家都到哪里去了？答案是：他们谋生去了。城市只有市长，没有艺术长。即便有艺术长官，那艺术还可信吗？

最糟糕的是，城市徒有其表，徒具其形，更深层次的信任危机、心理危机，无人问津。

环境、交通、污染、食品安全，这一切，衣食住行、生老病死，无不让人感叹生之维艰，但是，为什么你偏要做城里人？问题是，这里有你的亲人、朋友、同学和人际关系，除了城市，还有哪里可以去？

在中国，很中国。生存之重，艺术之轻，你看着办吧！

朱其：一个民族的盛世体现为"文治"

艺术批评家、独立策展人，著有《新艺术史和视觉叙事》、《1990年以来的中国先锋摄影》等，生于1966年

中国的城市审美问题，包括城市规划，总是一条笔直的大道穿过城市，连个拐弯都没有，市中心一个大广场，类似东京一样的商业步行街，或者仿古城。中国的城市新建设越来越千篇一律，再找不到民国时代那种地方的城市特色。建筑风格整体上因楼群的密集很壮观，但每一栋楼没有建筑艺术。中国浪费了制造世界建筑艺术奇迹百年一遇的良机。相对来说，北方的建筑环境更糟糕一些，比如北方多灰、缺水，不适合大量建设玻璃外墙高楼和喷

水池。中国的城市建筑的外墙颜色过于艳俗，城市雕塑的艺术水准较低。中国对城市规划、环境颜色以及公共标志物的水准，既没有哲学，也没有风水和文脉。

可怕的是，这一切决定权主要掌握在官员、一部分房地产商，还有一小部分是掌握在包工头。这个后果，艺术家也有责任，在中国很少有艺术家为此大声疾呼。更多的艺术家选择无奈地顺从雇主的要求，觉得一己之力改变不了现实，所以他们选择将项目当做生意。

在发达国家，艺术家在城市建设中是代表民意审美的重要一环，艺术家手中握着投票权和否决权。但在中国，8年前就在讨论的"艺术家批准机制"，现在基本上没有进展。因为公共审美启蒙没有什么进展。

我觉得在大型城市规划、建筑设计和城市雕塑的公共决策方面，应该采取方案征集公示制度，让更多的公众参与讨论。这也可以称为公民社会建设的一部分，城市美学也是一项公共决策，少数官员没有权利凭个人好恶决定公共环境的方案。

一个民族的盛世体现为"文治"，艺术的时代作用在传统中早有典范。中国那些美丽古城的人民大都性情温良、知书达理、勤勉守业、与人为善，受过诗书才艺训练的文人官员或儒商群体中很少有骄横邪恶之徒。古人云：依仁游于艺。一切深义尽在于此。

顾晓鸣：每个城市都应该"戏现"自己

学者，复旦大学历史系、旅游管理系教授，博导，著有《我走路还是路走我》、《犹太：充满悖论的文化》等，生于1945年

认为城市拯救人类，把希望寄托于城市，是古老的观念，也可以说是很农民的观念。现在的认知应该是"城市是人类的不尽如人意的无可奈何的转折"，改善城市才能生活得更好。所以，上海世博会的口号"城市，让生活更美好"应该是"只有城市变好了，生活才能变得更好"。

但一部分城市主政者，还停留在小农思想、第三世界思维中，片面追求所谓现代化、时尚化。但城市不是绿化，城市也不是盖多高的房子，城市是人住在那里。城市建筑与其说是房子，还不如说是居住的空间；与其说是居

住的空间，还不如说是交往的空间。

城市建筑也一样，与其说是雕塑，还不如说是互动空间、心灵空间。如果没有艺术家参与城市雕塑的规划，使得它们以不合适的尺度和体量出现在不合适的空间，那它们就是一堆垃圾而已。云南玉溪的聂耳广场，聂耳雕像这么大的体量，每个人看到的都是聂耳的屁股，这有什么意思呢？陆家嘴把华尔街的铜牛搬过来了，我说，太愚昧，太装孙子。要我说，应该搞牛郎织女的互动景点，保证是全世界最棒的旅游景点。牛是真的牛，耕牛、黄牛，游客可以cosplay牛郎和织女，然后拍照留念。

还有涂鸦。现在中国一些城市搞的，辟出一整个街区往墙体上画东西，那不叫涂鸦。涂鸦是什么？苏东坡喝醉了，在庙里的墙上写诗，那才叫涂鸦。涂鸦的美丽，在于与环境的默契，而不是在任何地方、任何时间、任何场合写几个英文字——那叫画马不成反类犬。

城市与艺术之间，有着微妙而复杂的关系。艺术家的一个通病，是把作品作为个人的东西，而没有放进城市的、人文的空间中去。小样很好，但东西做好之后一放到城市里，就难看得要死。艺术单体和城市的艺术是两回事。我觉得，城市与艺术之间，应该有三个"合一"：天人合一、人人合一、艺人合一。天人合一，就是城市建筑与地貌、气候等环境因素的和谐，像世博会中国馆，上海附近没有山，如果它的背景有山，会不会更好看？人人合一，是指艺术家与市民之间的和谐，你做的东西，市民要能接受。艺人合一，城市建筑应该是自足的，它会表达。

国家大剧院尽管被说这个不好那个不好，我觉得它至少有一点是好的：它是圆形透明的，白天几乎看不见，把自己隐藏起来，不给城市捣乱。上海的建筑就是不想给城市捣乱，所以大搞特搞玻璃幕墙，但台风一来，坏了，全吹坏了。这就是不懂美术，做的东西没有美感。在城市规划中，艺术家必须参与。毕竟，城市规划是短期的，它留下来的东西是长期的。现在是大家都不用功，艺术家也急就章。有才华的第一流的艺术家忙着搞拍卖行里能赚大钱的东西，没有心思做街头艺术，街头艺术就只是一些小学生、美院学生在搞所谓涂鸦。

未来应该是艺术进入城市规划，带动人们生活的艺术化。海德格尔说，"人，诗意地栖居"，以后的城市里，就应该有诗意的居住、诗意的活动，甚至诗意的吵架，诗意的冲突。城市本身是艺术品，城市人应当是或者正成为艺术家。我创造过一个词，叫"戏现"，即游戏地、戏剧性地展现自己。我认为，每个城市都要"戏现"自己，不仅是艺术家，市民也都能"戏现"自己。

大学怎么啦？

文/陈漠

"追求真理是大学最美好的理想和目的。"武汉大学前校长刘道玉在提到大学的责任时这样说，"为了追求大学之美，我国应当建成少数几所世界一流的大学，但必须营造象牙塔的学术环境，否则就不可能出现世界公认的大师，形成世界公认的科学学派，做出旷古绝伦的发明创造成果。"

著名教育和文化学者杨东平认为，中国现行的教育依然沿袭了旧有的"大一统、行政化"，缺乏独立性和创造性。"本来，教育应该是生动活泼的，应该由教育家来主导。大学是区别于第一部门政府机构、第二部门企业机构，它是典型的第三部门。对它应该有着与政府机构和企业机构完全不同的制度设计和管理模式，但是长期以来，我们没有拿出很好的设计。"

教育的产业改革，把大学从学术象牙塔抛入商业菜市场，大学成为一家公司，学生变成一种产品。用大学招生来推动GDP、用大学城来拉动房地产、学术项目变成生意、师生关系变成老板雇员、大学靠地产牟利，彼此早就成了交易关系。

这一切来得太快而不加深思，在没有配套的前提下人人都脚步匆匆。即使是一门生意，它也是没有成熟商业规划、没有文化附加值、不能让消费者感到愉快的烂生意。

我们在大学里学到的知识很难在以后的工作中学以致用，很多大学开设专业并未考虑到未来的趋势，而只是一味跟风。从国际贸易、货币银行学、金融学、应用经济学到法学、工商行政管理、公共关系学、广告学、市场与营销，从计算机学科到影视、艺术、表演、播音与主持类等等，所有专业无不如此，所有学校无不如此。工科院校开设表演系屡见不鲜，文科院校开始电子商务专业也并不罕见，什么流行就立刻模仿它、做滥它。

经常会看到大学毕业生在找工作时面临"高学历、低能力"的困惑。大学为什么不能改变命运？为什么毕业之后找工作如此之难？不是因为知识不能改变命运，是因为大学根本没有交给你可以改变命运的知识。生命中最美好的4年时光，大学生只学会了考试和考证。

这就是如今的大学病。就算大学是一家公司，也请做一个对产品负责、对消费者负责，有文化附加值、有向心力、有着良好企业文化的好公司。

刘道玉：教育界有六条"恶法"

武汉大学原校长，著有《中国高校之殇》、《一个大学校长的自白》、《拓荒与呐喊——刘道玉自传》，生于1933年

我国的高等教育的出路在哪里呢？出路是必须大力进行改革。怎样改革？戊戌变法失败后，康有为先生沉痛地说："变事而不变法，变法而不变人，则与不变同矣。"我国教育界办学者们的思想依然还是停留在第二次浪潮（工业文明）时期，抱着工业文明的法则不放，这些原则是：标准化、专业化、同步化、集中化、集权化和好大狂，而这些原则是与信息时代根本对立的。不客气地说，我国高教中存在的问题，就是这六条法则造成的恶果，特别是好大狂的思想。凡事以大为好，而且追求大到了发狂的地步，如大学扩招、大学合并、专升本、学院改为大学、系改院、建豪华的大楼、建大学城，等等。

因此，为使我国大学走出困境，必须进行一次教育改革的启蒙，通过改革坚决摒弃第二次浪潮六大法则对大学的束缚，特别是纠正好大狂的思想，使大学恢复到常态，坚持实事求是的原则，按照教育观念办学。

我一向认为，学生是学校的主人，接待学生是大学校长义不容辞的职责。在培养学生方面，我是按照蔡元培先生提出的"兼容并包"的思想，在教学与研究中，我是信奉卢梭的自然主义教育理念，倡导独立、民主、自由、质疑和批判精神；在思想教育方面，我十分强调儒家以"仁"为核心的

"道统"，做诚实的人，严谨地做学问。

我注意到了千军万马考公务员的现象，也发现了70%的博士进了各级政府机关。这是一种不正常的现象，"学而优则仕"不可取，这是应试教育屡禁不止的思想根源。谁都知道，学历高低与能力高低不是一回事，以研究生的学历招聘公务员不可取。同时官本位主义这对青年人有很大的诱惑力。政治体制必须改革，无论是领导人或是公务员，都必须在公开、平等和竞争的情况下，以优胜劣汰来选拔，唯有如此，才能把最优秀的人才选拔到各级政府中来。

我国虽然有2000多所大学，但千校一副面孔。这是我国大学失败的重要表现之一，社会对人才的需要是多类型、多层次和多规格的，怎么可能都办成大而全的研究型的大学呢？"苍龙日暮还行雨，老树春深更着花"是明朝顾炎武的两句诗，是老年人壮志的诗句。我常常以此来激励自己，努力做到年老未敢忘国忧，将一如既往为教育改革而呐喊！

熊丙奇：我们不一定要看到结果，但要看到行动

上海交通大学新闻中心副主任，21世纪教育研究院副院长，生于1972年

这十多年的大学变化分为两方面，一个是外在的。我们的大学整体规模在不断扩大，各项硬性指标不断向高处在走，比如说教师的素质、构成、教师的科研成果；另一方面，内在上，十多年来社会对大学的认同度越来越低，大学的教育质量随着规模急剧膨胀不断下滑，大学的精神相比起90年代初期可以说是变得"堕落"了。

现在大学用来评价大学教师的标准都不是内在的标准，从真正的大学精神来说，大学教师的学术声望是在下降的。这其中当然包括很多原因，让他们把太多精力放在了行政上。从学生来看，这几年大学升学率达73%，要成为大学生已经不是件难事，但整体社会都失去了对大学生高素质的认同，甚至大学生自己都不认为自己是优秀人才。温家宝总理在多次的座谈会和与网友的交流中都明确提出我们教育存在的严重的教育行政化和大学没有自主办学权的问题。对于高等教育改革，我觉得无非就是三方面，第一是高等教育管理制度改革，就是真正像教育部长袁贵仁讲到的"中央向地方放权、政府向学校放权"，落实和扩大学校的发展自主权，建立新型的治校关系；其次是

在学校内部推行真正的民主管理,实行行政、学术权的分离,按照基本的大学方针办事;再就是高考制度改革,这对基础教育与高等教育发展都有重要作用。如果说高校免考入学制度无法拥有,那么它的制度办校也就无从谈起了。

去年7月份颁布的《国家中长期教育改革和发展规划纲要》,我在制订过程中提供了一定的建议,草案出来后也参与了意见的听取。这份纲要从文本来讲,虽然有不足,但应该说是凝聚了现阶段所能够达成的改革共识。纲要比较清晰地指出未来十年我们教育发展的方向,但对改革来说,最大的阻力还是在于行政部门,因为改革的实质无非也就是放权的过程。因此我一直提议要改革模式,应该由全国人大、地方人大主导全国和地方的教改,过程中应该有更多公众参与的机制,如果仅仅是由教育行政部门说了办,那很难使放权的过程能够落到实处。公众的参与主要是学生参与,学校成立教授委员会、学生委员会、家长委员会来参与改革方案的制订、监督改革方案的执行;第二个就是社会的力量参与学校的办学,比如中小学成立基础教育委员会,大学成立大学理事会;第三个是跟教育关系比较密切的企业、用人单位,由他们来影响、推动教育改革。他们可以通过包括用人观念的改革、与大学的合作来参与学校发展。在国外,由企业家参与教育改革是非常普遍的;第四个就是NGO,他们一方面参与改革方案的谏言,另一个就是推进教育改革的实践。

按照温总理的讲法,教育改革的一个目的就是要让公众恢复对教育的信心,现在要让公众以及学生能够对教育恢复信心,最主要的还是纲要的落实,就是说我们不一定要看到结果,但我们要看到你的行动。大家都知道改革是不能一蹴而就的,但至少得让大家看到你的行动:是跑的还是走的,而不是原地不动乃至调头而行。学生也应该做好自身的规划,现在能够逃离中国教育制度的人毕竟还是少数,在这个制度之下,还是有些优秀的学生,就看你怎样把握周围的资源,怎样认识到这些问题,通过自己的努力身体力行地来推进教育改革。

只要能改变这种以行政级别建校的制度,中国教育的声誉能够恢复得很快。香港科技大学从建校到成为亚洲一流大学不是很长时间,民国初期我们的大学也没建立多久,但就培养了很多人才。按照学术自治或者教授治校的教育制度,我们的大学都不是现代意义上的大学,但只要真正愿意改革,大学很快就能恢复公信力。

如何破解阶层之谜？

文/肖锋

潘石屹，大学毕业后到国家部委工作，1987年起开创公司开始自己的房地产生涯。1995年，潘石屹与夫人张欣共同创立了SOHO中国有限公司，成为京城最成功的房地产公司。近年潘氏夫妇共同创立了SOHO中国基金会。在许多中国人眼里，老潘的人生履历就是一个出身西部贫困地区的农家子弟，如何坚持梦想，展现商业才能与进取精神，抓住中国改革开放的好时机，最终跻身时代前沿的成功故事。

这种社会身份跃升，在西方至少需要三代人的经历。

务实的新舵手深知民众在期待什么，高瞻远瞩地把手一挥"富起来！"，于是10亿人民开始了新财富路上的长征。中国三十年，西方三百年。中国浓缩了的社会进程在潘石屹身上有了集中体现，从农民、职员、经理再到老板。

在社会阶层阶梯中"向上爬"是社会的主命题。中国不乏从底层到金字塔尖的例子，实现个人身份的三级跳。职业的高级化仍将是未来中国的社会趋势。据专家称，中产阶层的比率未来每年将增加1%。伴随大量农民进城，农民数量将从70%减少到30%。

上行社会是一个美好的愿景。这愿景面临的问题，集中表现为缺乏改革初期的活力，集中表现在富二代、官二代、贫二代代际传递现象，富者弥富，穷者弥穷，社会流动的障碍依然横贯在户口、教育、就业、升职等各个方面。

《2002年：中国社会形势分析与预测》表明的中国的十大阶层是这样的：

1. 国家与社会管理者阶层（所占的比例约为2.1%）

2. 经理人员阶层（"老总"，比例约为1.5%）

3. 私营企业主阶层（"老板"，比例约为0.6%）

4. 专业技术人员阶层（比例约为5.1%）

5. 办事人员阶层（比例约为4.8%）

6. 个体工商户阶层（比例为4.2%）

7. 商业服务业员工阶层（比例约为12%）

8. 产业工人阶层（比例为22.6%）

9. 农业劳动者阶层（比例从1978年的70%以上减少为1999年的44%）

10. 城乡无业、失业、半失业者阶层（所谓"盲流"，比例约为3.1%）

如果一个社会板结，必定缺乏活力，社会学家设计的"橄榄形"中产社会就不能实现。

在一个上行社会中，人们安然分享社会进步所带来的红利。社会结构的开放性建立在公平性原则之上，即每个人都有公平的上行机会和通道。人人都有上升空间。

但当今正是"三千年未遇之变局"。中国不再封闭。在新的清明上河图上，新富阶层是迎接全球化的第一方阵，中国的致富大军应以此雁行方阵前行。如此，人人有奔头的社会才是良性运转的社会，才会有更多"潘石屹"涌现出来。

梁晓声：哀其不幸，怒其不争

作家，著有《今夜有暴风雪》、《雪城》、《中国社会各阶层分析》等，生于1949年

2011年7月27日，上海交通大学，人民网总裁兼总编辑廖玒在中国传媒领袖大讲堂上演讲时，分析到中国当下的社会背景，不全是乐观。

改革开放初，中国曾设想通过n年形成橄榄形社会。底层上升主要通过接受高等教育和掌握现代从业技能，但现在看，成硕士生了，成博士生了，又怎样？

官二代、富二代不可能挤压掉农二代、穷二代所有的上升通道。当官？当董事长？"上升"不只这两个概念。我到日本一个不大的饭店吃饭，主人一个是早稻田大学历史学博士，一个是东京大学中文硕士，夫妻俩年龄在40

岁左右，你进去，他会亲自给你端面，但是你会对他肃然起敬，人家另一个身份是学者，业余时间要出书，有中产收入，你凭什么说他的工作不体面？

在任何一个国家，底层、中产、富裕阶层始终在博弈。中国长期以来抑制了底层对自己权利的诉求，作为管理者，它首先感到不安的是人们提出诉求的方式，它的屁股一下子就会坐到资方，一会是裁判一会是运动员。还是鲁迅说的："哀其不幸，怒其不争"。每个阶层、每个群体都要意识到自身的公民利益，并要去积极争取，有些事情一争取就会不一样，个人所得税起征点不就是一争就调高了500块钱吗？公民争取自身权利和国家管理之间不是一个互相抵消的关系，而是一个同时增长的关系，一方公民意识加强，另一方服务意识就会提升，你不加强，人家也就不提升。

非洲大草原上最温顺安祥的角马群、野牛群，遇到特殊情况，转移到这儿转移到那儿都会发现草场少了，它们会陷入本能的动物焦虑，缺水时，从食物链上端到下端都处于焦虑，而且会互相攻击。

中国的问题当然不是都由人口众多所造成，这样一个大国，你的发展速度，你的发展布局，你的分配理念，在发展初期就应该全面周到考虑。我们发展初期叫"摸着石头过河"，"交学费"，"让一部分人先富起来，然后实现共同富裕"，让一部分人先富起来，跟"实现共同富裕"相比，相对来说简单和容易，并且真的实现了。但是你要使这么一个人口众多的国家达到贫富差距不那么大，可不容易，这要伟大的头脑去设计。

大家都想上一趟车，突然发出一声："先使一部分人上车"，无论坐地铁、火车、公交车，逻辑上是对的，但这里存在一个社会伦理学问题，到底先使哪一部分人上车？让一部分特殊一点的群体先上车，尤其是经过"文革"，我个人认为这没有问题，但是接下来要考虑，后边的人接着上车，怎样排队？排队过程中又要照顾到哪些群体？停车点、始发站、多少分钟来趟车、我们一共有多少辆车……这些都要考虑。不能就那么几辆车，一部分先上了车，开走了就再也不开回来了。

何帆：真金白银，砸出一个和谐社会

中国社科院世界经济与政治研究所副所长，著译有《出门散步的经济学》、《世界是平的》等，生于1971年社会症结到底在哪里？有人说收入分配不均，因为城乡差距太大。中国经历了人类史上可能从来没有遇到过的农民进城潮，农民进城，收入肯定在提高，那怎么可能城乡差距反而在扩大呢？从经济学上说不通。

底层上升通道变窄，最关键的问题不是收入分配问题，而是因为原来的机会现在被堵塞了，尤其是教育。过去，教育是社会稳定的阀门，是能使得底层穷人资质比较好的孩子通过受教育"鲤鱼跳龙门"改变命运，但现在教育的功能出现了180度的转变，变成了"富人俱乐部"，变成了上流阶层、特权阶层巩固既得社会地位的工具。我记得总理说过，他当年上大学时，同学里头绝大部分都是农村的孩子，你现在再去看，包括中国农业大学，都是城市孩子居多。

其中一个原因是教育收费，另一个原因是政府对教育尤其是义务教育投入不足。农民其实是最善于做成本收益分析的。在就业市场上，高中生并不比初中更具竞争力，就算考上大学，砸锅卖铁一上上四年，找工作又难，就算找到工作收入也很低。

关于中产阶层的幻灭感，经济学家赫西曼（Hirshman）曾谈到公众参与有一个偏好的周期轮回，有一段时期大家会对公共事务非常关心，有一段时期大家会对私人事务非常关心。回想在上世纪80年代，大家的兴奋点都在公共事务，人人都很关心体制改革，到90年代有了一个很大的转变，大家突然不关心公共事务了，精英们通通都下海，大家发现赚钱很爽，有了钱之后社会地位、生活、视野不一样了。现在，如果你是城市白领，赚钱对你仅仅意味着养家糊口，你辛辛苦苦天天工作，能买下一套房吗？中产阶层出现幻灭感之后，他就要开始考虑别的了。

富裕阶层移民，这不是个新问题，最近的"国进民退"，更加剧了民营企业家的担忧。

中国有很多的特殊利益集团，而且利益出现了板结化。美国经济学家奥尔森说，你在边界稳定的情况之下，比如说和平时代，阶层利益一定会出现板结。上世纪80年代为什么那么好改革？因为改革家刚刚出道，没有任何利益，他当然要改革，为什么现在难了？因为当年的改革家现在各有各的一摊，他站在那个位置，态度就变了。

怎么办？第一，引进竞争，制造掣肘；另外，就是开放，你让渡了一部分自主权，有所约束，换得的是别人对你的监督和信任。再就是城市化，这是中国未来的一个发展方向，让更多的农民进城，通过这种方式解决"三农问题"，解决社会板结的问题，但是，这是个系统工程，你得给他许多社会福利，你得进行农村土地所有权的改革，让他的宅基地能进行土地交易，这是他进入城市的资本。

另外，政府必须掏钱进行社会安全网的建设。你必须在大家感到焦虑的时候给老百姓"免于恐惧的自由"，我不要担心我老的时候会饿死在街头，不要担心生病的时候没人管，医院不救我，这就意味着政府得掏钱，你不掏钱怎么建立和谐社会？必须得掏钱出来，真金白银砸下去，砸得掷地有声，才能砸出一个和谐社会。此外要广开言路，要让公民参政议政咨政。

美国、日本、中国台湾和香港都遇到社会利益板结、矛盾激化的问题，记得当年刘德华演过电影《五亿探长雷洛传》，那就是香港早期社会的一个缩影，雷洛作为警长，却在经营黄赌毒，后来，廉政公署一出现，这些东西逐渐都没了。

问题积累到一定程度的时候，它会逼着你进行系统性改革，才能够解决。有时，我们对社会进步要有信心和耐心。（采访/何雄飞）

中国人担心什么？

文/胡赳赳

没有人会怀疑，中华民族是勤劳勇敢的民族。15年的中国心态史上，主旋律是进取，亦有怕相随——所以我们一直摸着石头过河，重视教训，有所畏惧。因为中国人在走从未走过的路，因为前途光明而道路曲折，因为我们只能憧憬不能算命，因为患得患失是生活的组成部分。

15年，跨世纪，中国对"怕"字有重新认识。我们要描述的是，20、30、

40岁的不同代际心态，身处不同社会阶层所带来的压力与生态，心理诊所之外的中国人真正的心灵史。

1996年到2000年，总担心的事物是：节奏慢半拍、股市垮掉、乔丹退役、足球冲不出亚洲、城市没有地标、网友见光死、世界末日、GDP不上升、没有夜生活……中国人一心要进入"四个现代化"，改革开放进入激越期，中国人最怕的是"赶不上趟"。

2001年到2011年，水深火热。政治体制静水深流，经济体制热火朝天。大世界，大时代，眼看他起高楼（最野蛮、最雄壮、最山寨）、眼看他宴宾客（体育盛会、周年大庆、世博）、眼看他楼塌了（9·11、全球多发性地质灾害、各种工程质量的楼歪歪）。中国人的奔跑姿态、一往无前的急行军遭遇恐慌：灵魂想慢下来，身体却不答应。

但是，是否真怕，仍是疑问。《我们时代的100怕》最后一怕是"怕什么都不怕"，依然是对当下中国的生动写照，缺少"敬畏"、缺失"信任"、缺乏"安全"。我们害怕的事物依然在愈演愈烈，且临近结局，自食其果。

生活不总是尽如人意，中国人怕什么：怕堵车——"一心奔向现代化的中国人堵在北京四环路上"（许知远语）；怕空气污染；怕地沟油；怕没房住；怕装修；怕坑爹；怕"被代表"；怕跑不过CPI；怕股市套牢；怕坐高铁；怕山寨；怕创新性破坏；怕爱国贼；怕网络暴民；怕人肉（有时候是又喜又怕）；怕到此一游；怕各种"门"的出现（有时候是又怕又盼）；怕加班；恐婚（又恐剩）；怕恐怖主义（又恐自由主义）；怕出轨但又偷偷越轨；怕喝酒但又拼命劝酒；怕一睁眼还活着；怕一闭眼还睡不着。

中国人不是"胆小"而怕事，而是"胆大"而出事。怕矿难、怕金融危机、怕地震、怕进医院、怕醉驾、怕A货、怕B罩、怕压力、怕努力、怕上当、怕下葬、怕艾滋、怕爱情、怕没朋友、怕朋友不仗义、怕限购、怕限行、怕通胀，又怕通缩。

与其追问中国人你怕什么，不如问中国人你累不累?!

人们恒久关心的三件事是：我的社区安全吗？我的城市安全吗？还有什么有意思的事发生？

与其追问中国人你怕什么，不如问中国人你到底不怕什么?!

怕越来越多，也就冷漠、麻木、苟且、如常，这是最大的可怕。

怎样才能不怕？回归常识，找回良知，对未知之事心存敬畏。

吴思：我们看到了危机，却没有成功的历史经验

历史学者，炎黄春秋杂志社副社长。著有《潜规则》、《血酬定律》等，生于1957年

怕，分"共怕"与"阶层之怕"。全国人民共同的怕是通货膨胀。你的工资也许在涨，但很可能涨不过通胀率。全国人民还可能怕大动乱，但特别穷的人可能不怕。我们还怕严重的污染、食品安全、自然灾害，突然出现的以前没见过的像Sars一样的病。但更深层次的怕是分阶层的，不同阶层的人有不同的怕，有些怕还是相互冲突的。

农民工怕什么？第一代农民工怕找不到活，但他们不会因为找不到活而无以为继。他们的根还在农村，赚几万块钱就可以回家盖房子娶老婆种地了。第二代农民工的不安全感就强烈了，他们十分害怕失业，因为他们已经不能回去了，农村已经不是他们的生活方式——他们不会种地了，甚至没有地可以种了。第二代农民工怕无法在城里买房子，怕娶不上媳妇，怕养不起孩子。他们的这些怕已经变成一种长期的隐忧，而且这个问题涉及两亿多农民，如果解决不好，会带来全国的不安定。

城里人的大学生也怕。他们刚刚毕业，怕找工作，怕买房子。已经工作的年轻人赚着工资怕房价涨，买了房的人办着按揭怕丢了工作。

中小老板怕得更多。本来市场就挺可怕的，国家政策左一条右一条，还有人敲诈勒索。工人的工资越来越高，税也越来越高，但生意却越来越难做。更大的老板倒是不怕这些，但他们怕中国的未来不安定，他们的生活不安全，于是他们选择移民。

高级的官员看到各处的群体事件，也表现得恐惧与不安。政治体制改革怎么搞？他们的心里也没底。真的改起来，自己会怎么样？国家会怎么样？自己的后代会怎么样？我们看到了危机，却没有成功的历史经验，这个恐惧才是最深的。

骆新：我们焦虑是因为不知道我是谁

东方卫视主持人兼新闻评论员

中国人的怕有三种社会心态：焦虑，失衡和恐慌。

焦虑是对未来的不确定性，失衡是因社会贫富不均，恐慌是因缺乏社会安全感。

这个社会是有现代化而无现代性的社会，一切东西我都可以造得出来，生活也还可以，但是与现代化配套的现代性的制度建设到目前为止还没有完成。这也是中国人怕的原因。

往小了说，中国人的恐慌来自对自己未来竞争力的担忧，老了以后是不是能够有所养，工作能不能保得住，会不会出现食品安全的问题，会不会出现高铁事故……一个国家进入现代化进程中，必然会出现心理动荡。

现在，人们的参政意识越来越强，但是政治的互动性却还不够。我是上海市政协委员，刚去了虹口一个社区，基层领导压力非常大，都快崩溃了，上面下达指令，层层分解，要完成GDP、维稳任务，上访不能出社区，出社区一票否决制，民众有大量生计上的考量，比如说贫困问题、就业问题、求学问题，现在都要求在基层都给化解掉，可是，基层领导的资源调配能力又有限。另外，上面经常会搞一些大的活动，其他都是二传手，最后领单子的人还是基层领导。他们资源有限，压力巨大，承载着超出行政功能之外的许多任务。

在我的接触中，高层领导或企业家们最害怕自己的权力和财富被突然剥夺。我有个朋友在山西开煤矿，他投了几亿，山西老出黑煤窑事件，中央要求山西整合煤矿资源，他的煤矿必须要贱卖，一夜之间就赔了两个多亿。

中产也焦虑。我有一朋友要去北京发展，跟一家英国公司谈妥了工资，公司定额支付房租，中间限购令一出，北京房租噌噌往上涨，最贵的涨了一倍，到北京后，她发现有严重的被剥夺感，原来能租个好房子，一下租不起了。

我处在传媒行业，这是个高收益高风险的行业，看起来挺风光，有社会尊严，但我们每天都处在高度紧张、竞争激烈的状态之中，我经常举一个例子，我上直播台，生怕说错话，每天就像是往一支手枪里压一颗子弹，往头上啪扣一下扳机，今天我顺利地从直播台上下来了，没事了。说不定哪一天扣扳机,！那颗子弹就射中了脑袋。

比如毒食品，都在说加强监管，但加强监管仍然是单向思维，安全不仅来自公权，还得来自企业、来自个人和社会组织，多方进行有效的制度约束，达成一个社会共识。我一直认为，所谓的诚信既不来自简单的教育，也不完全靠我们内在道德自律，它是来自组织之间、人与人之间的彼此纠错能力。我记得雷颐先生曾经说：庙堂有道，民间无道，或是庙堂无道，民间有道，现在的问题是庙堂无道，民间也无道。

在以前，老说钱不能买到一切，不食嗟来之食，"富贵不能淫，贫贱不能移，威武不能屈"。但是，后来你发现钱又能解决许多问题，人被高速发展的社会给异化了。

其实，我们现在的焦虑更多的不是物质上的焦虑，我们的不安全感不是物质的不安全感，而是我们灵魂深处不知道我是谁，我从哪来，我要到哪去，我们不知道快乐来自哪儿。

还敢爱吗？

文/孙琳琳

"我爱你。""滚。"一出最短的悲剧。过去它的发生多半因为没有感觉，而现在也可能是因为没有钱。

15年前，爱情常在道德感和社会眼光里挣扎，但还没跟GDP挂钩。而在今天，不先谈妥车和房，谁又来跟你谈情呢？物质是基础，人人都这样讲，仿佛爱情一定要在送过玫瑰、吃过大餐、游过车河、查过房产证之后才能发生。所谓的般配，不过是一种资源交换——美貌可以换来优渥生活，这成了人们习以为常的逻辑。

关于爱情，人们要说的话、做的事越来越多，信心和安全感却越来越少。七夕节卖出平时n倍的鲜花、钻戒、爱情婚姻保险。"微情书"得到热烈响应，人们急于在博客或者社交网站上公布自己的爱情细节，表决心，仿佛得到祝福比得到幸福更重要似的。

与此同时，爱情也在加速度不断地失落。2011年，奥运情侣陈一冰和何雯娜分手了，足坛明星夫妻谢晖和佟晨洁也离婚了。全国民政事业统计数据显示，2011年第一季度，中国共有46.5万对夫妻离婚。每天，平均有5000多对昔日的爱人分道扬镳。

有人为90后的爱情忧心忡忡。北京抽样调查过70所中学的5000多名初二学生，其中65%有心理障碍的孩子来自"问题家庭"，父母的不和与分离，如同笼罩在孩子人生路上的雾霭。他们得到的关心和抚养也许半分都不少，但却不再知道什么是"幸福的模式"了。

到那个时候，我们可能无法问这些孩子：还敢爱吗？因为他们会反问你：什么是爱？

爱情的前提、过程和结局越来越复杂，有时甚至要核算成本和收益，这是那些泣血歌颂爱情的诗人没有想到的。

似此星辰非昨夜，为谁风露立中宵（黄景仁《绮怀诗二首其一》）。这古典主义的爱情体验在今天的中国还能得到响应吗？6000多级"爱情天梯"，50多年的遁入深山的姐弟恋。这现实主义的爱情故事在今天的中国还会再发生吗？

不管你敢不敢、想不想，生命中总会出现那种时刻，命定的时刻，谁也无法逃脱，此时你感受到爱情。

88岁的日本电影大师铃木清顺再婚了，妻子只有40岁。他身体不好，常年坐在轮椅上，"一个人生活非常危险"。这种婚姻模式在中国常被认为是年轻女人贪图钱财所为，却没有人想过，即使是年老体衰者，渴望爱的心一点也不会衰竭。所以哪怕像海夫纳那样丢脸，哪怕冒着人财两失的风险，他们也愿意再试一次。

爱情不是谁给的，而是一种内在的热情和驱动力。略萨说："爱可以丰富一个人的人生，爱是非常私人化的，虽然爱情被人们津津乐道，但是你很难对爱有准确的描述，简而言之，爱最好是去体验，而不是被描述。"

既然如此，有什么不敢爱的。

李银河：离婚率高是因为人们更重视感情了

社会学家，中国社会科学院社会学所研究员，著有《同性恋亚文化》、《虐恋亚文化》等，生于1952年

爱情是人类永恒的主题，这是没错的。至今，人们依旧觉得中世纪欧洲的骑士爱，中国古代崔莺莺式的或者红拂夜奔式的爱情很浪漫，让人心潮澎湃，但是，为什么现在年轻人总说"不相信爱情了"，一边羡慕纯爱，一边不敢去爱，这主要是因为中国社会变化得太快。

仅仅十多年，中国就从普遍贫穷过渡到贫富分化，人们突然意识到婚姻成了一种新型的致富手段，经济因素在爱情和婚姻中所占的比例越来越大，对于女性而言就有了嫁给爱情还是嫁给金钱的选择，在过去这是不必思考的，因为大家都一样。都一样的结果就是，大家嫁的男人也都差不多，结婚的双方年龄和收入差距都很小。而今天，你会发现各种奇妙的组合都出现了，"小三"和"剩女"同时在猛烈增长。

社会变迁的另一个结果就是贞操观的逐步改变。

在1997年刑法删除"流氓罪"之前，与合法婚姻外的异性发生性行为，被视为是犯罪。而现在，60%以上的年轻人有过婚前性行为，越来越多的人可以接受婚前性行为。当然，与西方个人本位主义相比，中国人看待性与婚姻的关系仍然相对传统，几千年来形成的价值判断是：想与异性亲密就只能结婚，组建家庭。而这一观念的影响力不是短时期内就能够消失的。因此，2008年浙江大学还开展了守贞教育，很多医院开设有"处女膜修复"手术，这种手术在西方人看来是不可思议的。从生理需求的角度出发，中国人多数还是会选择婚姻，而非单身却拥有性伙伴。

中国的离婚率连续7年增长，越是发达地区离婚率越高。我认为，这正是人们日益重视感情的缘故。越是因为轰轰烈烈的爱而结婚的，越容易离婚。毕竟在中国的现实情况下，经济因素是回避不了的，而激情显然持续不了太久。当然，另一种说法我觉得也有一定的道理，中国人婚前太不浪漫，婚后太浪漫。很多人第一次谈恋爱，谈完就结婚了，婚后才明白自己真正喜欢的、在乎的是什么，诱惑也就来了。

因为离婚率高就不敢谈恋爱、不敢结婚完全没必要；离婚率高反向也证明了离婚的成本正在降低。年轻人就应该趁年轻多谈恋爱，大胆去爱，但是对婚姻还是要慎重，"闪婚"、"裸婚"不见得适合多数人。

黄菡：不管敢不敢爱，就得爱

江苏省委党校行政学教研部教授，《非诚勿扰》节目嘉宾，著有《走进震撼的精神世界》等，生于1966年

就像食品安全问题，整天听说这个不能吃那个不能吃，可到头来我们还得吃。我认为，情感也一样，不管敢不敢，我们就得爱。

爱是什么？一说就错。如果非要下个定义，可能就是人们对自己跟他人——现在已经不能说跟异性了——关系的一种特定的表达。

既然是特定的表达，就免不了一些程式化的元素，它总会涉及是牺牲奉献还是占有索取，是排他专一还是包容多元，是真诚还是背叛，但是当体会这种关系时，人们的态度确实会随着社会的发展而变化，比方说，你是更强调责任感，还是更强调个人满足；在表达这种关系的时候，你是更倾向于对社会特定的价值规范顺从，还是反叛。

过去，人们说"受到大家祝福和认可的感情更容易幸福"，现在我们会觉得更多地遵从自己的感受，哪怕不被别人看好，反而更有满足感。

过去，离婚的代价，尤其是社会舆论成本很大，有些人远离婚姻就是为了保证自由。现在，婚姻的神圣感正在消退，人们都明白"白头偕老"、"一生一世"、"不离不弃"，只是一种美好的愿望，就像过年说的吉祥话，并不是一种束缚，所以，人们变得更敢于要爱情，要婚姻，因为一旦得不到预想的情感诉求，完全可以离婚。

当下的人们对于性、爱情和婚姻，已经能够分得很开了。正如，当配偶出轨时，有人会追问"精神出轨"还是"身体出轨"？男女之间的关系也不再只有结婚抑或不结婚两种，已经发展出了n种情感。虽然不能说这n种情感都是"存在的就是合理的"，但既然存在，肯定还是有一定原因和意义的。

至于"动什么别动感情"、"谁认真谁就输了"、"再不相信爱情了"这些说法，我觉得还是因为没有迸发出真正的爱情，爱情本就不是一个可以控制的东西。

与其说人们对待爱情更小心翼翼了，不如说真正的爱情更稀缺了，尤其是经典的爱情，让你犹豫的、被抑制住的，往往不是两个人到底谁更爱你，而是谁的学历高点，谁的薪水高点。总有人说在感情或者婚姻中得不到安全感，因而不敢全情投入，以致分手、离婚，其实缺乏安全感是因为对对方或者对婚姻有着不切实际的想法，赋予了对方太高的要求，一心想用婚姻来解决生活中的所有问题。

事实上，不可能有完美的婚姻，婚姻能够且只能够解决单身生活的部分问题，也会带来一些单身生活本没有的新问题。

刚加入《非诚勿扰》的时候，我对这个节目和电视节目的制作都不了解，一度认为上节目的年轻人所表现出来的"快餐式"的择偶标准就是现在的年轻人真实的想法，大家喜欢的人都是一个模子塑造出来的，而这个模子就是大众媒体传递的主流价值观、成功观，后来我发现不是这样的，真实的生活中还是每个人所喜欢的不太一样，该爱还是得爱。

像什么一样生活？

文/朱坤

像什么一样生活？是谁出的题这么的难，到处全都是正确答案。

像什么一样生活？没有标准选择。这是道真正无解、真正多选的选择题。在作出任何选择之前，你已在按照某种方式而活，作出选择之后，你只不过比以往更明确自己想要的生活。

像什么一样生活？没有面试考官。孰好孰坏的标准不抓在任何人手里，如果真有，它也只能是你自己。

像什么一样生活？没有现成答案。它时刻根据你的年龄、心情、状态、知识与智力状况而定。没有一以贯之，没有一错到底，更没有一劳永逸。

于坚说："像上帝一样思考，像平民一样生活。"你还可以像猪、像猫、像切·格瓦拉、像苦行僧一样生活。每个人都有自己的生活方式，正是有了每个人"各就各位"，世界才会变得丰富多彩。

选择什么生活方式的背后，是人生观的博弈，是价值观的取舍。

千万要警惕那种妄想给出终极答案的人！没人有权利规定你应该怎么活。人群可能屈从于某种权威，受商业力量裹挟，受某种舆论控制，只呈现出单一面貌，但历史已无数次证明：只有单一可能性的社会是停滞的，缺乏不确定性的社会是无趣的。

拥有选择的权利，即是一种幸福；拥有众多选项，更是一种奢侈。

2001年《新周刊》提出"像什么一样生活"，而事实上，这是个《新周刊》追问了15年的宏大命题。《新周刊》的生活方式观可以概括为提示中国人按照自己本来面目而活。那就是回到常识、回到土地、回到历史、回到内心。

但现实困境却是：西式生活方式不可求，中式生活方式又回不去。只好顾此失彼，首鼠两端，这就是当代中国人的生活方式现状。

于丹：时代呈现多元化，我选择外化内不化

学者，北京师范大学艺术与传媒学院副院长，著有《于丹〈论语〉心得》《于丹〈庄子〉心得》等，生于1965年

什么是这个时代的生活方式呢？如果用一个词来概括，就是多元化，这是一个对多元化充分尊重的时代，每一个人都有这种渴望，但很多人不够勇敢。第一是没有这么勇敢的信念，第二是没有这么勇敢的执行力。

当代人选择生活的流浪与飘移，都相关于寻找与安顿。寻找的过程中是一个人把不确定性兑现为确定性的过程，是一个人逐渐在土地的丈量下走向远方，在心灵的丈量下走向自我的过程。它是对外和对内双向的、同步的寻找，而最终的契合就是完成了一种方式的安顿。这种安顿不见得在一个地方，而是在一个独属于自己意愿的一种行为标志上。

我们寻找的不是物理上的地标，而在我们自己的内心里。空间可以被穿越，我们的生命也在穿越着时间。为什么我们有的时候喜欢引用唐诗、宋词中的句子，或者是文艺复兴时期的一首诗歌，其实这都是在穿越中编织一个

我们心理上的坐标，就是某个人提供了一种生命的可能性，所以我就觉得，到底像什么一样去生活，去居住呢？其实人最终是在一个勇敢而坦率的意愿上，确认了自己的信念，并且以一种勇敢而坚定的力量把它兑现完成，这就是关于自我生命建立的生活方式。

我自己的生活观，可以用庄子的五个字来概括，叫做外化内不化。所谓外化就是尽可能地融合于这个社会，所谓内不化，就是在内心保持一个尽可能相对完整的自我，也就是说在外化的意义上我必定要在地图之内，在地图之上，去建立一个我所居住的地方；而我的居住在这种融合的程度上讲，可能要比一般的大众更加世俗，因为我是和我的妈妈、老公、女儿同住在一个屋顶之下，我的生活方式看起来和所有的中国人没有什么两样，甚至比一般的中国人更加传统。但是所谓内不化这三个字，我觉得我的内心始终在驿站中一站一站地寻找着，对我来讲，就如苏东坡那句话，叫做"此心安处是吾乡"。我可以有很多很多的故里，也可以一个也没有，因为我是一个生在北京的人。生在北京的人，是没有故乡的，因为这个地方没有方言，我们从小说的就是普通话；这个地方没有民歌，我们从小唱的是《我爱北京天安门》；这个地方的人不会饮家乡的酒，因为这个地方的红酒喝的是拉菲，白酒喝的是二锅头……所有这些东西，不带有任何地方的仪式。从这个意义上来讲，我是个在物理上没有故乡的人，但正因为我去过的地方多，我内心的认同感强，所以在整个世界上我可以有很多很多的安顿。

安顿有时候是一个瞬间，安顿不一定长期地终老于此，不一定把你的躯体安顿在某一个屋顶之下，有的时候，安顿的感觉也是一见钟情，就是你对某一个地方，电光石火，热泪盈眶，那一瞬间，你已经完成了安顿，哪怕这个地方你此生永不再来。

我的外在是一个非常传统的，离不开母亲和孩子的女人，但是我的内心，我很喜欢的一句话叫"红尘犹有未归人"，正如我接受你们颁发的骑士勋章时所说的：他们把一次一次的流浪，当做归宿，把一次一次的离别，当做爱情，永远在路上。

张颐武：人没有对生活方式满意的时刻

学者，北京大学文化资源研究中心副主任、中文系教授、博导，著有《从

现代性到后现代性》、《新新中国的形象》等，生于上世纪50年代

现代人"像什么一样生活"取决于主流的年轻人的价值观和他的选择。我们这一代都已经没有自由选择的余地了，生活已经被固定。《新周刊》曾经提出的"飘一代"的年轻人主要是70后，他们出生在市场经济前，都是吃过苦的，所以敢"飘"。到了80后、90后，"飘"就意义不大了，现在的年轻人要的是现世安稳。从"飘"到现世安稳，追求踏实感、安全感，追求平常的小日子。80后一方面渴望有奇遇、奇迹、浪漫，但另一方面对于家庭和社会有依赖，尤其是在经济上和生活上。如买房，几乎都期望家里解决。当然他们的知识视野是远远开阔了，是都有希望的。

现世安稳也是一种生活方式，但其实这是社会变化造成的。《时代》杂志说李宇春是"正面的反叛"，这个对80后、90后状态的描述是十分贴切的，是顺境中的叛逆，他有不满，但他也不敢真叛逆。叛逆了第二天吃什么呢？他们也就止于在网上发帖。还珠格格是很典型的代表，她对父皇又依赖又害怕，一出去两天就要回去。其实网上的不满越多会说明现实的社会相对平静。网上的不满意是在网上的虚拟社会里面的，这说明年轻人内心有很多期望。80后里，韩寒虽然嘲笑郭敬明，但他们两个都是从郊县出来的，都吃过一定的苦。目前90后里还没有这样的人物。

我只能在我的环境里说话，那时在北大刚当教师，人家给我一把钥匙，让我到给分配的房子里去。我一打开门，里面已经住了三个不同系的老师。那个比现在的出租房都要恶劣，我打开房门，说飘不飘都没有意义。现在城市里，年轻人愿不愿意这样？这个不需要我去多说。

人总是对生活方式有一个理想，一个想象，而这个理想是实现不了的——一旦实现，理想就不是幻想中的样子，人会有更大的不满。人是不会对生活状况绝对满意的，这就是人性。

我最主要的感受是，15年来，一方面中国人对未来的生活有很强的期望，另一方面好像冲劲和个体承担的能力有所下降，尤其是年轻人，现在的年轻人开拓能力有所减弱，通过梦想来改变命运的强有力的精神有一点衰退。当然这并不严重，他们也有很多很多好的地方：他们有国际经验，视野开放，关注人类的共同问题譬如环保、低碳、动物权利……在这些上面他们的视野比过去几代人都要开阔，有超越的眼光，这是很好的一面。但中国到

了新的平台，原来只有自己靠自己才能打出一片天，现在对自己要求不高，对社会要求反而提高了——对社会要求高是好事，但是不是该对自己的要求放低呢？这个值得考虑。

怎样才能住得更像个人样？

文/文尔达

2010年，社科院《经济蓝皮书》中表示，中国85%家庭买不起房。一部讲述80后生活的《蜗居》，却有评论说"其实60后、70后、80后都能在里面看见自己"。在中国，"住得像个人样"是最低标准，也是最高标准。中国人为之想出诸多解决之道，但怎样住得像个人样的问题，依然悬而未决。

有人说政府要抑制房价。从"国十一条"、"国十条"、"新国八条"、"国五条"到"限购令"出台，政府力度不可谓不大。但任志强仍发表观点，认为限购令会助推部分城市房价上涨——随后，未限购的二三线城市的确迎来了房价上涨的机会。政府是否能够抑制房价，更多人仍然处在观望之中。

有人说要改变社会观念。《非诚勿扰》的男嘉宾录VCR，最有力又最常见的背景，一是坐在自己的车上，一是带观众参观他未来得及装修的新居。买房子成为年轻人结婚前的受难之路，"丈母娘经济"成为流传最广的中国楼市理论——社会观念带来的压力给年轻人套上了枷锁，问题是《中国人口和就业统计年鉴2010》抽样调查显示，"2009年19岁以下全国人口的男女性别比例为118：100，城市人口的性别比为115：100"，男女比例已严重偏离正常值，最后还是女人说了算。

有人说要建保障房。2011年中国有新开工1000万套保障性住房的任务，同时还有保障房规划要"三思"而行的呼声。经济学家茅于轼是保障房政策的支持者，但他亦说过现在"保障房的对象是有城市户口的人，这个大方向本身就是错的"、"保障性住房就不应该给产权"等言论。同时而来的，还有"北京七成保障房违规出租"的新闻。公众并不反对保障房，但对保障房能否公平分配，依然投下了不信任票。

住得像个人样，需要还社会以公平，还生活以尊严——即使"中国已成为私有产权房拥有比率最高"的国家，但难以抑制的是因贫富差距拉大造成的嫉恨，因阶层板结而来的焦虑，因地区发展差异带来的距离，因为社会资源分配不公而带来的愤怒。要住得像个人样，需要的不仅仅是一个大房子，还需要一个讲公平、讲良心的社会环境。

吴晓波：要舒适就得有相当的面积

财经作家，"蓝狮子"财经图书出版人，著有《大败局》、《激荡三十年》、《吴敬琏传》等，生于1968年

要"住得像个人样"，住得舒适，我认为不同的社会阶层应该有不同的标准，刚毕业的大学生就应该买不起房，住得很远或者跟人合租一定是不舒适的，但不仅中国，日本、韩国甚至欧美国家的年轻人也买不起房，也面临这个问题，这是人生必经的阶段。

舒不舒适，每个人也有不同的标准，有些人喜欢客厅大一点，我就喜欢书房大一点，有没有客厅无所谓；有些人觉得住别墅才算舒适，我认为三口之家，150平方米以内就足够了，当然，要舒适就一定得有相当的面积，否则就成颜回了，不到三十岁就死了。

过去，人们说"宁要浦西一张床，不要浦东一间房"，那是因为浦东那边交通不便，配套设施都没有，一旦这些问题解决了，"用距离换面积"的道理大家都想得通，毕竟，整个亚洲的城市基本都是环形发展，随着房价的上涨，只能住远一点，住得再远一点，最远就是逃离北上广了。

中国人对土地和房子的渴求自先秦以来，一直如此。只有计划经济的那一段时期，大家都没有条件，都一样，所谓"不患寡而患不均"，1998年房改之后，有人住别墅了，有人还住蜗居，一比较这种渴求就似乎被放大了。另一方面，十多年前中国人基本都没有理财的意识，而这十多年间，人们逐渐发现房子是最可靠的投资渠道，是抵制通胀的有效手段，所以，没有房子

的人就越发焦虑，越发没有安全感。

不是说租房子就不能住得舒适，关键还是心理和经验作用。比方说，两对夫妻，同一年，一对花50万买了一套房，一对花50万去租房，就算房租每年只涨8%—10%，可房价上涨的幅度谁也说不清，估计不到十年花钱租房的夫妻就得为当初的决定吵翻了。

蔡鸿岩：要"人人有房住"，不要"人人有住房"

中国不动产研究院首席评论员，《楼市》杂志出品人，著有《老蔡侃房》、《批评万科》，生于1964年

"人人有房住"和"人人有住房"，完全是两个概念。

永远不可能每个人都需要买一套房，合理的消费是量入为出。你在这个城市里头，买不起房，租不起房，说明你创造财富的能力不够，你只能选择比它房价低、生活成本低的城市去工作生活。

要想住得像个人样，要根据自己家庭财富、收入情况，量入为出。我们的社会变成了纯商品化社会，北上广深这些城市对穷人是逐出效应，最后会变成富人城市。

今天的房价，不论是买楼的价格还是租金，宏观上说，它是市场供需关系厘定的价位。如果说市场上的房子求大于供，房价必须上涨，供大于求，房价就会下降。

人要住个人样，但是你不能和40岁的老板去比住房，这样去比是一个错误。1998年房改之后，包括政府、舆论、社会都在强调，人人都要有住房。所有的人，包括公务员、私企、老百姓，都认为要有房住，前提就是必须自己去买房，这不对。

为什么这些年住房矛盾这么大？很重要的原因是1998年中国住房商品化，政府把责任全都推给了社会，政府的住房体制过于单一化。以前计划经济，全是大包大揽，突然变成全部市场化，政府基本保障住房又"欠债"。

包括现在，我负责任地说，有一些地方政府，对保障住房建设有抵触的情绪，没有人心甘情愿去建保障住房，为什么？谁出钱？财政收入里头，没有一部法律规定政府必须要拿出多少来建保障房，那这钱从哪来？现在政府

靠卖地，要发展商配建，做生意都讲不出现金资源互换。我拿着地，你来投资，完了你拿出一定比例来建保障住房。你每年卖地挣多少钱？为什么你不能在财政收入里头划出5%、10%用于保障住房建设？为什么从去年开始才相对硬性地规定呢？

土地财政体制决定地方政府不心甘情愿去建保障住房，现在所谓1000万套的保障住房供应，是中央定下来的，地方执行当中一定是加入了很大部分水分，各地都有自己的高招儿来应对上面下达的任务。

现在房价高，特别是中心城市房价高，从市场供应结构上说，它是合理的，从政府政策主导来说，它是有缺失的。

现在高房价的问题不是简单的供求关系问题。我有两个理论，一个是"1+1"理论，就是这个城市有一个人就要有张床有间房，是它跟常态人口——不是政府公布的常住户口人口，我说的人口是平时在这工作生活的人——跟住房是成正比的。另一个理论，中国房地产大走势是"13亿人口乘以GDP"。现在，中国13亿人口自由流动，每年春运有2亿人的春运数字，这是全世界任何国家都没有的，从某种意义上讲，每年春运递增的人口数量跟房地产的需求绝对是成正比的。

我们的问题出在国家没有一个合理的城市发展战略布局。我们现在只有给中心城市设防火墙，让更多人在三四线城市能够落足、就业、生活、定居，这样中心城市人口的压力才会减轻。人口不向中心城市流动了，城市的房价自然就不会上涨。如果说全中国13亿人口每年有万分之一的人都想往北京、上海跑，北京、上海的房价必须得到全世界最贵的房价，一定是这样一个结果。

所有的优势资源集中在大城市，大家都奔着优势资源来到这座城市，我能在北京找到最好的医疗、最好的就业发展机会，文化、体育、卫生都能享受最好，我为什么不到这来？

我们现在的格局是严重的经济地方割据，地方以自己的利益为重，各自为政。一个北京市有金融街，还要有CBD，北京在自己的城市抢，还要跟上海去抢中心地位，天津现在也要建金融中心，这些都是本位主义，每座城市还在强化它的中心资源价值，没有协调地发展。

有一个规律，所有房价上涨过快的城市，都是跟它的区域辐射性有关。最典型的是成都和重庆，重庆有钱的人跑去成都买房，整个西南地区有钱的人都在成都有房子，你很少听说成都有钱的人上重庆去买房，所以重庆的房价一直没涨上来，这都是因为成都的辐射性。北京和天津也是这样，在建京津高铁之前，天津的发展商说，这下好了，建了高铁之后，20分钟车程，北京人买不起房子的人要来天津来买房，我们看到的现实是，高铁建成后，天津有钱的人上北京买房了，北京在天津工作的人也在往北京跑，我的分公司在天津，以前去天津必须得住一宿，现在多晚我都要坐车回北京住。

有一天，房价是否会崩盘？我认为不是房价崩盘，而是整个城市市政系统负荷承载能力不够了，城市会陷入瘫痪，但它的房价可能还会很高。北京常态人口有3000万人，而市政系统只能为1000万人服务。我看央视新闻，北京以前有个村子叫临水村，现在改叫缺水村了。

中国人为什么要追求成功？

文/陈漠

我们从来没有如此迫切地渴望成功。

"三个月赚到一百万"、"有车有房"、"三十岁以前退休"、"实现人生价值"、"开发个人潜能"……这个时代的上进人群在为各种模糊不清的价值标准拼命奋斗，而以成功学身份出现的各种培训班和提升课程也在努力地培植它们的信徒，推销着它们的理论体系。

从各种成功学培训班到各种成功学书籍，从各种粗制滥造又似是而非的成功学理论到各种情绪高亢却模棱两可的实战技巧，从刚毕业的大学生到久经沙场的老板，他们都在一个"成功学"的梦境当中。这从逻辑上就完全是讲不通的，世上绝没有可以让所有阶层、所有身份、所有职业的人都能成功的秘笈。

成功学建立了一套自己的价值观和话语体系，它们使用漂亮的比喻和生活小故事来包装人类世界已知的公理，再以"成功人士"的经验总结和亲历的方式讲出来。简单地说，这就是便利店哲学，廉价而方便。

成功学还使用了陌生人沟通、自我激励、团队意识强化、意志力锻炼等手法，锻炼参与者的沟通、表达能力。从这一点上讲，这是成功学给人最有帮助的地方，也是最具有迷惑性的地方。越内向的人越容易被夸张外化的成功学表达方式所颠覆掉，他们会震惊、叹服继而从中收获从未有过的精神快感。但这并不是成功学，只肤浅甚至庸俗的心理锻炼。

成功学当然帮助一些人成功，但更多的人只成就了成功学讲师的成功。我们批判的其实根本不是成功学，而是成功学背后的时代和个人心态。这种心态与其说是一种技术崇拜，不如说是一种宗教狂热。

我们何时变得如此迫切渴望成功？成功何以变得如此简单粗暴？为什么我们要成功？可不可以不成功？

我们对此一无所知。我们只知道，我们一定要成功，要钱、要车、要房、要地位、要荣誉、要尊敬、要羡慕嫉妒恨。而最重要的是，这一切都要快，立刻得到。

整个社会都在追求成功，尽管我们并不知道什么叫做成功。开发潜能、拓展人脉、身心平衡，执行力、细节、沟通、行销，感恩、励志、提升……我们用尽了所有的方法和词汇来表达迫切成功的心情。这些充满感叹与肯定的句子，足够造成一个时代、一个社会、一群人正奋勇迈向成功的错觉。

这是一种谵语，这是一种梦魇。在这种狂热面前，只有一个成功出口，其他都是失败。人人渴望成功，中国正在成功。

郑也夫：现代人玩的不是零和博弈

社会学家，北京大学社会学系教授，著有《走出囚徒困境》、《代价论》、《信任论》等，生于1950年

我很讨厌成功这个词，谁要是跟我说他是成功人士，我就跟他说，"别跟我来这套"。我告诉学生，在这大学四年，大家最好找到自己的乐趣，热爱的事情，找到这个就已经很好了。在我的字典里没有成功这两个字，成功被别人绑架了、垄断了，给安上了别的意思，那我就不必再用了。

我们现在的人所接受的成功观非常狭窄，乃至多数人是尝不到的，因此很多人有种挫败感，灰溜溜。一个社会多数人有严重的受挫感，那这个社会的精神面貌像什么样子？我所说的成功跟今天流行的成功观完全不一样。能找到自己的乐趣，在自己乐趣的驱使下，找到生活的一个归宿，能将自己的饭碗跟自己的乐趣结合，各得其所，我觉得是这样的一个事情，绝对不是要赚多少钱，是否考上顶级的大学等等这些极其狭隘的指标。不是什么事情都要看结果的。乐趣从不是只在结果，很大程度是在过程当中的。

对狭义的成功追求最有效率的大概不是卡耐基吧，恐怕是中国人吧。怎样考更高分，怎样谋职，不需要外国人教，这些我们都是最擅长的。

中国人为什么非要成功，原因很多。比如独子，独子的话家长就会逼着小孩给家长圆梦，要出人头地，要从起点、从考大学就要成功，这些都是重要的原因之一。如果一个家庭有两个或者两个以上的孩子，家长的心就没那么重。如果说中国人追求成功过分居世界第一的话，独子起了很大的作用，没有一个国家跟中国一样大面积的独子。

成功的标准不是写在纸上的东西，而是在每个人的心里头。古代的情况跟现当代有很大的差异，古代生存比现在的条件更艰苦，竞争也更惨烈，生存资源也相对有限，相当多的游戏玩的是零和博弈，也就是你的收益就是我的损失。典型的案例就是战争，一方的胜利就是另一方的损失。现在社会中的人玩的不是零和博弈，我们都可以共同增长。比如老板和工人，他们的分配不平等，但大家会连手把饼烙得更大。

成功的内涵是非常之大的，这样的人找到了这样的成功，那样的人找到了那样的成功。分数低又怎么着，北京毕业的同学到社会上就成才？有很多企业家就没念过优秀的大学，可是对于广大考生来说，极其失落。

李子勋：85后的孩子要的不是成功而是成为自己

心理学家，中日友好医院心理咨询师，著有《幸福从心开始》、《心灵飞舞》等，生于上世纪60年代

从心理层面看，成功的欲望往往是因为内心缺少一个更自信的心理结构。我们中国现在的主体社会意识还是五六十年代也包括一些70年代的人，他们从小生活在一个物资匮乏、安全缺乏的年代，从心理学来讲，决定一个人的内在结构和心理结构是其3岁前后的生活和遭遇。

另外，按照马斯洛需求层次理论，首先我们要活下来，活着就是要满足物质的欲望。在我们国家50、60、70年代的人都生活在中国物资贫乏的年代，只有饥渴感。1960年到1963年有相当大的自然灾难，所以出生在50年代末期的人和出生在60年代初期的人，对物资的贪婪程度都是比较强烈的，你看中国的贪官，大部分都是那个年代出生的人，没节制。第二个层次，安全感。安全感在五六十年代的社会是比较缺乏的，社会比较动荡，所以他们渴望权力，渴望利用权力来获得更大的空间，成为更重要的人。还有，建立自己更大的社会关系网络、联盟或者圈子。在这三个年代过来的人，生活在一个缺少安全感的社会环境里面，他们的追求是更大的安全感，体现在对权力对关系的控制。第三，爱和被爱。心理学有个词叫社会认同，这三十年来我们一直处于对社会认同强烈的需求里面，因为我们要通过外部认同来达到自我认同。我们要得到一个自我认同，必须先要经过努力去获得社会认同。那么，付出的努力和成就越大，获得的认同越多，我们才可能越喜欢自己，达到一种心理层面的认同。这是一种自我认同危机，恐惧性危机。所以这三个年代的人呢，有一种潜意识，仿佛不想成为自己，而是要成为社会中的精英、成功者。

　　"失败是成功之母"讲的就是这几代人的主体意识。现在的中国正好是50年代和60年代构成的主体意识，所以整个社会就呈现一种竞争和对未来的焦虑，他们这种焦虑虽然也会体现在70后或者80后的人的身上，但是这是一种主体意识在传播，他们的家长告诉了他们，因为他们的家长从小就生活在自我认同危机里面。

　　社会转型已开始了。对于85后特别是90后的孩子来说，可以随便吃饱饭，有了足够的社会安全感，加上又都是独生子女，享受足够的家庭之爱。这些孩子，按心理学需求的三种基本层面都满足了，所以他们追求的是自尊。希望得到尊重，成为自己。不管是家长还是社会，就是你必须尊重我。所以成功学一类的社会意识，会遭受到85后的孩子的集体抵抗，因为对于他们来讲，人生中更重要的是成为自己，不是GDP而是幸福感。

　　现在把成功看成毒药是完全可以的，因为中国社会建设的大旗是需要靠85后和90后的人来完成，所以现在我们重新去解读成功学是非常重要的。由于那三个年代的生活造就了一种社会性的焦虑和渴望，所以他们还在作为社会主体的时候，这种社会性的焦虑和竞争是必然存在的，因为我们说现在成年人的感受是在重复早年的焦虑，比如铁道部的贪污干部，贪了8亿还没有满足，那是因为在饥渴里长大的孩子对权力对金钱是没有满足感的。所以他在主导这个社会意识的时候，社会同样也会弥漫着一种压迫紧张只顾自己利益不管他人死活的这么一种气氛。但是好在80后的人也慢慢步入社会的工作层面，90后的人也开始慢慢迈入社会的主体层面，他们会有他们的主张，因为他们孩子时代的过度满足，他们不愿意和人竞争攀比，现在他们有很高享受物质的欲望，但是他们有多少享受多少。而不会用非法的手段去获取，他们没有认同危机，所以他们不在乎是不是被认同。

2011年7月26日，"7·23"甬温线特别重大铁路交通事故现场，遗留的事故车辆正在进行清理转移。（图/CFP）

新周刊
NEW WEEKLY
2011 年度佳作

保卫社会

图片来源：Getty

忐忑：今天，我们如何安慰自己？

地球咆哮，人类忐忑——

印尼海啸、汶川地震、海地地震、玉树地震的旧痛未愈，盈江地震、日本地震及海啸又猛然降临。在福岛的核危机中，不安的人们一边为灾民祈福，一边奋力抢购碘片和加碘盐。

地球调到了振动模式，"环太平洋地震带"越发活跃，2012的预言越发真实，我们该如何安慰自己？除了更加爱护环境、学习自我保护，剩下的就是抱着最好的希望，做好最坏的打算，享受当下。

人心调到了忐忑模式，人群分化出自测派、幻想派、哼唧派、淘宝派、冷笑话派、夜话派、愈疗派、八卦派、浮游派、爱心派、入戏派、咆哮派等12种自我减压流派，用自嘲、趣味与温暖，安抚浮躁、忧郁与痛苦。

既然不能活着离开地球，那就早安以励志、晚安以温情吧。毕竟，"谁也不知道明天，明天从另一个早晨开始"（北岛语）。

地球一咆哮，人类就忐忑
安慰才是中国之盐

文/黄俊杰

地球咆哮，是自然危机；人类忐忑，是心理危机。是灾难频发、信息传播发达又心灵脆弱者众的这个年代，让我们反省自身的"安慰文化"——如何让淡定成为一种自我修养，让安慰成为生活之盐？

日本发生地震不久，中国师奶就去抢盐——当地球调到振动模式、经济调到通胀模式、交通调到堵塞模式、婚姻调到电视表演模式、就业调到高难

2005年1月6日，印度尼西亚亚齐省首府班达亚齐。2004年12月26日高达20米的海浪撞上了10多个印度洋沿岸国家，造成22.5万人遇难。（图—Getty/CFP）

度模式、通勤调到长时间模式、住房调到小户型模式、奶粉调到防核辐射模式、猪肉调到瘦肉精模式……我们的心，也调到忐忑模式。

中国人不缺盐，缺的是淡定——正如咆哮体所言："现在忙着抢购油盐酱醋的人你伤不起啊！！！"忐忑事出有因：地震专家说2004年印度洋大海啸后，地球又进入地震相对活跃期。每当灾难发生，看完新闻的我们有如看过《2012》，内心突然脆弱，集体陷入情绪流感。

此刻，不如寻求一种自我安慰大法——地球咆哮，是自然危机；人类忐忑，是心理危机。当耳边有神曲《忐忑》、笔下流行"咆哮体"时，我们终于明白，淡定是一种自我修养，安慰就是生活之盐。

一个国家的"自我安慰力"

地震过后，有中国记者在日本采访，早上出去吃早点，店员一个劲儿地点着头说：让您担心了！"仿佛这个城市受到地震之累，店员应该为此负有责任。"与这个观察同时出现的，是大量关于日本人在灾后的良好秩序与关于"情感压抑能力"的报道——此间，日本人互相安慰的话语不算丰富，多是简单的一句："请加油"。但是，这句简单的"请加油"，在温暖励志的日剧中出现过，在愈疗系小说中出现过，在宅男赖以为生的动漫中出现过，背后有日本的"安慰文化"。

在灾难频发、信息传播发达又心灵脆弱者众的这个年代，需要有人去关注、培育与创造自身的"安慰文化"。我们相信中国文化里亦有安慰基因——梁文道就说过，要安慰找于丹。"5·12"大地震发生后，广州有专业的音乐疗法心理治疗师到当地做心理辅导，音乐治疗师就曾用古琴为"汶川音乐治疗项目"创作了《莲花》一曲："此曲如徐徐绽放的莲花，纯净的莲心绽放着慈悲、宽心的大爱，静心聆听中，既缓解心绪，又提升阳光能量。"

"自我安慰力"是一种生产力——中国有"中国恨墙"，韩国有棺材学院，美国有摔盘子泄愤治疗中心，加拿大有枕头大战联盟，日本有痛哭网站，俄罗斯有动物园心理诊所——或用各种方式发泄，或进行死亡教育，或让猕猴当心理医生，安慰那些忐忑、疲惫、紧张的心灵，早已成了一条涉及娱乐、文化、商业与创意，围绕解压与治愈为主题的社会链条。

生活的"忐忑"与"咆哮"

"四五年前回国的时候，我能感觉到中国人的心态确实是忐忑的。那几年，我经常给中国朋友打电话，他们会告诉我说——我们每天忙啊，忙得不知道自己在忙什么。" 龚琳娜接受《新周刊》采访，如是解释已被改编成"阿姨压抑带个刀"的《忐忑》在中国的流行——此时，据说CBA联赛吉林对辽宁比赛中，因辽宁主场DJ播放神曲《忐忑》，让吉林球员多次罚球都未能命中，篮协已不得不发布通知禁止播放《忐忑》。

生活有时是一场播放着《忐忑》的糟糕篮球赛——《赌博默示录》中说，"没有钱你的世界是不真实的——想要的东西都在柜台里，但根本得不到。就好像，篮球架如果在100米高的地方，就没有人想要投球了"。

普通人的奋斗史就是一个中国压力榜：找工作、求姻缘、供房子、养儿子、买车子。街头小店因此出现减压玩具，包括一捏就发出劈啪声的泡泡纸和"惨叫鸡"——"惨叫鸡有长长的脖子，古怪的造型，用手一捏还会发出凄惨的叫声。"

生活有时是一篇满纸"有木有"、"伤不起"、"为什么"的咆哮体。好在，我们总可以找到安慰自己的秘笈——起码最近这段时间，可以让"浮游少女"的照片洗涤心灵，可以加入豆瓣"装逼小组"苦练咆哮体，可以躺在沙发看控诉小三的《回家的诱惑》，可以发一个帮助弱势群体的爱心帖，可以买一本远离现实的《三体3》，可以到淘宝网买几罐奶粉，可以说一个《非诚勿扰2》讲过的冷笑话，可以看看从电台咆哮到电视的万峰老师，可以看一本披露韩寒背后女人的八卦杂志。自娱自乐是生活必需品，电视脱口秀主持人谭飞说："没有八卦，这个世界基本离2012不远了。"

生活越是匆忙，安抚自我身心越应成为每日功课。在急之中国，面对成功与财富的落差，我们总有心态失衡的时候。这种失衡可以用"咆哮体"消解，可以翻唱《忐忑》宣泄，只是治标不治本。其实，安慰自我的最好方式，是相信明天会改变，并在今日付之行动——《新周刊》采访华师大心理专家许维素，她提出的解决之道是："面对真实固然残酷，但唯有承担和解决，才是对于心灵最有效的治愈与安慰。"

不放哭泣镜头，也没有超级英雄
日本人如何安慰自己？

文/丁晓洁

面面俱到的准备工作和对细节的重视，使得日本人在受灾的时候，心理自然趋向平稳。与其说是日本人的性格善于自我安慰，不如说是良好的社会措施赋予了他们面对灾难时的安全感。

日本人似乎特别喜欢为自己应援。

大地震后，活跃在Twitter上的日本漫画家和艺人，以最快速度发出了精神应援的呼声。

3月11日，乐坛天后滨崎步连续14小时不停在Twitter发布了143条留言，鼓励民众不要焦虑和恐慌："在自然面前，我们人类的力量是微不足道的；就算我拼命地retweet这也只是渺小的力量。大家也认为自己的力量微不足道吧，但是，我的一点力量跟大家的力量结合起来，会变成怎样呢？不被绝望打倒而放弃，让希望鼓起心中的勇气，这就是我们。"

3月12日，《灌篮高手》的作家井上雄彦在Twitter上发布了40多张以"Smile"为主题的手绘漫画，希望以元气满满的温暖笑容来治愈灾难中的日本人心。随后音乐人菅野洋子连夜赶制了歌曲《你要活着，你要平安》，并亲自演唱："一起活下去，世界与你在一起。"

3月13日，讲谈社漫画周刊morning在官网上刊登了旗下漫画家创作的应援漫画，纷纷传达了"请活下去"、"一定没事的"的信念，《20世纪少年》作者浦泽直树以三代日本人的群像，喊出了"加油！日本家族！"的心声。

3月14日，《机动战士高达》的机械设计师大河原邦男，绘制了一幅双手挥舞日本国旗的高达插图："感谢参与重建救援的人们，感谢自卫队。日本加油，日本加油。"

3月15日，漫画《七龙珠》的作者鸟山明在《周刊少年JUMP》官网上发布了孙悟空和阿拉蕾的壁纸并提供下载，壁纸上写着："各位灾民们，这次真的很严重啊，不过大家绝对不要被打败，请加油！"

同一天，日本演员渡边谦与剧作家小山薰堂开设了支援地震的公益网站"kizuna（羁绊）3·11"，并以朗诵宫泽贤治名诗《不畏风雨》的视频作为第一弹企划。渡边谦说："现在，在这个国家里，最宝贵的财富就是'羁绊'，我想可不可以让大家之间的羁绊更深呢？"

3月17日，绘本天后高木直子在Twitter上发布了写着"日本！FIGHT"和"Thanks a lot"的插画。用作品中的一贯语气，高木说："晚上漆黑一片，感觉有一些怕怕的。虽然这样，但希望一个人住的各位也都要加油。"

······

日本作家新井一二三曾经说过："日本人是非语言化的民族"。大地震后，日本人安慰自己的话语，出现得最多的也就是一句——"请加油"——没有任何"哀痛"和"悲切"的字眼。

日本人为什么这么淡定？

地震三天后，旅日学者毛丹青回想起这场灾难中的日本人，用来总结的一个词是：淡定。

"镇定有序地排着队，公共场合也很遵守纪律。连美国人都说，日本文化里好像没有'掠夺'这两个字。相比海地和智利地震后抢夺或是打架的乌烟瘴气，在日本几乎没有一起这样的事件发生。"

日本人为什么这么淡定？在外界纷纷就此展开对日本人国民性和民族精神探讨的时候，16年前就曾经历过阪神大地震的毛丹青却说，更重要的原因在于训练有素。"日本人的镇静淡定，和他们的紧急救援措施有直接关系。由于地理环境的特殊，日本受到的灾难骚扰远远超过其他国家，他们早早就针对地震爆发准备了一系列很强的预案，这些工作使得地震到来的时候，市民显得很平静。"

让毛丹青印象深刻的准备方案有两个：一是公寓楼下的井盖，这些井盖以1米左右的距离排列成行，地震后救援人员把盖子打开，在井盖与井盖之间竖上木板，就变成了公共厕所；二是公园里的石凳，每条长凳上都有一块木板，木板下的石头正中留有一条坑，地震后的晚上如果很寒冷，人们就可以把凳子劈掉，在石头坑里燃烧木头用以取暖。

毛丹青的同事大津教授，专攻紧急救援，他告诉毛丹青："日本日光灯的使用量占据世界前位，跟欧美喜欢温柔的灯泡发黄的光不一样。这是因为日本灾难多，人受灾时对白昼强光容易产生依赖，所以震灾避难所全部使用日光灯，夜间也开着。白昼光在人受难时其实是一种希望。"

面面俱到的准备工作和对细节的重视，使得日本人在受灾的时候，心理自然趋向平稳。与其说是日本人的性格善于自我安慰，不如说是良好的社会措施赋予了他们面对灾难时的安全感。

1995年阪神地震中的日本人还不曾感受到这样的安全感。那一年日本甚至还没有能够测量7级以上地震的仪器，无论是预警部门还是救援部门都措手不及，物质救援与心理救援也都没跟上。阪神地震后，日媒纷纷开始反思

1995年1月17日清晨5时46分，在日本神户东南的兵库县淡路岛发生了7.2级地震，震源深度20公里，是一次典型的城市直下型地震灾害。这次灾难造成死亡人数达到6434人，3万多人受伤，几十万人无家可归，受灾人口达140万人，被毁房屋超过10万栋。（图—Getty/CFP）

日本安全神话的破灭，1996年，政府迅速出台了一部《被灾者生活支援法》，如今几乎每户日本人家都有一张灾难时避难场所地图，里面标明了一旦发生洪水、台风、山崩、海啸时的避难场所。每年的9月1日，日本都会举行针对地震的防灾演习，不仅是专业救援队的救援演习，也包括市民的避难演习，市民防震演习也细分了种类：学校有专门面对中小学生的演习，公司有专门面对上班族的演习，社区有专门面对老年人的演习，公寓管理公司有面对全楼住户的演习。

一年一次的针对性演习，训练人们在地震到来时如何避难，地震结束后又如何遵从避难指示去往安全的地方。这种训练对于真正遭受到地震的日本人，产生了极为重要的心理影响。

"对于这次地震中日本人的表现，我们用国民性来看待是个误解，好像他们这个民族很强似的，其实并不是这样。很大程度上是因为他们在技术层面上和我们经历的不一样，才导致了这样一个结果。"毛丹青说，但他承认日本人对于灾难确实有着强烈的戒备意识，"我估计日后灾难题材的电视剧和畅销书会出来更多，尤其是过去没有注意到的海啸和核电站题材，可能会前所未有地受到关注。"

电视是如何安慰人心的?

一旦察觉到了地震，日本人的第一反应是什么？打开电视。

1995年的阪神地震，电视台在三分钟之内就播出了震情画面，发生时间、地点都报道得很清楚，电视屏幕右下角打出一行文字："不必担心海啸。"今年3月11日的东北部地震，日本即时地震信息系统更是发挥了前所未有的功效——地震震波到达的前30秒，就已经透过电视、电台及手机发出了避难警告，打出了一个完美的时间差。

地震后续报道中，日本电视台采取了"72小时报道手法"：前三天每个电视台都停放了商业广告，非常紧迫地报道每一个和地震有关的消息，72小时一过，商业电视台立即恢复了常规番组的播出，日剧和动漫也不受影响继续播出——这是由一个规律所决定的：地震发生后的72小时是人的生命线，超过72小时人存活的几率就很低了。但在常规节目播出时，所有商业台都把电视画面切割成几个部分，增开了四个地震信息栏：最上栏流水般走过一行字，左右两栏都有竖行字，最下栏又是一行横字，内容包括地震即时消息、避难所情况、交通运行情况。

不仅仅是技术手段，日本电视台还特别注重营造灾难新闻气氛，以此稳定人心。

为什么我们看不到电视上有日本人在哭？不煽情是有意而为之。阪神地震时期日本电视台还惯用渲染性报道手法，日本人的慌乱在屏幕上尽显无遗，但在16年后，电视台对地震分析的技术含量远远超过了它的社会含量，它们更倾向于从精确技术化的角度来阐述地震，有意识地避开了在灾难当中无益于集团行救的煽情成分。毛丹青举了一个例子："我在大学教媒体学，我的学生有成为播音员的，他告诉我，通常播音员一分钟要念400字左右，但是碰到地震大灾难时，他们会把一分钟的字数降低到350字左右。"不管前方记者有多么紧急的消息传达过来，主播们被要求表现得很镇定，用很缓慢的语调给观众们营造一种安定感。

绝对不制造超级英雄，这是电视台安慰民众的另一种手段。"当救援部队进入灾区的时候，电视上并没有表现出很亢奋的情绪，你甚至可以看到他们是磨磨唧唧、按部就班、慢慢来的感觉。"毛丹青说，这和中国的同类报道是截然不同的，"在汶川地震的时候，观众会看到我们诞生了很多英雄，有人双手鲜血淋漓地去挖砖头、拼了命要救人，这种勇气在日本的集团营救中是看不到的。"

电视台绝对遵从了日本人的集团主义思想，救援队为了遵从高效率高精确的守则，也控制住了他们在现场所应该表现的冲动式行为。日本有一本名为《世界日本人笑话集》的畅销书，作者早坂隆曾在书中调侃过日本人的这种根深蒂固集团主义心理：当豪华客船开始沉没，为了让乘客们尽快跳海逃生，船长便对美国人说"如果跳下去，你就是英雄"，对英国人说"如果跳下去，你就是绅士"，对德国人说"跳下去是这艘船的规定"，对意大利人说"跳下去会讨女人喜欢的"，对法国人说"请别跳下去"……而对日本人说的则是："大家都跳下去了哟！"

正是这种集团主义的心理，使得地震后普通日本民众让世界见识到了他们处变不惊的一面，他们自觉地发挥了"隐形"和"消音"的民族特性，即便在灾难中也要克制情绪、维持着惯有的秩序。这正是新渡户稻造在《武士道》中所描述过的："一方面，勇的锻炼要求铭记着一声不吭的忍耐；另一方面，礼的教导则要求我们不要因流露自己的悲哀或痛苦而伤害他人的快乐或宁静。这两者结合起来便产生禁欲主义的禀性，终于形成表面上的禁欲主义的国民性格。"

治愈系是个什么系？

近十年来，在日本最经久不衰的一个派别是：治愈系，也称愈疗系。

翻开各类流行杂志，这三个字随处可见：治愈系美女、治愈系色彩、治愈系食物、治愈系温泉旅馆……所谓治愈系，泛指的是没有杀伤力、能够抚慰人心灵的种种事物。此次地震后，被网友广泛转发的一条《"KIZUNA" – Prayer for Japan》应援短片，正是"治愈音乐之父"坂本龙一和艺术家Valerio Berruti共同创作的作品。

禁欲主义的国民性格，注定了日本人天然的隐忍和压抑。台湾作家苍井夏树认为这正是治愈系常盛的原因："工作过劳的日本人，常常让我觉得很心疼，在东京街头或者地铁站，有时候会发现一些醉醺醺的上班族，索性在路边呼呼大睡，想必工作真是太操劳了。于是，各种舒缓减压的疗愈商机应运而生，抚慰心灵的产业也非常蓬勃。"

日本媒体曾发表过一份"治愈系商品排行榜"，把"泡温泉"、"按摩服务"、"一个人吃饭的公园"、"野菜风潮"、"夏天的大海"都归类到其中。关于"治愈系女星"和"治愈系男星"的评选年年都有，"森女"和"草食男"则是治愈系最新衍生品，集英文库曾邀请"森女系"代表人物苍井优拍摄限量版封面、朗读文学名著，又邀请新生代"草食男"冈田将生担任代言人。治愈系影视作品也大受好评，最具标志意义日剧是仓本聪的《温柔时刻》和《风中花园》，而治愈系电影《always三丁目的夕阳》和《入殓师》都曾在日本《旬报》排行榜上高居榜首。文学作品也不在少数，从吉本芭娜娜的《厨房》到江国香织的《温柔的黄昏》，再到以《一个人的好天气》勇夺芥川奖的青山七惠，将治愈系小说推到了最高点。

地震后的日本，让网友大呼"治愈系"的故事是以下这些：奥特曼现身Twitter，这个圆谷株式打造的官方账号，不停为日本人民加油打气；匿名人士以"鲁邦三世"的名义，先向和歌山市捐助现金100万日元；"2ch"论坛上的宅男们选择用颜文字方式来解释福岛核电站爆炸情况……而仙台一家休业餐馆的门牌上，老板贴着一张治愈感十足的便利条："临时休业。才不是因为害怕地震呢！"

最治愈系的一句口号，来自大停电之夜的日本网友留言："太暗了，星星前所未见的美丽。仙台的诸位，请抬起头。"

末日文化中的心理危机建设

与治愈系同时盛行的，是截然相反的末日文化。

2009年7月，日本富士电视台曾播出过一部名为《东京地震8.0》的深夜动画，在此次仙台大地震后，它被称为是动漫作品中的"保罗"。动画从女主角"每日每日都是一成不变，这样的世界，还不如彻底崩坏掉吧"的抱怨开始，随后海沟型大地震向日本袭来，彩虹桥坍塌，东京铁塔倒下，一瞬间原本繁华热闹的东京不复存在。《东京地震8.0》中的科幻元素极为弱化，而是转为用普通平凡的震后生活，企图给予"人在灾难面前很渺小，平凡的日常生活值得珍惜"的启示，并加以"如何防灾，如何避难"的地震普及知识。播出后的两年中，《东京地震8.0》已经超越了动画层面的意义，上升为各地防灾宣传活动的教材，电视台还特别制作了总集篇，在日本各地免费巡回公映，上一次公映时间是2011年1月16日，距仙台地震还不到两个月。

另一部著名动漫《新世纪福音战士》则在本次地震后完全被"三次元化"了。地震后，由于11座核电站被关闭，东京电力公司宣布实施轮流停电计划。效仿在《新世纪福音战士》中出现过的类似场景，秋叶原的宅男们发起了"屋岛作战"省电行动，制作了一份在网上广为流传的"NEVR"通知书："自下午6时起电力将出现显著不足。请将城市中的霓虹灯、游戏中心以及柏青哥等店中的机器全部关闭电源。东京电力的需要量高峰将出现在下午6时到7时左右。请在上述时间内尽量避免电力使用。您晚吃一会饭的时间可能会救助一条宝贵的生命。还望大家尽力配合。"

日本的末日文化并非是近两年兴起的，作为一个多灾多难的岛国，居安思危的心理使得日本人长期身处一种危机状态，他们的灾难教育可以说是世界上最发达的。

1973年出版的科幻预言小说《日本沉没》，不仅以400万册的销售纪录荣登当年畅销书榜首，更在1974年和2006年两度改编成电影。在小松左京的故

2006年电影《日本沉没》海报。（图/新周刊图片库）

事设定中，日本列岛将在10个月内全部沉入大海，接着是纷沓而来的地震、海啸、火山喷发，全日本民众都陷入了即将迎来世界末日的恐慌中。没有好莱坞式英雄拯救世界的奇迹发生，最终日本如预言一般沉入了大海。面对灭顶之灾，小松左京借故事中的首相之口说出了他的日本人论："最好的办法就是什么都不做，和所爱的人，和这个国家，生死与共。能有这种见识，大概就是日本民族区别于其他民族的关键所在吧。"

2006年，日本"SF御三家"之一的筒井康隆拍摄了《日本以外全部沉没》，设定了完全相反的场景：2011年，以美国为首的世界各个国家相继沉没，只有日本人幸存下来，日本因此成为世界霸主。简陋粗糙的上世纪50年代B级片效果，全片充满了恶搞与黑色幽默，但在影片的结尾，筒井康隆同样传达了日本人的末日观：狂欢之后的日本难逃一劫，面临即将沉没的命运，人们静静等待世界末日的来临。

类似的例子举不胜举，楳图一雄的《漂流教室》，一群小学生穿越到了毁灭前一刻的地球；川口开治的《太阳默示录》，东京没入水中，日本列岛一劈为二；井上智德的《核爆默示录》，2036年的东京遭受了严重的核辐射污染，恐怖的变种生物开始出现……

比起预言世界末日，描述日本末日的作品更能引起日本人的兴趣。在这些作品中，他们一致地传达了"没有奇迹"的日本灭亡论，企图以此进行灾难教育，传达"活在当下"和"一期一会"的末日观。再没有哪个国家的人，能像日本人这样时刻抱着去死的觉悟，这是他们超常的忧患意识，也是他们自身的预警系统。

末日文化中的灾难教育对日本人来说，是一种安慰性的心理建设，也是他们的逆境生存哲学。正如《日本沉没》的导演通口真嗣曾说的那样："从某种意义上来说，每经历一次地震和战争灾难，特别是大灾大难，日本的面目就焕然一新，从而就大踏步地前进一步。"

加藤嘉一：中国的正面报道对日本有安抚作用

文/张凌凌

"即便这次灾难最后以最小代价结束，即便福岛真的能以不死人告终，即便政府尽最大力量拟定减税政策，日本也到了需要认真进行大反思的时刻了。"——加藤嘉一（中日关系观察者、趋势分析家）

3月15日上午9点，东京羽田机场，国际航站楼候机大厅"客满为患"。

这是日本9级大地震爆发后的第四天。回国办事的加藤嘉一三思过后，终未更改飞回北京的日程。在东京机场，电视新闻仍在滚动播报当天的灾情：福岛核电站燃料棒裸露问题依然严重，东京附近处于计划停电状态。此前3个小时，他从市区搭乘轻轨抵达机场——那是当天东京地铁尚保持开通的唯一一条线。临登机前，他给伊豆的母亲拨了一个告别电话，那端传来的是"伊豆全部停电，水也短缺"的消息，接着是母亲为储电匆匆挂断手机的忙音。环顾四周，同样拖着行李、捏着护照的人中也发现了部分日本本国人。"在他们脸上，看到了少见的慌张。"

地震那一刻，加藤所在的一座高层东京金融中心突现前所未有的剧烈摇晃，家具、吊灯被震倒、震飞，在场人士防护逃生时，也面露类似的惶惑不安。直到电视紧急播出强震、海啸、东部沿海村镇整体淹没的画面时，一向冷静的加藤才意识到——这绝不是惯常的小地震，这是一场突如其来的天灾。"所幸东京离震源相对较远，当时并没有明显的大规模伤亡。但全城震感强烈，公共交通全部瘫痪，首都进入应急预警状态。"同大多数对应灾训练有素的日本国民一样，加藤第一时间携同事朋友做了紧急避震，但在当晚与我的邮件往来中，还是透露了他腰部受伤的消息。——这些都是3月11日日本地震刚发生12小时内的情状。

东京飞北京，航班落地当晚，如约见到加藤，一脸倦容，步频、语速却比平时几乎快至一倍。他要赶时间。此时抵京的他，显然成为国内媒体争相了解震情、交流意见的合适人选。他把时间紧密分割，《新周刊》是他唯一接受独家访谈的平媒，之前一小时刚刚做完FT中文网的视频采访，我们谈话结束后，他还要奔赴《凤凰全球连线》做地震节目，23点还要接受白岩松的《环球财经连线》的电话采访。不可否认，有日本同胞不理解他为何此时仍要离开日本，甚至言语不敬。"都是公事，我行程早已定好，不想解释过多。但我确定回到中国比我待在东京能为这次地震做更多事。配合两边媒体

2011年3月11日，北京时间13时46分，日本发生里氏9级地震，震中位于宫城县以东的太平洋海域，震源深度20公里，引发了10米的海啸。在茨城县岸边可以清楚看到一个巨大漩涡。（图/REUTERS）

的采访和信息沟通，协助这次地震救援抗灾，难道这不是国家利益吗?"

谈话至尾声，网络消息传来：日本静冈发生6.4级地震。那是加藤的家乡。他不住皱眉、看表，一肚子话要说。

日本冷静忍耐的国民性体现

9级大地震，10米高大海啸，多处核电泄漏的核危机。对于一向居安思危，对天灾防患意识很强的日本来说，此次大灾的突袭和逐渐延展扩大，绝对是一次难以预料的举国重创，可视作日本战后的最大的复合型危机。"日本原本就处在一个台风带、地震带、火山活跃带，整个国家几十年来就有对灾难防患于未然的意识和措施。日本的建筑绝大多数都有严格的抗强震力和预警措施，我们的海啸预警系统能算上世界最好的。即便这样，这次让整个日本都遭受到如此灾创，可见它有多严重。据说是人类有史以来第五大地震，强度是四川地震的20倍。"这一次，高科技没能战胜自然。但加藤回忆，地震发生当天，日本人（尤其首都东京）大多尚未意识到这次的灾难性会如此强烈甚至致命。人们误以为"或许会像往常那样"，地震很快过去。

正如震后我们在网络和电视新闻中看到的画面那样：公共场所避难的大量民众，冷静、有序、克制，甚至循规蹈矩，少见如临大灾的惶恐、骚乱。中国的互联网上，实时发布最新灾情消息的同时，也不断掀起对日本理智国民性和素质修养的褒奖式讨论。对此，加藤笑笑，不置可否。

在他看来，这既是日本冷静忍耐的国民性体现，也是对地震天灾防御的训练有素使然。"日本人从小至少要受12年的防震教育，从心理到执行力都有应急准备，从小的训练至少会减少80%的恐慌。面对时有发生的地震，即便达到6级，都不会有过激反应。另外，很多中国人把互惠互让看作一个道德问题，不是的，日本人认为这是利益问题。让是为了获利，我们战后这么多年的发展已经明明白白，一个人在抢、在闯，周围的人都会产生负面情绪，最终你要吃亏。让步是为了自保啊，日本人已经根深蒂固了。大灾面前，尤其如此。"由于交通瘫痪，东京街道遍布徒步几十公里回家者，加藤参与其中，亲历街面秩序。深夜罕有出租救急，也是五六百人长龙队伍搭乘。"若抢，除了乱，谁也回不了家。日本人懂。有的一搭一，还能多送一个。"

真正的危机是第三天开始。3月14日，核泄漏的消息发布出来，并以不同的消息渠道显示逐渐升级。东京电力告急，宣布东京圈轮番停电——日本1/3的电力要靠核电——整个东京首都功能失效。加藤按照官方发布的每天3小时停电时间表，去地铁站、火车站、商场观察，发现时间混乱，根本无从把握。"不知道何时就突然陷入一片瘫痪。"

真正的惶恐也是在第三天出现。相比断水、断电、生活物资短缺，核的危机让整个日本陷入一种难以名状的惊慌，甚至政府都显出"手足无措"之态。加藤反复强调，日本可能是全世界对"核"的反应最为矛盾的国家。"我们是历史上唯一遭受过核武器灾难的国家，同时我们对核能源的依赖又是全世最大的国家之一，占到日本总能源的30%。在日本，核——几乎成了一个忌讳，自上而下人们尽量避而不谈。"然而，一场人力难抗的大地震，果然就令日本举国谈核色变，集体不原谅？问题不在忌讳，而在大灾面前，民众获得的灾情信息不对称。"核电站受损爆炸，详情不明，可控与否不可知，情况险急，再冷静的日本人也该有紧张的理由。但是，消息发布源一度错综混乱：政府说A，东京电力说B，媒体说C，媒体还起身质问政府的危机管理能力、东京电力的企业信誉度。民众如何变得不恐慌？"加藤说，最初在机场看到也有日本人欲惶乱离京，还有些心生遗憾（也许就像很多日本民众分外介意加藤的此时离日），但想到这种核惶恐背后的复杂原因，又觉得无话可说。"我希望他们哪怕出境也能以不同的方式协助国家救灾。我也相信更多的日本国民选择留下集体抗灾。"

灾难咆哮进行时　全力安慰进行时

核漏信息刚刚爆出时，加藤不是没有预想过此次大灾可能造成的最坏情况。假如核危机真到了不可控的地步，辐射扩散至全国甚至海外，那将是十年二十年的大危机。对于一个核能利用占到总能源30%的国家来说，无法想象整个日本的经济将遭受的彻底的崩溃性的重创。更加无法想象的是，可能会造成大量难民。甚至整个国家会像中世纪的欧洲黑死病一样，黑洞彻底蔓延，人口的20%死亡都有可能。整个后遗症的连带性将是全球性的，影响绝非日本一国。加藤的预想有些耸人听闻，至少，作为邻国的我们都难以想象此种危机预设成真。"我习惯先把问题想到最坏，以示警醒。有幸现实看来，日本的灾情和核危机目前尚在可控范围内。至少我认为，目前民众对核的恐惧给日本带来的损失，将远远超过核泄漏本身。还是那句话，做好实际抗灾救援的同时，开放信息是核能成功的关键。"

灾难还在进行时，尚很难谈到具体的灾后重建，但眼下的救援安慰确属当务之急。"核辐控制、物资能源供应、心理疏导三者同样重要啊。"加藤及时跟日本各个救援机构和政府部门沟通，第一时间反馈信息。首先，最迫切需要解决的是如何恢复核电站这种涉及日本谋生的最基本设备，包括地铁、铁道、供水、供电等生活基本物资。震中仙台等地已经几乎无法维持最基本的生存需要，在政府的指挥下，包括和东京电力的合作，要先把老百姓能正常过日子的有关系统运转起来，尽快、有效、安全地恢复核能设备最为关键。"在这个过程中，我也建议国际友人，进行援助时若能提供物资和能源最好不过。目前俄罗斯提供的能源对日本是帮助最大的。各国组建的救援团队也会起作用，但同时也占用物资。"

从政府到媒体、民众之间可以恢复彼此监督但信任的机制也尤为重要。由于此次核泄信息混乱事件，日本媒体一如既往地坚守立场，指责漏洞弊端。国民对政府的支持力度虽然已比平时大很多，但依然抱着质疑其信息是否属实透明的心态。"菅直人政权在领导层避免集体疲倦的同时，抗震救灾和灾后重建过程中，必须提高政府公信力，使得国民更有凝聚力。日本媒体在做批判性报道以正视听的同时，也适当做一些鼓励性报道以稳民心，避免民众陷入盲目悲观。"加藤特别提到媒体舆论的力量：日本媒体善作批判性报道，但随着政府工作的积极开展，开始多了一些鼓励性的内容——报纸的标题还会有令人消极的。相比，舆论方面的国际关怀也显得很重要。"外国特别是中国媒体罕见的正面报道，对日本人的心理安抚是有帮助的。"

此外，这次地震中——东北部（日本的工业区）——所在地的本田、丰田汽车企业都因地震暂时停产，影响巨大。长远来看灾后重建的过程当中，所有的复建必须是刺激经济的。铁路、道路、灾区的灾后重建也将从零开始。"当然这个也有一些好处，震后制造业、广告业、海外投资、留学教育产业、旅游业都会衰落，但建筑业会复苏，岗位可以保证，这将是恢复创造日本就业的一个契机。"

"即便这次灾难最后以最小代价结束，即便福岛真的能以不死人告终，即便政府尽最大力量拟定减税政策，日本也到了需要认真进行大反思的时刻了。"加藤强调，一个国家和民族，要善于把最坏的事情转换为最好的时机——此次日本大地震也许正是时候。"我甚至认为，从历史看，从面临危机中复苏的情况来看，日本这个国家整体忧患意识很强，但真正危机来袭时却未必能够驾驭应激。日本真的到了要改变现状的时刻，我们已经失去了20年，真正要走出这种失去，此次大地震不失为一个好机会。我们要思索：要不要放弃核电？不放弃该如何安全有效发展核电？依然靠制造业靠谱吗？依然靠对外贸易才能保证物资靠谱吗？要不要走出去引进来？要如何和外国打交道？怎么样引进外国的劳动力？如何灾后吸引旅游业？如何全方位进行经济复苏？……"加藤在震后最危急时刻，走出国门飞回中国，又面向日本给出了一系列疑问句，也给日本政府和民众提供一份可选择的灾后发展方案。

日本大灾很大程度上唤醒了日本民众的凝聚力，也是对世界的一次唤醒。第一，地震随时有可能发生，防患于未然极其必要。第二，最高水平的科技、最冷静的国民素质都战胜不了自然，那么以后该如何跟自然天灾打交道成为每个国家"国家安全"的必备课题。"外国媒体为何如此密集地派记者过来，这也是一种经验，这次是你下一次就可能是我。日本的地震不是一个国家的事情，不是个案而是整个世界综合来看。"加藤说。

刘迎建的日本亲历："我"看到了秩序

文/潘滨

"看着吧，我们的城市会在周一（震后第一个工作日）恢复上班秩序的。"

汉王董事长刘迎建是从美国新泽西直接去日本的。经过十多个小时的飞行，刘迎建带着疑问和忧虑，降落在东京成田机场。

"机场井然有序，看不出什么异常。"刘迎建这样描述自己的第一观感。

他坐着日本河创（汉王的日本版权代理商）提供的汽车，一路向皇宫方向驶去，住的酒店就在皇宫不远处。

"已经看不出来是一个国际大都市了。"刘迎建说，他已经来过东京很多次，这一次最大的不同就是灯都灭了，路上行人稀少，有一股萧瑟感。

与他在机场会合的北京同事陈绍强却是第一次来，他的感受一样，"因为限电，或者是市民自觉控电，除了皇宫周围的核心区域，城中几乎没有灯光"。

刘迎建到达东京的时候正是周日，大地震发生后的第三天，日本的合作伙伴曾经自信满满地告诉他：看着吧，我们的城市会在周一（震后第一个工作日）恢复上班秩序的。刘迎建说，他们有些过于自信了，事实上，由于核危机的冲击，他们在周一的时候尚未完全正常。因为不少地铁线路停运，想正常上班的人，遇到很多麻烦。

日本人克服麻烦的毅力给刘迎建一行留下深刻印象，他说，日本河创的一位员工，步行4小时前来公司准时上班，晚上酒会之后，又继续步行回家，让人非常感动。在交通工具紧张的情况下，很多日本员工搬出自行车。街上汽车少了，骑车的人多了。

警报中他们并不慌张

开会的时候，刘迎建建议大家为地震死难者默哀，但在默哀过程中，日本人稍有一些不适应，他们之前没有这种形式，事实上，与会者大多不带悲哀神色，而是继续工作和生活。按说，地震发生后，所有新闻部门，应该全力以赴报道地震。可是，预先约好的出版社编辑和记者们，多数到场。

在会议进程中，还发生了一个小插曲。当时余震来袭，日本的手机通信系统里，带有地震预警功能，在地震波到来之前，手机电波会传输到境内所有用户那里。当时几乎所有人的手机，都发出刺耳的警报声，伴随着轰然而至的手机震动。场面一时停滞，就在中方人员感到诧异的时候，日本与会者却见多不怪，静静站在那里，低头看了下短信，确认地震等级不高后，立即又投入会议，完全没有中断会议。

刘迎建的最深印象是，日本对地震的预警已经先行一步。另外，日本国民的镇定和从容，让人感受到人性的力量。"别看日本现在受到影响，但是表现相当冷静，人们都很努力。"刘迎建的合作伙伴的主要负责人，家住横滨，路途很远，即使是住在公司，也要保证完成工作。"日本在这种大震的情况下能够坚持工作，是很感动人的。"

"我觉得日本很快就能重新站起来。"刘迎建离开的时候，在成田机场看电视，发现福岛核电站2号机组发生爆炸。当时他就问来送他的河创董事长："你看核泄漏是什么感觉，我感到恐怖，但是我可以走，你们无法撤离。"对方并无办法，只能说："这是在日本，这是我们的家园，我们要坚强地坚持下去，守卫家园。"

不能低估日本的恢复能力

刘迎建回北京的关口，正是核危机集中爆发的时刻。就是从那天起，各国政府开始通告本国侨民，最好尽量离开东日本地区，当时从日本离开的机票已经多次涨价、不容易买到。

"我走的时候，看到街上不少人都戴着口罩。"刘迎建说，除此之外，好像也没有别的应对办法，目光所及，隐约能感受到人们内心的无奈与镇定。

回国之后，刘迎建认真思考了这次地震对日本经济发展的影响，他说，随着核泄漏等次生灾害对日本社会的影响扩大，很多舆论对日本经济的未来表示担忧，一些悲观的声音甚至认为日本将进入"崩溃的十年"。"但在灾难中我目睹了日本企业界的坚韧精神，以我的判断，日本经济有望在不长的时间内恢复。"

日本企业界人士在大震中坚持工作的精神让刘迎建敬佩不已。他认为，虽然这次地震让东北部众多重要工厂暂时关闭，但日本企业在过去数十年中已经给我们带来了无数次震撼，从二战后在废墟上迅速站起，到丰田等企业"打不死"还越发强大，一幕幕景象告诉我们，日本产业界有很多值得中国思考并学习之处。

日本地震不可避免对中日进出口产生一些影响。日本是全球电子行业的生产重镇，从最上游的半导体材料、半导体硅晶圆制造，到内存、芯片制造等，具有完整的产业链。刘迎建还告诉国内同行，地震已造成日本电子元器件产品供应出现缺口，很多元器件目前都在酝酿涨价，中国相关企业对此需要及时作出调整。

刘迎建最后强调，从迅速恢复的秩序来看，不应该低估日本经济恢复的能力。地震的地区并非日本的经济重镇，虽然会对日本经济产生一定的打击，但不是致命伤害。日本已在海外形成了一定的研发和制造体系，如果日本政府后期救灾措施得当，企业界继续保持坚韧、敬业的精气神，日本很快就会回到正常的轨道上来。

记者李淼：日本人习惯了地震，也习惯了忍耐

文/张凌凌

"现在谈心理安慰、恢复信心还为时过早，已经焦头烂额了，所做的一切只是应急。"

3月11日的夜晚，可能是日本历史上不眠人数最多的一夜。地震发生后，新上任的日本内阁官房长官、47岁的枝野幸男100多个小时没有睡觉。日本网友在Twitter上发出了"枝野长官，您休息吧！"的恳求。

凤凰卫视驻东京记者李淼，在办公室摇晃后的第一时间开始联系直播，此后也是三天未合眼。地震发生后，由于通信中断，李淼无法和家人联系。采访完回到家中时，母亲看着她哭了起来。"亲戚都劝我至少把孩子送到安全的地方。我想如果我不是记者，也会选择撤离，但是我没有选择。"国内惶恐的人们在闹盐荒以"抗辐射"，每天奔赴一线采访的李淼却零距离地和襁褓骨肉共事抗灾。

李淼毕业于日本政治家的摇篮——庆应义塾大学，并取得国际关系专业硕士和博士学位，担任凤凰卫视驻日记者后，迅速介入高端采访，近几年访问过几乎全部日本政要。"这是我第一次做灾难报道，而且是如此大的天灾。"3月11日地震前，李淼刚刚做完营直人政治献金案的直播连线，回到办

公室，一阵剧烈晃动和震裂，她知道：不妙，地震来了，是大地震。不到半个小时，她马上"转型"成为地震现场记者，投入到此次一线抗灾采访中。

"这次采访非常困难。地震加海啸，再加上核电站一个接一个地爆炸，情况太复杂了。很可能日本，包括全世界都从未遇到过这样的灾害。"

危机中的平静

办公楼剧烈摇晃的时候，李淼的第一反应是"东海大地震来了"。从1923年关东大地震之后，关于东京南部也就是日本的东海一带，迟早会发生强烈地震的预测越来越肯定，所以地震当天的东京人，大多以为地震发生在附近，马上跑到街头去避难。但这样的情况只有当日。第二天开始，李淼看到的情况是，除了部分停业的公司，其他地方都在正常上班，和平时没什么两样。

除了直播连线，李淼每天都要去街头采访东京民众。一系列突发灾难带来的恐慌是必然的，尤其当新闻中每天报道美国、中国等国正在撤侨，很多使馆也纷纷从东京撤离的消息。但是在她眼中，即使意识到危险，日本人普遍表现出了冷静。"国民性就是这样，即便在非常时期，大家也是正常地生活，这就是日本人。"

李淼听说，在一些公司，外国人都不去上班了，但是日本人还留在那。"可能是国情不一样，大家处理方式也不太一样。更多是长期形成的团队意识下的惯性使然。日本人会觉得，无论遇到什么情况，如果自己单独行动，或者擅自有什么举动的话，会给别人带来麻烦，所以他们通常不会这样做。"

靠近震中的居民当然不可能如此平静。政府的救援物资没有能够及时送达，也加重了紧张情绪。"辐射太厉害，没有人愿意运送东西过去。救援物资到不了灾民手中，大家就会感到绝望。"李淼转述NHK的采访，"福岛县知事和当地的市长非常愤怒，质问为什么国家抛弃了他们。"

相对地震，更大的危机来自核辐射。地震方面日本有充分的经验，可以正常开展救援，但核泄漏的问题日本却从来没有过。"更何况日本还有过广岛、长崎的痛苦经历。日本学校长期以来的教育让人们都明白核辐射意味着什么，有多么恐怖。"

25年前切尔诺贝利核电站泄漏事故的阴霾，再次笼罩日本。目前福岛核电站的机组一个接一个地出现故障，局势时刻在变，也不断加重日本民众的恐慌心理。李淼分析，在这种情况下，"不管日本政府每天开多少次记者会公布信息，但国民总是觉得，'政府是不是还有什么事情在瞒着我们。媒体会不会是在迎合政府，是不是对事态已经有了预测，但政府却没有告诉大家?'"

日本人习惯了忍耐

李淼每天的另一个工作是等候在政府官邸。枝野幸男每天都要召开五六次会议，经常是在半夜进行。"他这么做是要给国民一种印象：'我们很重视这个情况，我们要尽量透明地把消息告诉大家。所以大家不要惊惶。'但政府实际能做很有限——比如通过立法，给予一些经济上、医疗上的补偿。"对于一瞬间失去了亲人、家庭和平静生活的灾民，尽管做好心理安慰无疑非常重要，但却不可能在短时间内让人们回到从前的状态。"恢复国民信心的问题，目前根本考虑不到那一步。现在已经焦头烂额了，完全是在应急。"

对于国内舆论质疑首相菅直人为何没有亲赴灾区，李淼觉得这是人们对日本缺乏了解。"两个国家的情况完全不同。这个时候如果日本领导人去灾区的话，大家都会觉得添乱，甚至觉得这个人没有素质。记者也是一样，他们绝对不会采访灾民，绝不可能在救援的时候说'你们等一下，我拍一下'。如果出现这样的采访，本身肯定会成为很大的新闻。"

无论对于天灾还是人祸，日本从来不缺少足够的准备和耐心。李淼的朋友去旅行社订票时，发现整个屋子里全都是外国人，反倒日本职员感到不可思议。灾难的突袭，让在日本生活了十多年的李淼对日本人的国民性有了更深刻的感触。"日本是一个忍耐力极强的民族，能忍能咬牙。无论多么恐惧，他们仍然相信挺过难关之后，经济还是会有希望。但如果现在放弃的话，日本岛这么小，他们也无处可逃，所以只能做这样唯一的选择。"

从汶川、玉树到盈江

我们是如何进行灾后安慰的？

文/卢斌、胡赳赳

精神援助和物质援助同等重要。在汶川，我们看到了物质援助的力量；在玉树，我们看到了僧人的力量；而在盈江，我们看到了自我修复的信念。

"多难"之后是"兴邦"。如今的北川新城，到处闪耀着动人的旗帜、标语。依北川河道而建的新居由中国各省市援建，其建设速度创造了历史之最。短短的两年里，一座新的县城就拔地而起。在北川中心地带的指挥部，建有供来客参观的展览馆，主要展示着北川新县城的规划、绿化和设计。新北川变成了一颗"璀璨"的明珠。

这里，地震受灾的气氛早已消失，取而代之的是满大街奔跑的豪车。绵阳人感慨地说："地震给我们带来了意想不到的新生活。"但这远远不是生活的全部场景，更深入地探究灾后的事实，可以发现，创痛和心灵之伤仍萦绕着"灾难共同体"。

汶川：顽强的农民们

"每花一分钱，都像在花孩子的一滴血和一根骨头。"一位母亲告诉我她使用补偿金时的感受，她的儿子地震时被埋在了教学楼下。那是2009年4月的一个下午，"5·12"已经过去快一年，在都江堰的一个咖啡馆里，死难学生家长向我讲述他们经历的种种。

映秀镇对300多遇难孩子的家庭进行摸底，为每个有意再孕的妈妈建档，并制订了一本"再生育技术全程温馨服务指南"，妈妈们拿着政府所发的

"温馨卡"，就可以到定点医院接受免费的孕前、孕期、孕后服务。冯明玉2008年10月怀上了孩子，她和丈夫的心情也逐渐好起来。冯明玉后来顺利生下一个女儿，她觉得长得像死去的老大。地震两年后，映秀镇渔子溪村有20多位母亲成功再生育。同是农民，同是再生育的母亲，都江堰市蒲阳镇同义村的周厚容虽然得到一对双胞胎，却没有冯明玉那样的幸福感。冯明玉家门前有菜地，她每天种种菜、养养猪，至少衣食无忧。而周厚容和丈夫还有两个孩子挤在一小间板房里，她说："开开门啥子都是钱。"

　　跑遍几乎整个灾区之后我发现，不论是灾难自救，还是灾后重建，相对而言，农村都要比城镇顽强得多，农民在心理上也比城镇居民坚韧。而这一切与土地有关，与同自然的距离有关。

玉树：僧人的心灵救赎

　　阿旺才仁一个人站在那儿，似乎就是为了等待我的到来。我爬到半山腰出现在他面前时，心里对之前看到的成堆赤裸尸身仍心有余悸。

　　这个时候，下面的山坡上升起浓烟，诵经声响彻山谷，老鹰在空中盘旋，一场浩大的集体火葬正在举行，当天火化的遗体有上千具。2010年4月17日，是玉树地震后第四天。

　　他说："平时有人死去，我们都是把身体喂老鹰，还给自然。天葬台就在那里。"他指着斜上方的山坡，一群秃鹫静候着。"这一次死人太多，所以用火葬，而这一般是阿卡（僧侣）才用的。"

　　火葬在结古镇南的扎西大同天葬台举行。这山远看就像一个坐着的人，高处凸起的地方是肚子，下方的两个山包则是两条腿，天葬台就在心脏的位置，而两道人工挖掘用以焚烧遗体的深沟正处于其中一条腿上，死者亲属和数百喇嘛则坐在对面另一条腿上。

　　在玉树，我没有感受到那种四处弥漫的浓郁悲情，藏民们在大灾面前相对平静。在山谷里回荡的不是悲痛的哭喊，而是超度亡魂的诵经声。"我为所有的死者祈祷。"阿旺才仁和他的藏族同胞一样，认为灾难的降临"是命到了"。他说，谁生谁死全由自己的"业"所致，

　　不仅当地寺院，与玉树临近的四川的一些寺院，在地震后都立即行动起来，组织物资免费发放，僧人既是救援队、救济者，也是心理治疗师。僧人

们将火点燃，火焰冲天而起，喇嘛们提高了念经的声音，家属们含泪祈祷，几名藏族妇女还大声唱起了哀歌。整个过程，亲属们一直镇定地坐着，目送死者肉身的消亡。

盈江：来自民间的援助

2011年3月10日，云南盈江发生的地震是距国人最近的一次疼痛。

高调的慈善家陈光标，从日本直接折返盈江。3月16日，他赶到云南盈江地震灾区，向两个寨的群众发放了23万救灾款，大约每人分到了200元。民间援助和以企业为主体的援助依然有效。由于地震的灾况在可抵抗范围内，部分保险公司拿出了他们的援助计划。而民间志愿者们就如奔走在其他灾区现场一样，将爱心带到这个拥有30万人口的县城。

媒体这样形容说："十天过去了，盈江人从瓦砾堆上爬起，掸掸身上的尘土，走出地震留下的阴霾，恢复农业生产，回归正常生活。"

学生复课是信心重建的一个标志，灾后第十天，大约有4.5万名灾区学生重新返回学校上课，朗朗书声又在盈江上空响起。与此同时，穿城而过的大盈江水系大坝的修复关系着这座县城的安危，同在这一天，大盈江大堤应急除险修复工程正式开工，由专业工程师组成的工程队进驻大堤开始作业。

地震带上的群落，比那些安稳的平原、美丽的丘陵更加脆弱。答案并非只有自救与他救。地震检阅着人类的生存智慧，考验着社会的共情能力，昭示着心灵的家园与现实的家国之间的距离。

早安励志，晚安温情

文/@新周刊早安先生　晚安小姐

道一声早安，是为了给你打一针鸡血；道一声晚安，是为了给你贴一剂安魂膏药。

忐忑的世界需要一首安魂曲。

现实的社会需要无数条温情短信。

在戾气与善良、冷漠与温情、真相与谣言混杂的微博世界里，@新周刊的"早安先生"每天早上8点会道一声："早安，各位"。每天晚上12点，@新周刊的"晚安小姐"会道一声："晚安，各位"。至今已一年。

"我想，你是一位每天进门出门都会和爱人亲吻的绅士吧。"有博友如此猜想。

"新周爱人——零点一声'晚安，各位'，真有粉丝说'就等你这句晚安呢，我好去睡觉'，早上起晚了，粉丝会骂'死鬼，好懒'，分明是爱人关系，不过是分床制的。"（@肖锋）是的，@新周刊就是你的爱人和玩伴，它负责每天早上给你打一针鸡血，晚上再给你贴一剂安魂膏药。

早安励志

每一天清晨。

你从新疆阿勒泰的暴雪中醒来；你从江西写着"拆"字的楼顶醒来；你从河南节能减排停止供暖的床铺上醒来；你从拥堵在京藏高速公路的驾驶舱中醒来；你从板车、汽车、卧铺、宿舍、筒子楼、别墅、复式楼、电影院、网吧、洗浴中心、草坪、海滩、纸板……醒来。

上帝保佑起得早的人。

因为马克·吐温、曾国藩、仓央嘉措、马丁·路德·金、塞万提斯、培根、但丁、歌德、泰戈尔、莎士比亚、罗曼·罗兰、纪伯伦、罗素、高尔基、小王子等，会跟你道一声早安。

他们叫你要勇敢。

去吧，去成为你想成为的那个人。不要被教条所限，不要活在别人的观念里，不要让别人的意见左右自己内心的声音。最重要的是，勇敢地去追随自己的心灵和直觉。决定一个人的一生，以及整个命运的，只是一个瞬间。

他们教你如何与人相处。

对所有的人以诚相待，同多数人和睦相处，和少数人常来常往，只跟一个亲密无间。感谢伤害过你的人，是他让你的人生与众不同；感激为难你的人，因为他磨炼了你的心志；感激绊倒你的人，因为他强化了你的双腿；感激欺骗你的人，因为他增进了你的智慧；感激蔑视你的人，因为他醒觉了你的自尊；感激遗弃你的人，因为他教会了你独立。

他们教你如何看待人生的顺境与逆境。

好的运气令人羡慕，而战胜厄运则更令人惊叹。并非每一个灾难都是祸，早临的逆境常是幸福。经过克服的困难不但给了我们教训，并且对我们未来的奋斗有所激励。在顺境中，朋友结识了我们；在逆境中，我们了解了朋友。

他们叫你要珍惜时光、懂得奋斗。

人生莫惧少年贫。一个人越懒，明天要做的事越多。不要睡懒觉，不和太阳一同起身，就辜负了那一天。不要等到日子过去了才发现它们的可爱之处。有四样东西一去不返：出口之言、射出之箭、过去的时间、错过的机会。

他们教你学会爱。

所谓父女母子一场，只不过意味着，你和他的缘分就是今生今世不断地在目送他的背影渐行渐远。你站立在小路的这一端，看着他渐渐消失在小路转弯的地方，而且，他用背影告诉你，不必追。

你见，或者不见我，我就在那里，不悲不喜/你念，或者不念我，情就在那里，不来不去/你爱，或者不爱我，爱就在那里，不增不减/你跟，或者不跟我，我的手就在你手里，不舍不弃/来我的怀里，或者，让我住进你的心里默然相爱，寂静欢喜。

他们这样描述你的青春。

有皱纹的地方，只表示微笑曾在那儿待过。青春并不是生命中一段时光，它是心灵上的一种状况。它跟丰润的面颊、殷红的嘴唇、柔滑的膝盖无关。它是一种沉静的意志、想象的能力、感情的活力，它更是生命之泉的新血液。

他们催你多读点书。

不读书的人，思想就会停止。读书是在别人思想的帮助下，建立起自己的思想。

他们教你如何看待这个世界。

杀了公鸡，也阻止不了天亮。历史将会记录，在这个社会转型期，最大的悲哀不是坏人的嚣张，而是好人的过度沉默。对绝大部分人来说，热爱公正无非是怕吃不公正的苦头。我们把世界看错，反说它欺骗了我们。

每个人都来这世上走了一遭，但不是每个人都真正活过。

晚安温情

你很忙。

微博让你的生活变得拥挤，铺天盖地的资讯让你自以为擅长分享。

面对天灾人祸，你擅长分享痛苦；面对不公求助，你擅长分享同情；面对制度缺陷，你擅长分享愤慨；面对恶性事件，你擅长分享惶恐；面对道德失范，你擅长分享忧虑；面对八卦炒作，你擅长分享幻灭……你的手指不停地摁下转发和评论，你学会了围观和吐槽，懂得如何在自己的小圈子里站好队，表情一致地望向所有突发事件。

你忙着抗议不公世界，你忙着批判现实社会，忙着确认责任感和参与感——你试图发出声音，这就是你所以为的存在感。直到你发现：你的咆哮总是淹没在频率一致的声潮中。来不及追究就深信不疑，来不及思考就给出意见，你搭乘在速食时代的时光机上，说过的话转瞬即忘。

还剩下些什么？义务、使命、良知、正义，可这一切背后郁结着怨气、怒气、戾气甚至是杀气。现代人时时提醒自己理性、警醒、刻薄、挑剔，可随之而来的是绝望和压抑等负面能量，感性被磨损，人人患上心灵饥渴症。

你睡不着。

是什么让你如此执著要等到一声准点的"晚安"才肯入睡，还是你根本就睡不着？

你开始审视你的生活，日复一日挤地铁挤到肋骨发痛，月复一月拿着微薄的薪水仰视房价一涨再涨，年复一年没有感情归宿和晋升希望……你时常感觉痛苦和饱受剥削，你发现每一张尴尬的标签都能天衣无缝地依附在你身上，你宅，你穷忙，你是下流社会里不折不扣的橡皮人。

那些睡不着的夜里，你都在做些什么？

2秒钟转发一个帖子，20秒写完一句评论，2分钟打开一个在线视频，20分钟结束一局游戏，2小时写完一个工作方案……现实总是令你彻夜不眠，顶着疲惫的双眼却不得不打满鸡血。

你需要有上升空间的工作，需要永不背叛的感情，需要小区住宅和高级跑车，需要银行存款和长期饭票。你需要的很多但你发现很难得到，在盘踞着心灰意冷与麻木不仁的空白中，你发现你最低限度的需要，不过是一点温情。

但温情已经很久没有了。在世界还未运转得如此飞快的时代，在手机和网络不曾如此发达的日子里，你还不用忙着快速制造又迅速遗忘，也许你曾经在睡不着的夜里，感受过这种温情——老式收音机的电波里，曾经有一些歌曲伴你入眠，曾经有一些声音每天跟你道一声晚安。

温情其实就这么简单。在睡不着的夜里，一声柔软的问候就能按摩你的心灵。

你不差钱，但你缺朋友。

你每天要打10个以上的工作电话，却很快就忘记他们的名字；你的抽屉里有超过100张的名片，却很难再想起他们的脸；你发很多短信，有一半人要到三天后才会回复你；你穿梭在各种饭局、酒局和夜场，但你始终无话可说。不，或许你有话可说，你每天能说上一万句话，却加起来也顶不上开不了口的那一句。

正如@新周刊上第一条转发过万的那个晚安帖一样："没有人有耐心听你讲完自己的故事，因为每个人都有自己的话要说，没有人喜欢听你抱怨生活，因为每个人都有自己的苦痛，世人多半寂寞，这世界愿意倾听、习惯沉默的人，难得几个。我再也不想对别人提起自己的过往，那些挣扎在梦魇中的寂寞、荒芜，还是交给时间，慢慢淡漠。"这是漫画家幾米的一段话，但网友们却觉得从中找到了真实的自己。

这就是晚安帖所要提供的正面能量。它们并非格言警句，只是一些不经意就会被你忽视的慰藉力量，一如你曾经忽视过的很多东西：温情、柔软、爱和希望。

因为恋爱而受挫的你，因为工作而消极的你，对未来充满迷茫和惶恐的你，在城市里居无定所没有安全感的你，当你坐立不安，当你习惯忧虑和怀疑，当你失去了耐性和信任，当你发现你的QQ、MSN、邮件、论坛账号无比亲密又万分疏离，那么这一句晚安，就有了存在的意义。

它不是要激励你，它只不过想抚慰你。这一刻，不伟大，不忧患众生，不肩负历史使命，没有义务与责任。这一刻，请你带着柔软的心情，闭上眼睛，睡个好觉。

晚安，各位。

保卫社会

你什么样，社会就什么样。但总能听到抱怨，社会让我变成了这样。

中国人不冷血。

若冷血，哪有那么多对凡人小事的赞美、对正义的呼喊以及自责自省？

中国社会不冷漠。

若冷漠，哪有那么多自发的捐款、无偿的献血、志愿的义工和丰富感情？

但为什么，除了吏治，社会上商业欺诈、制假售假、虚报冒领、学术不端等现象屡禁不止，"诚信的缺失、道德的滑坡已经到了何等严重的地步？"（温家宝语）。天灾与人祸相欺，当代中国人为此吃够了苦头。

佛山街头的小悦悦，是加在中国道德骆驼身上的又一根稻草。

举国皆惊，公众的耻感被强力唤醒，对冷漠社会的批判与巨大的批判热情之间形成悖论：既然对道德的反思能万众一心构成同一声部，那么之前的彼此提防与伤害是怎么发生的？

柏拉图说："人类对于不公正的行为加以指责，并非因为他们愿意做出这种行为，而是唯恐自己会成为这种行为的牺牲者。"当恶横行、善不彰、权力监督失效、法律权威坍塌、趋利避害成了社会个体的首选项，无论男女老幼贫富，成为牺牲者在所难免。

洁身自好、明哲保身的生存哲学已经站不住脚了，社会的体温会因此下降，良知冬眠，正义路险，将有更多人死于意外和心碎。事后，当维护道德变成了一种办公室政治，一种口头上的政治正确，完全于事无补。

　　我们不能用一个最低标准来运作这个社会，套用米歇尔·福柯的话，我们"必须保卫社会"。如何保护？如本刊采访的七位学者所言，法律、政府、企业、社会机构、个人，都向着拯救的目标，做各自该做的事。重要的是，社会生态和人际关系，会因个体选择的量变而质变，因社会导引机制的变道而转向。

　　"不满是个人或民族迈向进步的第一步"（王尔德语），现在我们一起来走好下一步吧。

插图：华盖创意

旁观他人的痛苦

文/侯虹斌

在举国关注中，2011年10月21日0时32分，头上插满呼吸管的小悦悦终于辞世。

1906年，留学日本的鲁迅观看幻灯片，看到日俄战争时，一个中国人给俄军做侦探被日军捕获，正被砍头，一群虽强壮但麻木不仁的中国人正津津有味地围观。此景深深刺痛了鲁迅，他于是愤然离开。

105年之后，佛山一位两岁的女童小悦悦，倏而就让全民都变成了鲁迅，哀叹路人的麻木和冷漠。他们说，这一天，2011年10月13日，应该被定为中国人的耻辱日。因为，这位女童在被车碾过之后，18位路人陆续从她的脚边

2011年10月20日，广东省佛山市南海区黄岐广佛五金城。（图—阿灿/新周刊）

小悦悦生前照片。

走过，无一人扶起她，她又被第二车碾过。直到第19个人露面，才把小悦悦抱起来，稍稍挽回了这个城市的颜面。

冷漠是种症候群，不是今天才有；那些怀旧的人们，他们大概忘了上世纪黄金的80年代间，大学生张华跳进粪坑救起老农而牺牲，安珂见义勇为抓小偷时在人群中被刺死，舆论早就进行过一轮又一轮的"国民劣根性"的围攻和洗礼了。但这种讨伐，并未能遏阻冷漠症的蔓延。

小悦悦是不幸的；而审视和清算不幸的缘由，虽然已不能挽救这一个小悦悦，却有可能避免出现下一个小悦悦。

我虽不杀伯仁，伯仁为我死

通过视频，这19个路人、乃至于小悦悦父母、两位肇事司机的行为被放到显微镜下，众人的注视已使之成为一个奇观（spectre）。注意，视频中的众生相是一重奇观，而这些众生相经过网络传播、纸媒渲染、电视采访之后，甚至在西方国家的媒体里也成为焦点，让万千中国人啧啧称奇、絮絮叨叨、争论不休，更是一重奇观。

第一轮的声讨，是针对这些路人的残酷和冷漠。有人打算在网络上人肉这些路人。有人认为他们丢尽了佛山人、丢尽了中国人的脸。视频足以证明，这些人看到一位受伤的女童就在自己脚边悲惨地蠕动时，他们选择了绕过她，继续前行。举手之劳可救一命而不为，导致女童二度被辗。

此事社会反响极大，广东省政法委、社工委等十多个部门公开召集"谴责见死不救行为"，正在商讨立法惩罚见死不救。广东的媒体亦密集反思。然而，如果舆论仅仅走到这一步，那便不叫反思，而只是空泛的道德讨伐，也就是一个痛快而已。

2003年，学者苏珊·桑塔格在《旁观他人的痛苦》（Regarding the Pain of Others，亦被译为《旁观他人之痛苦》和《关于他人的痛苦》）一书中，便说过"有距离地旁观他人受刑（如电视新闻）转化为一种普遍化的消费者常态。如果你有同情心呢？——只要我们感到自己有同情心，我们就会感到自己不是痛苦施加者的共谋。我们的同情宣布我们的清白，同时也宣布我们的无能"。在不相干的电脑屏幕、手机屏幕或电视新闻里，批驳起别人的道德水准来，是多么轻巧，又多么有力啊。造就如此残忍而冷酷的现实，我们没有人是无辜的，我们自己，只是正巧不是那个路过悲剧的人，不是那些被录像记录下来的人，而已。

正如一个最常被援引的圣经故事，大家要朝抹大拉的妓女玛丽亚头上扔石头砸死她，耶稣说，谁认为自己没有罪才可以向她扔石头。有多少人敢说自己无罪呢？在多个网站关于"你会不会去救小悦悦"的投票当中，永远还是有超过两位数的人选择了"看情况"、"不一定会救"、"肯定不会救"。这里还没有包括那些说得到、做不到的人。可见，这个社会的痼疾冥顽到什么程度。

所以，理性的苏珊·桑塔格说得不错，"同情是一种不稳定的感情。它需要被转化为行动，否则就会枯竭"。

吏乱，有独善之民乎？

然而，若要把什么屎橛子都栽在"国民劣根性"上显然是不负责任的，会掩盖不良的社会弊端所制造的恶，就会认命，会放弃。

关于冷漠，许多人的第一反应就是两三年前扶起老人反倒被判赔的"彭宇案"。微博上，@何兵说："一个多月前，接受央视采访。问：南京彭宇案法律上复杂吗？答：法科大二学生的常识。问：你对此案有何评论？答：这是一座里程碑，埋葬正义的里程碑，简称'墓碑性判决'。昨天，央视记者再问：小悦悦案有何评价？答：墓碑在闪闪发光！"这桩极其简单的判例，这就是一个显著的破窗效应。一个房子如果窗户破了，没有人去修补，隔不久，其他的窗户也会莫名其妙地被人打破；一面墙，如果出现一些涂鸦没有被清洗掉，很快地，墙上就布满了其他乱七八糟的东西；一个人，如果做了缺德事却无人追究，那么，更多的人就会毫不犹豫地跟着做，不觉羞愧。

非常态的人性幽暗是人类罹患的一种病；可一个人见死不救是小毛病，18个人集体见死不救那就是病入膏肓了。追讨个人的良心，没有错；但如果不追讨礼崩乐坏背后的机制，这样的一艘船，即使不在这里漏水，也会在那里搁浅。

这里又重返一个问题：如果体制有毒，个人在其中的罪孽就可以赦免么？《韩非子·外储说右下》中，可以找到答案："闻有吏虽乱而有独善之民，不闻有乱民而有独治之吏。"

乌合之众下的道德批判

批判与质疑别人，有时会有道德上的优越感，有时会有智力上的优越感。除了司机应该毫无疑义地担负起刑事责任之外，救起了小悦悦的清洁工陈贤妹，和小悦悦的父母，也被旁观的人们摆上了扫描仪，被细细地剖析和品味。

陈贤妹本来是一介寻常人。政府奖励之，民众捐助之，甚至还有人说应该给她立一座碑；本来只是出于救人一命的正常伦理，但上帝出考题了，当所有人都往后退了一步的时候，唯独她留在原地，她便成了这个贫瘠的时代的英雄。然而，此时另一些神奇的声音响起来了：质疑这位救人的年老女清洁工是炒作，是想发财，不收钱就是嫌钱少。此时，我才深深理解，这样的一个群体，学者勒庞早就在《乌合之众》里精准地描述过，即是情感幼稚、道德败坏、智力低下；这样的人群，当他们其中一个人独自面对救人的陈阿婆时，他们很难把如此拙劣、如此下作的话说出口；而当他们隐匿在人群中的时候，他们便可以尽情地喷不负责任的口水。

陈贤妹把所有的奖金和捐款都给了小悦悦的父母，在一次又一次的接受采访中掉下了眼泪。她是一个被现代文明遗忘的底层女性，所以她幸运地逃脱了被污染，中国式潘多拉之盒中的秽气，尚没有来得及感染到她。她不是这个时代的英雄，她是隔绝和独立于这个时代之外的英雄；她不能为这些个文明社会挽回颜面，她的干净反而使这个文明社会的孱弱与无耻进一步露怯。简而言之，她受到了多大的诋毁，就担得起多大的赞美。

而小悦悦的父母，在这场巨细靡遗的舆论风暴中，也没能逃脱审判：他们是受害人，他们却不是无辜者。恶劣而壅塞的小市场，就因为数秒钟的大意，成了这一家人梦断的所在。谴责者的指控是，如果没有条件为孩子的安全和幸福负责，那就不应当把孩子生下来。而事实上，我们都知道，农村小夫妻进城务工，要养活一家四口，双方都要工作，一辈子都请不起保姆的人所在多有，是否，这数以千万计的族群一辈子都不能生孩子，不配生孩子？我们该如何改变这数以千万计的孩子们的生存环境？如何让这些不能指望有人专职抚养的孩子们不再担惊受怕？

是的，从技术层面上来说，父母的片刻疏忽即便在有相应立法的西方国家也未必会入罪；但丧女之痛与罪恶感，应当会像红字一样跟随他们一生。与这种苦难相比，刑罚便是多此一举了。旁观他人的痛苦，的确难以保持得体的姿态；同情可能是美德，太泛滥了就成了犬儒；批判是反思、是进步，太过度就成了刻薄、刻毒；即使你慷慨地捐赠了、援助了，也并不代表你就有了审判别人的资格。

除了形而上的道德谴责，我们还是可以做一些积极的东西。剥离和展示人性的幽暗面不是指标，让更多有良知的人被迫从漠然或懦弱中直面、惊醒才是目的。比如，数天之内，小悦悦父母收到的社会捐款即达27万元，其后仍一直在增加；无数素不相识的网友在为小悦悦祈愿，医生在努力，政府也在努力。

只是，真正要抵御道德这座沙塔的溃败，这些都远远不够；一个彭宇案，足以败坏十年的道德宣讲。于是乎，网络上广为流传着一个"撑腰体"的帖子，开头就是北大副校长的一句话："你是北大人，看到老人摔倒了你就去扶。他要是讹你，北大法律系给你提供法律援助；要是败诉了，北大替你赔偿！"

按常理，这是则假消息；如果它能成真，而且还能付诸实践，那么，比别的什么努力都更能修补人心。

你什么样，社会就什么样
——69件小事测试中国社会体温

文/山鸡歌

你的以下任何一种选择，都不触犯法律，也不违反道德。但，社会生态和人际关系，会因个体选择的量变而质变。

中国人不冷血。若冷血，哪有那么多对凡人小事的赞美、对正义的呼喊以及自责自省？

中国社会不冷漠。若冷漠，哪有那么多自发的捐款、无偿的献血、志愿的义工？

以下列举了69件小事测试你的态度。你的以下任何一种选择，都不触犯法律，也不违反道德。但，社会生态和人际关系，会因个体选择的量变而质变。

选A的人越多，社会的"体温"越高；从A到B到C到D，社会的"体温"从高到低。

一个又一个"你"，就组成了道德、体制和社会。

观念篇

你深感社会的冷，冷漠，冷淡，冷酷无情。你会：

□A.燃我百点热，耀出千分光 □B.尽力而为，贡献正面能量 □C.做好自己，责恶扬善 □D.感叹这真是一个毫不进化的民族，没有希望了

当你看不懂一件艺术作品时，你会：

□A.努力欣赏，甚至求教专家 □B.觉得瞎看看也不坏 □C.闪人，反正欣赏或不欣赏，它就在那里 □D.装逼、蒙人、骗钱

看到一本好书，你会：

□A.在各种场合推荐 □B.只向好友推荐 □C.自得其乐 □D.不跟人说

明星穿透视装，春光大泄，你看到照片，会觉得：

□A.So what？自信就好 □B.挺好看的，但不太好吧 □C.博出位，不自重 □D.不要脸

一班朋友中，其中一人无偿献过血，有人笑话他。你会：

□A.帮他说话，下次你也去无偿献血 □B.帮他说话，虽然你不会这么做 □C.不笑话他，也不支持他 □D.一起笑话他

一个朋友得了艾滋病。你会：

□A.鼓励他，帮他收集治病资料 □B.照常跟他玩 □C.尽量不跟他有往来 □D.怀疑他私生活太乱了

你发现自己收到一张100元假币，你会：

□A.拨打110 □B.上交银行 □C.撕掉或收藏 □D.找机会花出去

假如有一间犯罪超市，你可随意选购出售中的各种罪行，用现金或信用

卡付账就行了，严重的罪行贵一点，轻微的罪行便宜些，接着快快乐乐出去犯罪。你会选择：

□A.空手而出 □B.挑轻微的罪行 □C.挑严重的罪行 □D.多挑几件

当前文化建设特别是道德文化建设，同经济发展相比仍然是一条短腿。举例来说，近年来相继发生"毒奶粉"、"瘦肉精"、"地沟油"、"彩色馒头"等事件，这些恶性的食品安全事件足以表明，诚信的缺失、道德的滑坡已经到了何等严重的地步。一个国家，如果没有国民素质的提高和道德的力量，绝不可能成为一个真正强大的国家、一个受人尊敬的国家。

——温家宝总理同国务院参事和中央文史研究馆馆员座谈时的讲话，2011年4月14日

中国国民每年人均阅读图书4.5本，远低于韩国的11本、法国的20本、日本的40本、以色列的64本。（中国出版科学研究所调查结果，2010年4月）2010年中国电子书读者数量持续迅猛增加，达12119万人。（《2010—2011年度中国电子图书发展趋势报告》，2011年5月）

"我不认识你，但我谢谢你"的口号，是献给无偿献血者的。今年"7·23"动车事故后的一周，温州3000多市民无偿献血89万毫升。

艾滋病传染途径主要有三条，性接触、血液、母婴。一般的接触如共同进餐、握手等都不会传染艾滋病。

有网民建议：银行应该给上交假币的人开户，注明假币，只准存不准取，每年评选"假币王"给予100元奖励。

孩子与教育篇

关于社会，你的父母灌输给你的观念是：

□A.做好事，做好人（或成为一个对社会有用的人） □B.赚大钱，当大官 □C.社会很乱，你要小心 □D.街上都是坏人，他们教你学好，好自己学坏

在儿童游乐场，你看到别的孩子打了你的孩子一巴掌。你会：

□A.劝慰自己的孩子，并查问冲突的缘起，避免再冲突，觉得这是小孩之间的事，不强行干预 □B.质问那个孩子"你为什么打我的孩子？" □C.教自己的孩子以牙还牙，也打对方一下 □D.责怪对方的父母不会管教孩子

孩子考得不好，你惯用的方式是：

□A.谈心或辅导 □B.安慰两句 □C.批评两句 □D.责骂两句

奖励孩子，你惯用的方式是：

□A.口头表扬，或加游玩奖励 □B.物质奖励 □C.直接给钱 □D.一切要求都予以满足

你的孩子告诉你，他考试作弊了。你会：

□A.跟他讲道理，教他以后别作弊 □B.骂他可耻 □C.多大事啊，我还以为是抢鸡蛋呢 □D.赞他机灵

女儿参加了书画大赛，组委会在网上接受网民投票，设置为一机只能投一票。你会：

□A.投她一票 □B.通知所有亲朋好友和单位同事一起投她的票 □C.让朋友用刷机软件增加她的点击量，保证她夺冠 □D.直接跟组委会打招呼

上大学的儿子告诉你，他特别热爱文学，还参加了诗社。你会：

□A.鼓励他的兴趣爱好，推荐诗集给他，听他读诗 □B.随他喜欢 □C.让他把主要精力花在专业上，诗歌玩玩就算了 □D.告诫他读诗饱不了肚子，写诗过不上好生活，劝他退出

你是教师，对于学生们，你最致力于：

□A.发现个人优点，表扬并鼓励 □B.教他们做人做事 □C.教给他们知识 □D.帮他们考高分

2000年4月1日深夜，4名苏北失业青年为了偷一辆摩托车潜入南京一栋别墅，被发现后，持刀杀害了屋主德国人普方及其妻子、儿子和女儿。案发后，普方母亲为凶手求情，但4名18~21岁的凶手仍被依法判处死刑。7个月后，在南京居住的一些德国人及其他外国侨民设立了纪念普方一家的协会，认为"教育是人生最好的礼物"，与江苏省爱德基金会合作，致力于改变江苏贫困地区儿童的生活状况，募集捐款为苏北贫困家庭的孩子支付学费。11年了，超过500名中国贫困学生因此圆了求学梦。你会：

□A.为普方协会追求宽恕与和解的慈善行为而感动 □B.杀人偿命是罪有

应得，捐款助学很值得赞扬 □C.宽恕伤害了我的人？没门 □D.完全不理解他们是怎么想的

"我只能打工，孩子你一定要发奋读书，将来出人头地"，这是一名来沪务工人员对子女的期待。来沪人员希望子女读到研究生程度的占22.4%，读到本科的占66.9%。（上海市科学育儿基地"青浦区来沪人员家庭教育现状调查及干预研究"报告，2011年10月）

公众最关注的十大教育问题：择校问题、教育质量、教师素质、教育费用负担过重、大学生就业问题、学生减负、打破城乡教育差距、考试招生制度改革、"校官"腐败、幼儿园入园难和贵。

学生和家长眼中接受教育的十大理想地点：美国、中国香港、英国、中国内地、加拿大、新加坡、德国、澳大利亚、法国、日本。（"中国教育小康指数"调查报告，2011年9月）

每个月花在孩子的教育经费上，台湾超过半数人的储蓄（61%）或支出（54%）占所得的比重超过10%，而香港（储蓄53%，支出39%），大陆（储蓄43%，支出34%）在储蓄或支出占所得比重超过10%的比重都比台湾低。对本地大学教育的信心上，61%的台湾民众计划让孩子留在岛内念大学，领先香港的47%和大陆的45%。（万事达卡两岸三地"消费者购买倾向调查-教育"，2011年9月）

国家财政性教育经费投入占国内生产总值4%，是世界衡量教育水平的基础线。早在1993年，中国就提出要达到4%。18年过去了，这一目标仍未实现。2011年夏季达沃斯论坛上，温总理说2012年中国教育经费要达到GDP的4%。

16岁的张炘炀现在北京航空航天大学数学与系统科学学院就读博士生。在央视《看见》节目中，他说曾提出要求父母全款给他在北京买房，否则他就不进行硕士论文答辩，也不考博士，"本来最希望我留在北京的就是他们，他们应该为此努力"。节目播出后引发社会思辨。

恋爱与婚姻篇

单位大姐知道你单身，替你介绍对象。你会觉得：

□A.大姐真热心 □B.大姐多管闲事 □C.猜她有别的目的吧 □D.她侵犯了我隐私

你爱的女孩跟你分手了，因为你无房。你会觉得：

□A.有情无缘虽可憾，天涯何处无芳草 □B.不努力赚出一套房我就是孙子 □C.伤心加自卑，感叹女人真现实真物质 □D.等我有了钱，玩死你们

朋友是同性恋，你会觉得：

□A.正常 □B.这没什么，别恋我就行 □C.总觉得怪怪的 □D.变态

超过40%的受访女性希望理想伴侣的职业是公务员，其次是企事业管理人员、警察/军人、企业主、医务工作者等。38.3%的受访男性希望理想伴侣的职业为教师，其次是公务员、医务工作者、金融财会人员等。52.1%的受访男性对女性的职业没有要求。七成受访女性认为男性要有房、有稳定收入和一定积蓄才能结婚。其中，65%左右的女性希望男性的收入比自己多1倍以上，而逾63%的男性对女性收入的要求不高。多数单身人士认为单身的主要原因是社交圈子太窄、自己不够积极主动、感情受过伤害、不知如何与异性相处等。（《2010中国人婚恋状况调查报告》，2010年12月）

人际关系篇

同住一个小区一栋楼，你能叫得出名字的人有多少：

□A.大部分 □B.小部分 □C.屈指可数 □D.几乎没有，脸熟而已

你在家里放音乐跳舞，动静有点大。结果你的邻居：

□A.敲门，请你小声点 □B.找物业上门提醒你 □C.把音乐或电视放得更大声 □D.敲门，责怪你，跟你吵

邻居发生家暴，哭声惨烈。你会：

□A.敲门，劝止 □B.报警或找物业干预 □C.清官难断家务事，我犯不着管

在街上，迎面走来的邻居家的小女孩跟你热情打招呼，而她父母刚刚跟

你吵过架。你会：

□A.跟她热情打招呼 □B.微笑，点点头 □C.假装没看见 □D.看着她，不理睬她

当你身边的女孩在卖弄风骚，你会觉得：

□A.哈哈，喜欢 □B.她挺自信，挺好的 □C.有点过分哦 □D.讨厌，不要脸

同学或同事的父亲因贪污坐牢，你会怎么对他？

□A.像平常一样，他父亲是他父亲，他是他 □B.明里不说，心里还是有点歧视他 □C.够八卦，可以传给别人听 □D.总算逮着机会灭他了

朋友在网上卖假货，请你当托儿。你会：

□A.劝他别卖假货 □B.找理由拒绝当托儿 □C.托就托吧，帮朋友一把 □D.给钱就干

对待街头年轻人派发过来的广告传单，你会：

□A.尊重对方的职业，接过来，说声谢谢 □B.接过来，一直拿着或直到对方看不见的时候再扔 □C.接过来，但转手就扔掉 □D.不接

厦门市2007年4—6月举办首届"和谐邻里节"，核心是让社区居民互相沟通，超过10万人参与。2011年6月，厦门市第五届"和谐邻里节"首次集体推出社区微博。今年厦门市调查队入户调查人际关系，97.1%的居民认为，厦门的人际关系是和谐的。

2011年，北京、天津、河北、江苏、浙江、上海、山东、广东、福建、陕西、云南、贵州、新疆、湖南、重庆等多地都举办了"邻里节"。

2009年5月，新闻晨报全方位调查上海邻里关系，街头调查显示：商品住宅小区中的六成居民叫不出对门邻居的名字，里弄邻里的七成居民与邻居有过交流且清楚基本家庭情况。问卷调查显示，小区中可以见面打招呼的邻居平均不到20人，关系好到可以上门的平均不到4人。

在整个婚姻生活中曾遭受过配偶侮辱谩骂、殴打、限制人身自由、经济控制、强迫性生活等不同形式家庭暴力的女性占24.7%。其中，明确表示遭受过配偶殴打的比例为5.5%。（全国妇联和国家统计局"第三期中国妇女社会

地位调查的报告"，2011年10月）

军人、农民、学生、教师和农民工，被选为本年度公众心中最讲诚信的五个群体。北京人、山东人和香港人，被选为中国诚信形象最好的地方人。国人最信任的人，排在前三位的是父母、兄弟姐妹和配偶。（"2011中国人信用大调查"，2011年7月）

职场篇

公司遭遇危机，上司待你不薄，你是得力干将，猎头公司又找你，新平台有更好待遇和发展空间。你会：

□A.留下，与公司共渡难关 □B.与公司共渡难关，之后再走 □C.马上跳槽，过了这个村就没那个店了 □D.假托别的借口辞职，再进新公司

同事是第三者，跟你无关。你会觉得：

□A.这是她的私事 □B.明里不说，心里还是有点介意 □C.够八卦，可以传给别人听 □D.不要脸

同事被上司性骚扰，找你出主意。你会：

□A.劝她找到法律证据告他 □B.帮她支其他的招 □C.劝她忍 □D.苍蝇不叮无缝的蛋

朋友的工作和事业被领导或更上级"封杀"，成为被抛弃的人。作为同事的你会：

□A.留心为他提供新的机会 □B.安慰他，鼓励他 □C.不公开接近，暗地里安慰他 □D.接近他于我无益，不如不联系

公司来的大学实习生，做事不认真且做得不好。作为指导老师，你会：

□A.耐心教他带他 □B.仍教他，但时不时批评讽刺 □C.劝他离开，回学校好好学习 □D.在网上说这一代人没出息

你是财务人员，公司搞慈善捐款，让你做假账。你会：

□A.不做，举报 □B.不做 □C.做，但留一本真账 □D.照做

你是招聘官，正要录用一位成绩优异的面试者，但上级说正好有一位领导的亲戚想要那个位子。你会：

□A.跟上级沟通，坚持录用面试者 □B.对面试者说实情，表示欣赏但爱

莫能助 □C.拒绝面试者，但不解释原因 □D.拒绝面试者，告诉他他不合录用要求

2011年，51.8%的80后已担任公司重要岗位，16.3%的人成为公司中层，80-90后员工占比例最高的三大行业依次为互联网、金融以及通信电子（智联招聘）；仅有31%的人得到加薪（智联招聘），32%受访者期望薪资涨幅在30%至50%（前程无忧），42.7%的大学应届生在6个月内就离职（前程无忧），86%的白领声称自己有"拖延症"（百伯调查）。

19.8%的被调查者承认自己遭受过性骚扰，23.9%的被调查者报告自己曾目睹或听说本单位其他职工遭受过性骚扰。发生性骚扰后，选择司法诉讼和报警的比例均不到1/5，选择屈从的达54.4%，多数受害人都选择了隐忍或离职。在受到性骚扰的群体中，20至29岁的年轻人占57.5%（北京众泽妇女法律咨询服务中心调查报告）。

在就业方面遭遇过性别歧视的女性占10%，2.2%的在业女性为国家机关、党群组织、企事业单位负责人，为男性相应比例的一半；高层人才所在单位一把手为男性的占80.5%。（全国妇联和国家统计局"第三期中国妇女社会地位调查的报告"，2011年10月）

2011年，只有31%的职场人得到了加薪。而在涨薪中，涨幅不到10%的人占41.4%，涨幅在10%至30%的人占44.1%。71.9%的人认为涨薪幅度"跑不过"CPI。（智联招聘"职场人涨薪PK物价上涨"特别调查报告）

消费与服务篇

在医院生孩子，听邻床说要给妇产科医生送红包。你会：

□A.不送，相信医德 □B.不送，但担心有事 □C.送，求个平安

你在国内搭乘出租车，车资19.3元。你递上20元，结果你遇到的出租车司机：

□A.找你一元 □B.找你0.7元 □C.找你0.7元，说再没零钱了 □D.说没零钱了，不找给你

在网上购物，快递迟了一两天，包装还稍稍有破损。你会：

□A.算了，因为事实上没误事也没损失 □B.在网上写恶评 □C.责怪快递

员 □D.打电话投诉快递员

飞机要晚点几小时。你会：

□A.询问原因，考虑改签，或玩电脑玩手机看书喝咖啡聊天自得其乐 □B.上网发布吐苦水 □C.找相关人员谈善后或赔偿事宜 □D.大闹，对相关人员说找你们领导

在淘宝买东西受了骗，你会：

□A.实话实说，给差评 □B.不留言，但在别的网络平台提醒网友别受骗 □C.轻描淡写或不写，不敢给差评，怕店主骚扰 □D.给好评，希望店主能因此帮自己退货

买到假食品，你会：

□A.向工商举报 □B.向报社报料，或在微博上发出来，让更多人知情 □C.退货就行 □D.算了

你购物，商家赖着就是不给发票。你会：

□A.索要发票是消费者的正当权利，向税务局举报 □B.算了，反正不用报销

你是银行柜台人员，顾客排队太长，窗口开得太少。主任批准了你在里面轮休，你会：

□A.主动向主任提出多开一个窗口，你来做 □B.出去向顾客解释，并做业务解答 □C.不关我事，行有行规，只能如此 □D.不满顾客的牢骚，觉得他们好没耐心

一般在什么情况下，你会给医生送红包？"手术"居首位，之后是"病情危重或属于疑难杂症"、"遇到特别有名的专家"、"住院"。仅有7.65%的人认为送红包"用处不大"，3.06%的人认为"绝对没用"，认为送红包"有用"、"有一定作用"、"非常有用"的人共占到89.29%。54.1%的人表示，他们会送1000—5000元的红包。中国有24%的产妇给医生送过红包。（《生命时报》"你会不会给医生送红包"调查，2010年5月31日）

约半数持卡人优先考虑网银支付，选择第三方支付的持卡人约占1/3，仅12%的持卡人使用货到付款。刷卡促销吸引力从高到低依次为直接打折、刷卡赠礼、多倍积分、低价消费特权和抽奖。（中国银联"2011年银行卡消费行为习惯在线调查"，2011年10月）

商家拒开发票，市民向国税局举报，被奖励两个五毛（1元）。法庭上，原告称"这不是奖励，是侮辱！"洛阳市西工区国税局代理律师称：依据国家税务总局奖励规定，对于100万元以下收缴入库税款额，给予检举人5000元以下奖金，1元符合标准。法庭一审认为：1元举报奖励程序合法，案件审理费50元由原告承担。（大河报，2011年9月23日）

2011年，"3·15"的中国主题是"消费与民生"。中国质量万里行促进会披露消费者投诉主要集中在汽车、网购（包括团购和秒杀）、手机、消费卡、产品维修服务等方面。

公众事务篇

小区业主委员会搞民主选举，你会：

□A.报名参选，为业主也为自己服务 □B.不参选，但参与投票选出代表 □C.不参选也不投票，但配合业主委员会的活动 □D.不关我事

你参加过以下哪些社会活动？

□A.选举，投票 □B.做义工或志愿者 □C.单位组织捐款 □D.同学同事朋友客户饭局

消防局人员正在你的公司会议室搞消防培训，你在公司：

□A.积极参加培训，学几招 □B.领导强制参加会议，只好列席 □C.忙啊，哪有空

市里取消书报亭和小摊或建垃圾处理厂的新规定引发民怨，志愿者收集签名以呈情，你会：

□A.确实觉得新规定不妥，签名 □B.签了，但不相信签名有用 □C.不签，万一打击报复怎么办 □D.签个假名字

看到寻人的微博，你：

□A.积极寻找能帮上忙的渠道，并呼吁大家转发 □B.一般都会转发，增加找到的几率 □C.这种事多了去了，转发也没什么用 □D.怀疑发微博者的动机和真实性

在社区老人中心，你看到老人们成天打麻将，还有养老金领。你会觉得：

□A.过得不错，社会能为他们提供更丰富的休闲活动就更好了 □B.这样

挺好 □C.这些老人真无聊 □D.真可耻啊，混吃等死

中国高中生参与社会政治事务态度最积极：73.0%的中国高中生不赞同"社会事务非常复杂，我不想参与"的说法，美、韩、日的高中生持有相同观点的比例分别为65.3%、61.8%和50.5%。72.7%的美国高中生表示自己的参与能够改变社会现象，韩、中、日分别有68.9%、62.3%、30.6%。（中国青少年研究中心《中日韩美四国高中生权益状况比较研究报告》，2009年4月）

2011年3月至5月，全国慈善组织共接收捐款62.6亿元；自6月下旬"郭美美事件"等一系列事件发生后，6至8月，全国慈善组织共接收捐赠8.4亿元，降幅达到86.6%。（民政部中民慈善捐助信息中心）

京、沪、穗三城市居民总体社会信任度属低度信任水平，仅过及格线。三地的公共事业部门中，医院受信任程度最低；在商业行业中，房地产业和广告业属于"高度不信任"；在人际交往中，陌生人和网友属于"高度不信任"。（中国社科院《社会心态蓝皮书》，2011年5月）

城市态度篇

上百万中国人移民到国外了，你觉得：
□A.个人选择，很正常 □B.值得思考并有所触动 □C.羡慕嫉妒不恨 □D.感叹中国不宜居

跟各省各城市的人接触之后，你觉得：
□A.一方水土养一方人，各有特色 □B.偏爱某些地方的人 □C.大城市的人就是比小城市的人有修养 □D.特别厌恶某些地方的人

大学毕业，你找工作的首选地是：
□A.只要是适合我发展的工作，在哪都行 □B.家乡 □C.父母希望我去哪，我就去哪 □D.北上广

在北上广生活的你，回看你的乡村家乡，你觉得：
□A.希望以后有机会为家乡做点事 □B.各有各的好 □C.人挺好，机会太少 □D.思想观念太落后，幸亏离开了

跟外地朋友谈起你现在生活和工作的城市，你的态度多是：
□A.赞美与宽容 □B.好处说好，坏处说坏 □C.批评 □D.从不评价

2010年，全国居住在城镇的人口共6.6557亿人，城镇化率达49.68%。全国共有设市城市657个，有建制镇1.941万个。中国城镇化处于转型期，将着力解决"大城市病"。（中国市长协会《中国城市发展报告（2010）》）

中国城市化和新技术革命，是在21世纪影响人类的两件最重要的大事。（诺贝尔经济学奖得主斯蒂格利茨语）

2011年中国大陆十佳商业城市：广州、深圳、杭州、上海、南京、宁波、无锡、苏州、北京、天津。（福布斯杂志）2011中国最佳休闲城市：青岛、杭州、成都、烟台、三亚、黄山、上海、宁波、秦皇岛、西安。（中国旅游协会休闲度假分会）2011中国城市榜——全球网友推荐的最中国文化城市：北京、成都、西安、南京、拉萨、大理、广州、桂林、平遥、青岛。（中国国际广播电台）

跟车有关篇

你开着车，前车异常迟缓。你会：
□A.保持车距，或安全变线前行 □B.轻按一下喇叭，提醒前车司机 □C.连续鸣喇叭，以示不满 □D.探头出窗斥他

前车车尾贴着"实习"字样，突然刹车，吓你一跳。你会：
□A.体谅新手，保持车距，或安全变线前行 □B.心里嘲笑他，保持车距，或安全变线前行 □C.轻按一下喇叭，提醒他 □C.连续鸣喇叭，以示不满

你夜里开车，偏僻处遇路口，红灯。没有旁车，没有警察，没有行人。你会：
□A.等绿灯吧 □B.等等，说不定有摄像头 □C.确定没有摄像头，走 □D.管它了，走

乘公交或地铁，挤上来衣服脏脏的农民工。你会：
□A.安之若素 □B.有所提防，别蹭到我就行 □C.表面上没什么，但心里厌恶 □D.不经意露出厌恶的表情

乘公交，车上有乘客抓住小偷，小偷正在挣扎。你会：
□A.上去帮忙，或大叫司机往派出所开 □B.口头声援 □C.静观其变，最终可能帮忙 □D.不关我事

乘公交，车上有老人上来，司机呼吁乘客让座。你会：

□A.有座让座 □B.没座，对让座者投以嘉许目光 □C.没座，请别人让座 □D.我累我不让座，应该有人会让座吧

看到公车私用，你会：

□A.拍照留证据，寄有关部门投诉 □B.拍照上网发布，让网民人肉之 □C.心里骂两句就算了 □D.不关我事

老人不慎跌倒或被车撞倒，你在场看到：

□A.先扶起来再说 □B.让众人作证，再扶 □C.打电话报警 □D.让南京法官扶吧

老人不慎跌倒或被车撞倒，他是你朋友的爸爸，你在场看到：

□A.扶起来，视乎情况要不要送医院，陪着，打朋友电话 □B.扶起来，打朋友电话，离开去办自己的事 □C.正有急事要办在车上下不来，赶快打朋友电话告诉他 □D.正有急事要办在车上下不来，只好当没看见

想拿驾照，有门路直接办，你会：

□A.人命关天，先上驾校 □B.上速成班，两三个月拿照 □C.直接办

开车去办事，几分钟就好，路边不让停，你会：

□A.找个能停的地方 □B.路边停下，反正马上就走 □C.把邻车上的罚单取下，贴到自己车上，再去办事

你是交通警察，抓到违反交规者，一看是你喜欢的明星或公权部门的人。你会：

□A.依法执勤 □B.对方诚恳口头认错，你就放过了，告诉对方下不为例 □C.放过对方，结识对方，卖个人情

截至2011年8月底，中国汽车保有量首次突破1亿辆，离国际上的"汽车社会"标准更近了。但代价是，全国440多个城市在高峰时段交通出现拥堵。

美国作家Andy Rooney的《信任》写到没警察和路人的情境，他没闯红灯。他说："我停了下来，是因为这是我们彼此订立的契约。这不仅是法律，更是我们达成的协议；我们互相信任对方会去遵守它：我们不闯红灯。""我们从来都是彼此信任会做正确的事，因为我们整个社会结构是靠互相信任而不是猜疑来维系的。如果我们大部分时间互不信任，那么整个社会秩序将崩溃。我为那天晚上没有闯红灯而感到骄傲。"

社会轿车每万公里运输成本是0.82万元，而机关公务轿车达3万元以上，运行成本是前者3倍以上。

@全国政协委员杜黎明：（全国）党政机关及行政事业单位公务用车总量已达200多万辆（不包括医院、学校、国企、军队配车），每年消费支出已达1500亿–2000亿元，每年车辆购置费增长率为20%以上。全国超编配车率达50%以上。而且公车私用较突出，公车使用有三个"三分之一"：办公事占三分之一，领导干部及其亲属私用占三分之一，司机私用占三分之一。

@全国政协委员崔永元：我想补充一下，这三个"三分之一"还可以再各分成三个"三分之一"。比如司机私用可分成司机个人私用占三分之一，司机亲属私用占三分之一，司机亲属借给亲属私用占三分之一。

另有资料显示：在2004年度，中国公车消费达4085亿元，大约占全国财政收入的13%以上，是同年度政府预算卫生支出的三倍多。

香港拥有700万人口，其中有17万公务人员，政府用车只有6343辆，其中还包括垃圾车、警车和救护车等。仅特首等20余人配专车。

在芬兰首都赫尔辛基，只有市长一人享有专车待遇。

占领华尔街运动上抗议者打出的标语。中国文化人马未都在自己的博客中点评这个口号，建议改为"不要腐败！"更言简意赅。（图/新周刊图片库）

解开互害型社会的死结

保卫社会实质上是构建社会

文/肖锋

西湖救人的老外和佛山救小悦悦的老太给当下社会上了一课。

但如果这一课只停留于道德批判或反思是流于表面的。表面上看这是个道德问题，深层次看是个社会机制问题。道德批判也好，谴责冷漠个人也罢，热乎一阵但不解决根本问题。

个人没什么好谴责的。所谓道德，无非是我为人人、人人为我，遇危时你帮助别人，反之别人也会这么对我。好心没好报一定是缺乏见义勇为的法律来保护。老人摔倒扶不起，网络调查显示94%的网友选择不扶（大渝网），而隔两天在海口街头做的采访中，有八成受访市民表示不会做看客。这并不代表海口的道德水平就高于重庆。一次见义勇为的后果没有了预期，一定是法律保障出了问题。

冷漠社会也不是中国追求经济增长的必然结果。灵魂没能跟上脚步的原因，除社会价值观匮乏，更是社会设置出现了空白——自单位制消解之后中国坠入一个原子化的社会，这必然会影响个人行为。

保卫社会实质上是构建社会。中国向来是有江湖、无社会。社会这个称谓是舶来品。要解决当下冷漠，必须直面诚信危机、重建社会共识、培育中间组织。

诉诸道德易导致道德暴力，诉诸法律才回归温良理性

守住社会底线和道德救市成为近年热门话题。"道德血液论"不只是批判地产商的锐利武器。

法律公正、吏治腐败、食品安全、环境污染等重大社会问题，最近到了爆发期，中国正出现"互害型社会"的特征。《新周刊》曾提出"友善是互害型社会的解药"，现在看来，批判和友善都不解决根本问题。

首先，诚信危机的核心在哪里？老百姓成了"老不信"，不要过多谴责老百姓，政府、企业等机构公信危机才是主要责任人。专家指出，"社会公信力下降导致的信任危机，以政府、专家及媒体最为严重。不相信政府，不相信专家，更不相信媒体已构成了当前社会上一堵亟待翻越的'信任墙'"。

老百姓变成了"老不信"。只信熟人、只信街坊，口碑传播要比电视、报纸、网络有效得多、可靠得多。当社会公信不立、陌生人不可靠，人们只能对一切漠然视之。

"老不信"的"囚徒困境"是：一方面对陌生人处处提防，办事托关系，另一方面抱怨"人性冷漠"、"道德滑坡"；一方面指责他人"麻木不仁"、"见死不救"，另一方面遇老人跌倒又拒绝出手相助。我们内心向往温暖、良知和传统美德，实际行动又有所顾忌。

"老不信"现象是一连串失信事件所导致。要建立公信，如果按责任排序，首先在政府，其次是企业，最后才是国民。铁道部说中国高铁是安全可靠的，结果追尾了；卫生部说中国食品基本安全的，结果各部委在吃特供菜；房价到底是总理说了不算还是总经理说了算……遇信任危机就骂国民素质太低，已成某些专家嘴脸。

其次，国民救死扶伤的义举需要法律的规范和保障。美国有的州的法律则规定，一个人发现陌生人受伤时，如果不打"911"电话，有可能构成轻微疏忽罪。保障方面有《好撒玛利亚人法》，也称《无偿施救者保护法》，是给伤者、病人的自愿救助者免除责任的法律，目的在于使人做好事时没有后顾之忧，不用担心因过失造成伤亡而遭到追究，从而鼓励旁观者对伤、病人士施以帮助。

专制社会诉诸道德，树立道德楷模和搞道德绑架。民主社会诉诸理性和法律。央视纪录片《公司的力量》最大的贡献在于提倡契约精神，国家对国民的契约，公司对个人的契约。让国民见义勇为，"这是我应该做的"，首先要兑现国家和企业对国民的信托责任，然后再讲国民素质吧。

道德滑坡与经济发展不相干，重建社会共识才是当务之急

改革开放以来人们的物质生活空前丰富了，但一个失去幸福感、充满失败感的发展有什么意义，一个失去基本信任感的经济增长能维持多久？

现代型成熟社会的发展路径，是走过了一个U字形，社会道德从传统到近似崩溃再到重建，从西方的经验看，宗教一直担当某种维系力量，但更主要的是一个理性社会规则的逐步建立。专家学者近年来热议中国是否会跌入"中等收入陷阱"，其中一个重要命题就是社会信任与共识，以及新的游戏规则如何重建。

"13亿中国人扶不起一个老人。"洛阳性奴案曝出单位、街坊甚至妻子都发现不了一个罪犯长达两年的恶行——中国曾是个全民监督的社会。

中央文明办官员称，经济增长这么快，说明道德水平没有下滑。中外历史表明，经济增长与道德水平不一定成正比，甚至成反比。必须修正一个历史说法，即仓廪实而知礼节、衣食足而知荣辱，至少19世纪的欧洲、20世纪初的美国和今天的中国不是这样。

西方国家的19世纪被称为黄金世纪，也称镀金时代，经济增长、科技昌明、物质空前丰富，但社会道德水平下滑。看看狄更斯和巴尔扎克的小说就不难知道了，"这是最好的时代，这是最坏的时代"。近代史表明，经济急剧发展往往伴随着礼崩乐坏。

很幸运，中国如今也来到了这个"最好的时代，最坏的时代"。当你在淘宝上喊"亲"时，实际上是不亲，处处提防假货案、诈骗案。当你在网上呼朋唤友、MSN或QQ呼朋唤友，朋友不在乎多，三五知己，关键时一两个足矣。现在只在乎"朋友"数量、不在乎其质量了。

电视剧回忆美好往昔的怀旧题材收视都不错。老一辈人怀念大院生活，新生代则心向往之。《非诚勿扰》等相亲节目不能只当作娱乐，的确暴露出一个现实：过去单位、街坊、兄弟姐妹编织的熟人网消失了，相亲变成一项疑难工程。大城市的"抱抱团"被指作秀，多数路人抱有阴谋论，"你一定对我有所图"或"这个美女背后肯定有团伙"，因为街头的诈骗案实在是太多了。

客观讲，经济发展并不必然导致道德水平下降，是发展带来的巨变导致"社会失范"：旧的规则破除而新的规则未建立，社会规范处于不尴不尬的境

地。资本主义也会讲诚信，因为要建立长期品牌，就要对客户负责，力戒一切唯利是图的短期行为。

道德滑坡与经济发展不相干，重建社会共识才是当务之急。中国社会需要一个漫长的全民利益谈判，公开、公正、公平，重拾社会共识。

从熟人社会、陌生人社会再到现代成熟型社会

截至2010年，全国常住人口超过500万的城市已有20多个；未来10到20年，中国百万以上城市将达220余座。"搬家"成为城市化相伴相生的现象。与此同时，中国每年有2亿到3亿人口处于流动状态。社会学家说，中国已进入"陌生人社会"。

美国人一生要最少搬七八次，最多要搬十几二十多次家。据称，搬家有利于克服保守思想，增强开放意识。有多搬迁经历的人，见多识广，思想开放，有利于自身的发展，作为社会成员，客观上有可能促进改革开放和社会的进步。美国人似乎并未因频繁搬家而感不适。

西方社会的陌生人法则是建立在理性基础上的对等原则，人人为我，我为人人。一个游客凭一张地图和一张嘴基本能游遍西欧或美国。

社会是个利益共同体、价值共同体和目标共同体。现代意义的社会是由日本学者在明治年间将英文"society"译为汉字"社会"再传入中国的。社会学最早的译法叫群学。此前中国将祭祀之集合称社会，而现代意义上的so-ciety在中国并未完全形成。

中国如何从熟人社会、陌生人社会过渡到现代成熟型社会？

陌生人社会的信任实质是制度信任。而制度信任是不同社团或利益群体谈判的成果。当谈判不成，人们才会采取冷漠态度或极端行为。

港澳地区社团发达，比如澳门平均200人就拥有一个社团。这些社团的功能是联结个人与政府之间的空白地带，现代型社会才得以构建完成。台湾仍保持里长、邻长的设置，居民一有矛盾或问题，先靠传统的办法协调。中国式友善是从乡土社会出发，再扩展到陌生人社会的。我们谈社会管理创新时，不如谈谈管理创旧，恢复乡土中国行之有效的社会设置。

我家旁边的小区有个国学班，纯公益性质的，去年被取缔了，理由是：1.要是社会办班属市场行为要申请工商执照；2.要是非市场行为，超过多少

人以上定期聚会属非法集会。无论哪条都在取缔之列。

中国处于社会转型时期，所谓三千年未遇之变局。传统中国社会是金字塔结构的，垂直等级关系而无横向联结。从熟人社会到陌生人社会再到公民社会，需要更多的利益群体，社团组织，独立的第三方，增加谈判机会和管道。你不难发现，当自上而下的灌输失效之后，一个仅靠微博来维系公益的社会是多么脆弱。

从"家"到"国"之间，需要建立一个"社会"。在私德与国德之间，首先要建立公德。从熟人社会过渡到现代型成熟社会，首先要建立共识与公信，这样才谈得上提高国民素质。最后，现代游戏规则是靠理性的博弈与对等的谈判才能生成。

一幅描绘"太阳城"的版画。《太阳城》是17世纪意大利进步思想家康帕内拉的代表作，与莫尔的《乌托邦》有许多共同之处，被称为《乌托邦》的姐妹篇。（图/新周刊图片库）

故乡：不要问我从哪里来，因为我已经没有故乡

国在，山河变。

城市化摧枯拉朽，"每个人的故乡都在沦陷"（冉云飞语）。

带着乡音，你无法证明自己属于面目全非的故乡；拿着名片，你无法暗示自己属于暂住的异乡。在异乡，你做了生你养你的祖国的客人了——外地人。

地理意义上的故乡，只是一个名称和方向。故乡不只是家乡。家乡不论怎么变，总是在那里。故乡却可以穿越时空，附着于人、事、物建立身份认同，成为情感所寄、内心所依、灵魂所栖居。

我们可以拥有情感上的和精神上的故乡。只有当精神无所依之后，中国人才终于被连根拔起了，成为行尸和孤魂。财富不能挽回故乡，可惜，抒情也不能。

失去故乡的人，还将失去什么？

版画《春》，刘铁华，1944年。（图/新周刊图片库）

故乡的死与生

文/孙琳琳

1991年，王朔在《动物凶猛》中写道："我羡慕那些来自乡村的人，在他们的记忆里总有一个回味无穷的故乡，尽管这故乡其实可能是个贫困凋敝毫无诗意的僻壤，但只要他们乐意，便可以尽情地遐想自己丢失殆尽的某些东西仍可靠地寄存在那个一无所知的故乡，从而自我原宥和自我慰藉。"

在中国，越来越多人正失去灵魂的寄存处。

过去，故乡是记忆；如今，故乡是籍贯。过去，故乡是出生的老屋；如今，故乡是埋骨之所。过去，故乡是一个地点；如今，故乡是一种精神寄托。

每一个乡村都想变成一座城

2011年是华国锋诞辰90周年，他生前最后的遗愿又被重新提起——回故乡，葬在山西省交城县的卦山。"我回到故乡即胜利。"俄罗斯诗人叶赛宁如是说。

当你回家时，故乡还在不在？

在昆明生活了一辈子的诗人于坚，如今经常走着走着就找不到路。故乡面目全非，记忆开始骗人。在中国，每个野心勃勃的城市都变得和另一个一模一样，有CBD，有滨江路，还有步行街和地铁。它们不在乎"千城一面"，着紧的是立起比台北101更高的地标，最好还有什么宝贝能申请到世界非物质文化遗产。上世纪80年代，于坚写了好些歌颂故乡山川的诗，现在他却担忧起来，担心年轻人指责他说谎。

你幻想过荣归故里吧，过去是骑着白马，现在是开着宝马。可你外出闯荡，故乡却不等你。它要么失去人脉，长眠不醒；要么大干快上，跑得比你还快。现代化与城市化的效率太高了，将乡村连根拔起。开始你还能追述，还能跑到山坡上指点你的童年，但是很快，你依然每年回到故乡，却越来越找不到故乡。

如果说城市的现代化让市民多少享受到红利，乡村力争上游的过程就更急进，并赚尽了热泪。求新与图快，成了中国乡村的新信仰。稻田被征用成经济开发区，重新规划的村庄建房都使用同一张图纸。你记忆里的老屋、河岸、田埂全都改容易貌，故乡也来种假树、盖新房、建广场、竖标牌，变成了新农村，变得更像一座城。

一切都推倒重来，拆得快，变得也快。2011年春节，信阳市淮滨县拆迁的农民还暂居在窝棚里无家可归，他们的旧址却早被迫不及待地平整好，等待一条新的高速路由此通过。

2005年，社会学家陆学艺曾说："我国因为长期实行'城乡分治，一国两策'，使农村的剩余劳动力特别多，使农村的资金特别短缺，使城乡的差别特别大，三个农民的消费只抵上一个市民。"

而2011年春节，你千辛万苦回到故乡，发现三线早已被各路品牌攻陷，满街都是金羽杰、优乐美和旺旺大礼包。家电下乡、汽车下乡，低速电动车成功"农村包围城市"。扩大内需的战场甚至扩展到互联网，2010年12月，中国的1.25亿农村网民和3.32亿城市网民共享着同一个卖场。在乡村社会富裕的江苏，国家统计局江苏调查总队的数据显示，2010年，农村居民的消费增幅甚至高出城镇居民3.5%。

你尽可以放心地回乡隐居，和城里的日子一样，所需的只是一根网线。你也可完全不必再抱着回乡隐居的奢望，就算回到那里，还不是过着和城里一样的生活？

不知不觉把他乡，当作了故乡

关于故乡，有各种各样的说法。"回不去的地方叫故乡，到不了的地方叫远方"。有人不执著，说"故乡不过是祖先流浪的最后一站，你在哪站稳了，哪就是你的故乡"。经济学家赵晓在微博上讲了一种类似的观点："对于男人来说，有事业的地方才是真正的故乡。"

"不知不觉把他乡，当作了故乡。"歌手李健唱的是一种随遇而安。故乡也许并不只是地点，而是由父母、亲人、朋友、熟人构成的生活圈，对你知根知底，知冷知热。童年记忆固然是不少人的情结，若生命中重要的人愿意跟你走，归属感亦可在他乡延续。

这么说，人可以选择自己的故乡？

在大城市的粉丝中，听汪峰那首《晚安，北京》会哭的，有多少是北京人？2010年北京人大和政协的调研报告称，目前北京的流动人口估算已超1000万，其中95.1%的人在京半年以上，41.2%是全家移居北京。而近年来，平均每年只有约16万人能够拿到北京户口。

北漂们津津乐道北京的胡同、四合院、小吃和皇城根底下的种种旧事新闻，为了能在二环附近上班，宁愿住在六环以外。他们相信北京之大必有自己容身之所，溺爱此城如同故乡。虽然没有户口，他们在精神上早已认定自己是北京人。

然而2011年春天，渴望安居的北漂们却被"京十五条"伤得不轻。入籍北京几乎是不可能的任务，买车面临摇号，如今连花大价钱买房也要出示五年（含）以上纳税证明。瞧！北京根本不是你的家。不管你多么依恋它，歌颂它，赖着不离开它，它仍只凭证件或金钱认定你。别以为北京特别无情，紧随其后，上海、广州、青岛、南京、成都、长春、南宁和贵阳等城市的房屋限购令也都和户籍挂钩，带一点排外色彩。

限购令只是大城市对外地人设置的诸多壁垒之一，就业、社保、教育、医疗……哪一条不令寄居的你难过？城市的胃口永远都那么大，资源却只有那么多，接受现实吧，投奔城市时，你就要先做好了和它分手或死磕的准备。

生活在城市里，在钢筋水泥森林里遭遇那么多难题，面对那么多未知地点，甚至不知道隔壁住的是什么人。这种状态下，就算有户口簿和房产证，你也不会轻易指认一座城市是故乡吧。

最尴尬的是，在乡村找不到出路时，你来到了城市；在城市举步维艰时，你又试图退回乡村。来来回回，两头不靠。梦想逐渐消失，臆想却更深了。

与其钻营，做里尔克式的浪子倒也不错："倘若我假装已在其他什么地方找到了家园和故乡，那就是不忠诚。我不能有小屋，不能安居，我要做的就是漫游和等待。"

寻找精神故乡

写了《我的故乡在1980》的老猫说："故乡是气场"。上世纪80年代是一个强大的气场，这个气场，按老猫的描述，充满了真善美的正能量。在这个气场中，诞生了众多文学、诗歌、音乐、美术、电影、哲学等领域的高手，他们当中的许多人活跃至今，仍不约而同地把上世纪80年代看作共同的故乡。

在世俗的打量和赶路的灰尘滚滚之中，空间里的故乡自身难保，但时间线上的家园仍鲜花盛开。虽然今时不同往日，但毕竟还可以缅怀，毕竟还能在人群中找到同类。

有些人在舌尖上找到了故乡。这其中微妙的品位，非家乡人不能了解。比如，在江西人的记忆里，樟树的清汤入口即化，冻米糖要吃丰城传统猪油熬制的那种，南昌人所说的"两室一厅"，指的其实是便宜量足的私房小炒。

对80后的互联网原住民而言，QQ是他们的故乡。一个QQ号，是社交的开始，也是互联网身份的获得。他们在QQ上恋爱、写日记、谈工作，也养宠物、玩游戏、互相窥探。尽管后来沟通工具层出不穷，QQ却从未退出江湖，因为它包含着一个人在网络世界的童年记忆和基本人际关系，你可以隐身，可以删光所有心情，但只要QQ号在，你就永远不会走失。

愤世嫉俗的马奈，曾是卢浮宫里最虔诚的临摹者。英国泰特现代美术馆的涡轮大厅，是装置艺术家的圣地。西班牙毕尔巴鄂古根海姆博物馆，凭一座建筑改写了一座城市的未来。大师已逝，博物馆与美术馆是旷世杰作的归宿，亦是经典审美的原乡。无论是艺术家还是艺术粉丝都能在这里找到故乡，忘了自己。

无话可聊的时候，总可以谈谈童年。说到玩耍，那是所有人生命中的金色时期和原乡。上世纪50年代生人的小时候，并不比90后少半点乐趣。长大以后，人与人的心性和足迹千差万别，但你一定不会忘记小喇叭、七巧板、猫和老鼠，还有奥特曼打小怪兽。

流亡在外的俄罗斯诗人布罗茨基说："家是俄语，不再是俄罗斯。"用俄语写诗，成了他纾解乡愁的手段。方言是一种地方性密码，明确标明你的来自。听得懂方言是进入，说得好方言是融入。学会讲广州话的新广州人，总是更快找到归属感。反之，在故乡不讲方言的人多半是因为疏离，而在外不讲方言的人则是因为不自信。

　　每一次都冒着生命危险，在攀上珠穆朗玛峰的路上，需要的不仅是强壮的身体、专业的装备、忠诚的向导，还要有一颗一直向上、绝不放弃的心。虽然路途如此凶险，爬山的人却常常欲罢不能，也许，他们在顶峰望见了最温柔的故乡。

　　以上种种皆非地理意义上的故乡，一样带给人情感的皈依和精神的护佑——哪里能找到安全感和平静，哪里就是你的故乡。

布面油画《"金城飞机场"》，刘小东，2010年。画遍儿时伙伴的刘小东说："每个城市都趋同，我们都会变成没有故乡的城里人，这让我心酸。在城市化面前，抒情不抒情都挺无力的。"（图/由刘小东工作室提供）

于坚：我们像灰尘一样被赶到了大地上

口述/于坚　整理/丁晓洁

我说过，我是在故乡被流放的尤利西斯。

尤利西斯被流放，被迫离开自己的故乡，但在我们现代社会，即使每个人都待在自己的故乡，过去生活的世界也完全不见了。

我们重建了一个新的中国，但是当我们生活在现代化之中的时候，我们感到空虚失落，我们发现自己依然割舍不掉对故乡的怀念，我们发现自己非常需要过去那种能够使我们的生命感到充实的经验。

"汉语是我最后的故乡，朋友是我最后的故乡"

我在上世纪80年代写诗的时候，就开始有对故乡的失落感了。但那时候是很淡的，只是感觉到这个世界在变化，感觉到童年世界的消失。不像今天这么强烈，今天整个故乡世界完全被摧毁了，面目全非。

我在昆明，现在出去经常找不到路。它变得和中国所有的城市一模一样，我常常不知道自己身处哪里，有一种丧失了记忆的感觉。我对昆明是一种依赖感，它就像母亲一样庇护着我，但是这个母亲已经越来越弱了。不仅是对于我，其实对所有人来说都是一样——你生活在故乡，但是你完全不认识这个地方。这种陌生感是强加给你的，强迫性地使你变成一个陌生人。

过去之所以选择留守在昆明，是因为我喜欢这个地方，这里有我的记忆，这里给我写作的灵感。故乡诗人更愿意守陈，更愿意相信来自传统，来自"天、地、神、人"四位一体对他的庇护。故乡是什么？它是一种地方性知识，是过去那种使你安心的生活经验。具体表现为各种建筑方式和生活方

145

式，你的乡音和你的衣着、你的饮食习惯和日复一日的日常生活，这些和别的地方都是不一样的。而现在呢，所有的故乡都被拆掉了，地方性知识被消灭掉了，所有的人都差不多了，也许只有语言和住在那个地方的人还留着最后的记忆。如果昆明这个地方不是因为有我的父母和我的朋友还住在这里，我想不出还留在这里的理由。为什么一定要住在昆明呢？我住在中国的任何地方都可以，因为都差不多。所以我说：汉语是我最后的故乡，朋友是我最后的故乡。

"今天中国丧失了故乡的生活方式很像集中营"

一般人认为故乡丧失的就仅仅只是建筑，但并不仅仅如此，故乡丧失的是建筑里面的那种生活方式。过去昆明的建筑都是小街小巷，人在里面的生活是非常亲和的，人和人之间的关系非常紧密。那时候的昆明有很多小铺子和小商店，有很多寺庙，有很多水井，生活在里面你不会感觉到无聊，人生非常丰富。

我只能通过我的作品来重建我的故乡，我的故乡现在只能建立在纸上了。更重要的是，过去的中国文学所表现的那个世界，已经完全没有对应物了。年轻一代再读中国过去的那些文学作品，他不知道说的是什么。我在上世纪80年代写的那些关于滇池的诗，现在年轻一代读起来就像是谎言一样，因为今天的滇池已经不是我写的那个滇池了，今天它是一潭污水。

我们写的那种过去时代的爱情，男女之间那种美好的关系，今天也不存在了，什么两小无猜，什么青梅竹马，哪里还有这种事情？青梅竹马是一种长久做邻居才能产生的关系，如果你总是搬来搬去，你总是住在陌生人当中，怎么可能有青梅竹马呢？现代社会是一个陌生人的社会，大家互相都不认识，我们在单位上仅仅是大家在一起挣钱而已，挣完钱各回各家，谁都不知道谁住在哪里。现在我很多的朋友，他们连隔壁住的是什么人都不知道。

这种陌生人社会可能在西方很适合，因为西方本来就是个人主义的社会。但是中国的传统是群体性的，人在这个陌生人社会里面就感到非常孤独。把中国传统故乡结构解体之后，这个社会要走向一个什么地方，是非常难以预测的。我非常担忧：现在这种完全西式的小区，能使未来的中国人有幸福感吗？

我去过很多西方的国家，他们的小区虽然是以个人为单位的，但是它有教堂维系人心，把大家在上帝的名义下团结起来。而在中国这样的社会去推进西方式的社区，最后就是一盘散沙，大家完全丧失了联系。现在中国生活很无聊就是这样——在大楼的公司里上班，下了班开车去超级市场购物，然后回家看电视。生活的细节完全消失掉了。再加上城管再把那些小贩小店全部赶走，菜市场、庙会全部消灭了。今天中国丧失了故乡的生活方式很像集中营。

故乡是精神和空间天人合一的一个世界，它是一种诗意的栖居。现在新的小区只是一些商品房，住在里面你想的是房子会不会增值，完全没有诗意。

"我们这一代人的生活，可能就永远在灰尘滚滚里度过了"

我们身处一个从乡土中国向现代化中国转型的时代，过去的中国是建立在故乡基础上的，现代社会是一个"在路上"的社会。故乡在文化上就已经被否定了，五四以来的新文化就是这样教育大家的：故乡就是阿Q，就是落后的，就是没有希望的，生活是在别处。在过去，"别处"在西方，很多人都要跑到国外去发展，背井离乡，结果现在中国大量的故乡都人去楼空，又面临着拆迁，大家都变成一种"生活在路上"的人了。年轻人愿意在路上，但你走到中年走到老年，你走不动了怎么办？惶惶不可终日。

抛弃故乡的这种疯狂的运动，在世界上是非常罕见的。西方也进行现代化，但是它也保持着传统的生活经验。到了国外你会发现，所谓故乡的这一面是大面积被保留着的，现代化和故乡是并存的。它用的是加法，而中国用的是绝对的减法。去年我去法国和美国旅行，认识了一些西方的诗人，他们就住在小时候出生的房子里，而且甚至是三代祖传的房子，他们住的房子是几百年前的祖先就住在那里。这使我非常吃惊，在今天的中国，几乎没有人还住在他出生的房子里了。我们不断地搬家，我们已经像灰尘一样被赶到了大地上，居无定所。

我也不是乡愁，我是感到一种无可奈何的痛苦。我只是觉得，现代社会从来没有反省过：我们所丧失的那个故乡，确实是必须被抛弃的吗？故乡所提供的生活经验是"人应该怎么存在着他才会感觉到幸福"。这是每个民族几千年的文化历史慢慢形成的经验，中国人几千年来生活在四合院里，生活在人和人关系非常紧密的城市里面，今天你把这种经验摧毁了，最终会使中国成为一个无根的民族。

我对于中国故乡未来的走向是绝对悲观的。大家都想把一个地方改造成新加坡、改造成澳大利亚、改造成美国，没有一个人的主旨是按照中国过去的故乡用现代的材料来整合的，完全就是照搬西方。昆明现在的口号是"要把昆明建造成一个新加坡"，而且是每时每刻都在这么看，现在的昆明就像北京一样，街道越来越宽，到处都是高楼大厦，人在里面像过街老鼠一样。过去中国传统中城市的亲和力已经完全消失掉了。

故乡已经被折腾得差不多了。也许有一天会有一种反思的力量兴起，有可能要来重整今天的这个生活世界，但是这种"拆完再建、建完再拆"使人感觉绝望。如果一个社会永远不讲守陈只讲破旧立新，那么住在里面的人永远不会有安全感，如果人直到80岁还在搬家，我觉得那太恐怖了。

丧失了故乡就是丧失了安全感。我们这一代人的生活，可能就永远在灰尘滚滚里度过了。

于坚

1954年生于昆明，诗人。除了短暂的旅行，从未离开昆明，"我一直是个故乡诗人"。但他同时也说，自己是"在故乡被流放的尤利西斯"。著有《人间笔记》等。

油画《故乡的回忆》（又名《双桥》），陈逸飞，1984年。浙江镇海人陈逸飞在江苏周庄找到了故乡的感觉，并用一幅画把它变成了中国人的梦中水乡。（图/新周刊图片库）

李承鹏：为了逃离的故乡

文/李承鹏

　　我从我妈肚子里出生之前，我妈难产了一整天。后来她忽梦一只吊睛白额的老虎扑来，吃了一惊，我就出来了。

　　我知道大人们很希望我像其他新生儿一样大哭，这表示健康。可我拒绝哭，因为我讨厌那个女医生。她浑身膻味，满脸雀斑，不停地喊着口号。她把我倒拎起来拍打屁股，很痛，我只有假装哭两声，她兴奋地喊"毛主席万岁"，把我搁在秤盘上就搞斗争去了。那时新疆气温已较低，武斗把暖气房打坏了。我冷得直打嗝。我妈浑身无力，眼睁睁地看我冻得发紫，无法帮助我。她哭了，说哈密不是好地方。

　　上述故事其实是我妈告诉我的，她总喜欢借儿子来代入自己的想法，她说：你生下来就不哭，证明这不是你的故乡，你还是得跟我回四川去。在她看来，一个几乎不下雨的地方怎能算好地方，漫天风沙，遍地尘土。

　　我也没那么喜欢哈密，没肉吃。所有以为新疆遍地牛羊亚克西的人都是春晚看多了，那时肉是定量供应，一周才能吃上几根"大肉"，因为尊重民族，猪肉得叫大肉，猪油得叫大油，一切都得改称"大"，除了猪八戒不用叫大八戒。牛羊肉也是很少吃到的，因为备战需要，牛羊似乎从出生开始时脑里就安了一种仪器，一长大自动就会巡航到兵营的食堂去。

　　我妈一直收拾行李，准备逃离哈密回四川，一直在收拾，收拾了11年。

阿依古丽和阿玛古丽

　　11岁那年，我跟我妈逃离哈密回到她的故乡四川成都。她如愿以偿，而

149

我发现并不喜欢成都,阴雨绵绵,天空随时像顶了一口灰色的锅。那时成都几乎清一色瓦房,我就蹲在屋前看滴水檐滴出的雨点,把青石板砸出的一排排整齐的坑。房前草地上长出十几棵蘑菇,而我是另一棵。

四川孩子并不喜欢我,叫我新疆蛮子,要不是从小新疆长大的我倔而有些蛮力,就被他们打傻了。我开始想念故乡新疆哈密。

我花了整个少年时代去想念哈密。其实它多美好,阳光灿烂,有一条就叫"小河沟"的小河沟,清澈见底,河沙非常软,两岸是胡杨树,夏天有长得跟枸杞一样的沙枣,酸甜而且沙感。到了秋天远处的大麦田金黄得耀眼,我们常去捡剩下的麦穗烤来吃。有时也用土圪搭建出一个小窑烤土豆吃:用纸片木屑把小窑烧得发红后,把土豆扔进去,再把小窑踩塌堆上泥巴。捂上五分钟左右,扒开泥块,土豆,就是最好的烤土豆。有一次扒泥块时土豆飞溅出去,烫着一个伙伴的裆,他痛得满地打滚,一个大孩子指挥我们把他裤子扒下来用借来的羊油抹到蛋上,说必须用羊油,要不蛋就坏掉了。

我青年时候放下小河沟、沙枣和烤土豆,开始怀念哈密的美女。有个叫阿依古丽的维吾尔族女孩,黄头发白皮肤,身上有股接生医生的膻味,可青年时的我已很喜欢这味道。她总拿很多银针来玩,我不听话她就扎我手。后来知道这银针是当地女性用来扎耳朵眼的,她一直想给我扎耳朵眼,因为我怕痛一直没能成功。所以她就带我骑她家毛驴,让我从后面过去,结果驴愤怒踢了我肚子一脚,她呵呵直笑,我上去就咬了她肚皮一口。这事儿在学校闹得较大,老师说我思想不纯洁,让我站在高台上作检查,那个高台是土坯垒起的,我站在上面看远处,天山白得像羊的肚皮。

可能我的记忆有些偏差,咬的其实是她妹妹阿玛古丽。维吾尔族话阿依古丽意思是天山的鲜花,阿玛古丽是天山桂花。她妹个头小很多,所以才会被我扑倒咬上一口。我一直想找这两个姑娘,这里提示一下,我就读的小学是哈密铁二小,三班,有个爱拿银针扎人的美丽的阿依古丽和从家里偷沙枣给我吃的阿玛古丽。

我一直怀念故乡哈密,直到2007年才借去乌鲁木齐踢慈善赛的机会回去。我从乌鲁木齐租辆车直奔哈密,一路上放着刀郎的歌,想念着小河沟和胡杨林,还有姑娘。在一处喧嚣的城市前我说下去吃点饭,司机告诉我不用吃饭,哈密到了。站在这座跟记忆完全不同的现代化城市面前我怀疑了很久,是沿路的餐馆招牌才让我确定这是小城哈密,而不是哈尔滨。

这是一座更现代化的哈密，经济上发展了很多，可我分不清它跟其他城市有多大区别。我找了好久都没找到小河沟，也没找到胡杨林。胡杨林变成了卡拉OK厅，金黄的麦田变成了商品楼盘，路边水果摊有卖沙枣的，但已没有往日的爽口。听着变了味的刀郎歌曲，觉得没小时候维吾尔族歌曲好听。一群中年妇女经过，很胖很强大，哇啦地说着什么。我很心疼，因为里面说不定有阿依古丽或阿玛古丽。

我往哪里逃？

这时我已在北京定居。开始想念四川成都，说不清是第一还是第二的故乡。

我家住在成都的"打金街"，专门制作金银首饰的一条街，据说大清时给宫里老佛爷还打过一只钗头并带到坟里去，后被孙军阀偷去……这事儿成为打金街的骄傲，所以"文革"时改名为红星路时，老人还固执地叫它打金街。打金街长满了法国梧桐，夏天站在路边晒不着太阳，小雨也淋不着，风一吹过，树叶哗啦啦拍着手掌发出墨绿的声音。路面很干净，光脚走一趟回家，脚板也白白的。老茶馆，清音女声敲得竹筒梆梆发响，谁家炒回锅肉，满院子飘香……总之，是想象中的老成都。

我回到成都时，发现老宅已再次拆掉，上一次拆掉是1983年，我家得到两三千元补偿后兴高采烈地搬到一处居民楼，公房。这次是把在老宅基础上修的百货大楼拆掉，拍卖。每亩8888万元，人民币，不是越南盾。

我换算了一下，24年，我家老宅涨了6000倍。可这6000倍跟我无关，我在这24年当过10年艰难的房奴，打过无数份工，现在才拥有属于自己的产权房，70年租来的。谁赚了我的钱。站在老宅的工地前，觉得眼前飘过全是我的钱，都飘进别人的腰包。我转身离去，才想起原来的打金街已没有深情地伸着胳膊般粗枝的梧桐树，没有青瓦房，这里改成立体式下穿隧道，四周全是一万至数万元一平方米的商品房，高耸入云，风格跟北京双井桥附近并无差别。而北京给我的感觉却越来越糟。问题就是，我往哪里逃。

我已没有了故乡，因为我找不到自己的故乡。在北京，我是外地人；在成都，我是离开了的本地人；在哈密，我只是一个出生于此的汉族人。它们长得如此相像，只是按行政级别分了大小而已。我告诉朋友这个糟糕的感觉，他说家乡是用来逃离的，父母只是用来感恩的。至少我同意前一句话，我逃离哈密来到成都，逃离成都来到北京，试图从北京逃离时，发现无处可逃。

正在这时，"京十五条"限制外地人在北京买房。北京人拍手称快，外地人如丧考妣，网上展开一场"北京歧视外地人"与"外地人搞乱了北京"的对骂。我在博客写下一句：在我眼里没有北京人和外地人，只有穷人和有钱人，如果没有钱，在祖国，人人都是外地人。

在一个飞速发展的国家，故乡是个伪概念，每个人都有一个忘不掉的故乡，每个人都有一个回不去的故乡，等你回去，故乡已不是原来模样。它养大过我们的身体，我们拼命离去要到更大的地方，留下一段愁茫的盲肠，我们称它为故乡。

以我为例，故乡就是拿给你使劲怀念，却拼命要离开的地方。

李承鹏

1968年生于新疆哈密，11岁随母亲回成都生活，传媒人。2011年1月出版《李可乐抗拆记》，被誉为中国第一部以拆迁为题材的小说。

摄影作品《人与土地·归宿·旭海》，阮义忠，1986年摄于屏东县牡丹乡旭海村。
"是相机观景窗看出去的那一群人与那一片土地，让我能发觉到自己成长过程中所犯的错误，让我把童稚时代的怨恨化作挚爱……"（图/阮义忠）

10个置故乡于死地的办法
谁杀死了故乡？

文/林奇

我们永远在怀念故乡，但同时又哀叹故乡已经不是当年那样，把故乡变得面目全非的并非别人，而是我们自己。

独生子女最孤独

故乡意味着家，而中国式家庭的要义则在于大家族共居，四世同堂、五世同堂是最具有幸福感的中国家庭模式。

独生子女身处421家庭新架构，一人肩负4位老人的期望和责任，且不说生存压力和生活境遇，单是独生子女每逢节日应该往哪边老人家里去，就是一个巨大的难题。他们是新中国第一代置身于市场经济环境的人，一切都要靠自己，从找工作到结婚、买房无不如此。

独生子女没有兄弟姐妹，未来的独生子女可能还会没有堂表兄弟姐妹，他们的亲缘关系越来越简单，血脉感情也越来越淡漠。他们只需要对自己负责，故乡、家族、血亲都是虚无的概念。

独生子女没有故乡。

一口普通话走天下

广东人把普通话叫做"煲冬瓜"，言语中流露几丝戏谑，但广东不是唯一视普通话为威胁的地区。没有方言的城市是可耻的，所有地区都在用自己的方言作为荣誉感，只有方言才能让人感到自己被接纳。

几乎每个城市都拥有自己方言的喜剧大师，用方言来表现幽默感最能体现当地人的生活趣味。上海有王汝刚，天津有马三立，陕西有王木犊，长沙有大兵，重庆有吴文，成都有李伯清，武汉有田克兢，南昌有小筱贵林……城市性格、人心时事、邻里是非、社会万象、伦理风俗莫不由他们嬉笑怒骂而出。听得懂他们，你笑、你哭、你开怀、你抑郁，这里就是你的故乡。

但普通话还是来了。作为普适沟通工具的它，由工具变为一种文化，也变为人的归属感和标签。越来越多的移民在新居住地使用普通话沟通，而他们的下一代也往往以普通话作为母语。普通话群落、普通话族群、普通话社区、普通话城市越来越蔓延，传统意义上的故乡、传统意义上的乡音也在渐渐衰落。一百年后没有方言，或许不是杞人忧天。

以工业标准要求饭菜

所有人回到故乡的第一件事就是去吃怀念已久的食物，但有一半的人会发现再也找不到当年的店，甚至这种食物都有可能消失了。这还不是最惨的，最惨的是那一半人找到了美食，却发现它失去了当年、童年的味道，吃掉这份回忆还是忘掉这份回忆成为最难的选择。

我们离开家乡，带走的是以前生活的记忆，中国人最重要的记忆就是味觉。在学校门口、在楼下小店、在风靡一时的餐厅，这些味道随着我们走到各处。我们保留着记忆，而留在故乡的食物却在嬗变，它们改变味道、改变配方、重塑流行甚至生生死死。它们其实还在继续生长，但已经视我们于不顾。当我们再回来时，糖葫芦已经不是小学门口的那个味道，盖浇饭已经不是大学打完篮球之后的那份分量，拉面已经没有刚工作时吃的第一碗那么香。

与此同时，我们的城市里渐渐生长起来各种各样的连锁店，它们用统一的工业化流程制定着味觉的规则。海底捞和童年楼下的土灶火锅不一样，真功夫和旧街小店的蒸饭也不一样，更不用说还有M、K这样的跨国企业在推广着统一的味觉模式。

它们都是没有故乡的食物。

田里长出的是房子

在中国的土地上最容易生长的是房地产，无论是在昔日的不毛之地，还是现在的繁华地带，稍不留意转头一看，房地产就如同野草一样蓬勃生长。房地产不仅是暴利的行业，也是"暴力"的行业，它们在"暴力"地改变城市的面貌，拆毁人们的记忆。

那个被称作故乡的地方，几年之后就起了高楼、拆了旧楼、改变了街道、重新规划了社区。所有带着旧时记忆回来的远行者们，都会为眼前的崭新景象大吃一惊，他们也许会惊叹，但随之而来的却是惆怅——以前走过的路口、玩耍过的街道、居住过的建筑统统都不见了，它们带着储存着的那些旧时记忆一起灰飞烟灭了。

雅各布斯说，"被规划者的魔法点中的人们，被随意推来操去……完整的社区被分割开来。种瓜得瓜，种豆得豆。这样做的结果是，收获了诸多怀疑、怨恨和绝望"。但更绝望的是那些回到故乡的人们，因为他们发现，现在的故乡其实和自己千里之外居住的城市一模一样嘛，不就是水泥的各种组合吗？

有钱没钱都不回家过年

有钱没钱，回家过年。对于中国人来说，故乡最重要的意义就是游子归家、合家团圆，而节日则让这种意义有了时间刻度。

春节、清明、端午、中秋、重阳……农业社会的节日被四季轮回所挟裹，而每一个节日都带着家族、血缘的印记。平日里四散各地、分家单过的家族成员在节日的召唤之下，聚集在一起，共同执行那些久已有之的民俗，初一饺子初二面，祭拜先人，燃香上供，送灶神，吃清明粑粑、端午粽子、中秋月饼……所有这些仪式性的举动在中国人的概念里没有宗教意义的神圣，却带着家人共同参与的热情。

但如今的节日，家族的意义逐渐淡去，血缘的印记几乎消失，剩下的只有商业的狂欢。春节成为了出游的最佳时段，清明前不再有人寒食，端午的粽子变成了工业化的速冻食品，中秋变成了天价月饼和送礼的战场。现代化的生活节奏把节日变成了上班和下一次上班之间的短暂休息，把吃饭聚餐变成了交际的场所，节日也就变成了食之无味弃之可惜的鸡肋。春节回故乡感到百无聊赖和无所适从的人可不是少数。

在虚拟世界过第二人生

网络是电子时代的故乡，所以它杀死了现实中的故乡。

从小在数码海洋里泡大的人，最熟悉的不是街道、建筑、路口、单元号和门牌号，而是论坛、博客、微博、登录名和密码。

对于这一代人来说，传统意义上的故乡已经不复存在，离家、还乡的概念也变得虚无。视频通话可以解决距离问题，邮件、IM可以解决沟通问题，网络支付、B2C可以解决物质问题，新闻网站可以解决资讯问题，论坛、视频网站可以解决娱乐的问题，几乎一个人所有的需求都可以用网络来解决。在这样的网络世界里，无所谓远，也无所谓近，既然没有身边的当下，自然也没有远方的故乡。

他们也会在网络上寻找同乡，在QQ群和讨论版里共同回忆故乡的一切，但他们知道，他们真正离不开的不是故乡，而是这个网络。

越长大越白眼狼

当你开始成长，就开始背叛故乡。所有成年人都在教育小孩要遵循传统，但实际上对传统破坏力最大的却是成年人。

当一个人从童年迈入成年，他有意无意地开始觉得故乡对自己不再重要，他需要更大的发展空间，他开始厌恶、挑剔故乡的一切。他学习普通话、新居住城市的口音、英语、法语以及一切他认为有用、有范儿、有品位的语言，他努力改掉自己的外地口音，渐渐地忘记了自己方言中的趣味。他开始学习"先进"的文化和行为模式，并对自己身上从家乡带来的习惯深恶痛绝，他为进入了一个新圈子而兴奋。他甚至开始嘲笑更新的移民，觉得他们土、cheap、粗鲁、没有品位。

故乡在不知不觉中被成年人杀死了。

距离太近无需想念

去国怀乡，距离越远感情越深。

但眼下的状况是，交通越来越便利，城市与城市之间有飞机、汽车、铁路、高铁、动车甚至地铁。它们不断在刷新城市距离，从几天到十多小时到几小时，最后到几十分钟。人和故乡的距离变得越来越短，甚至比从居住地到工作单位的时间还要短。

人们不再觉得回老家是件有神圣感的事情，因为平时每天的通勤路程比它都要复杂、痛苦。人和故乡的距离感渐淡，故乡的分量也渐轻，因为回新家比回老家更让你觉得重要。

当然，这一切都是在抛除了铁道部的影响力之外的理论。

老朋友再也不联系了

朋友是检验你和城市之间关系的唯一标准。

小时候我们有同桌、同学，稍大一些有师兄师姐，工作后有同事、前同事、同行，还有男友、女友、前男友、前女友。他们像看不见的线，把你和这座城市联系在一起，编织出强大而隐秘的网，有时候会让你心烦，有时候会让你开心，但只要有这张网你就会觉得你在这座城市有归属感、认同感。

故乡的人际网是维系你和故乡关系的重要指标。衣锦还乡是为了向这张网炫耀，回归故里是为了想利用这张网发展更大，同学会是窥视这张网的最佳场所，旧同事聚会则是从这张网攀上另一张网的最好时机。

但你很快就会发现，朋友已经不再是过去的朋友。同桌同学早已无话可说，同事同行也价值观渐行渐远，前男友看上去就是个傻×，前女友早就成了菜场大妈。你和他们的背景、环境、知识、兴趣、生活之间距离判若鸿沟，故乡也终于成为你百无聊赖的酒局和饭局。

凶手就是你

我们从出生开始所做的一切，都是为了能在未来的某个时段能背叛故乡。我们努力学习，是为了贮备离开故乡的能力；我们追寻理想，是为了给离开故乡树立目标；我们需求发展空间，是为了给离开故乡找到借口；我们终于离开了，终于给自己找到了证明自己的机会。就算我们回来，也是为了证明故乡的确被我们杀死了——它真的不是当年那样了，正如凶手重返犯罪现场。

没有人能杀死故乡，除了你自己。

2011 年度佳作

城市发展的癫狂时代

城市发展的癫狂时代

中国若是急之国，变得最快的就是我们的城市。

我们可以想象一个理想的城市——这个城市可以每个沙井盖都有Hello Kitty的印花、市长长得像王志文、市民全是宅男、它的每个写字楼楼顶都有摩天轮……当然你也知道，这只是一个天马行空的思维游戏。

现实正好相反，我们习惯被城市改变，而从未改变过强势的城市。正如《伊斯坦布尔》所说："我依附于这个城市，只因她造就了今天的我。"

我们其实都是被城市改变的人，经历着关于城市的疯狂、荒诞、愉悦与骤变，然后，痛并快乐着。

2000—2010：城市发展的癫狂时代

文/欧宁

2000年，中国的城市化率突破30%；2010年，中国的城市化率已接近50%。未来五年，中国城镇人口数量将首次超过农村。

这10年，大城市拆城扩地，都市圈已现雏形。珠三角在转型，长三角在升级，京津冀在发力造型，西三角在迈向中国经济的第四增长极。

远大用6天建了一座15层的楼，这是"中国速度"——我们的城市在中国速度中寻找出路，要成为低碳城市，成为创意之都，成为国际化大都市；市民也在中国速度中寻找出路，要安居乐业，要实现梦想，要幸福感与尊严。

2000年夏天，我决定离开住了十一年的深圳，搬到广州。作为一个短短二十年时间内建立起来的新城市，深圳似乎遭遇了它发展的瓶颈。经济特区的历史使命完成了，中央政府的政策开始向上海倾斜。1992年邓小平南行讲话发表后的城市开发和房地产的狂飙突进使它的土地储备很快见底，深圳不得不继续向北和向东特别是关外寻找更多城市空间。在个人生活的领域，它的单一经济城市的定位，历史纵深感的匮乏，生活风格和文化资源的有限性，都令我越来越觉得它在空间上的迫狭。而同年秋天，上海举办了它的第三届艺术双年展，大量以前未被官方接纳的当代艺术作品开始进入这个大型展览，使它成为一个隐含着许多风向信息的标志性事件。我的迁居行动是试探性的，只是保守地搬到了深圳近邻的广州。两年后，呙中校的《深圳，你被谁抛弃》在网上发表，引起轩然大波。

2001年夏天，在广州的潮热天气中，我和几个助手正在为一个即将在柏林汉堡火车站美术馆开幕的中国当代艺术展"生活在此时"赶制画册。这是文化部首次出资在欧洲举办的中国当代艺术展,策展人即是2000年上海双年展的策展人之一的侯瀚如,还有时任中央美院副院长的范迪安。7月13日,在我们为画册忙得头昏脑涨时,工作室的电视传来了北京成功获得2008年奥运会主办权的消息,我们看见天安门广场上狂欢的人群,脸上贴着国旗,手上也挥舞着国旗,口中大呼:"北京赢了!北京赢了!!"这个消息,不仅为北京,也为整个国家接下来十年的城市化运动安上了一个超级巨大的加速器。9月11日,在画册已经杀青,我们准备赶赴柏林时,纽约世贸大厦双子塔被两架飞机撞毁,那象征着资本的骄傲、城市的野心和人类与天比高的疯狂的摩天大楼轰然倒地,它间接影响了库哈斯为中央电视台新大楼做的设计,后者以一个扭曲的Z字形结构,完成了对曼哈顿式摩天大楼的批判。

这一年的6月29日,青藏铁路开工典礼在青海省格尔木市和西藏自治区首府拉萨市同时举行,意味着拉萨这座位处高原上的边远城市将要加入全国城市铁路网。11月10日,在卡塔尔首都多哈举行的世界贸易组织第四届部长级会议以全体协商一致的方式,审议并通过了中国加入WTO的决定。一年后,中国经济跃上新台阶,GDP突破10万亿元人民币,中国人均生产总值达到1000美元,年增长速度达8%左右,中国经济在世界经济的分量突显。在接着而来的2002年12月3日,经过4轮投票,上海从5个申办城市中脱颖而出,获得2010年世界博览会的举办权。这一切,均彰显中国正国运亨通,在政治、经济和文化各领域整装待发,要在通往一个簇新的超级大国的路上全速起跑。城市化作为工业化之后最重要的一项国策,将在这一轮加速快跑中迈入下一个高潮,它将大面积改写中国的城市史。

奥运和世博

中国的城市化运动始自"文革"后,它的第一个十年以深圳为主角。在一个渔村的基础上用最快的速度创建一个新城市,在世界范围的当代城市史中都是罕见的。深圳初创时的经济模式是"三来一补"(来料加工、来样加工、来料装配和补偿贸易),利用它毗邻香港的地理优势,改变土地性质,在原来的农地上兴建大量工厂,吸纳各地农村的廉价劳动力,承接香港和海外的加工订单。这一模式进一步辐射至珠三角地区，至今仍被一些内陆城市采用。第二个十年经历1989年后的短暂停顿，在1992年后再次从深圳发轫，进而波及沿海城市及大部分省会城市。这个时候中国已经全面向消费社会转型，商业和服务业进一步流行，房地产业则扮演了最重要的角色，土地收入变成各地政府的主要财政来源，大量农业用地被不断膨胀的发展商收购，城市扩张达到前所未有的程度。2002年，Richard Florida在美国发表《创意阶层的崛起》一书，很应景地总结了在美国和欧洲等地出现的新兴创意产业，受到各国政府的重视。中国也开始追赶这一趟国际潮流，并根据"大国崛起"的需要，提出"发展软实力"的策略，各地城市开始加入创意产业的热潮，中国城市化运动自此开始步入第三个十年。

自冷战结束后，以美国为代表的自由市场经济在全世界大行其道，全球化的序幕拉开，跨国资本的流动要求打通所有国界，扫除一切政治上的障碍，民族国家的观念开始受到冲击。而现代交通和互联网的迅猛发展，人们日渐频繁的国际旅行和网上交流也进一步淡化了各自的国族意识。于是，自己生活和工作的城市便日渐成为人们界定身份属性的重要标识，而国与国之间的武力竞争，也开始让位于城市与城市之间的经济和文化竞争。这就是为什么双年展这样以城市为主办单位的艺术盛事在上世纪九十年代起开始风行全世界的原因，而奥运会和世博会这样的顶级人类盛会更是被各城市激烈争夺。以大型活动为契机，各主办城市可以吸纳国际流动资本，带动城市建设，刺激本地生产和消费，发展旅游观光业和服务业，这已经成为推动城市复兴，把城市品牌推向国际化的不二法门。自中国加入WTO后，整个国家热烈拥抱全球化，奥运会和世博会两大盛会的主办权分别落入两个最大的城市北京和上海手中，中国由此步入城市发展的癫狂时代。

2005年1月27日，北京市政府提交的《北京城市总体规划（2004—2020）》获得国务院批复开始执行，它的近期规划主要针对2008年北京奥运会，远期规划针对后奥运时代直至2020年。它提出北京总体空间结构为"两轴—两带—多中心"："两轴"指沿长安街的东西轴和根据传统7.8公里的中轴线（从永定门至钟鼓楼）向北延伸而成的25公里的新南北轴；"两带"指"东部发展带"和"西部发展带"；"多中心"包括八大城市职能中心。其中的一个职能中心奥林匹克中心区便设在传统中轴线以北的区域，包括多个奥运场馆和设施，如国家体育场（鸟巢）、国家游泳馆（水立方）、国家体育馆、国家会议中心、奥运村等。这些奥运场馆和设施早在2002年就开始采用国际竞赛的方式，邀请世界各地的著名建筑机构参与设计。作为北京奥运会主会场和开幕式所在地，国家体育场最后由瑞士的赫尔左格和德梅隆建筑事务所夺得设计权，他们的"鸟巢"方案准确地表达了中国"和谐社会"的国家意志，并创造了既富中国特色又具当代精神的夺目形式美感。

奥运会被视为一次千载难逢的展示中国实力的机会，因此，众多大型标志性公共建筑要赶在它之前完工，奥运建筑更是其中的重中之重。除了实体展示，中央政府还抓住奥运这一事件在其他方面进行布局运筹，其中一个重大举措是在2006年11月4—5日举办中非合作论坛北京峰会。中国一直把投资非洲当成一个重要的经济和外交策略，利用过去援助非洲所积聚的感情基础，中国大量介入当地的基础建设，甚至要把深圳的经验引入非洲，在那里设立多个经济特区，通过激活当地的经济来换取各种资源，并在外交上与非洲各国结盟来抗衡美国。事实上，来自中国的热钱和中国政府的灵活手腕早已把世界银行和国际货币组织的势力迫出非洲。在奥运前举办的中非合作论坛可以说是中国"反向全球化"策略的一次盛大宣言，与此同时，北京也正好借此来演练对多年来令人头痛的城市交通问题的解决方案，为即将到来的奥运作准备。在论坛期间，北京封存50%以上的公车以削减车流量，私车不提倡上路，动员使用公共交通，限制外地车进入市区，结果收效显著，连北京的出租车司机也开玩笑说，希望非洲朋友迟些离开，这样北京的道路可以继续保持畅通。

在2008年奥运会期间，北京进一步采取了这些经验，推出私车单双号轮换出行的措施。它虽可解一时之困，却并非治堵的根本。兴建超级大马路，对道路进行分级，摊大饼式的环路设计，都跟不上日渐增多的私车的需要，反而令城市交通陷入死局。而举办世博会的上海，却因路网密集，道路小但单行线多，轨道交通建设良好，得以避免出现死堵的尴尬局面。如果说北京举办奥运是出于政治和国家认同的需要，上海的世博会则更多关注民生层面，它的主题"城市，让生活更美好"以一个肯定句式的口吻，把城市化推上了一个未来的美好愿景，并让它落在生活的支点上。城市是2010年上海世博会的主角，它反映出世博会对人类社会从工业化过渡到城市化的历史趋势的观察，但在展览形式上，仍采用传统的民族国家的分类和组织方法，以国家馆作为展示单位，收集世界各国对于城市化问题的最新思想观念和技术成果。由于展览内容与人们的生活密切相关，加上中国民众对它所展示的未来新世界的疯狂热情，上海世博会的参观人数累计达7304.88万，刷新了世博会的历史纪录。

不过，尽管上海世博会向世人展示了这个城市雄厚的财力和基础建设方面的骄人成就，但蜂拥而来的观众导致的混乱秩序，以及中国人在参观过程中所表现出来的公德心和礼仪的缺失，却饱受非议。它暴露出中国在城市运营、管治和公民教育方面的水平，仍不能与这类大型国际活动相称。虽然北京在奥运会期间通过民间智囊习得一些较为聪明的危机和突发事件的应对方法（例如高志凯提出的"鱼钩理论"便让外交部和公安部学会用合理的方法规避和平抗议人士有可能引发的公关危机），但上海世博会对那些狡猾无礼的观众的失治却是一个令人羞耻的败绩。随后广州主办的2010年亚运会，无论官方或民间的宣传中那些错漏百出的英文都令人啼笑皆非。大型活动虽然可以为城市品牌增光添彩，但如果操办不当，它的负面影响亦不可低估。当广州办完亚运，又传出要申办下一届世博会时，人们便不禁怀疑，这个城市是否太自不量力了？它可以把Zaha Hadid设计的广州歌剧院建成一个偷工减料、面目全非的山寨建筑，是不是要检讨一下它的执行和实施能力？

奥运、世博和亚运分别为北京、上海和广州催生了许多国际知名建筑师设计的大型标志性公共建筑，然而在盛会过后，这些建筑如何融入城市的日常生活，如何和市民发生关系，它们的长期使用和运营便成了问题。这和中国各地将要兴建1000家博物馆，却缺乏展览节目策划运营的人才资源同理。自Frank Gehry设计的比尔包鄂古根汉美术馆成功地帮助比尔包鄂实现城市复兴，创造了旅游经济的奇迹之后，所有城市都开始迷信大师建筑。但据《纽约时报》2007年的一篇报道，比尔包鄂市民很少去古根汉美术馆，他们认为这种从美国移植过来的私立美术馆制度以及它的建筑只是为游客准备的，与他们的日常生活无关，他们在西甲足球联赛中追捧比尔包鄂竞技队的热情远胜于对Frank Gehry建筑的膜拜。这个建筑可能吸引了世界各地的目光，但并未能与这个城市的本土文化发生联系。比尔包鄂市民的反应给大肆流行的Richard Florida的创意阶层理论一个有力的反证，城市转型不能单一依赖创意产业，最重要还是要从本土资源和现实出发，否则无法激发本地市民的参与。对中国而言，在沈阳铁西区复制一个北京的798艺术区是荒谬的，因为前者根本没有后者广阔深厚的艺术家资源和相应的艺术机构；而在河南安阳兴建中国文字博物馆则在情理之中，因为安阳是中国上古文字（甲骨文）的出土之地。

城市更新与历史保护

自工业时代结束，第三产业兴起和消费时代来临，全球城市均开始进行产业结构和空间格局的转型。大量原本以工业生产为主的城市开始衰败，它们不得不寻找城市更新的机会。新产业所需的发展空间除了可在不断扩张的新城区获得之外，更希望在旧城的功能转换中兑现。在中国，自上世纪九十年代初开始的新兴房地产业、服务业和旅游业不仅在郊区农村进行征地发展，同时也介入旧城改造，通过大规模的拆迁获取它们所需的空间。推土机和挖土机在一种强大的资本逻辑之下隆隆运作，把它们逐利的巨铲和魔爪伸向大量历史街区和文物建筑。拆迁自那时起便成为中国城市的噩梦，在进入新千年后，更被冠以奥运、世博及其他大型公共事件之名，变本加厉。历史保护虽然被写在每个城市崭新的总体规划之中，但一旦遭遇现实利益，马上变成一纸空文。北京作为多个朝代的首都，历史街区和文物建筑留存最丰富，在这一狂潮中受灾也最严重。

北京正式成为全国政治中心起自金代，当时称金中都，后元灭金，在废都的东北位置另起元大都，都城平面由刘秉忠主持设计，明取替元后，沿用了元大都的南北中轴线（从永定门至钟鼓楼），将旧都拆毁重建，明初期完成内城，嘉靖年间起建外城，但只建了南半部，所形成的凸形平面被清继承，一直持续至今。北京城按天圆地方的观念被建成一座方城，皇城处于中央位置，象征最高权力，在向外辐射的过程中，权力随着与皇城距离的近与远逐步递减，呈现出费孝通所描述的"差序结构"的特点——上至国家社稷，下至乡土社会都适用的一种社会结构和空间组织方式。新中国成立后，把中央政府所在地设于中南海，把长安街发展为东西轴线，沿线为各部委和重要国家机构兴建新的办公建筑，与传统南北轴线相交于天安门，使之成为北京甚至整个中国的中心点。新政权保留了皇城的所有建筑，但由于把行政中心设于旧城，新旧建筑杂处，令传统风貌大受影响。在新中国成立后的历次改造中，旧城城墙和城楼被严重拆毁，从明清一直保存下来的古老都城再难完整，因此，新中国之后的北京城市规划备受争议。

2002年，由北京规划委员会编制的《北京旧城二十五片历史文化保护区保护规划》出版，试图修正北京城市建设中一直存在的漠视历史的作为，把历史保护作为法定政策写入官方文献中，但这本售价600元人民币的皇皇巨著只能进入少数专业人士的视野，而与一般市民无缘。2003年，新华社记者王军耗时十年写作完成的《城记》出版，作者收集整理了大量关于北京城市规划和建设的历史资料，采访超过50位当事人，以炽热真挚的感情，理性入微的分析，对北京城残缺不堪而仍然拆声不绝的现状展开历史和现实的追问。当时，自上世纪九十年代初开始的旧城改造和大拆大建在北京行之已久，民间怨声载道，媒体报道连篇累牍，所以《城记》甫一出版，便洛阳纸贵，大家争睹为快，并议论纷纷。《城记》的出版，标志着中国终于出现了一位像Jane Jacobs一样的知识分子，以自发的调研和庶民的角度，对传统的城市规划思想发起猛烈的攻击。就像Jane Jacobs的伟大著作《美国大城市的死与生》一样，《城记》旁征博引，深入浅出，在满怀激情的叙述中，饱含着一种与城市生死与共的磅礴壮烈的道义感。特别是它所披露的梁思成为保护古都所付的毕生心血以及未被采纳的"梁陈方案"（梁思成和陈占祥1950年提出的在北京新城另设行政中心的规划方案），不仅引发新一代中国城市规划师和建筑师的共鸣，也深获普罗大众的认同。

在中国现行政治制度下，城市土地归国家所有，城市规划必须听命于国家意志，它受权力的制约非常大，其独立的专业空间实际非常小。虽然各城市近几年都建立城市规划展览馆对未来规划进行公示并征询民意，但多数都流于形式，民众参与度非常有限。由于缺乏真正的公众监督机制，长官意志和权力寻租对城市规划的干扰导致城市建设出现资源分配不公，历史保护的原则被利益需求瓦解等严重问题。探索历史保护，一直与城市谋求未来发展空间的需要形成冲突，关键是如何做到平衡。以《北京城市总体规划（2004—2020）》为例，原宣武、崇文、东城和西城四区位处旧城，受历史保护政策的制约，发展空间有限，在上世纪九十年代开始，北京开始向朝阳区东扩，在新千年后中心再北移，奥林匹克中心区成为最热门的投资地块，在2008年奥运会之后，仍要继续在此兴建国学中心、国家美术馆、工艺美术馆等大型公共建筑，旧城的更新发展备受忽略，可能会造成不同行政区发展的失衡。正因为旧城改造困难重重，城市规划更应多投注精力和资源，寻求对保护和发展两难局面的破解。

因为与权力结成依附关系，城市规划常常罔顾民意，更轻视民间的智慧。但一个城市的自我生长，却往往比刻意的规划更具人情味。历史保护不仅要保护皇家建筑，也要注重对民间遗产的传承；不仅要爱惜久远年代的文物，也要把历史的目光放宽，对当下有价值的实践提前列入保育的范围；不仅要动用国家资源，也要动员民间的力量。自"文革"后，在深圳和广州等较早开始城市化进程的南方城市，因为城市扩张的需要，征用郊区农村的农地用作商业发展，但保留农民的宅基地和农业户籍，当宅基地旁的农地慢慢变成城市，失地的农民便开始在自己的宅基地上建起多层建筑，一方面用以自住，另一方面用来出租谋生，因为房租低廉，加上行政管治界线模糊，于是吸引了大量低收入外来打工者入住，于是便形成了所谓的城中村现象。以传统的官方城市规划目光看来，城中村建筑密集，人口混杂，管理失控，是城市必须切掉的毒瘤；但在我看来，城中村是一个包罗万象的24小时方便社区，它为低收入者提供低成本的暂居地，缓解他们与城市主流社会的冲突，并为他们提供通过自我奋斗而完成阶层升迁的跳板，它也是原村民在失去耕地又不能转为市民的情况下，应对急迫现实的一种生存智慧。2003年，我以这样的目光拍摄了广州最大的城中村三元里的一部纪录片，在参加第50届威尼斯艺术双年展后，吸引了很多建筑师、城市研究者和艺术界的注意，也改变了这些南方城市政府对城中村的看法。

在2005年由深圳规划局发起，深圳市政府主办的首届深圳城市/建筑双年展上，策展人张永和首次邀请麻省理工大学、普林斯顿大学、北京大学、同济大学、香港中文大学和深圳大学进行深圳城中村联合设计研究，对城中村的价值进行重估并展开保护和改造的论证。同样的做法也适用于各城市中广泛存在的贫民窟和所谓的"城市死角"。历史保护和旧城改造并不限于那些显而易见的历史街区和文物建筑，还要深入发掘城市自我发展中那些民间的闪光点。在同一届双年展上，一位八旬老太太陈佩君用多年捡拾回来的垃圾建材自己建成的一个蜗居住宅也被邀请正式参展，这一方面是对民间智慧的致敬，同时也激发了市民参与的精神。在历史保护和旧城改造的探索中，王军提出的重新界定和保护私有产权，激活产权交易，让民间资金自行参与旧房的修缮和改造，也是一个行之有效的方法。上海新天地的平移重建模式就是民间商业资本摸索出来的经验，如果民用旧宅也能合法交易，利用市场原则引入民间资金，确保私有产权不受侵犯，那么自己的房产破损的话产权人肯定会自愿修缮，而不用依靠政府捉襟见肘的财政拨款。

城市公民运动

目前在中国大地上展开的轰轰烈烈的城市化运动，其实是整个国家对城乡关系的重新调整，而城市更新则是对城市社会资源和各种产权的重新分配。如果我们有幸能读到将来的历史学家对今日中国的回顾，那么城市化和城市更新必是他们厚笔浓墨奋力书写的最显要的章节。在眼前这种迅疾急速的变革中，维持社会公正，照顾和平衡不同利益群体的需求是最重要的，如有不慎，则很容易引发社会动荡，导致政权颠覆，一场令人不堪设想的革命将演变为现实。发生于2003年的孙志刚事件，之所以被视为中国政治文明史的一个重大进步，就是因为它传达出对社会公正和公民平权的呼唤，它虽然与产权分配无关，但却关系到一个公民的人身自由和对社会资源的平等分享。它发生于广州这个最早改革开放的城市，一个因不带身份证上街而被收容继而被毒打致死的普通公民，因被《南方都市报》披露而导致众多知识分子联名上书国务院，要求废止限制公民自由流动的《城市流浪乞讨人员收容遣送办法》。孙志刚的死换来一条恶法的废止，为新千年后的中国树立了一条维护生命尊严的准则。

同样是在广州，2005年发生的太石村事件则是一起典型的因城市化而引起的公民维权事件。已被划入广州市番禺区的鱼窝头镇太石村村民，因不满村委会非法倒卖集体农地用于工厂建设，不能发放征地补偿款和财务不透明而依法发起对村主任的罢免动议，并重新选举村委会。由于区政府采取暴力手段，动用了上千警力拘捕村民，罢免行动失败。太石村事件是众多农村征地事件中，最能体现农民的权利和民主意识的维权运动，它揭示了中国农村基层政治的黑暗现实以及在中国城乡关系调整中的激烈冲突。中国农民一直是城市化运动的牺牲者，靠近城市的农村集体所有土地被城市低价征收，远离城市的农村则源源不绝向城市输送廉价劳动力，土地性质的改变导致无地可耕，劳动力的流失又使土地荒废，进城务工则因为户籍制度的阻隔而无权分享城市的公共资源，他们在城市的微薄收入根本不足以补贴破产的农村，中国在封建时代的城乡互哺关系转化为一种倒悬的迫人现实，农村、农业和农民成为城市化时代中国严重的"三农"问题。2007年，重庆和成都两大城市经国务院正式批准成为城乡统筹综合配套改革试验区，致力于解决这个顽疾，据2010年12月2日《南方周末》对成都的封面报道，似乎收效甚显。

　　尽管成都的城乡统筹试验传来利好的消息，但中国各地因征地拆迁而产生的对抗和暴力事件仍不绝于耳。在2009年11月13日成都市金牛区天回镇金华村的唐福珍自焚身亡事件，2010年9月10日江西省抚州市宜黄县的钟家自焚事件余热未散的时候，又传来2010年12月25日浙江省乐清市蒲岐镇寨桥村的钱云会被工程车撞死事件……感谢互联网和近年兴起的个人媒体微博的出现，令中国社会的能见度大幅提高，同时也令中国的公民维权运动有了日益方便强大的利器。尽管人们不能预见下一个事件发生在何时何处，但通过互联网的传播，更多的人开始关注、转发、评论甚至组成公民调查小组，介入事件，再影响传统媒体进行报道，形成监督，努力杜绝类似事件的再发生。不管这类事件发生在任何穷乡僻壤，它都能牵动那些生活在城市中天天上网的公民们，他们成为日渐壮大的公民运动的主体。如果说互联网在今日的城市公民运动中扮演了最重要的角色，令它出现无中心、无领袖但更有力、更壮观的新型特点的话，那么2007年3月份在重庆鹤兴路片区发生的"史上最牛钉子户"事件应是最强大和最成功的例证。

　　这一事件发生在《物权法》刚刚颁发不久，它令事件主角吴苹、杨武夫妇在他们坚硬强悍的性格底色之上再添加了一层新鲜有效的法律保护，但真正能让他们成功获得拆迁赔偿的却是那张深具感染力和震撼力的"孤岛"图片，它在网上的出现迅即抓住了所有人的眼球，并引发了一直以来不满暴力拆迁的民意的井喷，网上声援声浪日甚一日。大量国内外媒体被网上这张图片牵引到事件现场，紧接着的海量报道令这一事件成了全世界的焦点，甚至连欧洲的成人杂志也刊发了消息。它迫使重庆政府回到谈判桌上，最后赔偿得以合理解决。这一事件第一次冲破了"拆迁事件不可见报"的行政命令，让它之后的所有类似事件得以在传统媒体曝光，与互联网形成互动舆论。这是迄今为止并不多见的通过互联网的传播而达成完满解决的唯一拆迁事件，也成为市民通过法律途径进行非暴力、无伤害维权的成功个案。

　　除了这些由直接个人利益驱动、以地权和产权为主要诉求的公民运动，过去几年还出现了一些以公共利益为诉求，倡导城市历史保护，维护集体记忆的大型街头运动，而且非常有意义的是，这类活动的主体都是年轻人。2006年11月，香港政府为了实施中区第三期填海工程和修建快速道，决定清拆有近50多年历史的天星码头及爱丁堡广场的钟楼，引发众多年轻人前往示威抗议。他们闯入码头工地，登上了推进中的推土机，在对抗行动失败后，马上又转战附近也要被拆的皇后码头，从自发、松散的状态改为成立"本土行动"的组织，开始长期占据皇后码头，在那里发动更大规模的抗议行动，到后期还进行了静坐与绝食。这场持续大半年的"天星/皇后码头保育运动"直到2007年8月2日香港政府出动数百名警员、消防人员、医护人员还有工程人员进行清场和强拆才告一段落。这是一场由香港新生代知识分子主导的社会运动。他们都是一些二十多岁的学生、网志编辑、独立记者和自由职业者，以"97回归"作为自己思想成长的分水岭，拒绝战后婴儿一代的精英倾向和殖民印记，俯身到香港的庶民历史中去找寻香港身份的认同和建立香港本土的主体性——天星和皇后码头所在的中环滨海区自六十年代以来就是庶民抗争、集会和分享的城市公共空间，凝聚着香港民众的历史记忆。（详见拙文《城市更新及其对抗》，2008年2月《SOHO小报》。）

在认识了他们之中的几位核心成员朱凯迪、陈景辉、周思中和邓小桦等之后，我于2009年3月27日邀请他们到北京尤伦斯当代艺术中心来参加"八零后的社会空间"的公开讨论，与本地的同龄人就年轻人如何拓展自己的社会和话语空间这一话题进行交流。在这次会议上他们第一次接触"八零后"的概念，回到香港后很快就借用它在2009年年末和2010年年初来运作更大规模的"反高铁"运动，吸引更多香港年轻人参与，使"八零后"变成一个令香港政府头痛的新名词。更有意思的是，香港"八零后"走上街头的活跃身影通过在电视和报纸上的频繁曝光，对近邻的广州年轻人产生感染作用，间接催生了2010年7月25日和8月1日分别在广州江南西地铁出口和人民公园的两次保卫粤语的公开集会。虽然"撑粤语"的诉求略显牵强，但他们要从地方文化保育入手展开自己的社会行动，要在历史的舞台上集体亮相的冲动已经迈出了第一步。这不禁令人对一向以自我快乐为准则，甚少关心社会事务的中国"八零后"和"九零后"刮目相看。

面对日益频繁的个人和群体事件，政府应检讨它背后的制度根源，并尽快寻求改革方案。维稳只是权宜之计，治标不治本。公民社会的成长，是社会自我管理的有效方式，它对政府管治提供的是一种有效的助力，而不是它的对立面。所以政府应开放更多通道给民间力量，给NGO提供更多的信任和空间，让它们进一步发挥润滑社会的功能。互联网不一定是覆舟之水，它提供的民意平台，善加利用和处理，将会为政府保驾护航，使社会安全平稳地行驶。年轻人的冒起，并不是因为他们背后受人指使，而是身份意识的渴求，是社会和历史责任的萌芽，更是独立思想的成长。有后进若此，乃国家之幸也。未来，一定是他们的天下。

赛鸽的隐秘"赌局"

文/何雄飞

空气中充满着紧张气氛。

买家抓着手机，向拍卖人点头示意，后者则大吼着给场上打气，嘴里不时迸出一连串数字："四万五……五万元……有人出五万元……五万五……有没有人出六万元?!"

坐在远处角落的一名中国男子注视着拍卖人，一次又一次谨慎地举起手。槌音落定，成交。拍卖品"灰王子"拍得15.6万欧元（约合141万元人民币），和其他许多拍品一样，它将被飞机运往中国。

这是今年1月在比利时的一场鸽子拍卖会。比利时最大的鸽子拍卖行"赛鸽天堂网"（PI-PA）在当天创造出单场鸽子拍卖会的最高金额世界纪录（218羽鸽子，拍得137万欧元）。

当时在场的英国《独立报》记者瓦妮莎·莫克柯福德很惊讶："'灰王子'既不是画作，也非瓷器，只不过是一只卧在笼子里的信鸽，

2001年7月15日，比利时哈塞尔提市，成千上百只鸽子飞过皇家比利时赛鸽爱好者俱乐部总部。世界赛鸽中心比利时有6万多名登记在册的赛鸽爱好者，这里也是给中国输送天价名鸽的主产区。

（图/rancois Lenoir）

相貌不算出众，要是把它放在伦敦特拉法加广场的鸽群中，就别想找出来。"她寻思，"灰王子"最大的卖点可能是可以以惊人的速度疾飞数百英里。

PIPA和它的中国买家们

PIPA首席营运官伊敏娜告诉瓦妮莎："（我们）生意很好，其中一部分得归功于中国买家的需求。全球有很多人都对我们有兴趣，日本和美国有很多买家。但是，其他市场都不能和中国相比。中国中产阶层日益壮大，他们有大量的可支配收入，对奢侈品的胃口巨大。一只鸽子的投资价值要比一瓶优质陈年葡萄酒的投资价值高多了。你可以养着它；它会繁衍子孙后代。"

伊敏娜是个中国人，有次给PIPA做翻译陪中国代表团走访比利时鸽舍，因为擅长跟人打交道，最后加盟PIPA成了其一张"王牌"。

北京一家国际赛鸽中心的女发言人则对瓦妮莎说："中国买家正在寻找出色的鸽子，而且愿意出大价钱。"比利时、荷兰、德国是全球赛鸽运动的发源地和中心区，也被认为是世界顶级赛鸽的出产地。

PIPA是"80后"尼克在1999年创办的一个信鸽网，如今员工不到20人，却已经有了"赛鸽华尔街"的名号。

加拿大赛鸽作家西尔维奥·马泰奇奥在《告诉你一个真实的PIPA！》中分析，PIPA所以能在短短数年内成为世界赛鸽市场中的一匹黑马，关键因素是创办人尼克和他的弟弟托马斯占尽了天时——创立时互联网兴起、地利——比利时、人和——出身赛鸽世家，尼克兄弟的制胜秘诀是通过现场和"全球卧虎藏龙网络拍卖会"拍卖欧洲顶级赛鸽。托马斯是销售总监和拍卖会负责人，他从不漏失任何一个顾客。"中国毫无疑问是目前顶尖赛鸽最重要的客户。"在PIPA官网拍卖纪录上，这些神秘的中国买家用"朱先生"、"康先生"、"周先生"、"另一周先生"代替。

"中国富豪给出的价格已经远远超出了美国人的想象，美国地区最高的单只信鸽交易纪录仅为2.5万美元。"美联社有报道认为，中国买家是全球信鸽拍卖会上炒出天价的重要推手。美联社分析称，赛鸽能在中国"火"起来，是因为这项比赛提供了下注的机会，而很多中国富人钟爱这种"合法"的赌博形式。中国人对赛鸽运动的偏好，有可能为全球养鸽业创造巨大价值。

每年夏季拍卖休兵，PIPA照例会派人跑到中国拜访赛鸽大户。2011年6

月，托马斯、伊敏娜和PIPA大中华区中文总代理卢娜（台湾人）在14天里马不停蹄跑了北京、上海、马鞍山、武汉、天津、呼和浩特、重庆不下七个地方，并在官网贴出全程图片。一群地产商、木材商、地板商、奔驰宝马物流商、出租车公司老板为迎大驾，有人在国宴场所"迎宾馆"接风，有人准备了奔驰S600代步车，有人在有着九龙壁、九龙柱石亭、汉白玉池的私家庄园接客……

"中国信鸽运动到了最危险的时候"

更多时候，玩名鸽、玩名獒、玩名犬不过是场富人的资本游戏，它们一样重血统、重体形、重手感，一样有职业团队、拍卖托儿、骗子、盗贼，它们最大的不同是，信鸽竞翔是国家体育总局正式批准的体育项目，从各级鸽协赛、俱乐部赛到公棚赛，一次比赛总奖金额动辄数十万元，冠军鸽奖金从数千元到上百万元不等，夺一次冠得一套房、中三台车、中100万元+80万元现房的暴富消息总是在刺激着人们博彩的神经。

"鸽子比毒品还毒，玩上了瘾，甩都甩不开。"

中鸽网广东记者何慧养了12年鸽，因为在点评鸽界时敢言，"240万博客点击量全国排名冠军"。"人们为什么爱玩鸽子？享受的就是它神奇归巢的瞬间和夺冠拿大奖的成就感。"

2010年12月26日，南京东宫大酒店，2010年全国信鸽竞赛颁奖年会上，北京市信鸽协会会员黄剑突然冲上主席台，慷慨激昂讲了5分钟："中国信鸽运动已经到了最危险的时候！！！目前中国鸽坛存在诸多乱象，这些乱象已经成为或正在构成不和谐甚至可能导致社会不稳定的诱因！这里引用一句国家级裁判在某直辖市裁判培训班上公开讲的话：'中国公棚作弊已经成为普遍现象'。这一事实，实在让全国30万鸽友心寒！公棚出事，县级的有，省级的有，国家级的一样有。有鸽友说：'今天的信鸽运动是：没有公正、没有好坏、没有是非、没有荣耻！'目前中国公棚总数超过400家。2009年中国公棚赛奖金总额已超过5亿元人民币，就算60%的公棚存在问题，那就可能是三亿多！说轻了是作弊，说重了就是诈骗！"

台下掌声雷动。

要说中国鸽坛乱，最乱在公棚，因为它的奖金最高最诱人。公棚赛，就是参赛者将一月龄左右的幼鸽在规定时间内送交指定鸽棚，由管理人员统一管理、饲养和训练，当年再将鸽子运送到同一地点、同一时间放飞，以回笼速度决名次。奖金则从鸽友所缴费用中支出。没钱参赛的鸽友也会围在旁边赌球式地下注玩。"秋棚3到6月收，11、12月比赛，春棚6月到10月收，次年4、5月比赛。交鸽参赛少的100元/环，大的3000元/环。有的公棚老板卷款跑路，有的奖金打白条，有的做庄作弊，有人还总结出公棚作弊法30种。"何慧说。

"愿赌上钩，认赌服输。高额奖金引导的公棚大奖赛是以公棚老板为'庄家'设的'大赌场'。参赛者如赌徒一样去下'筹码'。笑的是庄家和少数实力玩家，我国这样的公棚赛早已背离了养鸽、赛鸽的初衷和高尚情趣！"贵州鸽友甘忠荣表示。

辽宁省鸽协秘书长申琦在《中国公棚赛走在十字路口》中写道："2011年对中国公棚来说是多事之秋。鸽子本身价值无几，没信鸽比赛，飞得再好的鸽子都可能是路边烧烤店待烤的一道菜，价格不过区区几十元而已。信鸽比赛作为一项社会娱乐运动，其本质是为了活跃人们业余生活。随着奖金的增加、指定鸽的出现，金钱的诱惑极大地促进了信鸽运动发展，一些商人也看到了信鸽运动中的巨大商机，开始了炒作、包装，用尽各种手段，在信鸽运动及附属产业中博取巨大的财富。究其根本原因，是金钱在信鸽运动中起着翻云覆雨的作用。"

家丑不可外扬

中国鸽坛乱，但许多鸽坛大佬均抱有"家丑不可外扬"的局内人心态。

"一直以来，养鸽人一直受歧视，总被认为一污染环境，二影响邻里，三不务正业游手好闲。"湖北崇阳鸽友蔡文龙坦承，"中国赛鸽运动起于广东、兴于上海、成于北京。赛鸽界不过是中国经济社会转型期的一个缩影，赛鸽有博彩性质，里面是有赌徒、恶棍、流氓，但这都是支流。"

"要说信鸽比赛赌博，台湾海翔（海上放飞）应是赌金最大的。欧洲人养鸽是休闲娱乐，台湾人养鸽是为生存、为过上奢华的生活拼命。"甘忠荣称。

有报道称，在台湾，每年保守估计有近200亿元新台币（约合44亿元人民币）赌金花在赛鸽上，一夜之间成为千万富翁，或者变成穷光蛋的故事比比皆是。为了取胜，参赛者们往往绞尽脑汁，其间曝出许多丑闻：赛鸽作弊；鸽主因赌鸽债台高筑而自杀；网鸽人在比赛必经地拉天网网鸽后，高价勒索鸽主，如不从就把鸽脚砍下后再让鸽子飞回，或者把毛拔光寄回；鸽主给赛鸽喂伟哥；鸽主偷偷开跑车送赛鸽回巢；黑社会操纵引起相互倾轧；黑帮敲诈大奖得主等等。

　　长沙鸽友林长岳从上世纪60年代开始养鸽，他特别怀念那种几个人凑份子从武汉放飞几百公里的日子，"那时候很干净，时髦发锦旗，冠军6块，亚军4块，季军2块，没有人作弊，拿了奖就下馆子撮一顿，继续聊鸽经"。

　　"90年代，美国、荷兰、比利时的蓝眼睛老外开始进入中国做生意，外国鸽少的三四千元一只，贵的10多万元。赛鸽开始产业化，冠军开始抱上了大彩电。"林长岳说，赛鸽时兴起超远程，不飞个几千公里都不好意思似的，"参赛环越来越贵，奖金越来越高，山海关有个贵族公棚专门请人养，一环要交8000元。"

　　郑州鸽友王新社说："作弊最多的，以前是山东公棚，现在是河北公棚，一个小县城五六个公棚，有的棚欠河南鸽友几千块奖金，手机座机停机，收了钱就跑了，有石家庄的公棚拿奖还打白条。"

赛鸽，下一个"黄金产业"？

　　对于黄剑"中国信鸽运动已经到了最危险的时候！"之论调，中鸽协副主席谢炳在2010年全国信鸽竞赛颁奖大会上盘点一年工作时有所回应："信鸽公棚赛在我国发展近二十年，其对推动中国信鸽运动、信鸽产业发展的重要意义毋庸置疑，取得的成绩是主流，值得肯定。但是，公棚赛作为一种企业行为，追求利润最大化是其目标。中国的市场经济体系已比较完善，针对企业管理有诸多法律法规约束。但公棚业处于空白，社会不了解，国家对其缺乏有效监管。包括中鸽协在内的各级信鸽协会是民间群众性组织，体育赋予我们的职能仅是对比赛进行监督，保证赛事的公平、公正、公开。现实情况是，公棚赛的企业行为一旦不受约束，突破道德法律限制，信鸽协会缺乏制约手段。公棚赛管理问题一直是协会的重点和难点。"谢炳还特别提到，"今年，全国各省级协会认真贯彻《中国信鸽公棚竞赛管理暂行规定》，多数地区取得了一定的成绩。但在北方部分地区遭遇很大阻力，一些公棚罔顾法律法规与鸽友利益，追逐暴利的非理智市场行为与协会加强规范管理的行为发生激烈碰撞，带给社会不安定因素。公棚产业已成为一个较大的不容忽视的经济体，要发动社会的力量齐抓共管，维护社会和谐稳定。"

抛开赛鸽的赌局不论，赛鸽是一个庞大的产业链：鸽市、鸽赛、鸽会、鸽药、鸽粮、鸽舍、鸽具及比赛计时系统等等。目前，中国正式注册的信鸽协会会员有30余万人，注册信鸽约3000万羽，每年中国信鸽协会还要发放1000万只脚环。有人算过一笔账，全国所有信鸽一年所消耗的费用约等于800万人口所需口粮。

有报道称，世界上赛鸽运动最发达的比利时，仅赛鸽用品出口所得就占到该国国民经济收入的六成以上。

"在比利时，一个鸽舍就是一家创汇工厂，他们一只鸽子平均要卖到1000美元，还带动了就业、旅游、休闲等许多产业。"蔡文龙说。

2015年第34届国际信鸽奥林匹克大会定在中国举行，天津市、河北省廊坊市和浙江省宁波市就承办权展开激烈竞争，最终，并不具备明显优势的宁波市意外获胜，有知情者称，"那是因为天津给领导送的是手提包，廊坊送的是小型播放器，宁波送的是购物卡"。

北京有个"伟人风采艺术团"

文/何雄飞

5月13日正午，北京艳阳高照。

"毛泽东"、"周恩来"、"邓小平"、"陈毅"、"林彪"围坐在幸福家园小区南门的一家成都菜馆里，点了炒饼、牛肉面和三鲜面。

隔壁桌的吸溜着面条，不时抬起头来，一脸好奇地望着这群突然冒出的"伟人"。

2011年5月13日，北京市广渠门内大街幸福家园小区，"伟人风采艺术团"部分特型演员在小花园中散步，引起居民围观。（图—赵钢/新周刊）

吃完午饭，一群人随"毛泽东"回家。店小二跟到了家门口。

"林彪"一问，才知71块饭钱没人付，于是掏了腰包。

"毛泽东"赶紧把钱补给"林彪"："你的钱都有数，每次出门你老婆只给200块钱，到时查起来怎么办？"

"谢谢主席，主席万寿无疆！万寿无疆！""林彪"在客厅里扬起右手挥舞"红宝书"，铿锵有力地喊着口号。他说，这是为提高演技、保持状态常做的"功课"，喊这句通常是在通话结束或告别之时。

"林彪同志身体永远健康。""毛泽东"仰靠在沙发上，挥手示意他休息。"林彪"于是坐下，敬茶递烟："主席，请用茶。主席，请抽烟。"

"林彪"走后，"毛泽东"向《新周刊》记者表示，"林彪"同志有点过，"他有一次穿着'三红'（红五角星、红领、毛主席像章）军装就上街了，引起群众围观，还搞到出了一起公交车撞车事故。我老批评他，不要装神弄鬼、招摇过市。"

毛泽东特型专业户商清瑞

商清瑞，54岁，北京市密云县人，他的第一主业是饰演毛泽东。

他在二环内的幸福家园有套130平方米的三室两厅，客厅悬挂着一张差不多40寸彩电大的"毛泽东"特型肖像。鱼缸上支着一把半张乒乓球桌大的折扇，上书"统领芬芳"。阳台上压着一堆亲笔写的"为人民服务"毛体横幅，"朋友订的，2000块一幅，写了几十幅，还没成交过"。

获知《新周刊》记者造访，商清瑞和"林彪"提前把一幅一人长半人高的油画抬到电视机前：内蒙古大草原的空旷地平线上，一轮巨大的夕阳前，有位牧民策马扬鞭在放牧。傍晚，北京的夕阳恰巧透过窗台打在油画上，顿时满室红光。

商清瑞说自己生于革命家庭："我父亲打过土豪，母亲给八路军送过军鞋做过军衣送过信，我姐姐做过大队会计，人人叫她铁姑娘。"他右手摇着折扇，左手露出一块金灿灿沉甸甸的雷达表。

商清瑞准备在6月出版一本自传《风展红旗如画——商清瑞半生小记》，他在序言《天坛随感》中评价自己是一个"不甘沉沦时代"中不安分的人："我有两个三级跳。其一，我从深山跳到县城，再跳到京城，再跳到全国各地；其二，我从教师跳到政府，再跳到商海，再跳到演艺圈。"1975年，商清瑞师范毕业，在县中学当语文教师，有学生家长、同事就说他长得特像穿长衫、带雨伞去安源的毛主席。后来调县政府当干部，又进京，做《中国教育报》、《中国酒文化报》特约撰稿人。

2004年到2006年期间，他和朋友搞电网改选工程商业项目，跑到湖南，许多人叫他"毛委员"。有次在长沙等从南昌去北京的过站车，只停两分钟，朋友怕挤，骗列车长："这是演毛主席的特型演员，要回北京开会！"结果幸运睡上了卧铺。

2006年秋天的一次聚会，有个剧作家给他一本《军旗》电影剧本，要他试下"毛主席"，等他辛辛苦苦把体重从75公斤减到70公斤，电影却因投资问题黄了。

商清瑞却也因此萌发走特型演员之路的念头，他请八一电影制片厂曾给古月化过妆的胡天秀做造型，剃发际、摘眉毛、贴双眼皮，找小阮服装店做中山装，"不算衬衫，光中山装就有7套，加上大衣有10套，一套六七百块。团里的人都在他那做衣服，小阮也算发了笔小财"。

中国演毛主席的特型演员有十几个，商清瑞最服古月。为了演好毛主席，商清瑞反复看《大决战》三部曲，不断用湘潭话模仿"两个务必"和开国大典讲话……

这些年，商清瑞最活跃的舞台是山寨春晚、电视台晚会、慰问团、企业庆典、商场开业、商品推介会。他至今未在影视剧中演过毛泽东，他唯一一次出现在电影里，是2009年的抗日电影《残阳》，演的是一个八路军政委。

"伟人风采艺术团"出炉记

2006年8月，商清瑞成立了北京状元龙国际传媒广告有限公司，下设"伟人风采艺术团"、"伟人风采书画院"（主画伟人肖像、仿伟人书法）、"伟人风采演讲团"（筹建中）。

商清瑞提供的一份红皮宣传册介绍："伟人风采艺术团是目前中国唯一以塑造伟人风采、革命领袖、十大元帅以及国民党、民主爱国人士等诸多人物形象的大型红色文化演出团体。艺术团整合了全国几十名神形兼备、德艺双馨、才貌绝佳的特型演员和绝技演员，主要从事红色文化演出：接拍电影、电视剧，大中小综艺晚会，艺术交流，企业形象宣传，商务会议、开业庆典。"

商清瑞在各地演出时会与许多特型演员搭配，他于是跟他们讲"二线演员单枪匹马势单力薄，只有团结起来才能做大做强，创造宣传和财富机会"。演员入团，不用交费，"我们是松散型紧密合作，散活自接，一有大活中活，一个电话拎包就能走。我充当的是组织者、服务者"。

因为北京是全国政治文化中心，许多特型演员都会选择来此"镀金"。最早加入的是曹志颖（扮周恩来）、江世龙（扮邓小平）、赵登峰（扮朱德），其间，团里的"伟人"陆续换了一拨人。商清瑞解释："这是自然淘汰，有个别人品质不好、个性强、不听指挥，出去跟人喝酒，要演出了结果找不着人。有的跟十来个人都合不来，没法玩。"

《新周刊》记者注意到，"伟人风采艺术团"早期宣传册中出现的冯黎（陈毅扮演者），后来另立门户搞了个"世界伟人特型演员艺术团"，活跃各地演出。"他们现在黄了，组织有问题，请不动人。"商清瑞称。

2006年、2007年时，"伟人风采艺术团"一年只能演到20场，2008年起每年能演50—80场，2011年头四个月，演了20场"情景剧"，多数是企业晚会、剪彩和庆典。"企业老板请我们，一是为了增加文化氛围，二是请'伟人'比请明星更有视觉冲击力，能壮大声势。"商清瑞说，"北京市场大，但赚钱少，他们重视红色文化，但是不给钱，很多是公益演出。我们离京，每个人出场费最少要5000元。""毛泽东"、"周恩来"、"邓小平"的出场率最高，"林彪"、"蒋介石"出场费3000元起，但因是敏感人物，重要场合不能出席，挣得也就最少。

商清瑞说，"伟人风采艺术团"未来的演出计划包括：参加无锡电视台"迎七一"文艺晚会、海南文昌"庆七一万人唱红歌"以及房地产楼盘开盘。

"毛主席"、"周总理"代言沙发、化肥

"伟人风采艺术团"有一张宣传光碟《伟人风采耀神州演出集锦》，在《东方红》的伴奏下，艺术团走进人民大会堂参加"'新中国成立60周年华诞'大型红歌会暨中宏感恩节设立大典"，走进汶川县水磨镇参加"感恩之旅"羌族文化与艺术展演，走进2009年老孟的"山寨春晚"，走进太原参加新东方品牌大世界商场开盘仪式……"伟人"们还陪着地方干部给当地贫困户送米、送面、送钱。

商清瑞说，他在地震一周年去汶川县水磨镇参加演出时，一位70多岁的老奶奶拉着他的手，热泪盈眶地诉说地震中儿子儿媳都死了，只剩下一个小孙子，他安慰她："灾难很快会过去，不要太悲伤，当地政府会救助"。最后还和"总理"、"小平"每人掏了200块钱给她。

"伟人"们还来到黑龙江省勃利县西大圈森林公园的白桦林中采风。

"毛泽东"、"周恩来"、"邓小平"、"朱德"、"贺龙"一字排开，慢悠悠走着。

"毛泽东"拍着白桦树，用湘潭话说："第一次走进白桦林，我很高兴噢。这个地方有无限的生机，今后不管是旅游，还是生态保护，都是意义重大呀。"

"周恩来"扶着右臂："我们国家旅游景点是很多的，但是像这样的条

件还是少数，希望我们勃利县的同志们，一定要把它经营好。这是一盘棋呀，这盘棋走好了，对我们勃利县的经济是很大的促进嘛。"

"我们有句行话叫'现挂'，就是根据现场主题，依照伟人思路随机创作台词。""周恩来"说。

商清瑞说自己曾给北京太阳能广场和河北一家做沙发的木器厂做过代言，代言费总共30多万元，"我照相片时，不上妆，不沾痣，不穿中山装，也不打毛主席扮演者的字样"。

曹志颖则说自己曾给山东的化肥、南阳的白酒，以及一款奶茶做过代言，此外还拍过药品、保健品、儿童健康枕头等广告。

"邓小平"（董晓）的名片上显示，他是邓氏伟业知识产权有限公司、邓氏伟业文化传播有限公司、四川广安邓府酒业有限公司的代言人。

一根"长寿眉"

5月13日，《新周刊》要给"伟人风采艺术团"拍群像。商清瑞叫来了"周恩来"（曹志颖）、"邓小平"（董晓）、"陈毅"（陈鹏）、"林彪"（高玺光）、"蒋介石"（鄂振龙）。平均年龄55岁的"伟人"们异口同声说："你们运气真好！大家都在全国各地忙演出，很难叫得齐这么多人"。

高玺光本职是摄像师，他常在影视剧中演山贼、盗墓贼，在团里的主要任务是站在"毛主席"后面挥舞"红宝书"，说台词："万里长城今犹在，不见当年秦始皇。中华人民共和国今犹在，伟大领袖毛主席永远活在我们心中。"他原本有七八根接近一根香烟长的长寿眉，因为妨碍摄像工作，他只拔剩右边一根，"主席叫我留一根，要干摄像的时候，我会拿舌头舔下手指，把这根眉毛抹到一边去"。

鄂振龙是内蒙古呼伦贝尔人，在京待了10年，自称是北京引进有机食品第一人。早年他在内蒙古食品公司端铁饭碗，不想当"戏子"，直到退休才起步。他演蒋介石，在国内几乎找不到资料，唯一的参照系就是《南征北战》里的孙飞虎。鄂振龙演的多是舞台剧《蒋介石怒斥陈水扁》（穿越剧）、《针锋相对》（蒋介石与宋庆龄）、《肝胆相照》（毛泽东、宋庆龄、周恩来、蒋介石）。"我是反面人物，以前市场不接受，现在两岸关系和谐了，近两年掌声热烈些。"他拍完照，便拖着箱子，拿着格纹帽，挂着拐杖去赶唐山的一场活动了。

陈鹏，人称"陈老总"，是一家文具店老板，北京市政府采购定点供应商。3年前，曹志颖发现坐在台下的他像陈毅，动员他加入特型演员行当。今年，他参演了一部反映煤矿工人的电影《脊梁》，共有两场戏。他爱背"大雪压青松"的诗，也学会把陈毅做人做事的方法运用到企业管理中去，"为合作单位免费演出，一来扩大企业影响，二来政府部门也满意，因为这是革命传统教育"。

"红色文化是人类文明的精华，我们塑造老一辈无产阶级革命家，再现老一辈无产阶级革命者的光辉形象、道德情怀和人格魅力，宣传红色文化，对当今社会有重要的指导意义。"商清瑞表示，"而今，我们渐渐远离那个与天斗、与地斗、与人斗其乐无穷的时代，但作为一个饰演毛泽东的特型演员，我依然在坚定不移地传承代表中国最广大人民利益的红色文化，坚定不移地'为人民服务'，把这项伟大事业进行到底。"

台上演好戏，台下做好人

"伟人风采艺术团"有句经典口号：排好戏，演好戏，哪里需要哪里去。

曹志颖最早是装修公司老板，后来演上了周恩来，拍了不少影视剧，"目前我是最像总理的特型演员之一"。他出场最常说的开场辞是："没有共产党就没有新中国，没有毛主席就没有我们的幸福生活。"他发现有些90后不识领袖。"我们演出，就是要让下一代永远不忘开国领袖和老一辈革命家是怎样打下江山的，我们要继承老一代革命遗志，将红色文化发扬光大。"为了"演总理学总理"，曹志颖每年要做3件善事：义务献血、为西部捐建母亲水窖、为希望小学捐款。

董晓本职是大连话剧团演员，他是"伟人风采艺术团"里最有专业素养的一位。

1994年，话剧团里拍剧照的刘占加发现他像青年邓小平，董晓自己对镜子照，又请人造型，开始琢磨演邓小平。为找感觉，他大夏天穿着棉军装、别着小手枪上街，做梦都在听四川话录音带……1996年年底，他参加深圳喜迎香港回归的演出，在董文华唱《春天的故事》间歇，走上台前说："我希望有一天，待到香港回归的时候，到自己的土地上走一走，看一看。"那次，他挣了500块。后来，他在《邓小平在上海》（后用名《风火青春》）、《向前！向前！》等影视剧中出演邓小平。

中国特型演员中，董晓独服王铁成演的"周恩来"："我当教材看了无数遍，前晚还在看。目前中国所有特型演员中没人能比得过王老师的表演业务，大家都应该向他学习。"

董晓在网上加了个"红色文化QQ群"，里面多是在校大学生，"现在很多大学生根本不懂什么是真正的红色文化"。群里，南昌有群大学生打着红色旗号，准备周末在野外搞三四小时的拉练，董晓批评他们："你们这根本不叫拉练，是游玩！他们说不想太累，周一还要上课。我说，你们吃这点苦就怕了！像你爷爷那年代，如果干革命两天两夜没睡觉，第三天是不是就不干革命了?!"

董晓说自己的办公桌上总压一张纸条："我所做的事情，邓小平会不会高兴？"他以此作为人生的一把尺子。"我希望我和同行们能真正演伟人、学伟人，严于律己，不给自己扮演的角色丢脸！"

1所老子学院与691所孔子学院

老子西行记

文/何雄飞

上午9点，正是吉时。

花篮、气球、拱门、礼炮、雅乐……

一位皮革厂老板在红塑料盆里洗了洗手，隔着摆了猪头、牛头、羊头、香蕉、苹果、五谷的贡桌，上了三柱"头香"，又朝老子像鞠了三躬。然后缓缓走下祭台，站回脖挽黄丝巾的3000人前排。

接着走上祭台的，是一位酒厂老板，他端着酒樽朝天上弹了几滴，余下的酒悉数划在地下，他倒酒时过于忐忑，结果把酒瓶盖掉到了黄地毯上，脸一下红了。

烟花、色弹齐齐喷发，一群领导上台，宣布中国福利彩票"中华故事——老子"即开型"刮刮乐"彩票首发。人群散开，拥到彩票销售台前，直奔25万元大奖而去。

这是3月19日（农历二月十五），河南省周口市鹿邑县太清宫三清殿前，纪念老子诞辰2582周年公祭大典的现场。加上这次，"老子故里"鹿邑已经连续给老子办了7次公祭。

谁在吃老子？

同一天，曾与鹿邑县争抢"老子故里"的安徽省亳州市涡阳县，600余人在天静宫前举行了朝圣大典：取"圣水"、迎圣浴德、歌舞娱神、五供养、祈福法会、高端论坛、民舞展示、旅游推介。

头一天，《道德经》的著经处——河南省灵宝市函谷关，耗资2588万元立起了一尊28米高、60吨重的紫铜贴金老子像。

凡是跟老子挨上点边的，都没有放过借老子推动旅游和拉动经贸的任何一次机会。

仅河南省，至少就有三地同时在吃老子饭：老子出生地——鹿邑县太清宫，老子著经地——灵宝市函谷关，老子归隐地——洛阳市栾川县老君山。

鹿邑县给自己找到的凭据是《史记》："老子者，楚苦县，厉乡曲仁里人也（即今位于鹿邑县城东5公里的太清宫）姓李氏，名耳，周守藏室之史也。"

鹿邑给自己贴了四个文化标签："老子故里"、"道德真源"、"道教祖庭"、"李姓之根"。鹿邑县委书记杨廷俊在一次讲话中提到："老子是内陆平原县唯一能叫得响做得大的品牌，必须叫响、叫大、叫远，吸引全国乃至全球目光关注鹿邑、投资鹿邑，让鹿邑走向世界。"

为了做大老子，每年农历三月三，鹿邑还会紧紧抓住新郑市公祭黄帝大典的机遇，把李姓代表拖到鹿邑寻根谒祖。

2006年起，鹿邑恢复老子庙会，"在一个月的时间里，我们通过庙会平台，把老子养生拳、舞狮、龙灯、旱船、腰鼓、唢呐、杂耍等民间文化集中展示，同时招商引资，增灵气，聚人气，生财气。"鹿邑县老子文化研发中心主任陈大明是当地老子文化的幕后操盘手，他手里的老子牌是花7亿元修好的老子文化广场、太清宫和明道宫（老子升仙处）。打出的组合拳是：老子邮票首发式、老子文化国际研讨会、老子圣像开光庆典、世界李氏宗亲联谊会、道教祖庭揭牌仪式、国际老子文化节、纪念老子诞辰公祭大典以及各种老干部书法展、摄影展、《道德经》诵读赛、名优特产品巡展、景区推介和招商。

围在老子身边的，除了政府机构，还有香火摊、周易算命摊、全球起名馆以及神像批发中心。

老子第一，孔子第二

"据联合国教科文组织统计，在世界文化名著中，译成外国文字出版发行量最大的是《圣经》，其次就是《道德经》。"陈大明表示。

在太清宫老子故居的宣传廊里，也有着"《道德经》影响世界"的介绍文字："至迟在隋代，《道德经》就传到了日本，唐代传到朝鲜半岛。唐太宗时代，高僧玄奘与道士成玄英等曾将《道德经》译成梵文传到印度。十六世纪西方传教士来到中国，《道德经》开始进入西方世界，为西方许多哲学家、科学家、文字家、历史学家和政治家所重视，《纽约时报》将老子列为世界古今十大作家之首。据不完全统计，迄今为止，《道德经》外文译本已近500种，涉及30多个语种：德文64种、英文83种、法文33种、荷兰文19种、意大利文11种、日文10种、西班牙文10种、丹麦文6种，俄文、瑞典文、匈牙利文、波兰文各4种，芬兰文、捷克文各3种，冰岛文2种，葡萄牙文、越南文、世界语各1种。"

陈大明说，在西方，老子比孔子更具影响力："表层看，《道德经》是在西方发行的中国古代典籍里发行量最大、覆盖面最广的。深层看，孔子的那一套有利于封建统治，但不适合西方尊重人性、张扬个性、自由解放、民主科学的社会环境，老子提出的'道法自然'、'上善若水'在西方更受尊重，它体现的是一种普世价值与终极关怀，能被不同国度、不同民族、不同肤色、不同语言的人所接受。"

他举例，在欧洲，许多有文化、有教养的人士，常常将新版《道德经》

赠送给自己的儿女，作为他们的人生指南。"他们结婚时，父母送儿女的礼物不是钱、不是别的，而是精神食粮，老子的《道德经》。"以《道德经》作为新婚贺礼，在西方社会形成一种时尚。

老子故居宣传廊中的一段文字称："据2000年12月13日《人民日报》所载，著名数学家陈省身教授去爱因斯坦家做客，发现书架上的书并不多，但有一本书很吸引他，就是德文译本的《道德经》。他指出，西方有思想的科学家，大多喜欢老庄哲学，崇拜道法自然。"

杨廷俊的讲话中则称："1972年美国总统尼克松访华时带了两本书，其中一本就是《道德经》。美国总统里根在国情咨文中，引用老子'治大国若烹小鲜'的名言，抒发治国见解。在法国，所有的书店和商店几乎都有《道德经》译本出售。"

另外，俄国文学家托尔斯泰翻译了《道德经》，德国哲学家黑格尔、日本物理学家汤川秀树、美国科学家卡普拉也对道德经充满赞誉，英国科学史家李约瑟甚至表示："中国人性格中有许多最吸引人的因素都来源于道家思想。中国如果没有道家思想，就会像是一棵某些深根已经烂掉了的大树。这些树根今天仍然生机勃勃。"（《中国科学技术史》）

海外第一所老子学院在悉尼

"到处有孔子学院，为何没有老子学院?"凤凰卫视《世纪大讲堂》主持人王鲁湘在2010年的一档节目中抛出这样一个问题。

2010年全国"两会"，全国政协委员、香港特区政府民政事务局前局长何志平与全国政协委员、香港出版总会会长陈万雄联合提交了一份"关于在海外设立老子学院"的提案。"我们不仅需要像'孔子学院'这样的汉语学府，还应建立推广中国文化生活的学府，抓住与日常生活息息相关的议题，切实将中华文化核心价值和优秀传统更深入地向海外传播。"何志平说，有别于"孔子学院"以传授汉语为主的定位，"老子学院"以传播道家智慧为重点，内容可包括中华医药、养生、武术、艺术、哲学等。

2010年河南省"两会"，时任鹿邑县县长的刘政和三门峡市人大常委会副主任马仰峡同时呼吁：河南应像山东打造孔子文化一样打造老子文化。而且，河南应尽快筹建"老子学院"。刘政称："按照名人学院建在诞生地的惯例，2009年以来，我们已经着手筹建老子学院。"

2011年2月，河南省文改办主任李宏伟在河南省文化强省建设座谈会上表态："在文化走出去方面，要积极拓展对外文化交流和对外文化贸易，研究和推动少林寺海外下院、太极学院、老子学院等民间文化机构在海内外的发展，进一步扩大中原文化的对外影响力。"

在中国，"老子学院"还停留在纸面上，为数不多以"老子学院"命名的，或是老子协会、高校文化研究机构，或是老子景区网校。

事实上，据澳洲《星岛日报》报道，早在2009年9月23日，世界第一所老子学院便已在澳大利亚悉尼正式成立，主办者是一位澳籍华人——乔治教育集团董事长徐衍芬，她说："悉尼老子学院是王者悦教授、祝守文研究员等老子学学者经过一年多酝酿、筹备而得以成立，目的是向中外人士推介博大精深的中华文化，播撒老子学的和谐发展理念的种子。"

在2009年12月1日"老子学院"启动仪式上，悉尼老子学院首任院长、吉林省养生保健协会会长、前长春中医大学图书馆馆长，现任长春中医药大学养生研究所所长王者悦介绍："老子有如一座灯塔，穿越几千年的时空，放射着和谐之光。老子学院的宗旨是向全球传播以老子学说为重点内容的中国传统文化，包括生态学、生存学、生命学、养生学等与人类息息相关的中国古代科学，以提高人类的生存品质，推动和谐世界的构建。"

河南老子学院胎动

河南有三张文化牌：少林寺、太极拳、老子。其中少林寺的海外发展之路走的是文化+商业的双驱模式，最为成功。太极拳则主要靠武师单打独斗，去海外教学进行推广。

原鹿邑县县长刘政所提"2009年以来鹿邑县已经着手筹建老子学院"，并无实际进展。

具体负责老子学院筹建的陈大明解释："2009年，我们县里就列入了计划，由我们这个市委编制机构——鹿邑县老子文化研发中心来具体联络。"

陈大明手下有一二十号人，多是些老同志，他们的主要工作一是办"中华老子网"、办杂志，搞老子文化宣传；二是操办老子庙会、老子文化节、老子文化论坛；三是研究开发老子文化产业、旅游产业发展项目。

"河南省已经把筹建老子学院列入河南省'十二五'文化产业发展规划里面去，同时也列入了我们市和我们县的发展规划。"

《新周刊》记者获得的一份《老子学院创建论证与创建规划》称，全球范围内的"老子文化热"、"道家热"、"道教热"、"养生热"是创建老子学院的最好契机。

未来的老子学院占地约500亩，将建在鹿邑县城东明道宫、太清宫两景区之间，总投资预计2亿元人民币，一期工程（可满足基本教学、研究需要）7000万元人民币。"采用楼观台式建筑，内有老子文化会馆、练功场所、武术习练场所、养生宫等；还有杏林康乐苑、抱朴道膳庄、睡功堂、守柔泉、天籁轩、返朴乐园、退步蹊、还童坪、洗心池、拈花坛、听涛岩、望海楼、医圣祠、仙人洞等。"

未来的老子学院可能会先挂靠在某个大学或研究机构，待条件成熟再独立建院。将设短期培训班、大学本科（学士）和研究生班（硕士、博士），课程包括老学班（培养道商）、道教班、道功班（传授以健身、祛病、益寿和增强性功能、抗衰老为目标的道教养生功法，包括辟谷、睡功、祈梦以及静功和动功）、武术班、道艺班（中国书法、国画、道教诗词）、道乐班、道医班、道用班（外语、计算机、文秘）。

此外的配套还包括药膳、药酒、道饮、道菜系统；保健器材、养生方药及保健产品展销系统；医疗、保健、药浴、药薰、睡眠、疗养系统；图书、音像出版、发行和网络传播系统；会议、旅游、休闲系统等。

陈大明预计："老子学院筹建的实质性工作要到2012年才会开始。下一步我们要派人去北京孔子学院总部考察，然后再做专家论证，论证基础上要出报告，征地、占地面积要出具体的规划图，2012年、2013年才会进入到资金来源、土地征用、工程实施阶段，'十二五'期间，老子学院会有一个大的雏形。"

"老子是鹿邑的，河南的，中国的，也是世界的。建老子学院，我们不是办成一个纯学校，我们是要当成文化旅游产业基地来打造。"

城市"萌"起来

二次元入侵，请注意！

文/丁晓洁

一条新闻正在各大ACG（动漫、游戏）论坛里光速传播着。

"日本著名旅馆之一的热海'大野屋Hotel'，1934年借助温泉而创立，最近却因负债高达21.5亿日元不得不申请破产。"

手捧NDS的宅男们不约而同地伤感了。"咋莫名有种'由于LP抽奖中奖券过多，免费住店人过多导致负债过多破产'的感觉呢？"他们中的一部分人，很长一段时间内都在兴致勃勃地计划着下一个夏天的热海双人旅行。

一家老式的传统旅馆能和生活在虚拟世界中的宅男产生什么交集？在眼下最受ACG族宠爱的游戏Love Plus（《爱相随》）讨论区，随处可见"热海"二字。

热海的二次元营销

很多人还记得那个有关Love Plus的故事。2009年11月，网名为"SAL9000"的27岁宅男，和Love Plus中虚拟女友"宁宁"在美国关岛举行了一场婚礼。这是第一起和虚拟偶像结婚的案例，"脑内结婚"逐渐成为宅男们的终极梦想。

还能利用疯狂的二次元恋爱迷们做点什么？日本静冈县热海市想到了。去年6月发行的进化版Love Plus中，玩家与女主角"一宿两天"的热海旅行事件成为最关键元素，陷入旅游业低迷中的热海市接着和旅行社合作推出了现实版的"一宿两天"，并在iPhone手机上开发了一款新应用软件，借此可以和虚拟女友在包括游戏场景在内的13处景点合影留念。

热爱Love Plus的宅男们，纷纷出现在了热海市街道上。他们背着印有"恋人"笑脸的大背包，从东京开始了主题大巴之旅，漆着"恋人"头像的大巴为他们备好了"情侣座"；在热海，他们在每个景点疯狂和"恋人"合照，由于虚拟的"恋人"是现实中根本看不见的，所以你眼前皆是这些张牙舞爪的男主角们，摆弄着稀奇古怪的动作；他们四处购买和"恋人"有关的各种周边物品——勋章、头巾、文件夹、沐浴剂，甚至还有每天限量推出的特制煎鱼饼和温泉馒头……是的，在热海，"恋人"总是无处不在。

最后，重头戏"大野屋Hotel"登场了。这家旅馆设计了跟游戏原作完全一样的房间——摆放着两张榻榻米的双人房，之间有一个"深夜心跳加速晚安模式"的拍照条码，"恋人"们在此会穿着限定的可爱浴衣登场。

为了让二次元恋爱迷们的约会感更加真实，热海这条旅游线的收费全部按照双份计算，两天一夜的旅费为39800日元（约人民币3210元）。作为夏季

从空中俯瞰的热海市全景。

限定活动推广不到两个月时间，虚拟与现实交织的策略已经让热海的旅游经济有了大幅提高。据官方统计，至少有2000名的宅男和他们的"恋人"一起度过了热海蜜月，旅客相对前一年增长了近四成之多。

几乎同一时间，热海在朝日电视台推出了一部名为《热海搜查官》的电视剧。在剧中，"这有可能是最接近天堂的地方"作为热海市的宣传口号反复出现，"最终话"则采取了"来年推出SP揭晓真相"的开放式结局，甚至暗示了"这其实是一部鬼片"的可能性，企图勾起观众前往热海一探真相的好奇心。谁会用一部鬼片来营销城市呢？热海市虽然别出心裁，但《热海搜查官》的收视低迷却和Love Plus的热烈效果截然相反——比起三次元，似乎还是二次元更靠得住。

无处不在的城市"萌经济"

近几年，日本利用二次元资源作为城市旅游推广的案例不在少数。Love Plus打造的"主题大巴"其实早有出现——《东京爱情故事》的编剧柴门文前往山口县搜集写作素材时，她那因创作了日本国民漫画"岛耕作"系列而大名鼎鼎的漫画家丈夫弘兼宪史这么对她说："回到岩国之后，可以去乘坐岛耕作巴士。"以"故乡"的名义，岩国市开辟了岛耕作专线，漆着岛耕作的巴士每三十分钟一班绕着市内跑，巴士内部则展着弘兼宪史的原画稿。

入围2010年奥斯卡最佳动画的《夏日大作战》是另一个例子。《夏日大作战》以日本战国时期名武将"真田一族"为故事雏形，2009年上映取得巨大反响后，"真田一族"的属地长野县上田市旅游局便在官网上大推"上田城"的旅游资源，甚至为此专门成立了"夏日大作战2010执行委员会"，在2010年夏天上田例行的市民祭典上，特别选取了男女主角到达上田车站的那一天，按照电影场景设置了完全一样的站内巨型看板。

作为近几年"萌经济"榜样的，是被称为"动漫圣地"代表的埼玉县幸手市。京都动画制作的《幸运星》播出后，幸手市政府立即宣布主人公泉此方一家四口成为本市的居民，幸手市商工会更是将漫画原作者美水镜的旧居改造成了泉此方一家的住宅；由于片中另两位女主角柊镜、柊司是鹫宫神社的巫女，所以鹫宫神社理所当然地成为了圣地中的圣地，光从每年元旦的参拜人数足以看出二次元的影响力：动画播放前的2007年是9万人，播放后的2008年激增至30万人，2009年42万人，2010年45万人……而在今年，由于担当女主角配音的声优平野绫在新年深夜身着巫女装现身，参拜人数达到了历史最高的47万人，超过了动画播出前参拜人数的5倍。

"萌"正飞快地入侵着三次元世界。去年世界杯日本对阿根廷的男足比赛中，"萌"旗取代"必胜"出现在了观众席上，日本老师在给学生批卷子时都会采用"非常萌、很萌、萌、不萌"来代替"优良中差"。初音未来的爆红，说明了二次元虚拟偶像时代已经来临；而热海、岩国、上田和幸手的成功案例，则暗示着二次元的城市营销时代也正在到来。

二次元必将占领地球——你还认为这仅仅是一句玩笑话吗？

虚构城市，是为了批判城市

如何虚构一座城市？

文/黄俊杰　金雯

一瞬间，城市在大脑里变成一棵树——它长出叶脉般的街道，延伸出果实般的摩天大厦，注入了血液般的人流，然后开始拥有生命。

这或正发生在任何一个创作者的大脑之中。于是，世界上诞生了《蜗居》里的江州市、《蝙蝠侠》电影里的高谭市、《第二人生》里由真人进行角色扮演的"都柏林"。

你我也许都试图虚构过一个城市——这个城市完全可以每个沙井盖都有Hello Kity的印花、市长长得像王志文、市民全是宅男、它的每个写字楼楼顶都有摩天轮——当然，这只是一个天马行空的思维游戏。现实正好相反，我们习惯被城市改变，而从未改变过强势的城市："我依附于这个城市，只因她造就了今天的我。"这是《伊斯坦布尔》书中的话。

但我们依然记住了社会题材小说里的海北市、《侠盗飞车》中的自由之城、《盗梦空间》的平行世界、《摩登原始人》里的石头城乐园、《百年孤独》里的马孔多、宫崎骏的《天空之城》、大友克洋的《大都会》。毕竟，正如作家陈丹燕所说，虚构的东西可以给我提供比非虚构更大的空间。

"城市犹如梦境：凡可以想象的东西都可以梦见，但是，即使最离奇的梦境也是一幅谜画，其中隐藏着欲望，或者隐藏着反面的恐惧，像梦一样。"这是卡尔维诺本人对"城市"的理解——我们对城市的幻想，其实亦隐藏着我们对城市的诉求。

虚拟的城市里有着残酷现实的幻影。例如有人坚定地认为《蜗居》中那个房价高企的江州市说的就是上海，但作家六六对《新周刊》否认了这个说法；例如Marvel Comics公司作品里描述的纽约城，市民普遍缺乏安全感，全靠英雄打救——比如蜘蛛侠、绿巨人、X—战警和复仇者；例如《未来水世界》中的浮城，才是真正尺土寸金的滨水住宅区。

"亲爱的读者，近年来，中国的女性作家异常活跃，究其缘由，当与城市的现代化相关，都市的变动不居，纷繁复杂，为这些作家提供了一个崭新的想象空间，而独特的女性视角，则加深着我们对城市以及城市中人的命运的想象。"

20世纪90年代《上海文学》对这一现象作了如下评论。苏州大学文学院文学博士曾一果引用这个现象，写有《论一种文学的"城市叙述史"》，认为20世纪80年代之后，随着社会转型与城市改革的兴起，作家们便开始了"城市想象"，作家们的"城市叙述"随着社会变革的变化而变动——"早期的城市叙述偏重于宏大叙事，改革、现代化是城市叙述的中心话题；但随着社会继续变革，世俗化的城市叙述兴起；而随着城市发展，作家们越来越倾向于虚构一个'城市传奇'。"

也许，我们可以在虚构城市中寻找现实的观照，从而发现改善城市的方法——王澍在《虚构城市》中指出过："虚构城市，就是用一种结构性的语言去谈论城市语言本身，甚至越过语言，回到实物，就是对以往那种不思考的城市设计的不思考。"

建筑师心中的虚拟城市

黄声远：有什么样的心境，就有怎样的建筑

（黄声远，台湾建筑师。在宜兰主持黄声远建筑师事务所和"田中央"设计群。）

住在台湾宜兰县员山乡惠好村的建筑师黄声远，上午一般不会安排工作，在田野散下步，或者河里游一圈泳。他主持的事务所叫"田中央"，真的修建在惠好村绿油油的稻田中央。他在宜兰乡下待了十多年，设计了一系列建筑，以致专门发展出了一条"田中央"宜兰建筑之旅的旅游路线。但是，黄声远对于都市并不排斥。他说城市有它的好处。相对而言，它更为包容和自由。宜兰的旁边就是200万人口的台北，黄声远一个星期会去台北一次，在他看来，就满足人的需要而言，城市是挺好的形式。他与他的"田中央"在边缘中很自在地游走，希望将城市的脑力和资源带到乡间，乡间创意能够影响都市。人的需要是多样而复杂的，理想的状态便是提供多样的选择。

建筑师的内部有一个看不见的城市，而这个"虚拟的城市"将最终决定我们看得到的那个城市。黄声远说，常常说字如其人，其实建筑也是一样的，建筑师的心态、心境是怎样的，建筑就会修成什么样。

在"田中央"，他们在宜兰的建筑从不被看成是所谓的"项目"，而像是个环境改造活动。一般如果进行得不够顺利，就会停在那里。黄声远和他的同伴都住在附近，停工的同时在做别的事情。他说，其实每个人的物质生活的需求那么相像的那么高，停下了也不会觉得有多么大的压力。多数可以重新再开始，有时一边修改，一边找经费。

在这些停工阶段，黄声远也找到了完善设计的时间，"在修改的过程中，一点一点挣扎，慢慢知道什么才是好的，修改才能真正面对问题。"他总是说最后的那个成品已经不完全是建筑师个人作品，而是工匠、村民、业主等等所有人的作品。黄声远相信绝大多数事情不那么顺利，也不会真的失败。

建筑师修建某个建筑，主要的不是实现自己的意愿，而是将别人的愿望变成现实，相对而言，后者的难度更大。黄声远说，你需要花很多时间与对方交流，直到某个时刻对方的眼睛一亮。

社区居民的潜力比我们想象的大，黄声远说："农民很懂得生命，他们资源有限，常常能够做出很对的事情。跟他们学学东西是很有必要。"比如，修桥时，当地居民建议将路修得比较窄，就可以让人们有机会打招呼。路灯不要那么亮，否则住在附近的水鸟会孵不出来。"你不是要很有理想很有激情才能说服他们。其实我们的生活与他们是在一起的，我注意到的其实也是他们注意的。"

一直在宜兰乡间活动的黄声远没有为地产商工作过，他说，如果有建商找他，那么应该是很理想化才是。但他还是挺期望有这样的理想化人物出现。因为城市住宅只是被贩卖，而在设计上最易被忽视。在黄声远看来，住宅在被卖出之前居住的人是不确定的，所以，它必须需要一个好的骨架，能够被调整、改造。现代的居住已经不是传家的概念，很多东西五年内都不改变或许会很难使用。如果住宅为转换资源留有余地，实际也是一种永续发展。其实真正永恒的应该是人跟人之间的关系，而不是东西。

现在的住宅不是特别关注一种未来感的设计，这不仅是指外观上的表达，主要还是居住功能上的。比如没有小孩的家庭如何生活，或许他们希望可以将浴室做得比客厅大。也有人喜欢几户人家凑在一起居住，彼此有分隔同时又十分方便串门。还有一些日常细节的设计考量，比如，客人到家里做客，其实坐在厨房或者餐厅比较多，那是否有必要将客厅面积缩小，将餐厅、厨房面积加大呢？还有像在宜兰，晚上吹西风，白天东风，那房间放在西边能比较舒服，晚上睡觉就不用开空调。住宅最重要的品质是舒适，而不是看起来豪华。建筑不只是用来观看的。黄声远笑称自己如果能够躺着就不会坐着，所以，"我盖的房子，随时可以坐下来，角度低下去了，我们听到的声音的感觉会不同，物理上要能够让人吹得到风"。

最后，是在所有的功能安排完成之后，一定要有一个留白，没有特定目的，可以让人们舒服地干任何事情的地方。树与水是这种舒适性的最好体现。但与景观又是两个概念，它不仅是为了好看，比如，树能够产生风的流动，树的果实能够吸引怎样的鸟。其实是一个环境的营造。

黄声远和他的"田中央"主持设计了宜兰的一系列公共建筑，礁溪卫生所、礁溪乡公所、宜兰火车站前的钢铁森林、西堤屋桥与社福中心、罗东新林场等。做公共建筑的初衷是什么？它应该是谁都可以进出的空间。建筑师创造一个建筑不是为了否定人们的价值，它是让城市中不同族群自由进出，不是让人一进去之后有挫折感，变得缩手缩脚。

公共建筑的另外一个目的，就是让老百姓在公共资源中体会到平时不能体会到的东西。比如让他们站到一个城市的制高点上。通常情况下，在城市中居住的人，只有足够钱才可以拥有鸟瞰全城的住宅。但是，通过公共建筑，一般的老百姓也能够拥有类似的人生经验和视野。当然，人的欲望是复杂，或许很多普通人也期待那种超越日常的仪式感时刻。但很多事情是可以并存的，一个朴素的建筑如果被打上灯光也可以让人惊艳，就没有必要耗费巨资让它时刻保持惊艳，很多人都想要建筑光芒耀眼，但那不是常态。

科幻小说家的文明反思录

韩松：城市发展也是轨道运动
（韩松，科幻小说家，著有《宇宙墓碑》、《2066西行漫记》、《地铁》
等。）

韩松的小说中城市有着强烈的末日意象，酸雨、变异的老鼠、未知的地下铁以及游走期间灰暗而孤独的主人公。他说，城市将自然中发育的历史打断了。在唐诗宋词的时代，时间是缓慢的，日出而作，日落而息。城市出现之后，钟表代替了太阳，让时间有了一种跳跃感，转动的指针和跳跃的数字让人产生焦虑感。人们就这样被自己造出来的东西控制，断绝了自然的联系。比如，在春节晚会上，不管自然界的太阳定在哪里，人们都会在零点欢呼、放鞭炮。城市是一个专制的力量，强迫人们要服从一个意志。

现代的老大哥已经不是奥威尔时代的老大哥了。全球化是一个更厉害的老大哥，它把政治、经济、科学集中到一起，它统治人的荒谬感已经超越了卡夫卡时代。特别是科学技术加入之后，每个人都可以被它手上的小玩意轻易弄疯掉，手机、微博。它就盯着你，你还要服从它，讨好它。

韩松对于地铁、高铁等轨道交通感兴趣。因为在他看来，宇宙中的一切，无论是人还是物的运行都是在轨道上运行的。太阳系在银河系的轨道上转，地球围绕太阳的轨道转。工业革命之后，人们开始修建轨道交通，铁路、地铁出现在城市中。人类制造很多其他轨道，试图控制自己，将自己放在他认为"对"的轨道中去。但却永远都走不出自然设定的轨道。就像地铁，你可以走进去，会有无数的答案，但是或许没有答案是你想要的。到最后是空。相对来说，卡夫卡的城堡反而更为容易，至少你最终可以见到那个主人。

城市可能会毁于战争灾难。也可能毁于心灵。比如，让所有人同时去相信一个东西，接着将它突然拿掉。人们就会像邪教徒一样自杀。城市的人对"进步"的执迷就十分危险，他们总是觉得人能够一直往前走，没想到生活其实是一个轨道，会回到出发点的——死亡。

人类历史似乎也给人一种幻觉，以为可以一直往前。战争不像冷兵器时代那么残酷，死亡也可以以舒适的方式进行。但是，我们看到的文明是有边界的，眼界只达到了我们祖先的洪荒时代。很多科幻小说中都会描写到这样的末日场景：文明达到一个高点时会突然跌落。这种循环轮回的状态也是符合自然规律的，任何一个事物是有周期的。城市、生命、技术都概莫能外。文明不会无止境地发展——这种恐惧感在科幻小说家中始终存在。

韩松觉得城市不是人类最终理想的归宿，与之相对的乡村也不是。如果进化得当，或许某天这些形式都会消失。他说："真正高级的生命是孤独的，比如上帝，它一定是一个人。我想象中，宇宙中最高等的生命肯定是孤独的，他不希望互来往，不需要城市这种存在来支持他。人结成一个个的群体最初是因为生命的脆弱的需要，当生命在身体和精神上都能自给自足，那么一个人就是最好的形式。"

这种高级生命的孤独是乐观主义。现代"孤独"之所以是一个接近脆弱的同义词，是因为人类内在的心理能量不够强大。在城市中出现一个个灰色而孤独的小人物，他本来可以成为一个伟大的修行者。但他受困于"面子"——别人眼中的自己。所以，只能在地铁和路上寻找某个并不存在的目的地。

韩松的下一部小说是关于高铁的，它让距离不可思议地缩小了，但又让某些距离拉大了。以前需要劳累奔波才能达到的地方，但现在瞬间到了。很多精神上的体验就没有了。一个极致的例子便是，假设高铁达到光速，一对恋人同时在不同地方以光速旅行，如果有一个动量，其中一人就会迅速变老，另一个是一直保持年轻。又或者当她发送一个信息，但是这个信息会一直停留在她的那个空间出不来了。那些看似缓慢的变化其实已经非常巨大。只是作为当事人一时没有回过神来。比如，网络能够让一个国家在一个星期内灭亡。只有它发生之后才会意识到。慢性变异是非常残酷的。

虚拟社区创始人的梦想

许晖：在"无为"城市实现瞬间位移

（许晖，"hipihi公司"董事长兼首席执行官。）

作为3D虚拟社区hipihi的创始人，许晖的虚拟城市约等于3D虚拟社区。

在许晖看来，现实的城市已经陷入恶性循环。他生活的北京就是一个活生生的例子。路越来越宽，却越来越堵。轨道交通越来越发达，却越来越挤。为解决一个问题，总会引发更多的问题，限行让周末也堵车，限购让身份不平等更加突出。

在许晖的虚拟城市中，城市将不再按照地域来划分，不会出现地理概念上的"北京"、"上海"、"广州"。城市中的人就像豆瓣小组一样，完全根据思维习惯、兴趣来组合。热爱科幻的人组成阿西莫夫城，懂得美食的组成老饕城……它的建构完全以个体为中心，每一个人都是独立的小行星，除非你伤害或者妨碍到别人，都不会被强迫服从于某个规则。比如，"汽车去死城"的人可以在他们自己的地盘杜绝汽车，但是他们都不能跑到"车速140码"城去示威抗议，要求他们改用电动车。

在各自完整的小世界中，个体可以施展自己的想象，设计、完善自己的地盘。它可以是小众的，却依然会有拥趸。你将发现甲骨文爱好者都有春天，或者"没钱很光荣"可以有如此庞大的追捧者。多元化能够得到最大程度的尊重。在现实之中，许晖最大的感受就是，人们的成功标准是如此的单一。年轻人被"单一价值观"压榨得太厉害，在一个最富创造力的年龄，却花费大量精力应付房子车子等现实问题。

这也将是个"无为"的城市，没有强加于人的限购令或者摇号买车之类的政策。它只是建立一个平台，让各种想法、规则在这里做实验。在许晖看来，一套好的城市治理规则必然有一个自然的形成过程，就像那些草坪上踩出的路总会出现在最应该被修建的地方。

城市最终成为一个信息平台。教育、金融、社交、娱乐的各种信息流都可以在平台上处理。甚至人与人之间的沟通也可以借助这个信息平台来实现。在许晖看来，人们沟通不畅往往是因为语言或者文字表达上的不到位。在虚拟城市，人们可以进入彼此的内部世界，把语言所无法解决的问题通过图像、声音来再现。在教育领域，学生再也不用头疼历史课了，因为你可以利用自己虚拟的"化身"穿越到任何时代，体验各个不同的文明进程。

创造力、生产力不再通过交通运输和城市来聚集，而完全以互联网的结点来分布。"我"在哪个物理空间已经不重要了。人们主要通过自己的虚拟"化身"进行交流、逛街、娱乐、学习。这个虚拟的城市中也会产生人的情感，因为人们情绪的变化也会反映在那个化身中。就像玩游戏一样，当他在游戏中的角色被攻击或攻击人时，都会让本人产生强烈的情绪变化。

人们也无需在路上耗费大量时间。因为在虚拟城市中，你可以实现瞬间移动。就像玩游戏一样，只需点击鼠标，便可坐地日行一万里。

虚拟城市给人们提供了新的自由环境，它将释放人们的天性，在这个新的浩瀚空间，脱离了肉身羁绊，在那里建立新的情感、社会关系。它不可能是完美，也不会走向某种"大同社会"。只是对现实的反思与扬弃，它不一定会让世界变得更美好，甚至有可能出现现实中不曾有过的恶，而这或许又能够促成人性美的螺旋式上升。

美术指导眼中的世界

吴黎中：电影中的虚构城市是另一种现实

（吴黎中，《世界》、《立春》、《姨妈的后现代生活》的美术指导。）

在吴黎中看来，真实的城市也有电影布景。比如那些为迎接某些重大活动而被穿衣戴帽的临街房屋。但是，在这个美术指导看来，这些形象工程还没有他们拍电影严谨，总是一下子能让人看到破绽。这些粉饰爱好者似乎是生活在平面世界的，只刷一面漆，连侧面都顾不上，但是，好像所有人都默认这种"翻新"。比起电影，现实似乎更富有戏剧性，也愈加荒诞。

相对而言，电影中的虚拟城市要求更逼真再现现实。2004年，贾樟柯找到吴黎中，说是要拍一部农村人进城的电影。当时他从北野武那里拿到一笔投资，可以有足够的钱来搭景。当时贾樟柯对吴黎中的要求是场景必须高度写实性。为了更好地再现打工者的生活，吴黎中开始了收集素材的过程。在北京打工者集中的胡同巷子，他看到的是另一种城市生活，那里垃圾成堆，肮脏的孩子在其中奔跑。贫困在这里有一种绝望和落寞之感。

所以，在《世界》中，世界公园的"表演者"居住的地方都是狭窄、边缘、昏暗的。与光鲜靓丽的舞台形成鲜明的对比。这就是城市打工者的生存状态：他们试图融入这个城市，与这个世界同步，似乎也部分与之发生了联系，但最后还是退回到昏暗的现实中。

电影中虚拟的城市在无限制逼近现实时，最重要的是还原现实的气氛和情绪。就像德国表现主义电影中那些高度夸张的造型场景，如今看来是精确地展示了当时的社会心理。

并不是所有的电影布景都可以被搭建，电影中的城市场景多数还是需要实景拍摄。拍《立春》时，吴黎中与导演顾长卫跑了多个省市选景，包括山东、太原、平遥等。最后选择了包头，在吴黎中看来，这里的建筑还留存着简单粗暴的小城市气息，作为一个产煤的城市，这里有一种灰头土脸的气质。将那位热爱歌剧的女主人公放入这样的环境，更可反映她的挣扎和痛苦。

当镜头对准布景时，我们看到的是一个完全真实的世界，吴黎中负责雕琢这个世界的真实。当镜头拉开，布景与现实对照时，它逼真的虚假引人发笑，却也预示了另外一种现实：电影中的虚拟城市其实就存在于日常之中。在包头小平房内，或者是任何一个中国灰暗的县城中，许多王彩玲式的人物，他们没有被摄入镜头，无人关注，只是在失败感中消耗自己的生命。

为什么你会在这里?

10个城市和它的杂志

文/金雯

从一本城市杂志,我们能读到怎样的城市?

早期的《号外》让我们看到了那个前雅痞时代的香港,就像陈冠中所说的,带点波西米亚的风味。创刊于1988年的《苏州杂志》让我们看到一个被定格的老苏州,它永远在讲姑苏的旧迹,如烟的往事,姆妈灶头那碗咸泡饭。透过2000年左右的《诚品好读》,我们看到了一个拥有无数可能的台北,它或许是设计之都,也有可能是亚洲的金融中心。2010年,厦门的《搜街》,我们看到了一个二线城市的"俗搁有力"(闽南话,俗而有力)。

作为一个城市的全面介入者,城市杂志正在思考的是:在消费主义时代,除了告诉城市人如何消费,城市杂志还能做些什么?当二三线城市都以同一种模式发展时,城市如何保持自身的本土性?一代年轻人如何自我成长,从我想要什么转变到我们这个群体想要什么?

我们选取了十份城市杂志,以一个不全面的数量来全面搜索急速发展中的问题和答案。

《0086》 北京的年轻潮范

创刊时间:2007年

受访人:《0086》前编辑部主任邢娜,现为His Life编辑部主任

0086是中国的区号,《0086》作为一本创意生活城市类的杂志,则是希望在北京与世界呼应。创刊之初,试图向David Carson和Fantasmas工作室致

敬，声称拒绝乏味的文字和平庸的图片。关注当代年轻人，创刊元老、前编辑部主任邢娜依然还记得，主编彭洪武说过一句话：永远不要瞧不起年轻人。北京城每一天都有大量年轻人拥入。年轻人向往这里，爱这里，就是觉得这里有无限可能性，随时酝酿着复兴，三里屯酒吧街前几年就没落了，但是随着village以及三里屯SOHO的出现，三里屯又迅速开始复兴了。

《0086》关注了很多中国年轻人的生活状态，最直接的就是球鞋、TEE以及快速消费品，2008年前后，也是中国的潮刊也如雨后春笋般出现的时候，《1626》、《YOHO》相继出街，很多业内或者业外人士就把《0086》定性成了潮刊。而属于北京的"潮"，邢娜说，则体现在这个城市的包容性上，在北京你可以看到各种的范儿。不时流露着某种随意感，无惧无畏，让北京的潮流也不那么物质化。

2008年的8月，恰逢北京奥运会，《0086》推出"最北京"专题，编辑团队几乎跑遍了北京所有最热门的地方。用"学说北京话"、北京的老艺人、"最北京"元素的插画作品来表现新一代眼中的北京。之后，《0086》经历许多变化，或许在一些读者心目中已经不是当初的样子，但是《0086》曾经在某些时刻与北京一起闪耀过。

《搜街》 厦门的"俗搁有力"

创刊时间：2003年

受访人：《搜街》主编王琦

当所有的二三线城市都以同一种模式发展时，厦门如何保持本土性？

这是《搜街》的主创团队一直在思考的问题。方言性和城市性格很重要性。

所以，除了汉语普通话之外，《搜街》的栏标还标注闽南语拼音。每期都搜集闽南的民间工艺，放在卷首语前，形成一个独立的栏目。2003年创刊，2008年停刊，2010年复刊，作为一份城市杂志，在二线城市存活的《搜街》一直在寻求一个不追随"一线"的表达。

《搜街》主编王琦说，闽南有句俗语："俗搁有力"，就是俗而又有力的意思，这是闽南的性格特质，"俗搁有力"就是厦门在这个变平的世界中应该保有的本土味。

《搜街》是很多外地人观看厦门的方式。以前杂志会介绍厦门的某个地方如何有趣，但是现在更想读者了解这座城市的内在性格。其中"俗搁有力"就是很重要的一部分。

《搜街》曾经做过"市井美学"，以调查记录的方式，来呈现草根阶层"不自觉"的美学。王琦说："那期专题中将'市井美学'翻译成英文后写为Equal Aesthetes（平等美学），这是媒体通常所谓的美学的纠正，因为大部分的消费类媒体所说的美学是建立在一定消费能力之上。"在他看来，其实小摊摆得可以很好看，厦门那个乱哄哄的第八菜市场也有惊人的细节之美。并且从中可以知道厦门人吃什么用什么拜什么，将这个城市的日常生活了解得清清楚楚。

许多城市杂志都在怀旧，热衷挖掘城市传统，老人老街老店放上杂志，却流于展示与卖弄，也从未经过认真反思。对于城市的传统文化传承问题，《搜街》杂志主编王琦认为：真正的文化延续应该是与当下的中国大背景相关，现在不是返回传统，而是传统往哪里去的问题。

所以，厦门的传统应该是动态的记忆，处于过去与未来之间，正在与外来、新的文化保持对话。本土化的传统不应该是符号，不是简单的南音、古厝。而应该是此时此地的生活风物，结合了厦门的环境、气候和时间。

王琦说，城市文化中也有弱势与强势之分，比如郊区文化与市中心文化，《搜街》是希望多关注城市的弱势文化。《搜街》做"市井之美"专题时，曾在全厦门寻找花砖。

花砖在80年代曾经量产，现在一下子却很难找到，不过二三十年，它们几乎被视为一种落时的审美和装饰材料在这个城市消失。

最后，拍摄上封面的都是华侨别墅中的花砖，是1949年以前的舶来品。市井有时也不像人们想象的那么强悍有力。

《号外》 香港黄金时代制造

创刊时间：1976年
受访人：《号外》创刊人邓小宇

或许再也没有杂志能有《号外》那样风光，可以标记香港的一个黄金时代。创办人之一的邓小宇（其他三位创办人分别是：陈冠中、丘世文、胡君毅）回忆说，那时候做《号外》是有某种优越感的，因为做出来的东西不是每个人都懂，但总会有那一部分的知音存在。而且，这些知音都是香港的意见领袖。

上世纪60年代，香港开始有了自己的工业，生活安稳，生活上的享受还是很粗糙的，有电影看，也会喝下午茶，但能够享受精致生活的，只是少数上层阶级。70年代后，香港才有了大都会的雏形，中产阶级开始出现。最早留学海外的那批年轻人回流，带来一些国际化的观念。

邓小宇说，70年代进入社会的那批年轻人算是比较幸运的。香港还没有所谓先例的束缚，经济起飞，机会丛生，新的管理方法可以在这里尝试。只要有想象力去尝试，总是有成功的机会。这种好感觉也是可遇不可求的。后来的年轻人就会辛苦一点，位子已经占满了，模式都已经产生，只能去照着做。

但邓小宇说："我们也不能太美化70年代。每个年代都有精彩的人。"70年代从外国回来的年轻人，在文化上并未带回来什么，香港人读理科、商科的比较多。这一点与同时期的台湾很不同，台湾有不少文科留学生。《号外》的出现只能算是个异数，连同创办人陈冠中、邓小宇等都算香港留学生中的少数派。多数人只是带来洋派的生活方式，香港有更多的人开始懂喝什么牌子的红酒，吃更为讲究的西餐。

作为一本最有香港印记的杂志，邓小宇现在回忆起来，当年香港的本土意识也是受限于地理和政治环境。他说，我们就好像坐牢一样被困在香港。大陆不开放，北望什么都看不见。外出旅行须得出国，代价昂贵。就只得培养对本土的感情。"我们要订立自己的立场，比如，香港的文字中会夹有广东话，英文，自觉地对香港的潮流、人物会感兴趣。"那时候香港娱乐圈有比较精彩的人物，看起来也热闹，不像现在青黄不接。

进入90年代，包装中产的杂志大量出现，《号外》式微。2003年，《号外》被大陆的现代传播收购。大环境上，现在人们说得比较多的是Cankong——香港与珠三角的融合。邓小宇有朋友住到了像中山这样的广东的中小城市，空气好，生活舒适。但是他还是喜欢香港，这里有音乐厅，有国外顶尖的乐队过来，他不一定每次都会去听，但是觉得有这些东西存在是很重要的。邓小宇说："如今与70年代相同的是，前面路怎样我们不知道，只有用心去做吧。"

《最重庆》 土火才重庆

创刊时间：2010年

受访人：《最重庆》主编何洋

朝天门码头是两江交汇的地方，一边是清澈些的嘉陵江，另一边是浑浊些的长江，就像鸳鸯火锅，这个场景后来成为《最重庆》"两江新传"的封面。主编何洋觉得这最能体现重庆，各方汇聚融合。他说，重庆人有时自嘲比较土火（土灶火锅），他理解为"土洋结合"的意思。城市也是如此，有香港般林立的高楼，都市感强烈。但是一些生意红火的火锅店会放弃每日几万的营业额，坚持放暑假、寒假。重庆女孩时髦，但是相对上海等这些城市来说，重庆人又不够精致。何洋开玩笑说："大概重庆是最大的城乡统筹试验区，一面很城市，一面又很村镇。"

重庆是个本土情结非常重的城市，外来的非议和怀疑总会引发重庆人的反弹。何洋说："重庆人的自信是两方面的，在外面，对自己的东西会很保护，但是，在内部，重庆人会觉得外面的事物洋气，觉得重庆文化氛围不浓重。却又并不在意自己的文化。"这几年，重庆的年轻一代开始对老重庆发生兴趣。从蜂窝煤的《重庆语文》开始，《关于这座城市的记忆》、《失踪的上清寺》都在重庆成为畅销书。所以，《最重庆》杂志开始对重庆老文化的梳理，推出了"重庆老钱"、"寻找失踪的重庆"这样的选题，《最重庆》希望做到"比任何人更懂重庆"。掌握这座城市的根，然后去探寻这个城市的未来。

Rice 务实的广州味

创刊时间：2005年

受访人：Rice杂志主编王击凡

在广州长大，王击凡说，香港是生活中很重要的一部分，从小客厅放着的是翡翠台，香港挂10号风球可能会比广东的红色风暴潮警报更让他关注。

经常会去香港买东西，享受书店的Free Paper，很早就接触香港书店的那些独立杂志，某种程度上，见多识广也让Rice能够生存6年。

跟许多做独立杂志的不同，王击凡很早就认识到：没有背靠大的传媒集团，也没有大笔的资金支持，又不想去钻营商业经营，Rice的每个参与者都得有自己的工作，做独立杂志只是工作之外的兴趣，才能有回旋的余地，做出来的东西不那么急切，也比较适合Rice这种温和气质。他总是强调，做Rice不是创业，也不想靠它发财，连撰稿人都是没有稿费的，其实是保证了杂志的低成本和独立精神。

王击凡一直记得香港漫画家智海在籍籍无名时给自己漫画做推广的情景，就是把自己的漫画复印很多份，一份一份地分发。没有天上掉馅饼的可能。做独立杂志要懂得催款、与人谈价，也要做送货、卸货、发快递的琐事，6年来，经费、人员，所有的一切都是不确定的，唯一确定的是每期印刷出来的杂志。在理想主义之外，也拿出"搵食"的耐性，这也是广州式做事的务实态度。

Rice的前四年主要在广州发行，关注的话题也全部是广州的。关于本土化，王击凡说，怀旧是不可避免的，因为很多东西消失得太快，但是更重要的是当下，Rice曾经做过一个广州仔的一天，他应该是在茶餐厅吹水，长堤吃膏蟹，在潮楼唱K。在广州，就是要踏实生活。

《苏州杂志》 有腔调的"遗老"杂志

创刊时间：1988年
受访人：《苏州杂志》副主编陶文瑜

1988年，作家陆文夫在苏州创办了《苏州杂志》。到2006年去世之前，他都会不定期地出现在青石弄内的编辑部，这里原是叶圣陶的一处旧宅。现任副主编陶文瑜谨记老先生对《苏州杂志》的定位：这本杂志就是关于苏州的文化、历史的，美食、金石、评弹、掌故、茶话不一而足。版式设计都刻意维持着80年代创刊时的样貌。在一堆现代出版物中，朴素稳健的《苏州杂志》颇具"遗老"气质。作为隶属文联的一份杂志，也曾经接到过上方的指示，要求顺应时代，做出调整。后来还是搬出了陆文夫——坚持杂志的基调是陆老当年定的，最后便不了了之。

苏州饮食四季分明，普通人家过日子，平时再俭省，也要省下钱尝鲜，从不会辜负这个季节特有的物产。春天的碧螺春，夏天的虾子酱油，秋天的大闸蟹。而到了端午这样节日，一定要吃大黄鱼。《苏州杂志》便是常常津津乐道于这些日常的风雅传统。

但陶文瑜也不免遗憾，《苏州杂志》办了23年，涉及的内容对于这个城市来说不过是冰山一角。随着老人的故去，城市的发展，冰山又在迅速融化。"苏州过去酿造、兴办工厂的许多当事人的回忆，都没有人力去采访到。苏州的文史题材是写不完，我们又做得不够。"

前段时间，苏州修轻轨，从干将路底下挖出几吨铜钱，都是宋代钱庄埋下的。1992年，干将路的改造是苏州古城的转折点，原来的所谓拆迁都是小修小补，干将路改造在古城中央开出一条主干道，对很多人来说，老苏州就此消失了。陶文瑜说，对一个城市来说，最好的保护就是不要建设。他一直记得上学时，走在平常的小巷里，有线广播在播新闻，走到这个窗口是一段，走到那个窗口又是一段。这是关于老苏州的美好回忆。他说，当一个社会健步如飞往前走的时候，《苏州杂志》就是让大家停下了看一眼我们走过的路，那些永不再现的过去。

《扭秧歌》 天津的新青年

创刊时间：2005年
受访人：《扭秧歌》创始人张瑞麟

几乎所有二线城市的年轻人都有过离开他们出生地，去大城市闯荡的念头。《扭秧歌》的创办人张瑞麟说，天津就是个年轻人流失比较严重的城市。"北京有那么多机会，天津离北京那么近，去北京都没有背井离乡的感觉。"

2005年，生活在天津的张瑞麟创办了一份杂志，把那些觉得天津乏味、老旧、没有前途的年轻人留下。在创刊号的开场白中这样写道，《扭秧歌》不是秧歌教科书，"扭秧歌"是New Younger的英文译音。张瑞麟说："我们想告诉年轻人，天津也有地下摇滚乐队、涂鸦少年，次文化也能在这个城市存在，这个城市是有活力、有吸引力的，在这个城市也能圆梦。"

当年的尝试到底能在多大程度上改变了年轻人对于天津的看法，似乎很难量化，但2007年，在不断贴钱《扭秧歌》停刊了。2010年，经过三年停顿后复刊，张瑞麟说，《扭秧歌》依然是新青年发声平台，但是应该是多元化的年轻人表达自己的平台。之前是强调我想要什么，现在是我们这个群体想要什么。张瑞麟对于自己所属的80后一代人很有信心，觉得在资讯相对多元化的年代成长起来，有更强的行动力，也更有希望改变自己生活的城市和国家。

《大武汉》的鸭脖气质

创刊时间：2006年
受访人：《大武汉》杂志执行主编张庆

最近几年，外地人眼中的武汉代表不再是武汉长江大桥，也不是汉正街，而是鸭脖子，行销全国的鸭脖子或许可以从一个侧面说明武汉是个餐饮业发达的城市。本土的《大武汉》杂志最受欢迎也是美食版块，经常被读者撕下来按图索骥地找吃的——武汉三镇的门牌号据说一片混乱，只有依靠手绘地图才可找到目的地。《大武汉》杂志的主编张庆说，武汉在外就餐成本比别的城市小很多，人均消费三四十元就可以在中档以上的餐厅吃饭。而武汉三镇地域广阔，饭馆在绝对数量上就很惊人。武汉的美食文化有经济实惠和规模经济的意味，这一点跟卖鸭脖子有点像。

武汉人说，这几年，自从修了三峡大坝，夏天也不那么热了。在CPI高涨之下，下馆子又没那么贵，所以，尽管这座城市没有红酒大师，也没有那么多顶尖大厨的，但是，却依然"舒服地"成为了一座符合百姓口味的美食之都。这样的野心、格局不大，却是多数人的武汉。

《家园》 市井生活在福州

创刊时间：2007年
受访人：《家园》主编郑芳

《家园》杂志曾经做过一期选题叫"有一百个理由离开福州,为什么你还在这里"。任何一个城市和城市住民都存在这样一种矛盾:对自己生活的城市有诸多不满,但又无法轻易离开。

理想的城市杂志应该就是寻找解决这一矛盾的方法,让城市人更了解生活其间的城市,拥有更便捷的生活,才可产生切实的依存感。这也是《家园》杂志的主编郑芳作为一个外来人的经验,她在此生活了11年,觉得福州是一个舒适的小城,内敛而市井,初看没有文化,缺乏趣味,其实是藏龙卧虎。

《家园》便是想在市井生活里表现这个城市,找到福州的趣味所在。"散步福州"那期封面专题,找来五位福州人做导游在大街小巷散步,感受城市的气脉:建筑美不美,阳光好不好,街坊里有没有住着有趣的人,住宅区附近的早餐店是否美味,便利店、小书店、咖啡馆、碟片店又是怎样的。一座城市会不会留在你的记忆里,是看这个城市的记忆是不是也是你生活的记忆。现代化不是福州的优势,繁荣的民间传统文化才是。

《家园》杂志探访了福州七类老手作人,让这个城市有了具体的细节和情感。从2007创刊到现在,关于《家园》最大的变化是,主编郑芳说,2010年,在杂志创办的第五年实现了自负盈亏。

《诚品好读》 另类的台北特产

创刊时间:2000年,前身为1992年创刊的《诚品阅读》
受访者:《诚品好读》主编蒋慧仙

从诚品书店内的一份赠阅书讯到关注城市潮流、设计趋势的人文创意杂志,《诚品好读》成为可带走的台北文化,是独特的"台北特产"。令人遗憾的是,2008年4月,《诚品好读》休刊,它再度验证了:在商业社会,做一份人文类的纸质杂志是昂贵的,昂贵到随时可面临生死。

《诚品好读》曾经努力地突破某些人文杂志固守的传统,做过许多设计、创意方面的尝试和创新,作为一份推广阅读文化的人文杂志,它不自居精英,一直十分关注社会议题、次文化与世代间的差异,与台北、台湾社会的发展趋势保持着一致性。蒋慧仙从2000年开始接手主编《诚品好读》,她说:"2000年前后,台湾和平经历了'大选'后的政党轮换,台北的文化自信度很高，它在现代化、自由化方面是走在大陆城市前面的，好像有机会在亚洲扮演更重要的角色。所以，我们就更关注自己的竞争力与大陆城市的状况。"这一时期，《诚品好读》开始更多的关注大陆新锐媒体的力量、华文出版的趋势。也开设了"摩登中国"和"两岸通讯"等栏目，想做一个两岸对话的平台。

从2000年到现在，大陆与台湾都经历了很多变化，两岸的交流更加频繁。除了生意人，很多创意人士也离开台北去往大陆发展。在北京、上海大拆大建急速发展时，台北却以一种缓慢宜居的城市形象被重新认识。就像台湾建筑师黄声远说的，大概想赚钱的人都去了大陆，留在台北的就是想安静生活的。

《诚品好读》休刊之后，蒋慧仙来往于大陆城市与台北，她则更进一步感受到了台北的"自由"，"这个城市对多元文化是包容的。在这个大氛围之下，台北就会让人比较安心，只要积极、主动地创造，就没有强制剥夺的事情发生。大家的价值观不会集中在发展速度或者某一种品味上，以致其他不同类型的事物难以发展。台北现在的发展速度比较慢，其实会比较容易找出自己的价值。以地形学来比喻，最年轻的河川总是会比较湍急，而发展成熟的流域会比较平缓。"

如今在台湾，《诚品好读》曾经关注过的"回乡务农"、"友善土地的生活方式"的潮流似乎愈演愈烈。在蒋慧仙看来，从经济发展方面，大陆应该有更大吸引力，台湾怎样找到自己的价值？农业、永续的生活方式或许也是一个很重要的方向。其实不光是务农这种形式，蒋慧仙说，很多人离开台北，来到中南部小城、乡村中去做一些联结城乡的、切实有益的事情。而她现在正在做"上下游 News&Market 新闻市集"，便更关心人与人、人与地方的联结，以及友善土地的食物与生活方式。很多个体新的生活方向的选择对于台湾社会来说，或许就是一种新的生机和希望。

谁负责记录中国人的"世界之最"?

文/何雄飞

在中国这片神奇的土地上。

有人坚信自己是这个世界上连续打喷嚏最多的人。

有人坚信自己是这个世界上连续放屁最多的人。

有人坚信自己是这个世界上最会吞宝剑的人。

有人坚信自己是这个世界上吐痰最远、吐口水最多的人。

有人坚信自己是这个世界上连续看电视时间最长的人。

有人坚信自己是这个世界上做爱持续时间最久的人。

他们都曾想证实这一点,并找到了以下四家机构:吉尼斯世界纪录、世界纪录协会、上海大世界基尼斯、切尼斯中国纪录。这四家机构的创办人分别是英国的啤酒商、广州的医药营销人、上海的游乐场老板、河南的强直性脊柱炎患者。前两者负责记录"世界之最",后两者负责记录"中国之最"。

中国出了个切尼斯

河南省洛阳市九都路华林新村5楼的一个屋里。

46岁的单身汉张大勇嘀嘀嘀摁了一通电话,切换了子母机,喘着粗气把身子从沙发挪到床上。

"先问你个问题,街上卖的那种普通毛笔,你沾一次墨,沾饱墨,你能写多少个字?"切尼斯中国纪录创办人张大勇在电话那头吊《新周刊》记者胃口。

"不到10个字吧。"

"不到10个字？河南的一位银行家，控笔能力很强，他沾一次墨写了1496个字！"张大勇说的是中国金融书协副主席、河南省书协副主席计承江三年前在郑州创下的切尼斯中国"字数最多一笔书法之最"，当时，计主席用普通毛笔蘸了一次墨，在2.3米长、0.5米宽的宣纸上意断笔连一气写下20首毛泽东诗词，共1796字。张大勇记错了。

张大勇创立切尼斯中国纪录至今，申请者无数，通过仅600余项，其中以琴棋书画、诗词歌赋、笔墨纸砚居多。除了计主席，他认为拿得出手的"切尼斯纪录"还有，2008年，中石化齐鲁分公司机关党委办主任孙绍君的奥运献礼作品，在一所中学的足球场上，孙主任花五个多小时、费墨260公斤，在一块2008平方米、总重450公斤的中国红高档涤棉布上，写下一个大大的"寿"字。

"2000多平方米，那得用多大的笔来写啊？"

"他那个笔，说得难听一点比拖把还大。"张大勇在笑，"呵呵，用拖把可能不太雅致，用的是超级毛笔，超级大毛笔。"

1983年，张大勇上高一，强直性脊椎炎病发，只能弯腰走路，到1991年，他瘫痪在床只剩双手能动。张大勇至今干成了两件事，一是搞寻人网，一是搞切尼斯。

上世纪80年代，他喜欢上中央电视台引进的一套《吉尼斯世界纪录》集锦节目，但他惊讶地发现里面居然连"中国四大发明都没有"，于是决定自己动手收集中国纪录。那时网络并不发达，各地报纸采用的多是新华社通稿，张大勇从《人民日报》、《河南日报》、《中国青年报》、《光明日报》上做剪报，"光中国最大的西瓜，我就收集了三十多条消息，最后只留下最大最重的那条"。

这些资料，张大勇抄了27本稿纸，整理成一本10章97节、50多万字的《切尼斯中国纪录大全》。切尼斯（Chinness），意思就是中国（Chinese）的吉尼斯（Guinness）。"吉尼斯世界纪录是奥运会，切尼斯中国纪录就是全运会。"

张大勇想学《吉尼斯世界纪录》出版《切尼斯中国纪录大全》，他找了国内80多家出版社，出版社开价3万元，他出不起钱。

1996年，张大勇瞄上了金庸和他的香港明报出版社，他给金庸写了封信，"他们来了信，说很感兴趣，也没提钱的事，我挺高兴，就把书稿寄了过去"。他记得邮件有2.3公斤重，光保价就花了200多块钱。不巧的是，正赶上香港回归，第一、第二、第三任编辑先后移了民，书稿撂在香港三年没人理。张大勇又拿笔给特首董建华写了封信，才成功讨回书稿。

这只不过是张大勇遇到的一个小麻烦，一个更大的麻烦是，2010年，吉尼斯找上门来和他打起了跨国官司，好在美国法院裁定中文"切尼斯"与"吉尼斯"并不相同，不存在侵权，驳回了吉尼斯的诉讼申请。

习操和他的世界纪录协会

习操是世界纪录协会的创办人，他的上一份工作是香港某医药保健品公司驻广州的广告营销经理。

习操自称是"中国驻南斯拉夫大使馆被炸时游过街的热血青年"，创办世界纪录协会完全是出于"一腔热血"和"民族使命"。2008年，北京奥运会火炬全球传递在法国遭遇阻挠，习操和湖南商学院的一位教授花400英镑，向英国吉尼斯申请北京奥运会火炬传递为"传递人数世界之最"（2万余人）、"持续时间世界之最"（130天），但吉尼斯以政治原因予以回绝。一年之后，习操和教授惊觉中国缺少一个"自己说了算"的世界纪录，于是在香港注册成立了世界纪录协会，"大家都是商业机构，但最大的不同是，吉尼斯代表的是西方价值观，我们代表的是东方价值观"。

他举了个例子，今年春节，西联汇款专门给华人做了一个比人还高的大红包，并向吉尼斯提出申请，得到的答复是"我们只记录世界上最大的信封，不记录最大的红包"。习操说："西联汇款香港公司后来向我们提出申请获得了通过，还在福建搞了个活动。"

习操的办公室在广州市海珠区的一个创意园，创意园隔壁是停满大货车的物流站，他的办公室有半个篮球场大，墙角因漏水发泡，办公桌上摆着三匹嘴衔硬币的金骏马。就两人，除了习操就是前台小姐。

《新周刊》记者见到习操时，他刚给河北沧州一尊100吨重的铁狮子发完证回来，紧接着又要去江苏张家港给世界上最大的一口江鲜锅发证，随后还要去云南德宏州给世界上最大规模的傣族象脚鼓舞蹈发证。每跑一趟，他大约能获得6000元的车马费。"以前酒香不怕巷子深，现在人人都要眼球经济，推广地方景点、企业商品、个人品牌。"

两年来，习操手里发出200多个证：一个是上海世博会上一块1万平方米的LED显示屏；一个是一把2米多长的手工桃木宝剑；一个是一双能放在手指甲上的小绣花鞋；一个是能单指勾杆做八九个引体向上的公务员……

习操说，他的教授合伙人负责在后台做资料收集、数据分析，他则以"高级认证师"身份四处活动。他把自己和吉尼斯的竞争当做是"民族企业"百度和"西方企业"谷歌的竞争，他的目标是未来三到五年，在中国影响力超过吉尼斯，并走向世界。

吉尼斯，基尼斯？

上海一家报纸的记者写了篇稿，本想表扬一下上海大世界基尼斯，结果却把"基尼斯"写成了"吉尼斯"。

时常会有人分不清"吉尼斯世界纪录"和"大世界基尼斯纪录"。

张大勇甚至还在切尼斯官网开辟了"真假吉尼斯"、"曝光基尼斯"专栏，他用问答体自问自答："记者：上海大世界所颁发的假吉尼斯证书的庐山真面目已被媒体揭穿，怎么还有人拿着上海大世界所颁发的假吉尼斯证书到处炫耀呢？答：因为他们觉得假世界名牌比真中国名牌级别高，可以满足自己的虚荣心。"

为示澄清，上海大世界基尼斯总经理、总策划王以卓召集近10名员工围坐在上海办公室的小会议室里，向《新周刊》记者演示PPT。

PPT显示，上海大世界基尼斯创办于1992年。"当时受英国吉尼斯启发，大世界游乐中心决定做擂台，搞中国之最，全国游客都可以上台比赛喝啤酒、颠球、自行

2011年4月1日，上海大世界基尼斯总经理王以卓（中）和他的同事们。因"吉"、"基"相近，更因两者曾有的合作关系，许多人至今分不清"吉尼斯"与"基尼斯"，并误以为大世界基尼斯颁发的是"世界之最"。

车定位。"王以卓强调，"我们是国企，先归上海市团委，2009年改制后归上海文广（SMG）。"

PPT展示着基尼斯曾给航天员、中科院院士、武警、女兵、鸟巢、上海世博会颁发的证书，也展示着从原文化部副部长到医学专家、法学专家的强大顾问专家团队。

王以卓称，1994年夏天，上海大世界基尼斯与英国吉尼斯在香港签订了中国区代理协议，合作期限3年，届满顺延，直到2000年7月期满结束合作关系。但他以手边没有为由，并未出示这份协议。

"当时网络不发达，我们的主要工作就是把中国人提交的材料转交给吉尼斯。"王以卓手指屏幕，上面显示"1992年至今2万余项申请，颁发证书2502项，申报成功率约10%"。

大世界基尼斯与英国吉尼斯曾经有过的合作关系以及极其近似的名字，时常让人摸不着头脑。

CCTV《今日说法》曾报道，2002年，北京市的张迪坐着直升机从80米高空蹦极，为的是拿到直升机高空蹦极吉尼斯世界之最，但他误以为基尼斯就是吉尼斯，于是向上海大世界基尼斯总部提出申请，最终发现"上当受骗"，便以商业欺诈将基尼斯告上法庭。当年，上海大世界基尼斯工作人员名片、申报合同上赫然印着"GUINNESS"，但申报合同中有一条印着"大世界基尼斯之最即为中国基尼斯之最"，张迪最终输了官司，和他一样被误导的还有许多人。

至今，上海大世界基尼斯的申报合同上仍保留着"大世界基尼斯之最（中国之最）"的字眼，但在奖牌上和进行公开宣传时，"中国之最"的字眼却巧妙地消失了。

"我们一直做的就是中国之最，从来没有世界之最，"王以卓指着墙上的一张地图，"你看，我们这只有中国地图，没有世界地图，是吧。"

交钱来！认证快！

2002年12月，辽宁教育出版社成为吉尼斯世界纪录的中国唯一代理商，出版社编辑部一位工作人员称："3年前，我们的合作关系已经结束。"

当时编著《吉尼斯世界纪录大全》的一位女编辑吴晓红，因为英文利索、善于交际，索性离开出版社，成了吉尼斯世界纪录驻中国的唯一一名认证官。有报道称，"吉尼斯纪录的认证官全球只有7人！中国姑娘吴晓红，是其中唯一来自英国本土之外的认证官，也是7人中唯一的女性！"

吉尼斯世界纪录创办于1955年，当时据说是英国吉尼斯啤酒公司的老板在一次狩猎聚会上与人发生了争论：欧洲飞得最快的鸟是哪种？是松鸡还是金鸻？啤酒老板意识到，应该出一本书来解决类似争议。《吉尼斯世界纪录大全》因此诞生，至今以37种语言、在全球100多个国家累计销量达1亿册。

目前，吉尼斯世界纪录在中国只设了一名女认证官审核网络申请材料、出席颁证活动，再无代理公司。

2006年，CCTV与吉尼斯合作，推出一台《正大综艺吉尼斯中国之夜》的节目，重燃国人"打破吉尼斯"的热情。有报道称："截至2005年，在吉尼斯世界纪录的保持者中，中国人尚不足100人。但在吉尼斯中国之夜的舞台上，诞生了近200项新世界纪录！更重要的是，短短2年时间，在吉尼斯世界纪录的数据库中，纪录保持者中新增了100多位中国人！这是一个令人惊讶的数字，更是一段中国人前行的发展史。"

无论是吉尼斯世界纪录、世界纪录协会、上海大世界基尼斯还是切尼斯中国纪录，都是商业机构，收取"世界之最"、"中国之最"申报费及现场颁证费是其主要利益来源。

吉尼斯声称"免费"，但需要你等上4到6周才能回复，所以它强烈建议你走"快速通道"，付400英镑，3天内可复申请，再付300英镑，3天内可审核材料，现场出席费用另议。世界纪录协会称，审批不过不收费，公益项目免费，快速通道1000元初审、3000元审评、800元出证，现场出席6000元。上海大世界基尼斯申报费，个人项目600元，单位项目900元，审证费4200元到32000元不等。切尼斯中国纪录开出的价码是商业项目收费5000元到1万元。

不要李一闭气，不要老中医辟谷，不要医院打结石

吉尼斯官网称，这个世界上拥有吉尼斯世界纪录最多的人是阿什里塔·弗曼，他拥有倒骑自行车，娃娃跳最远距离，下巴上支撑最多玻璃杯，24小时最多跳房子游戏及娃娃跳登上加拿大多伦多电视塔用时最短等多项纪录。

大世界基尼斯早年差点被一个"意念烧纸"的人给骗了，后来又遇上声

称从东方明珠上跳下来不死、能让金融大厦倒立、被枪打不死的人，如今明确声明拒绝李一闭气、老中医辟谷、象形、伪气功和意念发功。

世界纪录协会有个"十不收"：一不收违背东方价值观的项目；二不收违反所在国家和地区法律的项目；三不收无意义的浪费人力财力物力的项目；四不收以青少年学生人数为纪录核心数据的项目；五不收反映医疗效果、药品效果、保健效果、整容效果类项目；六不收股票、彩票、测字等预测类项目；七不收有损身体健康项目；八不收有不可预测潜在危险的项目；九不收封建迷信项目；十不收"三俗"类和其他古怪猎奇项目。"我们很注意导向问题，"习操说，"西方机构解胸罩最快、脸上扎针最多、眼睛喷牛奶、关房子不吃不喝不睡的项目，我们坚决不收。"

中国人创世界纪录，最擅长人海战术，张大勇咳嗽几声："这个被专家、媒体、老百姓无数次诟病了，你说现在中国十几亿人大家一起睡觉，是不是世界之最?! 大家一起吃早饭是不是世界之最?! 人家一起骑车出去、一起洗澡是不是世界之最?!"

苏州人为什么爱建博物馆？

文/金雯

苏州砖雕博物馆的馆主孟强指着自己院内的砖雕门楼说，别处的砖雕门楼都是朝外的，用来向外人炫耀财富和工艺，只有苏州将精美雕刻的那一面朝向里面，这就是苏州的仕隐文化。

在苏州的斑竹巷、梅花新村、封肃里等小巷中隐藏着50家民间博物馆，与游人如织的苏州博物馆不同，多数冷清而不为人所知。它们在螺蛳壳里做道场，以各自的方式安静地生存着。它们甚至与这个城市的"做强做大"没有多少关系，也没有被纳入"文化产业"的扶植项目中。它们只是通过藏品，通过自己的生存境遇，用私人的角度，记录着关于一座城市兴衰的蛛丝马迹。

"铲地皮"、古玩商、博物馆主的生态链

苏州民间博物馆的馆主有不少是古玩商起家，他们蛰伏于苏州城内的大街小巷，偶尔还做一些丝绸、家具等生意。藏品来自本地，多数是钱币、砖雕、木雕、奇石，江南特色的帐钩、香炉、瓷瓶等杂件，早期的货源很大一部分来自"铲地皮"。"铲地皮"是收旧货的行话，就是走街串巷淘旧货并与旧物主人谈价的人。

砖雕博物馆的馆主孟强给记者看手机中"古"字开头的联系人，其中有"铲地皮"，也有古玩商，将近百人。他说，这是他十几年在这个行当的积累。五到十年之后，"铲地皮"都会消失；老百姓已经被"鉴宝"这样的节目启蒙过了，不会轻易出手家中的旧物；但是将来会有古玩经纪人，会记得多年前的交易状况，当时的价钱，谁买了，由谁卖出的。

在苏州，民间博物馆的馆主的收藏时间一般在二十年左右，起步早，才能积攒下好东西。目前民间博物馆也感受到了收藏繁荣的压力，扩充藏品需要的资金越来越多。孟强翻出前一天朋友给他发的短信，齐白石的《松柏高立图》以4.255亿被拍走。他说："这些都是我们玩不起的。"砖雕也越来越难收，运气好的话，一个月能遇上一块。

孟强不肯透露砖雕的收购价钱，他还是害怕被哄抬价格。如今古董跟股票一样，庄家出没频繁。孟强解释说，比如，一个人是保利国际拍卖公司的，另一个是荣宝斋的，两人见面商量炒傅抱石，就分别叫手下去收200张。在拍卖市场上先放出20张，互相叫价，10万的一定要拍到20万，然后再丢30张，每张拍到50万。半年下来，傅抱石就可以炒起来了。但是量小的是没人会炒的，比如砖雕。只是物以稀为贵的道理还是存在的。

所以，孟强开始收藏石雕了，他认为两三年内，古石雕会在市场上越来越稀罕。花窗数量很多，因为旧时每户人家都有，但是石雕只有园林造到一定规模才会有，总体上数量就不多。再加上这几年中国的新富阶层开始大规模造园，很多都被安放大户宅院中，古石雕在藏家手中的流通，将会越来越少。

拆迁兴收藏

城市拆迁曾经是"铲地皮"、古玩商入货的好时机。1992年，苏州古城经历了和平时期的一次大变动。古城的东西两端分别在兴建苏州工业园区和苏州新区，但是却没有一条贯通东西的主干道。干将路道路拓宽工程便提上了议事日程，干将路有3.5公里在古城内部，涉及拆迁的有8000户人家，30万平方米的建筑物。

桃花坞古丰阁民俗馆馆长蔡晓岚的第一堂六扇、全品相清代银杏木雕花窗便是这个时候发现的。他跟随"铲地皮"去居民家收"旧货"，偶然被老房子的精美花窗吸引，那时候的花窗多数被住户糊上了花花绿绿的月历纸，上面还刷了石灰水，一层层剥开才能看到古门窗令人惊叹的细致做工。

苏州旧时大户人家做家具通常都是连住宅门窗一起定做的，苏式门窗也吸收了"苏作"家具不作髹漆，保留天然纹理和色彩的做法。苏州本地的匠人很多都读过四书五经，不同于后期"京作"家具造大车、盖房出身的工匠，有诗书底子，以工艺精良著称。清代之后，南洋的进口木料被贸易口岸广州所垄断，苏州家具原料匮乏，惜料如金，也让工艺更加精深。蔡晓岚曾经听老师傅说，一件家具做完，地上只留一堆木屑，连根牙签料都找不出。

"当年，一个工人的人工在20—30元，我买一扇窗大概也就是100—200元，但是你让一个工人花费5天是做不出这么精美的花窗的。"这就是蔡晓岚作为仿古家具制造商的一个算计。不想这个算计却为他攒下了3000多扇古花窗。上世纪90年代初，花窗是没人要的。从老房子搬到新公房的苏州人将旧家具、门窗视为旧货，半卖半送地处理掉。苏州的旧家具、门窗被打散了装成一捆一捆，用集装箱装到广东东莞，再运到香港，有些流落到全世界。苏州砖雕博物馆的馆主孟强说，他曾经听同行抱怨，苏州一度连像样的明代黄梨木椅凳都找不到。到了2005年之后，古花窗、旧家具就很难收得到了。蔡晓岚说："现在一副花窗开价几十万的都有，范曾的侄子跟我买，我都不卖。"在他的库房里，很多花窗上都贴着"非卖品"的标签。

苏州古城的拆迁曾经让蔡晓岚的藏品数量大增，现在他自己也要面对拆迁问题了。平江区要在花锦村搞开发，蔡晓岚的仓库要被拆掉，他说自己难以找到合适的地方存放这3000多扇的花窗，已经在此当了两年的钉子户。现在四野都是荒地，仓库里凌乱叠放着的3000多扇花窗，实在不适合参观，但3000多平方米的规模倒更显出博物馆的气魄。

面对拆迁压力，蔡晓岚放出话来："这些花窗捡起来不容易，实在不行，我把它打翻了。""打翻"是指将这3000多扇花窗卖出去，在1997年，曾经有国外的商人想全部收购，但被他拒绝了。这件事蔡晓岚跟很多媒体说过，媒体一般也会这样升华的：卖掉这些花窗就是卖掉苏州几千年的文化。

坊间有高人指点他要沉住气，不必像一般拆迁户一样去闹，静静待在原地就是最大的筹码。他们的看法是，即便真的闹，蔡老板也闹不出个什么名堂。当然，也有人说他心大，想要七八千平方米的规模，地价要多少钱？该把它放哪里？今年1月，根据苏州市区52宗地块公开拍卖出让的情况，苏州市区的地价平均涨幅在57.4%。古董值钱，地也很值钱。

受困于场地的不止蔡晓岚一个人，斑竹巷内的苏州历史货币博物馆是馆主金国标的一处私宅，只有20平方米，这里也即将要拆迁，未来是观前街的休闲文化区。年近七十的金国标倒是没有要土地，他想的是政府能拨点钱下来，资助他找一个好一点的展馆。目前20平方米的展馆在一片老民居中，没有任何防盗措施。金国标连"苏州历史货币博物馆"的牌子都不敢挂出来，害怕挂牌子招来梁上君子。"人家以为博物馆里有好东西，进来偷走了，也就是几个钱币，可能也卖不了几个钱，还要害人家进监牢。"

在社区开博物馆好过开麻将馆

苏州民间博物馆的馆主也不都是焦头烂额状，"天晓得民艺博物馆"的馆主许逊便是个逍遥派。他的第一个古玩店开在皮市街，之后，据说苏州的每个城门都有他的店。他经常去朋友皮市街的茶叶店喝茶，顺便吃一碗潘玉麟糖粥。生活基本都是上午喝茶，下午泡澡。他说，民间博物馆都不是借了高利贷来做的。

"天晓得民艺博物馆"建在苏州工业园区的梅花新村。许逊说："大队书记跟我是朋友，总是跟我唱高调，我听烦了，全国的GDP跟你没什么关系，你把自己村里那一群人搞祥和了就是最大的贡献。"许逊说自己收藏的那些帐钩、皂缸总要找地方存放，300平方米做个样板，让周围的居民有空来随便看看，总比建社区麻将馆强。但是后来政府换届了，就没人管了。所以，展馆的后半部分建得有些潦草。

在苏州工业园区建成之前，梅花新村所在的娄葑镇是苏州的"水八仙"的供应地，茨菇、茭白、水芹、荸荠、莲藕、芡实和红菱都产于此，如今湖荡风情早已经消失。水泥马路、轰隆隆的汽车声、修建于90年代的新村公房，跟所有回迁农民的小区一样，梅花新村带着城乡结合部的味道。

但是，许逊总是强调梅花新村依然保留着的水乡风情，不是古镇游的仿古建筑、小桥流水，而是梅花新村的老居民。在粗糙的公寓房外，在胡乱种着蔬菜的花坛旁，三三两两地坐着包着头巾、扎腰裙的老妪，她们依然保留着许多老苏州的记忆。当她们看到"天晓得民艺博物馆"内某个苏州某位名医诊室的牌匾时，会感叹："以前去过那个医生的诊室，就是在养育巷的后面。"

许逊说："让看的人从中得到悲伤或者怀旧，带来心情变化的东西，民间博物馆的作用就在于此。贝聿铭设计的苏州博物馆冷气很足，也很好看，是苏州的标志性建筑，但心理上草根百姓还是有点距离，不是隔壁的阿爹阿婆敢去的。"

出门时，许逊指着博物馆的木质花窗式样的防盗窗说："你看，我的防盗窗是不是有点飘逸？我不怕被偷，即使被偷了，东西也还是在民间。"对于外在支持，许逊也看得很淡，"什么国家拨款，国家又没要求你做，你今天能开博物馆，那证明你衣食无忧。如果你衣食有忧，开什么博物馆，那是卖弄。捐给国家或者卖掉，让有能力的人去保护。他们有人拉我呼吁扶植民间博物馆，我不干的。"

民间博物馆是城市的社交场所

含德精舍艺术品私藏会馆在一片竹子掩映中，有一道小门可进入，门口有指纹锁，目前能开这道锁的就是含德精舍的40个会员。股东之一的蒋先生说，整个建筑被摄像头和红外线包围着，一只老鼠都进不去。

某些民间博物馆已经成为城市中的高档社交场所。含德精舍的前身是游艇会，酒窖、餐饮等设施一应俱全，游艇的新鲜劲过去后，本地那些玩得起游艇的人逐渐意识到江南的古运河内不适合玩游艇这样的水上活动。政商圈子也还是抗拒这类过于招摇的娱乐项目。在一个临水建筑中，赏玩古董、交流投资心得并顺带联络情感是比较恰当的。

含德精舍的会员多数只有五六年的收藏经验，而且以杂件为主。"都是各行业的精英，我们有门槛限制的，人数控制在40人以内，有严格的会员制度。"含德精舍艺术品私藏会馆董事长丁雪明说。但这里又不叫会所，"现在连洗脚城都叫会所了"，含德精舍是"会馆"。丁雪明说自己之前是从事房地产的，现在他名片上印着"德翰文化艺术产业发展有限公司"。

在含德精舍艺术品私藏会馆开业后的第二天，就有市民上门想要参观，因为报纸上说了此地是博物馆，博物馆就该对公众开放。几个股东开始头疼了，他们商量应该要有一个程序，需要制作门票，领票要有身份证，还得有一定人数限制。蒋先生说："故宫还能被盗呢？我们安保做得再小心，也没有公立博物馆的完备。"他所说的小，是指博物馆的面积有200平方米，其实这样的面积在苏州的民间博物馆中不算小的，灯光、陈设、讲解都是少有的专业。目前主要的藏品来自几个爱好收藏的股东，其中便包括丁雪明自己收藏的香炉。

相对于公众的热情，倒是名人效应更让含德精舍的股东们兴奋，丁雪明回忆开业当天的盛况："苏州本地的领导、收藏名家、业内人士都到了。郎咸平还派了他的公子，他公子在做一个基金，我跟他交流了一下，将来博物馆肯定也是基金会运作。过一阵，还要请郎咸平和收藏家来一次对谈，讲讲收藏与投资。"

中国财富的翻云覆雨手

新世纪的中国人从"藏富"年代走向了"创富"年代，GDP、CPI、创业等和财富相关的词汇正在刷新社会的面貌。财富衡量一个国家的硬实力，也成为普通人的成功学标准，中国人的经济生活因此变得生动和丰富。

民营企业和国有企业的博弈、房奴和房地产商的抗衡、人民币和美元的纠葛、创新和垄断的矛盾，这些故事在过去数年间和普通人产生了越发密切的关系。经济已经成为人们生活的重心，它的任何动静都能引起蝴蝶效应，这种效应不可避免地波及到每个人的日常生活，它带来的滋味如人饮水，冷暖自知。

2000—2010：中国财富的翻云覆雨手

文/叶檀

过去十年，是中国经济喧嚣的十年，旧的价值体系和产业模式被打破，而新的体系和模式尚未建立，一切仍在争议中前行。创业、投资、房价、CPI、垄断，是这十年的关键词，中国人的生活也因经济的狂飙而无法慢下来。

过去十年，是居民资产性收入受到政府鼓励登堂入室的时代，是创业盛行的时代，也是资本市场内幕交易泛滥、财富不公平分配的时代；这是让人无奈的垄断时代，也是令人欣慰的经济大发展时代。

第一章：房地产之原罪

房地产是帮助中国经济走出1997年亚洲金融危机的功臣之一，但2000年后很快沦为社会各界万箭齐集的靶子，绝望地收获垄断、暴利、民意对立等等跳蚤。

市场化的失败

房地产与教育市场化、医疗市场化一样，是中国市场化失败的典型行业。房地产背后纠缠的垄断基因，存在的利益输送，在决策之时的投机取向，与教育、医疗行业毫无区别，如果说教育、医疗是公共资源滥用下的伪市场化，房地产业则是一级土地市场垄断下的伪市场化。从房地产到教育、医疗，三大产业的市场化走过了同样的投机之路，在2004年、2005年以后，同样面临再次转型的痛苦抉择。

房地产市场化全国性的急剧膨胀始于1998年开始实行的房地产改革。这并不能证明房改是错的，但在房改中深植下的投机基因大错特错。也许是历史的巧合，房改之年恰逢中国经济紧缩之年，需要拉动内需之年。反过来也可以说，如果亚洲金融危机，没有拉动内需这把火，中国房地产改革的全面市场化不知道会拖到何时。1997年、1998年，东亚与俄罗斯金融危机相继爆发，亚洲深受其害，中国为兑现维持人民币汇率不变的承诺，导致出口受到冲击，必须靠扩大内需、提振经济来渡过难关。房地产拉动了内需、刺激了经济只是小成功，最大的成功是让地方财政牢牢地捆绑在了土地财政上，使其成为房地产行业的中坚力量，以为商人群体可以左右一个重要市场，是对中国经济生态彻头彻尾的误读。

按照著名学者袁剑先生提供的数据，从2001—2003年，地方政府的土地出让收入为9100亿元，约占同期全国地方财政收入的35%；而1998年不过区区67亿元，从2001—2003年发行的国债总额仅为9300亿元。不仅如此，土地出让款此后年年高升，2004年全国土地出让金高达5894亿元，占同期地方财政收入的47%；2005年，全国财政收入首破3万亿，在国家收紧"地根"的情况下，土地出让金总额仍有5505亿元，是财政收入的1/6强。相当一部分地方财政的各种预算内外土地收入比重在50%以上；2006年，全国土地出让总收入为7677亿元。在许多地方，土地收入已经占到地方财政收入的一半。土地出让收入成为地方政府的第二财政，成为地方财政的支撑，有效地弥补了分税制后地方财政收入的不足。在创新能力、中央与地方税源分配并不公平的情况下，地方官对于土地财政的心理依赖可想而知。

在整个房地产的建设、交易的过程中，政府税、费收入占到了房地产价格的30%—40%左右。如果再加上占房地产价格20%—40%的土地费用，地方政府在房地产上的收入占到整个房地产价格的50%—80%，房价如何能不贵？而在欧美国家，地价、税费相加大约只占到住房价格的20%。政府也是法人，没有谁会面对如此省事的"容易钱"不动心，地方转型成本、官员的小金库就靠土地。错误的公共财政、错误的激励机制才是房地产市场畸形发展的罪魁。

说不清的房产税

房地产税费问题更是扯不清的话题。房地产税费已成为抑制房价的常用武器，通常出现的情况是，政府税费大增而市场房价大涨，这给信奉房价上涨是因为打压不够的人提供了更多的理由，游说税务部门源源不断地出台新的税收政策，政府也乐得照此行事，反正所有的税费最终由购房者一方承担。中国涉及房地产业的税种有9个，中央政府出台的收费项目有20多种，地方政府出台的多达几百种。2008年3月8日，全国政协委员、河南省工商联副主席王超斌与10名全国政协委员联名提案《关于减少政府收费环节，遏制住房价格上涨的建议》中提到，房地产开发商需要缴纳50余项的费用，涉及约25个政府部门，总体费用占到开发成本的15%—20%。

我国房地产三级市场上的税收几乎是世界上税负最重的，土地增值税从30%—60%不等，实行四级累进税制，税率为3%的契税，税率为5%的营业税（单位和个人转让房屋按"销售不动产"税目计征营业税），税率为营业税7%的城市维护建设税，税率为3%教育费附加税，税率为0.5%的印花税。房屋销售所得税有两种，在核定征收方式下的应纳税所得额为房屋转让收入，核定征收率为1%；在查实征收方式下的应纳税所得额为财产转让所得，即转让收入额减除财产原值、合理费用和缴纳相关税费后的余额，税率为20%，后按折算计在累进税率为5%-45%的个人所得税中征税。上百项税费使房价居高不下，成为稳定的税源。

2009年3月，全国两会召开期间，全国工商联在全国政协会议上递交了一份《我国房价为何居高不下》的大会发言，以此方式为房地产开发商暴利翻案。

全国工商联房地产商会发布了自己的统计数据，他们在2008年就全国9个城市的"房地产企业的开发费用"进行调查，显示在总费用支出中，流向政府的部分（即土地成本+总税收）所占比例为49.42%。其中，三个一线城市中，上海的开发项目流向政府的份额最高，达64.5%；北京为48.28%；广州为46.94%。调查还显示，房地产项目开发中，土地成本占直接成本的比例最高，达到58.2%，为最主要的组成部分。2007年重庆全市有一半的财政收入依靠房地产税收，达到400多亿元，有统计显示近3年来上海仅通过土地批租就进账了近千亿元，地方政府浮出水面，成为房地产利益链中最大的受益者。房地产开发商的代表者以数据证明了谁才是真正的获利者，房地产业的失陷将会导致怎样的后果。

上海市市长韩正对此数据不予认同，表示"全国工商联的数据肯定有误。上海在旧城改造中是免收土地出让金的"。但一直没有直接的公开数据让大众审视。只有2004年和2005年，上海市曾在当年财政收支概况中披露，全市房产税完成分别为27.08亿元、增长20.8%和34.1亿元、增长25.9%，除此之外的年份，官方统计网站上并未披露相关数据。可以明确的是，上海市地方财政收入与房地产行业被绑在了一起，上海房地产市场空前火爆的2007年，全市全年地方财政收入2102.63亿元，比上年增长31.4%，高于其他年份10%-20%。

弥补地方财力不足是一个方面，围绕房地产业的巨大黑色收入更是致命的诱惑。灰色利益在地方政府、官员、房地产商等所有权势集团之间分配，开发商利润的多少视距离地方核心权力层的远近而定。按照一位投行经济学家的估计，房地产商的自有资本回报率可以达到500%。中国的房地产商曾经是中国所有商人群体中最潇洒、来钱最容易的一族，与国外成熟房地产市场的开发商完全不同，国内的房地产商是公关先生，是资本玩家，是抽取银行资金的老千，是从土地批租到销售链条之间的中介机构，却不是市场意义上的房地产商，顶多是房地产创意策划和住房销售，却获得了远比房地产金融、整个建筑业和房地产服务业等整个产业链加起来大得多的超额利润，这算哪门子的市场？

第二章：国进民退大讨论

敏感的社会大讨论是社会变迁的风向标，前30年建立改革合法性根基的效率论被公平论代替。

郎咸平的蹿起

第一次国资流失讨伐战在2005年达到高峰，郎咸平对国有资产流失的声讨激起巨大的声浪，大部分民众激动地支持郎咸平先生，反对国有资产流失，并以亲身经历的种种具体事例为之作注。虽然郎先生以其海归身份对于国有企业的认识实属肤浅，他认为国有企业不缺乏效率而是缺乏信托责任，只要引进英国国有体制就万事大吉，这让所有经历过国有企业一统天下时代的本土人士和熟知欧美国有企业改革历史的人嗤之以鼻，但他反对国有企业资产流失的坚定态度，却让他赢得了英雄般的喝彩。

第二次讨伐来自市场草根阶层对市场派经济学者的讨伐，举凡吸引眼球的经济学家大部分都享受过被扔臭鸡蛋、烂番茄的待遇，其中尤张维迎与茅于轼诸人为甚。这一次讨伐同样以草根人士大获全胜而告终，经济学界所支持的效率至上而后解决公平的观点遭到唾弃，此后在房地产市场、国有企业改革等各个方面，效率再也不是考虑的唯一指标，甚至不再成为主要指标，这样的结果显然是在为国家经济主义添砖加瓦。

这两次讨伐战其实是一回事：如果不是第一次讨伐公平派的胜利，不可能引出对效率的质疑；如果没有对已有改革指导理论的质疑，也不可能出现第一次的讨伐战。敏感的社会大讨论是社会变迁的风向标，前30年建立改革合法性根基的效率论被公平论代替，显示社会发生深刻的裂变。公平与效率，本不应矛盾的矛盾体、本不应对立的冤家，却成为势不两立的仇敌。出现如此异常的现象，只能说明原有的路径偏差太大，社会处于纠偏的关键时刻。

郎咸平2005年对"国退民进"的抨击，以及提出的中国国有企业缺乏的是信托责任、市场经济的立足根本是信托责任制这样的论调，引发应者云集，舆论对于MBO一边倒的抨击，说明中国尚不具备或已经丧失了国有企业产权改革的时机。或者说，国有企业产权改革存在的权贵侵害公众利益的严重性，已使原有的国有企业改革模式难以为继。意在让中国改革更加公平的郎咸平，一度成为央企的代言人，他所说的"一块这样的土壤引进西方产权制度，必将造成贫富悬殊，社会动荡"，与中央国资委主任李荣融高调表示的"在市场经济条件下，企业搞好搞坏，跟所有制没有直接关系，不同的所有制里都有好的企业，也都有差的企业，关键看是否按经济规律和企业发展规律办事"，竟然有异曲同工之妙。

郎咸平带来的后遗症

郎咸平的观点引发市场人士的普遍担忧，但他们无法抗衡汹汹反对之声。讨论失去了前提，也就丧失了意义。1978年的改革之所以能够启动，原因就是当时的国有企业既丧失了效率又丧失了公平。在改革持续多年后，被丧失公平权利激怒的人们再次陷入国有企业先天公平的臆想，不仅成为历史的背叛者，更让改革失去了皈依，不能不说是改革过程中的一大悲剧。贯穿改革历史的国有企业高管高薪、垄断企业高薪等错误激励机制，中国经济中的实质性问题就此被消解，遁入国有企业时代人人平等的空想浪漫主义的虚幻背景中。

但笔者作为市场派的赞成者，同样无法认可张维迎提出的国资赎买论与官员牺牲论，改革必须向既得利益手中赎买，官员牺牲大于普通民众，显失人情、显违常识的言论除了挑起论战间接为左派助威之外，对于捍卫市场经济毫无益处。如此迷幻的经济学流派，只能称之为经济学"鸦片"。左派举着维护弱势群体的人旗不顾一切为国有经济体制摇旗呐喊，而右派则因为吸食了对方的"鸦片"，丧失了理性与常识。前者更具有迷惑性，除了张维迎所说的知识约束，还应加上历史经验造成的路径约束，不少人拥戴郎咸平，并非全盘认同他的观点，他们要的只是计划经济时代的饭碗，而不要成为改革的牺牲品，利益的被剥夺者。

在此关键时刻，试图为市场经济张目的张维迎们有心无力，立场飘忽不定，对于改革约束条件的阐述固然清醒，但在最敏感的也是最为大众所关心的利益补偿问题上，却打起了"迷踪拳"。他们先是主张对权贵阶层进行赎买式绥靖，换取市场改革的进一步深入，而后在2008年又一反常态，提出均分国有股权和外汇储备，以更加极端的方式换取民意对改革继续支持。

对权贵阶层以及民意的双向绥靖，使市场派经济学既丧失了民意的支持，也丧失了学术的严肃性。均分国有股权与外汇储备在技术上存在漏洞，对历史上俄罗斯休克疗法导致的权贵经济视而不见，只能视为可悲的精神懈怠。俄罗斯改革是一场瓜分盛宴，最终退回到国有体制主导的国家资本主义经济，指出计划体制大国的改革存在极大的风险：绝对既得利益的大小决定了相对既得利益的排序，所谓绝对利益也是相对的，视手中握有的资源而定，只有相对地位上升了，这一阶层才能获得最大的绝对利益。当改革的主导权与资源的分配权都掌握在权力利益阶层手中时，他们所需要的，一是通过补偿让利益合法化，二是让补偿达到预期目标，使他们仍能高居于相对利益阶层的金字塔顶端。

没有制衡力量的绝对权力导致的不仅有绝对的腐败，还有对于利益的饕餮之胃。对付这样的胃口，制衡的办法除了约束、约束，还是约束。对权贵阶层的强力约束是迫使他们退回自己领地的唯一办法，否则，他们会圈走所有的草场，夺走所有的羊。资本市场就有典型案例，2005年中国股市几近崩盘，才换来普通投资者的对价补偿，资本市场是圈钱场所，投资者很难得到成熟上市公司的红利，更得不到新股发行的溢价，股改实在是一场倒逼出来的改革。如果将对价视作对于流通股股东既得利益的补偿，以此为例证明普通投资者是既得利益者，对既得利益集团应该补偿、尊重，恐怕流通股股东听了会吐血。如果不是既得利益群体对普通投资者的掠夺，严重到使股市接近崩溃；如果不是流通股股东用脚投票，以反向约束的方式坚定地表达自己的利益要求，这一可怜的自上而下的"赎买"政策恐怕至今难以出台。张维迎们既想以绥靖政策换取权贵与民众对改革的支持，又想以利益区分约束各个利益群体，如此书生意气，必定会在现实面前头破血流。

只有公平的分配机制，只有机会的平等，才能换得民意对后30年改革的支持，只有将公平、高效的机制以制度化的方式固定下来，沉淀为进一步改革的基础，才能使改革成为有本之木，不至于使经济建设的阶段性成果遭到滞后制度的毁灭性打击，否则，中国改革现在就无法推进。

第三章：调控之手掩盖市场之力

要拯救民营企业，必须依靠政府出手。但政府对于大型企业的救助注资雷霆万钧，对于民营企业融资难却言大于行。

小企业之困

中国每隔三到五年必有一次宏观调控。1998年宏观调控的起因是亚洲金融风暴造成了消费市场的低迷，中央政府通过启动房地产市场，激活了内需，并由此带动了重化工业的繁荣；2004年，则因为上游产业出现了投资过热景象，决策层进行了选择性的惩罚，将进入钢铁、水泥和电解铝的民营企业一一逼退，同时在短时间内控制房地产业信贷，从而实现了经济的软着陆。

无论是建立公共财政、税收改革，还是建立保障机制，都是政府的责任，社会各界呼声主要指向政府，而政府视民为子的大包大揽，加剧了全民依赖心理。拉动经济增长、带动经济复苏所需要的数万亿元人民币资金主要由政府支配，土地、能源无不掌握在政府之手——国家经济主义，这是一条中国市场人士必须直面的坚固路径。

宏观调控在中国的经济进程中一直屡试不爽，到了2008年上半年，宏观调控毫无征兆地突然失效，不待政府出手，沿海中小企业纷纷关停并转，出现前所未有的恐慌迹象。经济危机没有冲击到身穿重重政策铠甲的中国金融机构，却足以让没有任何保护的中小民营企业受到严重内伤。据中央电视台

2008年4月的调查，温州、台州地区的民间借贷，最高利息达到120%，笔者在宁波与企业主交流时得到的答案是，借高利贷是找死，不借钱是等死，制造业工厂陷入饮鸩止渴的绝境。

温州这个民营企业的重镇受到沉重打击，温州中小企业促进会会长周德文曾表示，金融危机导致温州不少中小企业生存和发展面临困境，据温州相关部门2008年12月底对温州全市25227家工业企业调查显示：开工不足的企业7347家，占调查数的29.1%；停工停产2388家、倒闭138家，合计2526家，占调查数的10%，两项相加停工半停工企业达39.1%。2008年，温州全市实现生产总值2424.3亿元，增长率为8.5%，2007年的增率是14%，增速明显下滑，改革开放30年来，温州的GDP增长率第一次低于全国、全省平均水平。

当然，温州、东莞等地的官方数据，还是让人们对中小企业的新增户数充满乐观情绪，以为情况逐渐好转，但全国工商联主席黄孟复2009年3月在重庆考察时表示，全国工商联请一些地方工商联作了调查，在开两会前，还有超过20%的中小企业没有开工。2008年调查的结果是全国的中小企业倒闭了23%，问题在于还有许多中小企业处于停产或半停产状态，这些企业以后是不是关门歇业，是个大问题。2009年年初3个月，来自欧美的订单平均减少了1/3—1/2，在2009年4—5月，中国可能至少还有3000家工厂面临倒闭。

中小企业吸纳就业人数达就业总人数的90%，我国目前50%以上的GDP、60%以上的工业生产总值、70%左右的工业新增产值、近60%的销售收入和出口额、税收的40%以上均来自中小企业，这些企业的安危决定了中国社会的稳定程度，但资源的集聚又使大多数中小企业失去扩张的动力，600多万家民营企业，银行给予的贷款不到15%，能够直接融资的只有400多家（不到万分之一）。

政府权力的再强化

国家经济主义因为经济救灾而强化，要拯救民营企业，必须依靠政府出手。但政府对于大型企业的救助注资雷霆万钧，对于民营企业融资难却言大于行。并非政府不懂得保证就业的重要性，而是以往对于民间资金的歧视，使政府面对突如其来的危机一筹莫展。

从2008年开始的经济救灾，政府支配的资源、社会对国家经济主义的认可度与权威性呈爆发式增长，欧美的政府救市政策给中国的政府干预经济提供了不言自明的合法性、合意性论证。政府出台积极财政政策与行业振兴规划，没有遭遇反对之声，从股市投资者，到各个行业的从业者，都如大旱之盼甘霖般盼望着行业振兴规划的出台。这再次显示国家经济主义滋生的文化土壤。

2009年1月9日，4万亿元人民币投资的救市方案一出，有权力划拨这笔巨额资金去向的中华人民共和国国家发展和改革委员会，变成了全中国人的目光焦点。各地政府带着项目火速进京，希望分得一杯厚羹。

盛况如何？《法制晚报》的描述是：从那一刻起，这个位于月坛南街的部委门前，便再也没有安静过。一时间，周边酒店爆满，复印店忙得连轴转，小卖部中华烟的销售量直升，4万亿元的投资计划，率先拉动了发改委周边的内需。

资金分配过程中各省市在发改委周边饭店扎堆驻扎的现象，提醒我们政府核心部门的权力已经大到何等可怕的地步。政府权力永远有自我强化的倾向，这意味着政府绝不满足于已经掌握的资源，总是倾向于扩大掌握资源的力度，将范围越扩越大。

已经确立的一条经济学原则是，积极财政政策主导下的政府投资永远无法满足不断扩张的产能需求，只有市场有这个能力。政府消费并不能熨平经济周期，人们寄希望于政府消费，是因为特殊时期的特殊需要。最终，无法改变现状的民众只能寄希望于人大、审计署、舆论、市场利益相关人士，能够善尽职守，约束积极财政政策的具体执行者。面临重大经济转型的关口，人们希望政府能够引导柔弱的经济体强身固本，从出口与投资导向型经济转变到以内需与投资导向型经济，而不是转变到只有政府投资导向型的经济模式，国家经济主义倘若一步回到计划经济时代，民意将急剧转向，从对积极财政政策的利益均沾心态转变到对效率与公平的关注，到那时，国家经济主义的解体也就为时不远了。

倾举国之力渡过经济结构改革难关之时，重温邓小平的"猫论"也许能让人释怀，不管白猫黑猫，能够抓住老鼠就是好猫；不管国有企业民营企业，只要能让中国走上富民强国之路就是好企业。

不论国家经济主义如何，既然路径依赖无法摆脱，只要能够有助于建立中国的法治经济与市场经济，只要能够扭转资源的低效配置与错配情况，我们不妨认可这是上百年中国式市场经济的历史原点，以摆脱革命、新朝轮回的历史宿命，唯有如此，中国式改良才有切入经济体的契机。以国家经济主义作为出发点进行市场化的改良，同时引导各种力量对国家经济主义进行强有力的约束，也许是目前唯一的改革路径。

第四章：呼唤公平财政

我国大口径宏观税负达到35%的水平，这已经达到高福利国家的税费负担，而中国的社会保障是高福利国家的零头。

现代财政信用的缺失

中国越往后走，改革越需要公平的市场改革。建立公平的市场改革的第一步，是建立科学、民主的公共财政体制，公共财政体制是强国之本和公平之本。从晚清开始，中国建立公共财政制度的努力屡兴屡废，李约瑟曾说，中国的变化"靠抽税而转移"，也就是随公共财政的模式而转移。没有公共财政，没有强硬的制度确保财政使用的公平与有效，民众对公平的呼吁只能沦为对清官的召唤。

2007年政府预算与2006年决算提交全国人大表决之时，同时有三则新闻见诸媒体：一是全国政协委员冯培恩发言对政府行政管理费用快速增长、行政开支浪费严重提出批评；二是自比为国家财政"看门狗"的审计署署长李金华表示，国务院正在制订"楼堂管所"管理办法，还将出台"官员职务消费标准"，以遏制官员滥用公款；三是中国财政部金融司政府贷款二处原处长邢晓明，被法院以受贿罪和巨额财产来源不明罪判处有期徒刑9年，成为继国家财政部金融司原司长徐放鸣被判刑之后，财政部又一名落马官员。三则新闻从正反两面，显示我国公共财政体制严重不完善，现代财政信用体系迟迟无法建立，政府只能靠规范或者不规范的抽税收费维持运转。

政府行政管理费用不仅长期居高不下，甚至芝麻开花节节高，因此饱受诟病。从1986年到2005年，我国人均负担的年度行政管理费用由20.5元增至498元，增长23倍，涨速惊人，而同期人均GDP增长14.6倍，人均财政收入和支出分别增长12.3倍和12.7倍。2002年，时任国家税务总局局长的金人庆撰文指出，我国政府收入的比例为，中央财政预算内税收占GDP的比例为15%，各级政府部门的规范性收费占GDP的比例为10%，各种制度外收费占GDP的比例为10%，我国大口径宏观税负达到35%的水平，这已经达到高福利国家的税费负担，而中国的社会保障是高福利国家的零头。由此造成的局面是，企业与居民宏观税负过重，社会保障迟迟无法建立，公共财政体系的尊严遭到预算外收入的破坏，"规费"常常成为部门争利处，缺乏宪政的严肃性。

正因为制约乏力，只能诉诸强制性的行政管理办法，审计署的责任因此加重一层。但审计署只是提供审计信息的政府机构，不具有相关政府机构与法律部门的约束权，长此以往，审计署的严格审计同样会异化为政府资源的浪费。

人均税费重只是硬币的一面，硬币的另一面则是税费分配的不平衡。1994年分税制改革后，中央政府的财政收入呈现爆炸式增长，从1999年的1万亿元增加到2007年的5万多亿元，这还不算各种预算外、制度外收入。2000年国家财政收入是1.3万亿元，2006年达到了3.9万亿元，是2000年的3倍，而2006年的GDP仅是2000年的2倍。2007年前三季度，全国税收收入累计完成37161亿元，比2006年增长30.8%，接近2006年全年税收收入，2008年全年财政收入达到5.4万亿元。国家税务总局计划统计司司长舒启明说，这个增长率创下了近年同期最高水平。

如果把政府视为一个整体，把政府、城镇居民、农民看成分享中国总收入的三大群体，那么自1995到2007年的12年里，政府财政税收年均增长16%，城镇居民可支配收入年均增长8%，农民的纯收入年均增长6.2%，三者中只有政府收入以远高于GDP的速度在增长。仅以2008年上半年财政收入而言，国家预算收入同比增长33.27%。企业收入不能与之相比，居民收入增长更是落后，根据相关部门公开的数据，只增长10%左右。

窥行政管理费用居高不下这个"斑"，可以推知公共财政体系这个"豹"。预决算的审核流于软约束，上亿财政拨款取决于发改委、财政部关键部门官员的一纸批文，民众既无从得知哪些是随着政府管理功能的增强必须支付的行政成本，哪些属于资源浪费，当然根本谈不上进行有效监督。财政部主管金融与政府贷款审批官员的落马，恰恰说明财政部官员位过高权过重，政府对公共财政的使用自由裁量权过大。

流向海外的财富

2008年以后，中国动用财政储备应对全球金融危机。但公共财政制度的缺失，导致我国财富积累外强中干，难以应付经济下行周期刺激经济和增加社会保障的双重考验。财政储备底气不足，在拨弄箱底时，截至2008年总量达到21.5万亿元人民币以上的居民储蓄总是被拿出来说事儿，作为最后的防线，作为提振居民消费的保障。但这笔钱不仅在不同的收入群体间分配不均，还是居民投资的储备资金，是社会保障机制不完备情况下的教育钱、养老钱、活命钱，不顾事实预花这笔储备显然脱离了我国经济发展的现状，最终会导致大灾难。政府与居民手中可以动用的真实财富并不多，如果以人均数来看远低于发达国家。

不仅如此，中国的财富以种种匪夷所思的方式流向国外，中国买什么什么贵就是一个典型的例子。据报道，澳大利亚2008年前十大富豪基本上都跟中国有业务关联，首富手上只有一个矿的开采证和矿的储量多少的证明，他们只要跟中国某钢厂签订高价供货协议，一点矿没挖直接挂牌上市，然后股价暴涨，就变成了澳大利亚2008年的首富。这是中国财富梦的澳大利亚真人秀。而中国居民手中拥有的财产性收入，主要是商品房与股票，一共40万亿元的房地产，以及经过2007年下半年开始急剧缩水之后的10万亿元的股票，而这些股票中一大半是以低价获得的"大小非"。

在经济非常时期，皇帝的新衣已经脱下。财政部提交给全国人大审议的2009年财政预算报告显示，财政赤字达到创纪录的9500亿元人民币，达到新中国建立以来的最高额度。从财政支出的分配来看印证了保持经济稳定的初衷，包括基建投资在内的中央政府公共投资占比将近10%，总数大概在7600亿元的水平，超过以往财政预算编制；2009年财政预算方案已经确定农林水务、教育、医疗、社会保障和就业、住房、文化、粮油物资储备、灾后重建、交通运输等15个支出项目，各项目支出的增长比例基本上都在10%以上。

财政赤字占GDP比例约3.1%，离3%的公认警戒线虽不太远，但加上地方隐性债务负担、社保基金缺口等，我国整体负债形势不容乐观。如果2009年财政收入能够与支出同步增加，甚至收入大于支出，财政赤字还能保持在警戒线内。从过去两年的实践看，我国财政收入增加值已经接近临界点，继续增加必然意味着企业与个人的沉重负担，而社会保障支出与行政成本还在增加，两者不对称上升。政府财政收入从2009年开始不仅难以增高，反而会随着经济冷却、土地市场低迷而下降。2009年2月16日，财政部公布了2009年1月的财政收入情况，当月财政收入6131.61亿元，比2008年同月减少1265.03亿元，下降17.1%，创下2004年以来单月财政收入的最大同比降幅。财政部部长谢旭人此前就曾表示，2009年的财政收支压力很大，最艰难的情况可能出现在第四季度。

政府在经济下行周期弥补以往公共产品投资的不足，两项困难的选择在不恰当的时期集中到一起，中国将面临经济长期欢愉之后最痛苦的时光。

雷军是不是下一个马云？
"雷军系"的高调和理想主义
文/邝新华

雷军会成为下一个互联网枭雄吗？已经有人把这高帽给他带上了。

带领金山上市后两个月就急流勇退的他，在7月份又返回金山接任求伯君董事长一职，迅即变成媒体追逐的对象。曾经说过"防火防盗防记者"的他，在这几年的天使投资生涯里，为了使自己有一个更好的心态，极力让自己保持低调。"我主要怕有时候说得不好，在媒体上出现了会很狼狈，针对我这种性格最好是什么都不说，但是什么话都不说也不行。"

雷军（右三）并不认同"雷军系"的说法，但事实是，他在自己参与投资的多家公司里都占有不小的股份。拥有投资人和职业经理人双重身份的他麾下有大批IT业的创业者。（图/由被访者提供）

一个本不低调的人，很难低调一辈子。人们喜欢将他投资的凡客诚品、UCWEB、多玩网等公司统称为"雷军系"，这个派系里的创业公司大多都到了羽翼丰满的时候，赢得了用户和口碑的丰收，"雷军系"

已经成为中国互联网公司里的一股庞大势力。去年雷军自己亲任CEO的小米科技却还在低调之中。接任金山一事把他再次推向媒体的聚光灯，似乎3Q大战以后，大家都在等待一些新鲜事。这正是雷军开始恢复高调本性的好时机。

讲理想是件别扭的事

公司56名员工投资了1100万美元，A轮融资引入Morningside、启明和IDG为主的风险投资约4100万美金，公司估值2.5亿美元——小米科技，一个创办一年零两个月的公司。这是久未面对媒体的雷军首先要灌输出来的观念。定价，这是一个商人最重要的活动。通过媒体去定价，很多时候能定个更好的价。

一个公司之所以值钱，在创始人看来，因为这是他们的理想。于是，雷军从自己的人生和理想讲起。"我压力挺大的，今天还有人讲理想好像挺别扭的。"雷军还是做了一件别扭的事情，讲述自己两年内把大学的学分修完，"席卷了武汉大学所有奖学金，这个真的不吹牛。"

然后，他搬出地球人的偶像。"我在图书馆无意看了一本书叫《硅谷之火》，乔布斯等一帮计算机业余爱好者在硅谷发起的一场技术革命……乔布斯对我的影响可能超出了大家的想象。其实80年代大家对乔布斯的崇拜不亚于今天。当然，今天的苹果也是猛得不行。"

上学时的雷军就不是一个低调的人。"我加入金山（软件）时，金山只有五个人，我是第六个，非常非常小，甚至不如我在大学创办的公司，有14个人。"雷军说，"我40岁的时候，卖掉一家公司（卓越网），上市一家公司（金山软件），投资十几家公司，好像人生所有目标都实现了。但是，做完这些我反而变得迷茫了。"

靠谱的人做靠谱的事

"小米要干什么？我正式跟大家说，小米目标就是做顶级的智能手机。"雷军说自己买过接近100部手机，"不是用来送人的"，"总有这样那样的不满意"，在迷茫之后，发现了自己的本心，是要做有"颠覆性设计"的高端手机："做了一圈的软件跟服务之后，自己回头来想我们要干这个事情。"

去年4月，他纠集了7个伙伴创办小米科技。他们曾经是Google、Microsoft、Motorola和金山等公司的高管，专业涵盖硬件、工业设计、互联网产品以及营销等领域，为的是做一部名为小米的手机。其中一个合伙人的太太很质疑雷军的举动："这个人什么都有，怎么还要干?"雷军自己也在网上看到不信任："你不就是做软件的，不就是搞了几年移动互联网，就敢干手机?"

雷军说他和他的团队都有信心，不得不有，因为他们56人一起投资了1100万美元。"这些同事表示要一起投资的时候，我有很大压力。我要创业，自己肯定得掏钱，要赔了是我的事。如果拉了这么多同事一起赔，这个日子就很难过了。但换个角度来说，整个公司一起投钱，还能监督我，省得我做什么昏庸的决定。"

这款传闻中2600块钱的小米手机将在下半年推出，如果雷军团队顺利拿到上网许可证的话。雷军说："过两三个月，大家拿到小米手机的时候，就知道我们是靠谱的人，我们想做一些靠谱的事情。"

雷军系的资产

即时通信、操作系统、手机本身，然后是一群大龄青年像玩命一样，每天工作12小时，每周熬够6天，一个小米科技装着一个世界500强的野心。

"这也是为什么金山董事会邀请我的时候，我实在没有办法接受。我忽悠这么一票人跟我一起干，突然说：你们自己干，我得回金山了。这真的情何以堪啊，我自己都开不了口。"雷军说："求总（求伯君）、张老板（张旋龙）几十次的邀请，已经弄得我没有办法招架了。我跟求总说，我没有时间。求总说，时间就像海绵里的水。我说除了小米之外，我还有十几家公司，求总说再加一家也没有关系。"

雷军最终"没有办法拒绝张老板和求老板二十年来的情谊"，接任金山软件董事长一职。成为金山第一大个人股东，占股10.3%。这是奠定雷军系的关键一步。雷军系有多少资产? 过去几年来，雷军投资的公司包括服装电子商务凡客网、手机浏览器UCweb、游戏社区多玩网、手机软件资费通、鞋类B2C乐淘、休闲游戏7K7K以及支付终端拉卡拉等十余家公司。有媒体估值约150亿到200亿美元，继腾讯、百度、阿里巴巴系之后，成为互联网江湖的第四大力量。甚至有人把他编入互联网TABLE五大玩家之列——Tencent、

Alibaba、Baidu、Leijun（雷军）、Zhouhongyi（周鸿祎）。这是两顶不折不扣的高帽，戴在理想主义者的头上却显得威风。

雷军专访："适应着被高度关注"

《新周刊》：有人说雷军系是中国互联网除了阿里巴巴、百度、腾讯之外的第四大巨头，您怎么看？

雷军：这是敌对势力诬蔑我军的干法——捧杀。我想说，不存在雷军系，我在投资之前也（跟企业家）说过，我扮演他们的朋友，主要是帮助，我都不是那些公司的实际控制人。他们只是一个雷军的朋友圈，不是雷军系，这个名字会给大家很多误导。

《新周刊》：你如何看待另一个词"TABLE"？它把你列入五大巨头之一。

雷军："TABLE"这个词我不知道谁发明的，可能也是敌对势力干的，主要是提醒前面几大巨头说，你们千万不要跟雷军合作，这小子不怀好心。这两个词都不存在。小米是很小的公司，到现在才一年零一个月，只有200人。三大巨头都是动辄好几万，我们才刚开始，所以谈不上什么巨头。

《新周刊》：你为什么那么介意敌对势力呢？在你心里谁是你的敌对势力呢？

雷军：商业上的成功最重要的，就像毛主席讲，朋友要多，敌人要少。我也不知道谁发明了这个词，把我坑惨了。过去几年我一直提醒自己，人若无名便可专心练剑，我尽可能不参加会议，认认真真做东西。我们这么小的公司最重要的是广泛结盟，愿意合作的，我们都报以开放的心态。

《新周刊》：腾讯以9亿港元战略投资金山软件，成为金山第一大股东。雷军系很多公司却和腾讯有直接竞争关系，你怎么办？

雷军：腾讯成为金山的股东，跟他们投资了我，是两回事。金山是一家上市公司，任何企业都可以买金山的股票，而且老股东配售股票是不需要董事会认可的。我在金山作为董事长，持有了金山22.89%的投票权，作为创始人团队还有很多股份。我觉得最重要的是保护股东利益，把公司做好。

《新周刊》：你为什么选择这个时间点公开小米科技的情况？外面的传言困扰到你了吗？

雷军：我们把本来8月份公布的情况现在跟大家沟通，主要是金山的事情太突然了。如果我今天不把小米（科技）这个事情说明白，可能会给市场、给小米的员工一种误解。一方面我会守护金山软件所有股东的利益和价值，帮助金山在未来竞争里面做大；另外一方面，我还需要给小米科技跟我一起创业的员工信心。这200人，放弃了原来的好工作，稳定的生活，跟我们一起6×12小时地拼命。他们自己和他们的亲属都有压力。这也是我们开这个会跟大家讲小米的主要原因。

《新周刊》：这次沟通会以后，你认为米聊还是一个低调的公司吗？

雷军：在我们今天这个体量，如果还异常低调，会让人觉得反感，很多人觉得我们在装。网上也有很多批评，我自己觉得到了这个规模以后，我们可能要适应做一个被高度关注的公司，有正常跟大家沟通的渠道，而不全是传言。

从黄金、铸币、纸币到虚拟货币
我们需要怎样的货币？

文/张坚

下载一个名为Bitcoin的软件到你电脑上，安装，然后运行，你会得到一长串看似没有任何规则的代码。继续挂机，运气好的话，你会在几个月之内得到一枚比特币（Bitcoin）。它存在于网络之上，没有多少人知道，但你可以把它兑换成人民币或者美元。当然，你可以转账。系统分配给你的代码便是你的账号。

现在，全世界的计算机已经生产出600万枚比特币，按照网络上的汇率，它们的价值在5000万美元以上——而且还在不断增值。今年以来，这个基于P2P网络的虚拟货币项目，正成为互联网行业极为热门的话题。5月份，《华盛顿邮报》在报道比特币时，用了一个颇为夸张的题目《Bitcoin、Ven与货币的终结》（Ven是另一种虚拟货币），这张报纸提到虚拟货币的影响时说，

"我们在制造和衡量价值方面所发生的变化，600年来从没有经历过"。600年前，人类开始有了系统的国家货币，但现在互联网让一切都起了变化——不仅仅是简单的支付形式，还有制造货币和计算价值的方式。

比特币

一个名叫中本聪（Satoshi Nakamoto）的人发明了比特币，但没人知道现实中的中本聪是什么样子，甚至没有人知道中本聪的性别。关于比特币的工作，中本聪全部在网上进行。2008年，他通过电子邮件发了一篇关于虚拟货币的论文，设想了比特币的未来。

1955年3月3日，武汉市发行新币的第一天，参加修建汉水公路桥的职工们兴奋地拿着旧币去兑换新币。（图/CZ）

2009年年初，他正式发布了Bitcoin这款软件，此后，比特币就源源不断地由计算机通过这个软件制造出来。

去中心化，这是比特币最大的特点。互联网提供的技术支持，使得虚拟货币的制造和发行再也不需要一个类似于美联储的货币主管机构。使用者运行Bitcoin这个软件，组成一个P2P网络。比特币就在网络上产生，接着，你可以进行转账和其他交易。所有的这些操作，都不需要你的名字。

对于持有者而言，比特币最为实际的好处可能是币值稳定。你可能在现实生活当中碰到美元贬值等烦心事，但比特币不会发生这样的情况，比特币的设计机制能够保证这一切。众所周知，我们现在所使用的货币，更多是由政府的信用担保，所以政府滥发货币，损耗的只是信用而已。但在中本聪的设计当中，比特币不会出现滥发的情况。比特币有一个明显的价值确认过程——它通过计算机的运算能力消耗获得价值。为了制造比特币，你需要不断提高计算机的运算能力。否则，即便你天天挂机，也难以获得它。此外，在技术层面上，比特币的供应量是受到控制的，在很长一段时间里，比特币不会超过2100万个。目前，全世界每小时只不过产生300个比特币而已。

乔治梅森大学的经济学教授拉斯·罗伯茨（Russ Roberts）在接受《麻省理工科技评论》采访时，谈到比特币的这种特性，"复杂的控制过程保证货币不大量生产，这是其他货币如美元或欧元所不具备的"，他预计，"随着流通中的比特币增速减慢和价值的上升，结果将可能是慢速平稳的通货紧缩"。

币值相对稳定、交易成本低、使用安全……比特币似乎具备了等价物的一切优秀标准，唯一的问题是，人们对比特币的接受度有多大？如果没有人使用它，它最终只会沉寂下去。比特币的官方网站列出了一张表，里面标记了所有可以拿比特币交易的服务，包括虚拟主机、网络电话……接受度最高的是设计服务，一大堆设计公司都可以接受比特币为它们服务。此外，比特币还可以在一些网上商店购买书籍、歌曲和游戏。

很多人并不担心比特币的未来，他们认为比特币在发展过程中，唯一需要警惕的是各国政府。在现有的金融制度下，根本无法定义比特币。如果这种货币在未来的影响力越来越大——直至和现有货币并行不悖时，那么，各国央行可能会采取极端的技术手段让这种不受管控的货币消失。目前，在流通上，比特币已经出现几分危险的苗头，因为有人用它在互联网上的毒品黑市上购买迷幻药，这种特性，或许是让它消失的某个理由。

虚拟货币的未来

你在QQ上买虚拟的衣服给别人，在开心网上买礼物给好友，除了社交，还能在网络游戏中购买"武器"，只是为了和别人在PK中一招制胜……你在虚拟世界里所有的消费，都需要真金白银地付出，但对腾讯、开心网和网游厂商而言，那些东西仅仅是几行代码。韩国最大的社交网站叫赛我网，每个人在上面都有一个跟QQ秀相似的虚拟形象，官方把它命名为"Avatra"（化身）。再也明显不过，你为之消费的对象可以是一个真正的人，也可以是互联网上的一个化身——有时候仅仅就是一个ID。

与虚拟世界消费行为相伴而生的，是各种虚拟货币，Q币、林登币、魔兽世界金币……有人对这些货币能否成为等价物的兴趣大增。的确，每年有无数人正在为这些虚拟货币打工。但问题是，这些虚拟货币的发行方是企业——它们的目的并非为了发行货币，而只是希望人们购买这些虚拟货币从而获利而已。简单来说，虚拟货币只是商品而已，它没有成为货币的潜力。倘若这些虚拟货币跨越网络的界限，到现实当中流通，那么，政府也可以很快地处理，因为每种虚拟货币都由具体的企业生产，各国的央行可以从源头上扼杀它。

比起虚拟货币，更加值得讨论的，或许是互联网上的价值衡量问题。

Q币、林登币、魔兽世界金币带给你"礼物"和"武器"，对你而言——至少对你的"化身"而言，那些价值是实实在在的，而且它们也的确明码标价。可是，互联网上一篇文章或一条新闻对你的价值如何衡量？对于新闻网站而言，唯一的标准或许是流量和评论数目。Facebook和谷歌做出了社会化推荐的尝试。Facebook在去年推出了"Like"按钮，这是一个社会化插件，只要你点击这个按钮，你在社交网络的朋友就可以看到你所推荐的内容。谷歌在今年推出的"Google+1"服务，也基于同样的原理。

2010年，一个名为Flattr的服务，试图让互联网上的好文章的价值真正得到金钱上的衡量。Flattr同样是以按钮的方式存在于网络的页面上，只要你点击就可以使用。点击这个按钮，你就会为你喜欢的文章支付一笔钱。基于注意力和喜爱性的微价值在未来会带来哪些改变？不妨设想一下。在未来你看到一条好看的微博，你不是点击转发，而是点击"Flattr"，这会给作者贡献几分钱；在Facebook上，你点击"Like"按钮，用Facebook Credit为内容直接贡献自己的虚拟货币。

当互联网上各种内容的价值，因为支付手段的发展，而得到更加完整而准确的衡量时，也许虚拟货币才会真正地大行其道——而不像现在，仅仅局限于小范围内。

回到过去

一部分人在热切地讨论Facebook Credit和比特币对现实的影响，有一部分人却试图回到过去——美国犹他州通过了让金银货币合法化的法案。这部法案是犹他州共和党议员布拉德·卡尔韦兹提出的。他说："美国人正对美元失去信心。如果政府债务让你感到疯狂，那么放弃美元现金，用金银取代。"

每个人都可以说出黄金作为货币的缺点，不方便携带、难以切割而且会有损耗……但对于真正需要它的人来说，一个理由足矣——它不会像美元一样贬值。正是因为这个原因，在金融危机之后的一段时间，美国人对回归金本位制的呼声越来越高。根据英国《每日邮报》的报道，美国明尼苏达州也在今年3月迈出推行金银币合法化的重要一步。一位共和党议员成立了特别委员会研究其可行性。北卡罗来纳州、爱达荷州以及其他至少9个州也都在起草类似的法案。美国人安迪森·维金（Addison Wiggin）在分析了黄金的走势之后说："伟大的美元本位时代即将终结。对于那些年纪不到40岁的人而言，他们所熟知的那个汇率自由浮动的世界即将消亡。"

果真如此吗？上世纪70年代，布雷顿森林体系崩溃之后，金本位制几乎完全退出历史舞台——原因很简单，黄金的储备量已经无法支撑泛滥的美元。30年后，金本位制的卷土重来让人惊讶。或许，这只是某个阶段产物，正如德意志银行资深欧洲经济分析师吉尔斯·莫伊克（Gilles Moec）说的，"每当汇率体系出现危机时，回归金本位的呼声就会高涨"。但问题是，使用金本位制仍然无法解决现在的困境。黄金天然是货币，但它无法满足现有的经济规模。以过去的方式解决现在的问题，看上去仅仅是一厢情愿而已。

货币的流变
黄金——天然货币

正如一句话所说："金银天然不是货币，但货币天然是金银。"黄金的贵重与稀有，没有人会反对，作为财富的体现那是最好不过的了。近代，各种金币在欧洲社会被铸造出来，如佛罗林、法郎、金路易等等。那时候，金块可以自由地被铸造成金币，金币也可以自由地被熔化做成金块。除了极少数收藏家，我们现在一般都难以看见或拥有金币。

铸币——价值符号

工业时代之前，人们拿自己的劳动产品交换需要的来自别人的劳动产品。这样，（黄金）货币虽然作为从商品中分离出来的有特殊价值的独立实体，但往往在普通人的生活需要面前，仅仅只作为交换过程中的媒介物，它的存在只是转瞬即逝，卖掉某种商品换来一些货币，然后又拿去换回某种需要的商品。因此，货币在这里仅仅是一种价值符号，大家认可的价值符号。事实上，人们的日常交换都是小额交换，根本用不着金币甚至是银两。所以，现在我们还能看见的贱金属如铜等铸造的铸币，在工业时代之前就出现了。铸币的价值小得多，磨损也快，但不妨碍它们在货币大家族中的地位。当然，大额交换就不能使用铸币了，历史上不少国家就有法律规定，铸币只能用于某一金额以下的范围。

纸币——信用符号

工业革命后，产业资本大大地发展起来，农业资本主义也在加速发展。这时候，作为大工厂、大农场的代表出现在交换市场上时，发生的交换就不是小额交易，而是大量堆积商品的交换。在商品所有者不断发生的交换之间，信用的作用不可避免地发展起来。大量的各种各样的商业票据就在这一基础上发展出来，其中最早最常用的就是汇票。在日后的发展中，纸币不可避免地出现了，成为当今通用的信用符号。

虚拟货币——未来的等价交换物？

互联网引致了一个新的市场出现，这个市场就是基于网络空间的虚拟市场。互联网为消费者提供了大量的交流和沟通场所，同时也给企业提供了经营市场，企业从以产品为核心，到以服务为核心，现在必须转变为以客户为核心。各种增值服务的涌现催生出了虚拟货币，无论是银行电子货币、个人信用凭证或者Q币，它们都是虚拟货币的代表。

分众的当年勇和再创业

江南春　我学会了慢下来

文/文莉莎

同一天登上两岸三地媒体的头条，2008年之后江南春只有那么一次——

上的还是娱乐版——因为和凤凰卫视女主播陈玉佳结婚。除了新娘已经怀孕，各大媒体都将爆点落在江南春的身家上，在各种版本的描述里，从60亿到300亿不等。

事实上，结婚前的一年，上是江南春从商以来最纠结的日子。那一年他的分众接二连三地遭遇冲击，股价一度从60美元跌至不足5美元；也是那一年他交出了CEO的大印，无视所有媒体的追问和猜测，关了手机，从公众视野中消失。如今看来，那一年他至少收获了爱情。

当年勇

"早上，七点五十分，青年诗人醒来/把腰带束紧，毛衣穿好/眼睛暂时还不能回到现实/但阳光显然过于刺眼……"

写这首诗时，江南春还是华东师范大学中文系学生、夏雨诗社社长，偶尔在学校的舞会上用"诗人"的身份邀请女孩子跳舞。若干年后，他已经不再写诗，在很多人眼中，他如果不开口，不暴露上海口音，身材和面相分明就是一个北方人。他说，写诗就像长青春痘，自己已经过了那个时期，经商是骨子里的选择。

创办分众那年，江南春才30岁，不做诗人了，早上也醒来得更早，6点起床，9点到公司，一直忙到夜里一两点，从来不休周末。关于他的忙，有几个著名的段子：其一是，他的衣柜里只有衬衣，没有一件休闲服，鞋子进水了也没时间补；其二是，他的唯一休闲是足底按摩，因为做足底按摩的时候还能够打电话，谈事情；其三就是，他异常喜欢拜见客户，无论是创始之初，还是上市之后都亲自到场。这一风格，曾经也成为CEO界的典范，几乎所有行业的销售人员都酸溜溜地说过，"人家分众业绩好是因为大老板陪着见客户"。

那时候的市场还没有微博，没有3G手机，没有平板电脑，等电梯等地铁等飞机都只能干等；那时候也正值经济周期中熊市向牛市的转换点，因此，分众的出现立刻被冠以"新媒体"之名，沉寂多时的风险投资商犹如鲨鱼嗅到了血腥味。在中国，要证明一个东西火不火，就看市场上多长时间会有它的山寨版，有多少种山寨版。2003—2005年，分众只用了三年时间便走完了从创立到美国上市的道路，而这三年里分众的模仿者们创造了另一个奇迹：

公交车、停车场、医院、美容院甚至酒店厕所，人们目之所及之处，处处有广告，不少中小型户外广告公司从诞生第一天起，目标就是被分众收购。

"约他们谈谈价钱。"这是江南春那段时间的口头禅。他的那份"气粗"，不仅源自"财大"——2007年，分众的市值一度超过新浪、搜狐、凤凰卫视、白马等四家纳斯达克上市公司的市值之和，最高达到80余亿美元，也因为分众此前成功地完成了两单收购——以1.83亿美元收购框架传媒，从而控制了电梯平面广告媒体90%的市场份额；以3.25亿美元的价格换得聚众传媒100%的股权，从而成为楼宇LCD广告的垄断者，保持二者的定价权，一直延续到今天。

流年

"如果今天还有人问我楼宇电视会怎么样，我已经很不愿意回答了。"2007年7月，江南春在接受媒体采访时说。

"生活圈媒体"的概念让中国人耳目一新，但这种基于物理空间的商业模式却不太合华尔街投资者们的口味，面对分众每年50%以上的利润增长，他们依旧在分析报告中写下：想象空间有限。于是，江南春迅速地换了一个概念——横跨户外、手机、互联网三大领域，中国最大的数字媒体集团。这一次，华尔街笑了，不断地给出"买进"、"增持"评价。

本来，这只是江南春为华尔街量身定做的一个梦，谁知说着说着，他自己也陶醉于其中。"速度快到了立竿见影，今天收购合同签下去，明天报表就并进来，股价就上涨。"江南春回忆自己的那一阶段，简直就像着了魔。"收购，是最耗费心力的一环，其实我不是一个果断的人，很多事情都反复犹豫"，他说，就像一个人到了一个位置，下来了就觉得损失了形象，要维持形象，就要不断地付出代价。

仅2007年一年，分众就将8家数字户外、10家手机广告公司和6家互联网广告公司纳入囊中。那时他自己都不清楚分众到底拥有或者参股多少家公司，他只知道"再也没有让分众寝食难安的公司了"。

"2008年随着北京奥运会的到来，网络广告市场的增长率将超过50%。"易观国际分析师曾经如此展望分众的2008年。

可惜，2008年对于分众而言，是流年："3·15晚会"曝光了垃圾短信，分众无线及旗下所有公司首当其冲；汶川地震导致大量的广告客户在一段时间内暂停投放；收购时被寄予厚望的玺诚传媒，不但没有达到预计的收益，还让分众花了2亿美元重组其业务；好不容易挨到年底，席卷全球的金融危机又来了。

从零开始

"分众不会再谈什么数字媒体集团。"2010年2月8日，在分众的年会上，江南春对着800多名员工这样说。在长达24页的PPT最后，他用最大号的字体写道：第八年，我们从零开始。

这是江南春重返分众CEO一年后的表态。事实上，2008年3月至2009年3月，分众史上最黑色的那一段时期，恰好是江南春退下CEO的时期。那时，虽然分众遭遇了接二连三的冲击，江南春却始终无视一切媒体的追问和猜测。直到2009年初，为了配合分众与新浪合并大计，他才突然复出，出乎意料的是，这次合并未被商务部批准。

离开的那段时间，到底想了什么，做了什么，江南春极少提起。总之在人们眼中，回来之后的江南春确实不一样了。他开始重视员工培训；要求每个主管在属下员工生日的当天亲自送上蛋糕；在成立7年后，终于办起了内刊；甚至还在公司内部设立了咖啡吧，并长期免费供应水饺和点心。

现在，大家都知道，江南春一周工作四天，周五飞台中，下周一再回来。飞机一落地，他就关机，几乎没人认识他。周末，他与太太一起穿休闲服，到夜市吃饭，只用500台币就可心满意足。江南春说，他就这样强制性地慢下来了。分众也慢下来了。过去这两年，分众的重心重新回归到楼宇、框架和卖场广告联播网上。除了新进入影院内的电影映前广告市场，分众放弃了加油站数字广告屏和世博园周围的广告刷屏机等机会——尽管资本市场认为"是个不错的概念"，但这一次江南春认为，还不到时候。

江南春　分众离死亡还有三年

《新周刊》：在外人看来，2008年是分众的分水岭，在其后的金融风暴中，公司股价一度受到重挫，而现在，当年的分众似乎又回来了，你怎样看这三年的经历？

江南春：2008年确实是我们经历危机和考验的一年，我们在局部业务市场遭遇了无法预料的风浪，2008年年底到2009年，全球金融海啸导致广告、消费、投资市场激烈震荡。回头去看，分众的主营业务楼宇、卖场、框架、影院广告都是很优质的媒体渠道，市场认可度很高，但我们在2003—2008年高速发展的5年中，内心逐渐膨胀，目标超越了现实的能力。同时投资者预期也很高，也驱使我们在主营业务快速推升的同时不断通过收购兼并扩大版图。

在这些收购之中，有些项目方向是正确的，但进入时机早了，有些项目缺乏长期的核心竞争力，有些项目缺乏有效的整合，所以当市场需求一旦出现问题，这些收购的项目就受到重创，也直接导致了公司股价的重挫。从这场危机中我们认识到，在市场高涨期，如果缺乏对经济周期波动的认知，扩张心太大，超越了自身的现实能力，最终一定会付出代价。

《新周刊》：2009年你重新出任分众CEO后有很大的变化，自己怎么评价？

江南春：是，我们以前的管理层会议主要都是讨论销售策略、市场商机、客户拓展，而现在我们更多地回到了产品、服务和人的层面，推进内部变革和提升，这是分众管理团队的共识。

这是因为，我们认识到分众的本质问题是企业的出发点，也就是价值观发生了偏差。价值观，听起来是一个比较抽象的概念，以我自己的体验来概括就是一句话：做自己认为对的事，做对别人有价值的事。许多事情摆在你面前往往是充满诱惑的，是有现实利益的，但一个公司要有价值观，是非面前要懂取舍，当面对事情时才会很少迷茫、很少矛盾、很少挣扎，因为你知道什么是原则、什么是是非。世界是有因果的，要有正向的价值观，不贪图眼前的得与失，坚持做"对"的事，一定会看见硕果累累的那一天。

《新周刊》：2003年，分众刚出现时算是一个新媒体，现在势头正猛的则是微博，它正在瓜分分众兜售的"碎片时间"，你如何判断分众面临的挑战？

江南春：我自己也喜欢用微博，它是一个很好的生活工具和媒介形式。作为同样是捕捉人们"碎片时间"的媒介形式，我认为微博和分众合作的价值更大，不同的新媒体在这个领域相互合作才是未来真正的趋势。为什么这么说？消费者的生活越来越多元化和碎片化，这是信息时代带来的大浪潮，势必裹挟每一个人，势必层层渗透到生活的每一个细节，我认为现在还只是个开头。分众通过兜售"碎片时间"养活了自己。但分众所兜售的不过是人们生活里的一部分"碎片时间"，其他的越来越多的"碎片时间"、"碎片轨迹"正站在未来等待新的媒体去发现它们，这里面包括分众，包括微博，但绝不仅仅如此。

因此，我觉得分众面临的真正挑战不在于是微博或"×博"来"瓜分"碎片时间，这些时间就是要被瓜分的，重点在于，我们是不是能够发现这些碎片时空，并且在这些碎片时空内切实有效地开发、整合成为对消费者和广告主有更大价值的媒体渠道，这才是分众过去和未来生存的根本。

我还想说，一个能够持续成长的公司一定是常常反省自身、在面对市场时有强烈危机感的公司，而真正的危机往往在于你对自身认识的错误或不足，在于自身积累不够。这就像一个人谋求生存一样。在今年我们公司的一次内部会议上，我曾经单独用一页PPT只写了9个字——"分众离死亡还有三年"，我希望分众的每一位员工都能居安思危。

《新周刊》：分众正在进行的互动广告屏项目进展如何？

江南春：这个项目的构想形成于2010年，我们从2011年年初开始筹备，前期团队建设、市场研究、技术开发、设备生产、功能测试等工作用了数月时间，从9月1日开始在北京、上海、广州、深圳、杭州、南京、成都七个城市上挂机器，新的互动广告屏从10月上旬正式出街，同时启动媒体销售，目前客户的需求正在陆续进入系统。

具体来说，新一代分众互动屏主要采用广告屏幕与手机互动的形式。除原有楼宇电视屏外，还有三个小互动屏，每个互动屏旁均设有RFID感应区，消费者可以很方便地获得一个免费感应卡，在首次使用时可通过手机短信实现RFID卡与手机号捆绑，这也是对后续服务的一个准许动作，之后使用，消费者只需要在相应的互动屏的RFID感应口刷卡，我们的系统就把产品资讯及促销信息等以短信方式传送到消费者的手机，以便作为打折、样品派送或其他互动的依据。技术原理和在地铁闸机通过感应区刷卡没有区别。

《新周刊》：一些电商已经率先出街了O2O性质的广告形式，分众的模式有什么不同于别人的呢？

江南春：从分众的模式来讲，我们是在已经成型的基于地理位置的媒体终端网络基础上来做O2O服务，这是我们特有的。另外，分众还具有规模优势。在互动屏推出之前，我们的楼宇电视媒体可以覆盖到1.3亿都市主流消费者，加上我们的数码海报、卖场电视每天的人流量覆盖能达到2亿，互动屏上线后，这些流量中每天将有数千万人参与互动，这是一个很可观的数字。

我们目前并不采用效果模式收费，主要收费方法还是采用时长收费。3个小屏幕，每个小屏幕的整体播放时间是5分钟，每个广告时长是15秒，每个屏幕有20个广告客户。那3个屏幕的广告客户可以达到60个。在试运行期，我们的定价会比较低，目标是城市覆盖。

广告主样品派发的预算规模一般都很大，这是另外一种预算，不在传统的广告预算之内。互动屏的出现使分众不仅在电视市场获得客户预算，在互联网市场获得预算，而且在样品促销方面也获得客户预算。我相信对分众的发展来说具有长期而明显的价值。

《新周刊》：你曾经感慨，说羡慕邵亦波和唐越的自由自在，梦想是"坐在花园里，写写小诗"，但也自认为与他们不同，是"放不下"的人，现在你依旧这样吗？你认为分众未来要成为什么样的公司？你自己未来有什么计划吗？

江南春：面对股东，我觉得分众要成为一个持续、稳定、健康成长的公司，我们要有长跑的耐力，打造长期价值与竞争力。面对客户，我觉得分众要成为一个通过持续变革来不断创造客户更高传播价值的公司，而不是新媒体的既得利益者。面对员工，我觉得分众不再是一个工作辛苦、收入较高的短期奋斗赚钱的地方，而是努力成为一个可以让人幸福工作和自我成长的地方。我一直认为，未来就在现在。我的未来一定是和今天的分众在一起，因此我也仍然会"放不下"。

零成本 微平台 大营销

@史玉柱的街头行为艺术

文/胡尧熙

一起发生在7月19日下午上海街头的行为艺术能在微博上掀起什么样的波澜？

7月21日上午，数十万新浪微博的用户通过上海地铁的官方微博目睹了这起发生在2011年的穿越事件，一名身着古装，自称来自500年前清源村的女子坐在地铁出站口，向路人求盘缠，要回到500年前的家乡。她穿越时空时没有忘记带文房四宝，用简繁体混合的书法写下了个人简历和需求。此微博被不断转发，一天后，转发量已经超过5.3万次，而上海地铁的粉丝数量不过78万。

在上海地铁发布微博后的两小时，@史玉柱也转发了这条消息，他点评穿越女"长相漂亮，身材不详，行为荒谬"，自己被雷到。史玉柱的转发已经过了该信息传播的尖峰时刻，一天后，只有4100名用户转发了他的评论，即便这个数字，仍旧是史玉柱近两个月来微博平均转发量的10倍。

@史玉柱的转发中描述穿越女是"新手村的女孩"。新手村的含义只有《征途》的玩家才能心领神会，它是《征途》中游戏角色的诞生地，在游戏中被冠名清源村，也是穿越女500年前的故乡，她随身携带"包养卡"（《征途》新手游戏卡）表明了自己的来处。故事的谜底若隐若现，不明真相的群众感叹行为艺术的创意和穿越女的传神表演，但浮出水面的是史玉柱的《征途》，它继在2006年拿下中国网游市场份额第一的荣耀后，通过微博平台在2011年成为网游世界的话题之作。

《征途》本身就是史玉柱的营销策略塑造出来的神话，它平平无奇，借鉴了陈天桥《传奇》的成功和韩国网游的内核，它的游戏内核秉承了最简单粗暴的韩国网游模式，打怪、做任务、升级。但经历过巨人公司崩塌和脑白金辉煌的史玉柱早已不是当年那个储备方便面足不出户在家里埋头编程序的史玉柱，陈天桥评价他"有赌性，知道人性之恶，也深谙好奇害死猫"。这些特质都被他转化成洞悉人性弱点的营销方式注入自己的游戏，《征途》取消了中国网游一直以来的收费模式，转而以免费模式运营，但在游戏中增加了购买道具、花钱升级等功能，游戏的素质并没有因此提升，却由此掺杂了更多人与人斗的血淋淋场面，"人民币玩家"就此诞生，《征途》的运营收入迅速过亿。史玉柱的营销策略褒贬不一，但它不但将《征途》送上王位，也从此改写了中国全体网游的运营模式，整个产业因他的介入而格局大变。

微博未必是目前全世界最高效的线上沟通工具，却无疑是最能营造话题的网络平台，它兼具个人媒体和公众论坛的属性，在私享和共享间左右逢源。这样一个平台中自然会有史玉柱的身影，他曾经是创业者，现在是守业者，总而言之是成功者，人们总是嫉妒成功者，但也仰慕、想成为成功者，他凭借+V的身份收获3672170个粉丝，顺理成章地拥有了网络话语权，只需要一个话题来营造契机，重新让自己的公司和产品被强化和广而告之。

微博和它的始祖Twitter在技术层面上有相通之处，在精神内核上迥异，Twitter上也有广告和营销，但都直白乏味，更多的是日常碎语，沟通真正的扁平化和平民化。新浪微博拥有更强烈的媒体气质，它和昔日的新浪博客一样，通过人工编辑制造话题，推出明星，它大肆+V，用实名认证的方式塑造出一个个微博达人，一对多的沟通不再重要，话题的转发率成为衡量一个用户在微博上受推崇程度的佐证。新浪的营销策略和史玉柱的不谋而合，人们总是需要信息，渴望真实，他们信奉+V带来的真实感，但在层出不穷的话题中都沦为不明真相的群众，那么，就给一个话题让他们不明真相然后广而告之。穿越事件也就成为2011年头七个月里最成功的网络营销案例，没有之一。

穿越事件是史玉柱谋划已久的营销方案，这多少也受制于网游市场的大环境，他曾经在电视上力推《征途》，只是碍于广电总局规定网络游戏不能在电视上做产品广告，因此只推出了一个形象广告，让观众看得不明就里。围观穿越女的多数群众仍然是不明就里的，但《征途》以更香艳的方式出现在了他们的视野里。史玉柱和@史玉柱都成功了，他付出了多少成本？他的转发信息连140个汉字都没写够。

商业传记的方法论

怎样为商业大佬立传？

文/胡尧熙　钟蓓

不要以为只有果粉和IT人才是《乔布斯传》的读者，明年2月，一本名为《乔布斯：那个非同凡想的人》的书将在美国上市，它是儿童版的《乔布斯传》，内容摈弃了乔布斯的私生活段落，只保留了励志的部分。这本书的出版人简·法薇尔把它的读者群定位为12岁及其以下的年轻人，财经类书籍的读者再度"被年轻"化了。

《乔布斯传》是普遍标准

财经读物和商业读物显然是图书世界中最受欢迎的类别，诺贝尔每年为文学家颁奖，但销量最稳定的永远是和钱有关的书籍。

商业人物传记在最近三年的时间里影响力剧增，2009年，巴菲特的官方自传《滚雪球》被誉为"本年度最重要的图书"；去年，因为电影《社交网络》的大获成功，本来反响平平的原著《百万富翁：Facebook》也突然间变得"重要"了；今年，《乔布斯传》的作者艾萨克森应该能收到他人生中最为昂贵的一笔版税。

大部分商业人物传记的作者都是记者或专业作家出身，要么善于采访，要么文笔一流。但随着商业读物越来越受追捧，作者的成分也变得复杂起来，大批业余作家加入到写作的行列中，在《滚雪球》之前，市面上已经有超过10个版本的巴菲特自传，它们大多没有采访巴菲特，仅凭公开报道和市场研究机构的调查数据整理成书，各位大佬的传记质量也由此变得参差不齐。只有一向低调的亚马逊创始人贝佐斯没有卷入这种局面，他对采访一向敬而远之，以他为主角的书居然一本也没有，连亚马逊公司也很少成为商业读物的主角。

在各种乔布斯传记中，艾克萨森的版本不一定是最好的，但算得上是资料最详尽、最公正的一版。艾克萨森属于人物传记作家中最顶尖的级别，当过CNN的董事长和《时代》的总编，离职后专写人物传记。在完成最后一次采访时，乔布斯曾问过他："你的书里面肯定有我不想看到的东西，对不对？"艾克萨森点头默认，乔布斯满意地说："那就好，看起来不会是苹果的内部读物。"

在接受《出版人周刊》采访时，艾克萨森阐述过自己写《乔布斯传》的立场，他对乔布斯没有什么个人感情，但对他的个性很好奇，"乔布斯的性格经常大起大落。他的个性和苹果的产品是互有关联的，对读者

1998年1月15日，《时代》总编艾克萨森。由他撰写的《乔布斯传》无疑是今年最畅销的图书。（图—Catrina Genovese/Getty Images/CFP）

来说，有启发性，也有告诫性"。这种启发性和告诫性都通过苹果公司在不同阶段的处境描写出来，也改变人们对乔布斯的某些既定印象，很多人对他1997年重返苹果感到振奋，认为他终于梦想成真。艾克萨森纠正了这一说法，他在书中披露，乔布斯当时并不想回到苹果，因为苹果已经到了破产边缘，但他自己的公司也做不下去，不得已只好吃了回头草。

《乔布斯传》符合商业人物传记的普遍标准：有采访、有史料、有独立评论，涉及私生活却聚焦于商业世界，但这种普遍标准在如今的商业传记中并没有被大多数作者执行，《乔布斯传》反而像个特例。很多商业传记不涉及商业本身，没有展现出一条财富之路的起点和走向，反而成为私生活的碎料八卦，其中最有名的就是关于巴菲特的《滚雪球》。

巴菲特不高兴

《滚雪球》的作者爱丽丝·施罗德在撰写这本书之前，是摩根士丹利颇受

好评的明星级保险业分析师及董事总经理，但她的影响力仅限于金融圈，在出版界无人知晓。她写此书也是一个偶然，对向来不喜欢华尔街分析师的巴菲特而言，施罗德是个例外。因为撰写伯克希尔·哈撒韦公司的研究报告，施罗德与巴菲特结识，她严谨的写作风格赢得了巴菲特的喜爱，此后两人成为忘年交。2003年时，以巴菲特为主角的人物传记已经滥大街，无一经过巴菲特授权，这种情况让巴菲特愤怒不已，他向朋友抱怨，没有一本书是他自己认可的，而他希望有这样一本书来记载自己。和作家圈子打交道甚少的巴菲特不愿意让陌生人来描写自己，他只能把重任交给写研究报告颇有心得的施罗德。

在此后的5年时间里，施罗德放下了摩根士丹利的工作，花费大量时间对巴菲特跟踪观察，翻阅众多他未曾公开的私人信件。巴菲特也主动地向她提供了一份确认两人合作关系的信，表示在采访时她可以向受访者出示。

施罗德期望通过她写的传记达到一种"作为公众人物的巴菲特与生活中的巴菲特相互和解"的效果。但这种效果在出版后没有得到体现，书中对巴菲特的职业生涯只是走马观花，大量的笔触用来记录巴菲特和妻子的纠葛。通过《滚雪球》，施罗德让人们看到了巴菲特的另一面——这个美国老头热爱垃圾食品，对子女严格，宣称一生都爱他的妻子苏珊，但却与另一个女人阿斯特丽德共同生活。这些段落让巴菲特感到极度不满，他向《华尔街日报》表示："我从未听过有这本书存在。"

巴菲特的不满自有道理，他的"三人婚姻"在金融界是尽人皆知的"秘密"，但外界普遍不知道，《滚雪球》出版后，他要面临道德上的谴责，甚至可能被起诉犯有重婚罪。

《滚雪球》这类聚焦于当事人私生活的传记越来越普遍，《黑莓帝国》的作者斯维尼认为，一方面是因为大众都有窥私欲，一方面是报纸上每天都在报道大佬们的商业成就，人们已经看厌，出版商也不想因为内容涉及太多专业领域而影响销路。虽然不被巴菲特和业内人认可，施罗德还是认为自己撰写了一部出色的人物传记，毕竟，她为此得到了720万美元的收入。

阿隆·索金的方法论

想要参与人物传记创作的业余作者应该能从《百万富翁：Facebook》一

书中找到信心，它向读者展示了，如何在没有采访当事人的情况下完成一本传记。

《百万富翁：Facebook》的作者麦兹里奇在写这本书之前没有染指过人物传记，他毕业于哈佛大学，之后成为作家。他瞄准扎克伯格完全是为了完成出版人麦克马伦的命题作文，但无奈扎克伯格的极客脾气很难伺候，对麦兹里奇的采访要求无动于衷。麦兹里奇前后给扎克伯格发了12封电子邮件要求采访，他婉拒了前3封，后面9封干脆没有回信。

《百万富翁：Facebook》出版后的反响很平淡，麦兹里奇只采访到了Facebook的联合创始人爱德华多，他因为被扎克伯格剥夺股权而急需向人诉说自己的怨恨。麦兹里奇在别无他法的情况下不得已采用了小说的写法，在事实中加入很多虚构的场景和对话，这种犯了大忌的做法反而带来了好处。2009年，在《百万富翁：Facebook》面世两年后，导演大卫·芬奇决定把它搬上银幕，这种半真实半虚构的故事符合电影剧本的一切要素，有事实，也有戏剧化的人为创作。电影的大获成功没有让麦兹里奇得到太多赞誉，粉丝和业内人都把赞誉送给了负责改编剧本的阿隆·索金。

索金是好莱坞的王牌编剧，他一直主力制作电视剧，和商业人物传记完全绝缘，但他作品中的人物往往比故事更让人印象深刻，无论是《白宫群英》还是《日落大道的60分钟》，索金都证明他是善于刻画人物群像的美国第一编剧。在凭《社交网络》拿下奥斯卡后，索金将再次和商业传记联系到一起，他被确定为电影《乔布斯传》的编剧。在连续接触同类题材后，对于怎样给商业大佬立传，索金也有了自己的看法："每个厉害的商业人物都有他不喜欢的人，把故事的70%集中在他和他的敌人身上，一个好作品就出来了。"

友善经济：从"敬天爱人"到"把人当人"

没有人是孤岛，也不该是孤岛。

谁都恐惧天灾人祸，谁都担心食品安全，谁都不想失业下岗，但谁来保障？当社会出现"互害"苗头，不安全感加重，我们高涨的GDP和惊人的发展速度有何意义？

公司在现代社会中的角色举足轻重，被社会主流价值观主导的同时，也主导着社会主流价值观。当众多公司以新型的商业文明改写人际关系，"人"重新得到尊重、重视和爱人如己的服务时，社会才有和解的可能。

我们谈论的是"友善经济"。在慈善之外，公司在日常经营中把"人"的正面能量从员工向顾客渗透，从个人向家庭渗透，从企业文化向社会气氛渗透。它将驱逐暴戾、淘汰恶公司、团结忠诚员工和忠实消费者，造福整个社会。

稻盛和夫是两家世界500强公司的推手，推崇的是"敬天爱人"——合乎道理即为"敬天"，以仁慈之心关爱众人就是"爱人"。海底捞是一家卖火锅的连锁餐饮公司，推崇的是"把人当人"——既在乎员工的伤风感冒，也为他们提供善待他人改变命运的公平平台。社会企业从英国传至香港再传到内地，借用商业工具帮助弱势群体，以自我造血功能解决社会问题。公平贸易运动也从欧洲来到中国，试着成为社会的融冰剂和润滑剂。

"敬天爱人"和"把人当人"是成功之道，也是中国人的文化基因。每个人都有，只需要你唤醒它。

中国公司"开学第一课"

友善经济学

文/何雄飞

好公司和坏公司的最大区别是什么？

好公司的老板桌前坐着穿西服、叼雪茄的人，身后是一群弟兄，他们的心，都还是红的。

坏公司的老板桌前坐着穿西服、叼雪茄的猪，身后是一群恶狗，他们的心，都已经黑了。

不明事项，敬请温习乔治·奥威尔（George Orwell）著作《动物庄园》。

暴戾与互害型社会

一个人要撒谎，必吐金句："说真的"。

一个人要说服另一个人，必吐金句："将心比心"。

一个人要骂街，必吐金句："天地良心呀"！有时还会嘣嘣拍打着胸口，顺便啪啪拍响大腿。

那个时候，良心至少还值点钱。

后来，人民币成为人民最大的信仰，良心隐形了。

有人将食品安全危机归罪于商家道德的大面积滑坡，这话一半错，当法律在裸奔的时候，你怎么能期望道德会穿上裤子？这话一半对，因为再精密的仪器也无法第一时间检测出所有的毒物，有时，你不得不寄望商家做事时要讲点良心。

中国食品乱相不过是中国社会的一块显影。

走在大街上，人们眉头紧锁，行色匆匆，胸中憋着一口怨气，你跟得美女近点，她便攥紧皮包，怒容满脸地跑开了去；公交车怒吼着飞速过站，只慢一秒，任你拍着车门如何叫喊，它毫不怜悯，绝尘而去，似要奔去2012；你开着车，被堵在路上，心中生出莫名的怒火，你不断摁响喇叭，骂着"×他妈的"，想把车头深深插进每一条缝隙；你点了一道铁板牛肉，很仔细地嚼着，耐心分辨着这到底是一块猪肉还是一块牛肉，上一秒："嗯！牛肉"，下一秒："嗯？猪肉"……你会因为一场车祸捅人家8刀，你会因为少找了一毛钱去打一场死人伤人的群架，你会因为一次小小的触碰扇人家耳光，你会因为一句话得罪了领导干部而被折磨生出一头白发，甚至因此丢了性命。

你被告知，千万不要得罪餐厅服务员，因为他会转身吐泡口水在菜里作为报复。你不能得罪一切身穿制服者，不能得罪医生，不能得罪老师，不能得罪中介，不能得罪的哥，不能得罪送奶员，不能得罪快递，不能得罪老板，不能得罪同事，不能得罪前台，不能得罪合作伙伴……最后，你得罪的是你的亲人和自己。

暴戾社会的另一个表征是互害型社会。

数年前，一位改邪归正的"无良农民"徐清元在接受《新周刊》记者采访时，生动描述出"互害型社会"的死亡链条——10年前，种反季节蔬菜，拼命喷农药，4年前养猪，拼命喂含激素饲料："卖假奶粉的绝不会给儿女吃假奶粉，但他能保证不吃我的毒白菜吗？卖假酒的能保证不吃毒肉吗？养鸡卖饲料的能保证不喝假酒吗？我能保证我不吃假药吗？你觉得你占了便宜，我觉得我占了便宜，最后大家同归于尽。"

互害而不能绝，吃"特供"、"供港"食品，喝洋奶粉，求神拜佛，移民异化成为求存之道。

好公司与恶公司

在暴戾与互害型社会，良心成为最昂贵的奢侈品，也成为区分好公司与恶公司最大的一块试金石。

海底捞因为"把人当人"成为《哈佛商业评论》的研究案例；海航因为分房子、给位子成为新锐企业；格力因为给员工"分房子"、发高薪，成为珠海除公务员外待遇最好的企业；王品牛排因为鼓励员工这一辈子一定要好吃好喝会玩乐，一生要"登百岳、游百国、吃百店"而成为快乐企业；捷安特因为把健康视为财富，要求员工每年环岛游而造出全球最符合人体工学的单车……

我们在数好公司数目时，总是很慢才用完手指，而在数坏公司数目时，十个手指根本不够用。

好公司和恶公司经常雌雄同体。有时，你很难分辨富士康是好公司还是坏公司，你说它坏，可以指责它连环的跳楼案，把人当成机器人的流水线，你说它好，可以说它提升了贫困大省的GDP，解决了无数农民工的就业问题，在员工待遇和社会保障上比大多数小工厂要好。有时，你很难分辨华为是好公司还是坏公司，你说它坏，可以指责它的床垫文化与过劳死，你说它好，可以说它是民族企业的骄傲。有时，你很难分辨腾讯是好公司还是坏公司，你说它坏，可以指责它是互联网界的巨无霸和大胃王，吞噬了无数中小企业的生机，你说它好，可以说它是中国互联网界的传奇。

什么是好公司和好的经营哲学，日本企业思想家稻盛和夫提出"敬天爱人"。所谓"敬天"，就是按事物的本性、客观规律做事，所谓"爱人"，就是按人的本性做人，利他者自利。他说，事物的本性、人的本性往往是最简单的，是"归零"的，这就是"道"。万"术"不如一"道"，公平、公正、正义、诚实、勇气、谦虚、博爱、勤奋等都是最根本的"道"。守正于道，真心通天。

基于此，稻盛和夫还提出12条经营原则：明确事业的目的与意义；设立具体目标；胸中怀有强烈愿望；付出不逊于任何人的努力；追求销售最大化和经费最小化；定价为经营之本；经营取决于坚强的意志；燃起斗志；拿出勇气做事；不断从事创造性的工作；要以关怀坦诚之心待人；始终抱有乐观、向上的心态，抱有梦想和希望，以诚挚之心处世。

和解的可能

在暴戾与互害型社会，以恶制恶，互相投毒绝非问题的解决之道。

青年作家陆源在读完黄仁宇著作《现代中国的历程》后说：由李约瑟和黄仁宇共同创作的《中国社会的特质》可视为"黄氏思想"的总纲领。两位作者写道："今天中国人所面临的问题和世界上其他地方的人所面临的问题是一样的，即如何才能找到经济合理行为与其他生活品质之间的和谐。"这个三十多年前写下的句子，如今仍然适用。

万通集团主席冯仑在2011新年献词时这样回答"民营企业如何与社会和解"的问题：近几年来，很多民营企业在持续和大规模增长后，都在做同样的一件事，那就是思考、实践着与社会的和解，通过公益、慈善的方式来达成与社会的良性互动，获取在中国社会持续增长的深层次的支持和发展的土壤。

冯仑说："在通向公益、慈善的道路上，我发现有两种明显不同的做法，一种是以陈光标为标志的传统慈善，就是以现金发放去行善，然后高调宣传，这种情况多数是基于个人的道德觉悟。另外一种是以阿拉善生态协会为代表的一些企业家组成的现代公益组织、私募基金会，以及壹基金这样的公募基金会。它们是由企业家直接参与建立的现代公益组织，这方面的实践对于构造未来的公民社会、使中国的社会改革纳入健康轨道是一种基础性的制度安排和长远的推动力量。"

风行于英国的社会企业，流行至香港，再传到内地。社会企业用商业的模式运行企业，解决社会问题，实现社会目的。它与传统商业最大的区别就在于，传统商业追求利益最大化，而社会企业尽管也追求盈利，但并不以此为目的，只是借助这样的方法和工具，去帮助弱势群体，解决社会问题。而社会企业与传统NGO（非政府组织）或者NPO（非营利机构）的最大区别就在于，后者仰赖于政府、基金会以及大众筹款作为资金支持，而社会企业却是"商业+公益"模式，要做到自给自足、自我造血，不受限于第三方所给予的资金，"自己动手，丰衣足食"。

而发源于欧洲的公平贸易，在中国虽显小众，但它和社会企业一样，或可成为暴戾与互害型社会的一种融冰剂和润滑剂。

公平！公正！公益！

公平贸易在中国

文/陈非

　　扬·德科尔（Jan Dekker）在电话里的声音有点疲惫，他一早从昆明坐了5小时的车进入山区，在一下午的参观后，他又被随同的翻译催着去迎接当地的负责人，看看双方有没有项目合作的可能。

　　德科尔在丹麦时是个建筑师。而现在，他是云南丹云商桥贸易公司的副总经理，这家外商独资的贸易公司是中国大陆目前为止唯一获得世界公平贸易组织（WFTO）认证的机构。

透明的账本

　　"公平贸易"的概念最早是以宗教为导向的，20世纪40年代末，一些宗教团队通过向各个贫穷地区村落收购类似十字绣的手工艺品放到欧洲的"世界商店"（worldshop）中销售，这种几乎就是捐款形式的贸易链在60年代的欧洲学生运动中得到提升。英国乐施会发起了"以销售来帮忙"（Helping-by-Selling）的活动响应学生提出的"贸易，而非援助"（Trade not Aid），这一口号后来也获得了联合国贸易及发展会议和西方社会的认同。但一直到80年代，这些手工艺品失去了原有的新鲜度后，贸易的重心才逐渐落到如今占绝大比重的农产品上，尤其是茶叶与咖啡。

　　丹云在中国的两大重要项目就是茶叶与手工艺品。前者目前涵盖到600户农民，后者则支持了250名农村妇女。1996年最早成立的时候，完全是因为来云南客座教MBA的丹麦人Bitten Hogh为当地的手工刺绣感到震惊。这位如今已年过半百的老太太请了6名当地妇女制作刺绣及卡片，在欧美与澳大利亚受到了极大欢迎，于是，从成立"彩线云南"的Logo开始，取丹麦与云南两地的头一个字，一步步成立了现在的"丹云"。

2001年，丹云正式成为世界公平贸易组织的成员，这意味着，他们的产品可以开始贴上"公平贸易"的标签被出售或外销。但事实上，公平贸易的概念在中国直到今天依然只为小众所知，丹云的产品也一直都是直接外销。

"我曾经问过WFTO的工作人员，他们告诉我其实中国有很多公司与农场都申请要加入WFTO。"德科尔说，直到今天，公平贸易在中国还有相当大的误解，譬如那些申请人都以为认证是一次性终身制的。但实际上，国际组织会就公平贸易的十个原则与相关标准一直检查被认证者，用于保证"你必须不断地提升你所做的"。

一开始，丹云就与6名妇女协商每一件成品的报酬，即使卖不出去，依然要支付——而这只是刚刚开始。在14年的时间里，丹云在由傣、苗、白、佤和拉祜族等多个少数民族组成的山村里，逐渐帮助当地村民建立了诊所，打通了饮用水系统，为农户提供小额的发展贷款，还同时培养了他们的卫生习惯、储蓄意识……每一年，公司都要制定与公开下一年的培训计划甚至是近几年的目标，包括到2015年前，要在社区里减少多少种传染病、使孩子都有就学机会以及人与人之间形成关爱的气氛等。各种具体或抽象的培训和发展的费用，都需要严格按照国际组织规定的收入标准来分配。而这也是德科尔认为中国公司很难通过认证的原因：在一个公平贸易机构里，财务与责任的透明度是十分大的，你必须长期公开自己的每一本账本，受到组织与公众的监督。

小众也有存在的理由

比起丹云，苏州的"绿咖啡"看起来更悠闲一点。这家曾经坐落于平江路上的专售公平贸易咖啡与茶叶的咖啡店在豆瓣上颇具人气，很多到苏州旅游的文艺青年都爱上那儿喝一杯，支持公益。但来自香港的老板夫妇刚刚把店迁到了苏州工业园区，老板娘甄明慧说，不仅仅是平江路的商铺集体涨租，也因为主要顾客群其实都是在园区里上班的老外。

跟德科尔与他的同事一样，甄明慧也算是"不务正业"加入这行的。2007年，在香港做舞台的她到苏州工作，一年之后，她决定在苏州开家咖啡店。一开始想着做有机，但做着做着就接触到了公平贸易，"在香港时知道很基本的东西，只知道对农民好，整个运作都不知道。后来一边用一边理解，觉得更应该推广这个概念"。

甄明慧店里的公平贸易咖啡一杯28元，跟普通的苏州咖啡店没有多大区别。但利润要远远少于他人。公平贸易的原则之一是"要给生产者合理的报酬"，因而国际组织每年都会调整一些基本农产品的最低收购价。"最近整个食品行业都在涨，咖啡升到历史最高价。一般原豆要2美元1镑。而FLO（国际公平贸易标签组织）前两个月刚把最低收购价从1.4美元上调到1.6美元，但其实现在2美元也很难收购到公平贸易的咖啡。"

至于茶叶的利润就更少了。长期以来，绿咖啡都是从国外进口公平贸易的茶叶，除去本身就高的价格，更要付53%的进口税。在支付了平江路高额的店铺租金后，甄明慧说所得只算"保本"，很多朋友批评她"不是做生意的"。"我不想让大家一开始就觉得参与这个事情就是贵的。当然我不能说这是便宜的事。"

为了能获得更多的发展，夫妇俩最近新开了一家专门的分销公司，希望借由成为国内的主要分销商来获得更低的进价，也让更多的人了解到公平贸易概念。"国外有过调查，100个人买的咖啡豆里，只有1个人买的是公平贸易的咖啡豆。在国内，这个比例可能就只有万分之一。"甄明慧说公平贸易永远只可能是小众的，这跟她当年做舞台工作一样，全香港只有1000个人爱看现代舞，但她也愿意做下去。"我不会相信小众是没有权利的，也不觉得只有大众化的东西才值得做。"

会讲故事才能卖出产品

甄明慧与德科尔说的中国现实也是公平贸易的全球现实：过去10年是全球公平贸易发展最辉煌的10年，贴上公平贸易标签的商品销售量每年以37%的速度增长，却依然只占到全世界商品销售总值的1%。在英国消费者声讨下，当地的星巴克已在2009年开始只使用产自公平贸易的咖啡。可能是国内销售最多公平贸易咖啡的英国玛莎百货并没有在进入中国市场后将此作为一大卖点，在与专门的部门沟通时，工作人员告诉记者，国内的市场部没有对此做相关统计，也没有专人特地了解过。

如果有心去查中国的公平贸易作坊，2009年的数据与现在基本持平。这始终是豆瓣与文艺青年杂志关注的小众话题。一方面，由于中国与公平贸易组织的疏离，很少有组织通过认证。不但FLO制定的最低收购价把中国地区排除在外，也很少有人知道可以申报自己的项目成为公平贸易的一部分。在河南地区曾受到多家媒体关注的Yellow Valley以制作公平贸易的有机高达奶酪著称，有着包括城市超市在内的大客户，但创始人荷兰人雷一鸣也坦言，由于奶酪不属于规定的公平贸易产品，事实上，农场没有办法通过公平贸易认证，一切原则都要靠自己坚持。同样，丹云的手工艺品也不在FLO的产品范围内，只有WFTO给出一个泛泛的"使生产者满意"的定价规则和笼统的公式。这也使得在上海的一家专门帮助这些小型机构的"乐创意"，提出了根据中国当地水平自行定价。但一切只能像刚开始与丹云开始合作的甄明慧说的一样，"这只能基于双方的信任"，她说现在只会把手工艺品放在店里卖，因为"分销的责任更大"。

　　"公平贸易到哪里都不是一件容易事"，德科尔说，他们的茶叶收购价高于整个地区的均价，所以"卖出产品"从来不是加入公平贸易组织就能获得的保证。在今年3月由英国文化协会举办的"社会企业家"项目中，他应邀到绿咖啡介绍丹云项目的操作流程，特别提到了项目中一名当地的带头妇女意外怀孕，因为她一直被认为是习惯性流产，公司不计代价送她去医院检查保住了孩子。"经营公平贸易其实不仅是卖商品，更是卖商品背后的故事。要有故事并把这些故事拼在一起，才能把跟他们相关的产品卖出去。"

　　根据这个理念，德科尔和他的同事们也在帮助云南地区的其他小农场申请公平贸易的认证。除去大量的准备工作，对于从零开始的小公司，从申请到获准起码需要一年的时间。而之后的路，则是丹云也没走完的。"公平贸易的产量通常都很小，我们目前的顾客中都还没有大品牌。我们现在希望有大公司来采购我们的产品作

2008年5月10日，香港公平贸易嘉年华。香港公平贸易联盟与乐施会号召全港市民身体力行将公平贸易产品融入个人生活。（图/新周刊图片库）

为给客户的礼物，要是能遇到一家这样的中国公司，那就太棒了。"

"大公司有很多力量很快来做这些事，但其实不会有商人真心情愿来做这些。"甄明慧说英国的星巴克就是一个消费者主导公平贸易概念的例子。作为这个概念的辅佐，她说自己一直致力于绿咖啡的豆瓣经营，就是希望能把这个小众的概念一直在国内继续推下去，不至于让对它感兴趣的人突然失掉了关注的来源。

友善是互害型社会的解药

文/肖锋

网上盛传着各类恶搞客服的帖子。客服变成"克服一切困难"。这隐喻着畸形的职业规矩：客户是上帝，员工是奴才。每天早上，店员门前听训，成为城市一景。各色职业培训，只为打掉受训者的羞耻心和尊严。都是爸妈生的，凭什么你可以出钱把别人当出气筒？

职业化是现代性的标志，中国30年来最大的变化，就是培育出了一个准现代化的服务体系。职业化是化解陌生人社会困境的制度安排。但职业化不能以打掉人的尊严为代价。被剥夺尊严者，只会以仇恨作回报。

陌生人社会呼唤邻里温情

传统社会是熟人社会，中国人讲乡亲，低头不见抬头见。现代型社会的前身，是乡规民约维持的乡土社区。云南丽江或北京宋庄，乡规民约有时比政府法律更有效。宋庄驱赶裸体行为艺术家的办法，不是派警察，而是派一帮妇女上阵开骂，搞得艺术家不好意思。欧洲小镇上的人想必也不会动辄法庭上见吧。

台塑创始人王永庆15岁卖米就知道在本子上建立乡亲们的用米档案。常常是不等人家吃完，米已送上门了。管理案例上说，关键在于王用了心，用心去研究顾客。我说，不对，是因为他们是乡亲，如果你能以乡亲之道对待你的所有客户，一定能成功。

乡亲代表温暖，代表亲情，代表贴心，代表约定俗成。而消费社会则代表距离，通常，消费者在"上帝"与"被愚弄者"之间切换。

提防和质疑成为我们现在的基本关系。于今，冷漠社会解构了邻里乡情，大院生活成为美好的怀旧题材。中国经过30年急行军之后，忽然发现人和人不会相处了。

西方成熟现代型社会的游戏规则，是经过几百年演练才有的。今天的中国人东西两边不靠，不中不西，不尴不尬。一些智慧的企业家将东方传统文明与西方市场规矩成功对接。稻盛和夫将"敬天爱人"融汇到京瓷，陈峰将"以义制利"引入到海航，都是已上哈佛教案的成功例子。

成功的东方企业中我们看到"两种统一"，敬天与爱人的统一，企业内外的统一。你对大自然不好，如何对人好？所以先敬天后爱人。你透支了大好河山，你不怕被后代诅咒，你就更不在乎大众的利益。当下寡头们的赢家通吃，成为社会空气干燥化、戾气化的根源。企业不善待员工，员工如何善待顾客？企业又如何以同一理念处理好股东、员工、客户、政府、传媒、同行这个六边形的关系？

过去30年，台湾历经政治危机与经济动荡，但普通民众生活基本淡定。这里有两个基本原因，一是星云诸法师倡导的人间佛教有如定海神针，维持一方人心安定；二是中国文化传统从未断根，社会未失序，基本伦理保存下来了。这个结论，大陆客从台湾人脸上的友善就能读得明白。故，任凭你"总统"弊案、蓝绿对掐，百姓日子照旧。

找回友善就是回到良知

海底捞的掌门张勇是个朴实之人，并不求闻达于名利场，他甚至回绝了许多采访。我理解，他只是一个按自己的良知践行友善经济的人，一个不经意的布道者。

中国农民是心理成本最低的阶层，他们招之即来，挥之即去。只要给他们一点阳光，他们就灿烂。直到"农二代"进城，情形发生逆转。城里人低端服务业做不来，但又不想让有同样权益诉求的"农二代"分享城市福利。"农二代"将成为未来中国城市化的定时炸弹。试想，一两亿与你我同样有幸福诉求的人被拒之城外，那是何等的张力！更何况"农三代"正在路上，他们是中国未来人口结构性危机的可贵生力军。这一点，城市里那些国家智囊们不知考虑到没有。

对员工尤其是来自底层员工的尊重，是海底捞的攻心法。海底捞不只靠价格便宜，靠环境好，更靠精心营造的快乐气场，人心是这个气场的核心。现代企业最难做到就是老板和员工之间相互理解和尊重。海底捞你为什么学不会？因为多数老板不懂"把人当人"这个心法，他们通常把人当牲口或机器。

南怀瑾先生曾提出，做企业要有共产主义的理想，社会主义的福利，资本主义的市场管理和传统文化的境界。你善待人，人就善待企业。中国家族企业要发展到国际型企业，要从传统文化的根基出发，再到普世价值的舞台。

当下社会，出现人人提防人人，一些人算计多数人的状况。世界三大宗教与儒家，殊途同归的一点，都是如何善待人。在王阳明那里，人的良知是天生的，良知从来不曾睡去。互害型案件频发，一次次攻破底线，需要一个个来修复。假如个人没有正向价值观，只会害到自己及他周边世界（独裁者除外）；但若企业没有正向价值观，则会害到消费者甚至波及整个社会。因此提倡友善经济善莫大焉。

我们处于一个意义缺乏的时代。做事情不再问意义何在，尤其是对社会的正向意义。这是个只讲成功却失去意义的时代，这是个意思（娱乐八卦或恶搞）比意义更重要的时代。人们纷纷抖着机灵，却不知整天忙碌为的什么。

"杰夫，有一天你会明白，善良比聪明更难。"这是亚马逊公司创始人杰夫·贝索斯的祖父对他的教诲。

短短30年，中国从一个邻里社会变成陌生人社会，价值观和社会伦理的缺失，使人际交往干燥化、戾气化，一擦枪即走火。法律可以审判药家鑫和染色馒头厂商，却不能医治互害型社会的心病。重建新的价值体系，需要海底捞们、海航们，更需要你我从自己身边做起。

不赚读书人的钱

青番茄图书馆的"免费"蛋糕

文/文莉莎

如果不是毫无征兆地与京东闹出了"绯闻"，知道青番茄的人并不算多。据传闻，京东CEO刘强东近日通过新浪微博公布了四项图书战略，其中，"在图书领域将会有重大投资并购披露"的对象就是青番茄。出乎意料的是青番茄涉足的领域是借书，而不是卖书，似乎与当当不完全在一条战线上。

书只借不卖

青番茄的"后缀"是中文网上实体书图书馆。位于深圳设计产业园的总部，与大多数创业型的公司无异：800平方米的办公区域呈全开放式，墙上和角落随处可见员工们自己动手，用木板、键盘盒、塑胶水管做成的相框、秋千、桌椅。中心区域摆着几排无间隔的办公桌，后面立着几排用塑胶水管组合成的书架，配上二三十张85后的面孔，让人感觉穿越到了某大学图书馆。

这家图书馆最大的卖点是免费！注册成为会员后，只需要通过支付宝等方式向他们支付110元的押金，你就可以开始借书。比免费借书更打动人的是，借和还的过程都通过快递，而快递费不由你出，由该图书馆出。当然，前提是你得提供真实准确的个人资料。

事实证明，这的确是一项没有人会拒绝的服务。从去年8月上线至今，青番茄已经积累了超过50万的读者群，服务范围遍及20个城市，藏书种类也超过了10万种。

副总裁张丽娟是75后，她说，"我实在说不出一个华丽丽的故事"，同她一样，另外三个创始人也是学理工科的，过去都从事互联网行业，四人已经有十多年的交情，都是爱书的人，所以，当决定携手创业时，自然就想到了做一个和书有关的项目。

当时，他们的朋友中已经有人在义务推广纸质阅读，而他们的思路是"是否可以用商业的方式来实现？是否可以与自己最熟悉的领域——网络嫁接？"。现在，网络上电子书已经有了，但是因为版权的问题和阅读习惯，仍然颇受局限，难成规模；通过网络卖书的也已经有了，但无论是模式还是市场占有率，他们都无法跨越前辈企业现有的门槛。

"剩下的就只有借书了。"张丽娟称，在做可行性研究时，他们花了两个月走访社区、学校和企业。收集到的信息是，大多数个人都有阅读的需求，可有的嫌买书太贵，"多了还没地方放"；有的嫌图书馆太远，借书还书需要占用太多业余时间。大多数企业也有自建图书馆，至少是图书角的需求，可由于缺乏专业的管理人员，书籍得不到有效的看护、分类和流动，久而久之，图书馆就成了库房，图书角就成了"死角"。

从理论上说，网络可以无缝覆盖到每一个城市的每一个角落，可以突破实体图书馆的地域界限，然而，要最大程度地推广纸质阅读，还得想办法把价格降到最低。有可能免费吗？青番茄正在做的这个实验，与网购、社交或者团购等任何网络产品都不同，找不到国外的版本，无法从已有的个案中看到前景，借鉴经验。

从另一个角度来说，这也是青番茄得以存在的前提。在美国，几乎每个社区都有自己的图书馆，儿童、青少年和成人阅读区一应俱全，而且可提供免费的通借通还服务。有些社区图书馆的藏书甚至不逊于省城的图书馆，个人阅读非常便利。

相比之下，中国的图书馆资源极为匮乏。除了高校图书馆外，社会性图书馆只有国家、省、市三级，区图书馆就几近摆设。至于社区图书馆，只在少数发达城市的高档社区存在，其象征意义大于实际意义。

对个人免费，向企业赚钱

对个人用户免费，是四名创始人从一开始就一致确定的原则，并且承诺永远如此。于是，下面的问题变得简单而纯粹，就是通过何种方式赚钱。

青番茄可以预见的成本主要是两部分：采购和物流。因为定位是实体图书馆的补充，也就没有必要一味地充数量，追求面面俱到。张丽娟表示，目前他们采取的是向出版社和书商采购的方式，在对方提供的书单中，挑选符合青番茄会员兴趣的那一部分。

会员们支付的押金，虽然可以随时申请退回，但基本上不可能发生集中"挤兑"的现象，因此，在提取一定比例的准备金后，每一笔到账的押金从某种意义上说都可以被视为收入。110元，只是入门的标准，根据每次借阅的数量和时间不同，押金的金额最高达510元。这样，押金大致可以与采购成本打平。

免费送还上门的服务，确实吸引人，也确实是个难题。即便是淘宝或京东也都不敢尝试物流免费；而需要自己承担物流成本的当当或卓越至今都还处于亏损状态。

"现在，在开通服务的20个城市，我们对读者的承诺是3—5天送达。"张丽娟说，青番茄的物流环节部分自己解决，部分与DHL合作。因为是免费，大多数读者对在途的时间没有那么苛刻。今后当业务量足够多时，平均每单的物流费用会有所下降。

暂时，青番茄的直接收入来源就是企业。他们向企业收取几千元至几万元不等的年费，然后为这些企业构筑一个外包式的图书馆。这笔费用大约相当于企业自建图书馆的1/6，但与自建馆相比，书籍的更新率和利用率都高得多，难的是在各地拥有分公司的大型企业，不可能做到每个分公司都自建一个图书馆，但是通过青番茄可以实现。

迄今为止，包括中石化、工商银行、联想、万科、腾讯、富士康、华为在内的40多家企业已经成为他们的客户。在青番茄的首页上，点击"每企一馆"，便可进入各企业自己的图书馆，这里除了有专业读物、热门书籍，还有部分企业学院和企业品牌文化传播的内容，企业员工从这个频道借书便不再需要支付押金。此外，他们还在尝试建立"每园一馆"和"每校一馆"，希望将这种模式推广到幼儿园和中小学。

成长中的盈利枝丫

还是因为免费，青番茄的粉丝对之表现出了极大的谅解，他们甚至主动

青番茄图书馆的工作人员（左图）在为顾客寄书时，都会送上一个标有"精神食粮"字样的别致书袋（右图）。（图—阿灿/新周刊）

要求在书籍中多夹一点儿书签广告，以弥补物流费用。

网络平台的规则是，不向个人用户收费，并不等于不从个人用户身上赚钱。随着用户基数和借阅次数的增加，青番茄将掌握一个庞大的阅读趣味"数据库"，这个数据库直接反映了会员的爱好、个性、经济条件，且有详细而准确的线下地址，到时候针对不同用户推送不同网络广告和书签广告，就水到渠成了。

张丽娟表示，现在还处于摸索阶段，即便夹广告也很谨慎，但是她相信，只要把握好尺度，读者会欣然接受，还有可能成为增值服务之一。在日本，不少实体书店的养身保健书籍旁，就有相关的商品出售。

虽然上线不到一年，青番茄却已经展露出了鲜明的气质，它强调阅读是一种生活方式，是一件时髦、快乐、轻松、环保的事情，有点儿小文艺，有点儿小清新，还有一点儿小幽默。会员从快递手中收到的来自青番茄的书，不是像当当或卓越一样用纸盒包装，也不是淘宝式的塑胶袋，而是一个泛黄的布制的环保袋，名为"精神食粮袋"。袋子上除了青番茄的logo，还印着一句话："不含农药，不含防腐剂。"

"在我的想象中，这就像是与读者的一次握手。"张丽娟说，他们与读者不能见面，却都是爱书的人，于是，想了这个办法，传递一种友善、温暖和默契。不少读者会把书和"精神食粮袋"摆在一起，拍一张照片，传上微博。

貌似有些煽情，却是一种商业智慧。四位创始人都是苹果的粉丝，他们认为苹果的成功之处就在于最大程度地向消费者渗透和灌输了自己的企业文化和价值观，在互联网时代，一个企业要不被其他人模仿，就得有自己的气质，而这种气质来源于企业的DNA，需要从企业诞生的第一天就开始培养。

因为气质相投，率先与青番茄牵手的是宜家和星巴克。在青番茄的网站上，宜家将部分商品重新"包装"，都打上了"阅读的概念"，通过文案努力将其营造成从阅读中衍生出来的、必不可少的生活细节，比如，台灯、书架、沙发、水杯、靠枕等。星巴克则直接附上了咖啡单，在会员中征集"喝后感"。

至少从张丽娟的态度判断，青番茄并不急于投向京东的怀抱，并不想与当当等短期内直接交锋，用她的话说，还有很多想象的空间。在大学的毕业季，他们鼓励大学生把不要的书、带不走的书寄给他们，换取积分，他们则可节省相当一笔采购费用；他们希望把与宜家的合作模式复制到旅游社，目前最受欢迎的书籍中，旅游类排名前三；他们还有意在爱书人间以及企业用户间搭建一个社交平台，届时会员不再只是信息的接受者，还可成为信息的发布者。

让广大人民时尚起来

凡客诚品的29元生意经

文/邝新华

"陈总（凡客诚品创始人陈年）给我们的压力非常大。在做凡客品牌的时候，我们要不断地思考，不断地自我推翻。人在这个过程里肯定会痛苦。"凡客品牌营销副总裁杨芳在北京五道口的咖啡厅里笑说。

2010年请韩寒代言凡客，陈年给了杨芳一个原则：不用考虑卖东西。这意味着"服装单品在广告里可以不被强调，价格也不重要"。与韩寒的约定也是不卖东西，除了那段日后成为凡客体的大段文案，广告中并无任何产品与价格信息。然而，在最后定版会上，陈年却说：干脆把价格写上吧。

于是，杨芳不得不再找韩寒重新沟通，韩寒身边才出现了29元的标价。杨芳说：“如果我们找的是一个会耍大牌的明星，而不是心里只把自己当成平凡人的韩寒，这件事恐怕没这么容易解决。”

29元的副作用

29元的定价源自杨芳的一次偶遇。杨芳在家里小区碰到扫地阿姨时顺口问了一句：阿姨，您会买多少钱的T恤？阿姨也顺口回答：30块钱以下的T恤我才会考虑。后来凡客把T恤价格定在29元。谈到这个故事，杨芳说，时值凡客T恤频道上线销售前夕，凡客高层正在讨论新上线的T恤定价，以及如何通过这一产品来扩大市场。杨芳讲了这个小故事，说定价30元以下有利于争取广大女性网购爱好者。言者无意、听者有心。陈年最终决定把T恤定在29元。杨芳后来觉得：“商业性建议和来自普通人的需求，后者更能打动陈年。”

29元代表什么？后来陈年自己也说：从制造成本而言，每一件卖出去的T恤要赔5块钱。2011年，凡客计划推出1500款原创图案的T恤，为去年的3倍，销售价格仍然保持29元。凡客今年T恤的销售目标为1000万件，销售目标是2.9亿元。亏损数额很易算出。

在陈年来看，29元定价带来的亏损与30日无条件退货的政策一样，都被纳入了营销成本里。29元的噱头本身就是一个很大的广告，足以打动平凡人的心。杨芳这样表述：“我们要表达的是，你只要花29元，是可以穿得跟韩寒一样的。我们宣扬的是自由和平等，不仅仅在销售商品。”

杨芳说，在营销方面，公司的目标是“把凡客们需要的凡客，以及凡客要向凡客们表达的

2011年4月，广州公交车站的凡客诚品户外广告，29元的字样分外醒目。（图/刘志涛）

凡客，说清楚。这种说清楚要不拘形式，无处不在"。

去年，凡客做了一个营销活动，寻找大街上穿凡客T恤的人都是谁。在拍回来的视频中，最让杨芳印象深刻的是一个没穿凡客T恤的人。杨芳说，那是"一个胖胖的年轻清洁工，他说他也买了29元的T恤。当拍摄者问他为什么买时，他的回答也很实在：图片很漂亮，这个价格我也买得起，而且我还能买好几件"。

在推行29元人民时尚的同时，凡客也担心把自己的品牌做成一个大路货，这是利于占领市场的29元战略的又一个负作用。为此，凡客在品牌形象的经营上挖空心思。

"我们在某种程度上不是在做品牌，而是在满足大家，让大家穿着凡客更高兴，也不害怕。"杨芳把"害怕"一词说了出来，"在过去，你穿一个便宜的东西你就害怕，怕别人知道你穿一个便宜的衣服。"现在，杨芳的品牌战略却反其道而行，大有"我穷我光荣"的风韵，她用一种很互联网的方式来表达："便宜也是一个态度，我们本来就是草根，那又怎么样？"

穿凡客，不害怕

为什么今年凡客选了非草根黄晓明代言？增高鞋、绯闻女友、自立门户，杨芳说："毁誉参半四个字或许可以概括公众对他的看法。"《叶问2》首映式，有人拿那个著名的段子问黄晓明："有人说甄子丹是叶问你是那个二，你怎么看？"黄晓明想了想回答说："二就二吧。"

黄晓明是去年最早被P成"凡客体"恶搞的明星，由于一首歌中"not at all"的发音被网友引申为"闹太套"而被调侃。现在，"not at all"却变成黄晓明代言的广告词。2011年春节，这套"not at all"广告成形之后，杨芳、广告公司代表以及黄晓明团队开了一个二十分钟的"关门会"。会上，杨芳跟黄晓明解释凡客的理念，最后还送给黄晓明四个字："无畏加持"。据杨芳转述，在开会的过程里，黄晓明没有立即表达出他的喜欢与不喜欢。看过创意后良久，黄晓明自言自语地说："凡人都是客。"然后又半开玩笑地问："广告词能用这个吗？"杨芳笑答：不能。

凡客狠在"以彼之道还施彼身"，黄晓明淡定在"闹太套"，即使不是演技派，即使穿凡客也不害怕。对于代言费，杨芳不愿谈及，只是用"N百万级"带过。杨芳在言谈中，仿佛not at all很快要成为今年的流行语。

从商品到产品

互联网是个不一般的行业。在这个行业里，用户以及他们的黏性对这个网站最终价值有很大的影响，于是赔本赚吆喝的事情常有发生；有很多闲钱也愿意进入这个"赌场"以小博大，支持凡客在上市以前的不盈利。这就是凡客29元战略的两大背景。

LV做广告是为了使包包更贵，凡客做广告是为了给时尚的人民找一个理由购买29元的便宜T恤。连陈年自己都现身说法，拿自己的行头说事：59元的鞋子、9元的袜子、19元的内裤、79元的裤子和68元的衬衫。陈年说，因为那天有一个重要会议，才穿这么贵的行头。

杨芳说："我们要做的是人民时尚，理论上所有人都可以成为凡客的代言人。"不过，在实际操作中，凡客还是从去年的王珞丹、韩寒，升级到今年的黄晓明。

根据陈年的说法，如果凡客的销售额今年能过100亿，2012年就能过300亿，未来五年凡客有可能成为一个1000亿规模的公司。对于这些数据，现在只能立字为据以观后效。不过，营销费用是少不了的，陈年说，凡客2011年的广告投放额达10亿元，预计销售单品1亿件。

除了增加服装的品类，凡客也在开发互联网产品以寻求突破。今年3月18日推出了一个以草根秀图配衣服为原型的产品，嵌入了销售分成的网店功能以及社区功能，这使凡客网变成一个以凡客服装为基础的"开放式平台"。杨芳说，凡客达人是一个"能让大家通过搭配展示自己并获得分成"的平台。也许，凡客希望通过这样的平台，尝试增加商品之外的增长方式。

对于凡客达人的规划，杨芳说："哪条路能走通，这个要交给时间和用户。当用户体验做好之后，用户会告诉我们答案。至于以后会做成什么，欢迎你们去猜。"

女人的"劣习"是男人的生意
二手奢侈包

文/文莉莎

　　至少对于女人们来说，这是一个好消息：从事名牌手袋二手买卖的香港米兰站已经进入上市聆讯阶段，暂定筹资4亿港元，挂牌交易指日可待。

　　这意味着，如果很不幸你是一个购物狂，看见某些特殊的Logo或者英文字母就本能地掏信用卡，在过去平衡这种欲望和钱包的办法或许只有去二手店，而如今你可以一边去二手店，一边买

2011年2月，香港街头一家米兰站。众多奢侈品牌在香港排队上市，但最先成功的是这家经营二手货的本地连锁店。（图/边越）

二手店的股票。从某种意义上说，你每去店里败家一次，都有助于手中股票的升值。从哪儿花出去的就从哪儿赚回来，再没有经济头脑的女人也明白，这比打折返券划算。

　　没有新概念，谈不上任何新的商业模式，也几乎没有技术含量可言，二手店的守则只是一条：低买高卖，人人都懂。可不见得人人都能够把这门生意做成连锁，做上资本市场。姚君达却可以。

现金收货

　　关于米兰站的传说很多，最著名的是：一次香港打台风，有窃贼乘机撞

破尖沙咀分店的橱窗，狂扫LV。事后，警察询问为什么是米兰站而不是LV专卖店，该窃贼说，因为这儿的现货比专卖店更多。

这个貌似广告的段子真实性有待考证，但公开的数据显示，米兰站的确掌控了香港八成以上的二手包交易，每个月所有的分店加起来卖出去的二手包超过7000个。一家二手店的存货何以那么充足？姚君达说，他为此准备了十多年。

高中毕业后，他就入了这一行。最初是和五十多岁的师奶们一起摆地摊，躲警察；接着，开了间楼上铺，照着时尚杂志，找工厂做仿品，这个阶段他学会了如何分辨名牌包的真伪，也赚到了第一桶金；而此后的8年，他一直在一家名牌服饰店做店员，结识了一批明星艺人、富豪太太和名门千金，这些人后来都成了他的"供货商"，并在各自的圈里为他"口口相传"。

那时候，香港的二手生意都是通过寄卖的方式进行，为了规避风险，经营者往往卖后再付钱。这个办法保险，却使得货源成为二手店的软肋。因为，真正有好东西的货主并不缺钱，并没有主动的寄卖需求，来往的手续太繁杂，反而熄灭了她们出货的兴趣，货源自然不稳定。

如今看来，并非由于姚君达脑子好使，想出了同行没想到的办法，而是他胆子更大。大家都知道"现金买断"的方式，简单，隐秘，更具有吸引力；却不知道第一个采取这种方式收货的姚君达当时口袋里总共只有十几万港元，还欠了别人几百万。

据和他一起创业的姚君达的妹妹回忆，"哥哥的决心是不成功便成仁"，创业之初，经常主动上门，直接评估，现金收货，"有一次在一家豪宅，哥哥一进门就看见柜子上摆满了各种品牌的名牌包，他小心翼翼地正准备逐一拿下来看，女主人却一下子都推到了地上，要求他蹲着看，他就真地蹲了两个小时，完成了交易"。

七折回收

米兰站的另一条著名的交易规则即：只要是从米兰站卖出去的包，三个月内保证七折回收。这相当于，如果花3万块买个包，用了三个月，还能够卖回2.1万，平均每个月只花了3000块，而且还可以常换常新，对买家而言，这其实是个租名牌包的概念。

这条规则也不是姚君达的创意，而是来源于日本。在日本，使用名牌已经成为生活的一部分，但不是所有的人都长期负担得起。这个办法则可以一举两得，一方面满足了追求名牌却收入不高的上班族，另一方面也保证了货如轮转。在目前米兰站的客户中，有超过三成是这类长期换包的买家。

而为了避免"是不是买自米兰站"的纠纷，米兰站会在每个包的"神秘角落"上，打上一个极小的"M"字钢印，甚至有个别分店已经开始尝试在包上植入身份芯片。

在收货时，货主一般需要提供当时买包的收据、防尘袋以及个人的身份证。通常，每个店会配备两名鉴定师，除了最基本的Logo辨识外，他们还会根据生产年份、Logo和钉扣的位置、边角的车线位以及手柄的针数等进行甄别。

现在，米兰站的近百名员工中一半以上都是鉴定的专家。"我们卖出去的包不一定都有原厂证明，但只要米兰站开了一张购买证明，就保证是真品。"姚君达说，二手生意是一个眼力活儿，除了会认包，还得会认人。他要求他的店员，从穿着和谈吐就能分辨出顾客的购买能力，然后根据这样的判断，结合年龄和肤色为他们推荐不同款式的包。

中央仓储

迄今为止，姚君达已经将这一模式成功地在14家分店中复制，除了香港澳门台湾，还于2008年正式进入北京。上海的第一家店也已经开始装修，计划今年7月开业。下一站则可能在杭州或者温州。

在香港，米兰站平均一天可以收20个包，其中近一半是全新的。米兰站有一个中央仓库，所有买入的包，无论品牌，无论新旧都先统一进入这个仓库，由专人整理、分类、标价再依据需求分别送到不同的分店。

公司的惯例是，每星期对包重新定一次价，抢手的货源会适时提价，如果某品牌的专卖店正在促销，米兰站该品牌的产品也会适时降价。每家店里的电脑，都与所有分店的摄像机联网，只要客人有意向的包店里没有，就立刻向其他分店询问，并且通过屏幕让客人确认，马上送货，赶在购买冲动消退前成交。

有粉丝在网上分享说，称得上新品的LV包在米兰站往往只要原价的七到八折，运气好的话还可以买到三四折的GUCCI，"即便是连专卖店都缺货、要排队几个月甚至几年预订的爱马仕Birkin包，不用一个月的时间，都会出现在米兰站的橱窗里"。

专业的买手当然功不可没，难的是米兰站把零散的货主也召集进了这个游戏之中。除了4名常驻欧美的买手，频繁地通过各国买手取得货源，姚君达每隔一段时间，还会和各分店店长开会，讨论当季的流行趋势，分析哪些名牌包具备发展潜力。选定目标后，他会请那一群有各名牌VIP身分的名媛朋友，在专卖店多买几个，累积下来，待到那一款升值或者缺货之时，再集中放出来。

你瞧，各个阶层的女人都乐此不疲，女人的"劣习"就这样被一个男人做成了年营业额达5.5亿港元，利润超过6000万的生意。

上网买菜的商业试验

有网上商城，为什么还要网上超市？

文/文莉莎

在2010年的最后几天，京东商城老总刘强东在微博上写下了这句话：One world，one shop。他预言，"2011年是中国电子商务全面竞争元年！会很惨烈！"，希望用这句话作为京东的内部口号，增强员工的危机意识。

如今，即便一个外行也明白，刘强东并非危言耸听。无论出身是卖电器的还是卖图书的，无论此前是做平台的还是做实体店的，都殊途同归地开始在网上卖百货——个别抢跑者甚至已在尝试在网上卖生鲜果蔬，并承诺半日内送达，美其名曰网上超市。

然而，对于消费者而言，无论你是何种模式，我要的只是用户体验，只是"平靓正"。

1号店抢先布局

在正式涉足或者宣称将涉足网上超市的三家企业中，1号店和淘宝都选择了在网购氛围最好的城市——上海试水，沃尔玛则立足于自己的深圳大本营。1号店正式上线已2年多，而淘宝和沃尔玛的网上超市都还处于测试阶段，前者仅对上海ID用户开放，后者仅对深圳山姆会员店会员开放。

从测试版来看，淘宝和沃尔玛将来可能呈现的形态与1号店区别不大，销售的商品都囊括了食品饮料、美容护理、厨卫清洁、母婴玩具、家居、电器、服装鞋帽、办公用品、营养保健、服务等十大类；都号称价格比传统超市更加便宜；都在抓紧研发生鲜果蔬的销售配送问题。彼此之间虽暂未剑拔弩张，但鼎立之势已若隐若现。

三者之中，最早看好这一市场的是1号店的董事长于刚。作为联合创始人之一，他有着经历颇丰的履历：美国得州大学讲席教授、物流和运营中心主任出身；曾任亚马逊全球供应链副总裁，负责打造下一代供应链管理体系和系统；后任戴尔全球副总裁，主管亚太地区采购和物流业务。2007年，他和同样来自戴尔的刘峻岭（曾任戴尔中国区总裁，现任1号店CEO）一起在商业计划书的首页写下了三句话："New Model（新模式）、New Value（新价值）、New Lifestyle（新生活方式）"。

那时候，国内的电商界正吹垂直风，京东、当当、麦考林在各自的领域内几近垄断。可于刚认为，垂直型B2C网站在起步阶段较易获得成功，成功之后横向发展却极为困难，将制约品类的扩张和企业的规模。因此，从一开始他们便决定，走综合性B2C这条路，定位于家庭日常消费。

迄今为止的事实证明，他说对了。当京东向综合性商城迈出第一步时，就与卖图书起家的当当进行了一场上惊朝野、下撼黎民的价格战。

淘宝、沃尔玛开测

也是那时候，马云在内部说得最多的一句话是"亚马逊已经死掉了"。他认为，电子商务的未来一定是eBay式的C2C模式，而非亚马逊式的B2C模式。因此，淘宝商城在相当长的一段时间内并不被阿里巴巴集团重视，一直依附于C2C模式，尴尬地生存。

直到2010年光棍节，一战成名，创下行业纪录，马云突然意识到"做与不做，B2C的市场就在那里"。于是，不顾圣诞、元旦、春节相连，全国物流行业集体爆仓，马云毅然在1月15日高调宣布，网上超市上线试运营。相比商城推出时的一波三折，对于网上超市这个项目淘宝表现得异常决绝且反应迅速。

淘宝公共部经理颜乔说："这是水到渠成。"淘宝是做平台的，对于他们而言，无所谓重复建设。从商城到超市，是一个资源优化的过程，超市本质上是对部分时效性更强的商品进行特殊的服务。卖家和买家可以根据自己的情况，判断哪个平台更有利，自由决定去哪个平台。而淘宝只是把量做得更大。

三者之中，最沉得住气的是沃尔玛。在美国，它的网上超市点击量仅次于亚马逊，排名第二；其业绩占沃尔玛总销售额的相当一部分；除了卖自家的商品，还向其他商家开放电子商务平台。

虽有成功的经验在前，这位全球超市巨头在进入中国电商领域时却显得有点保守。它认为，此前，客观条件并不成熟。作为中国最早一批推出网购业务的实体超市，家乐福的在线业绩并未取得实质性进展，反而不断地在缩减，最后只剩下了上海的古北店和北京的国展店接受网购，所以，沃尔玛一直不愿出手。

如今在选择试验田时，沃尔玛谨慎地选择了定位于高端消费的山姆会员店。山姆店的基本模式，即以每年150元的会员费，换取特供的、大包装的低价商品。在普通超市购物，消费者一般一次消费在百元左右，而山姆店的仓储式环境和组合包装却总引诱消费者打破计划。

三巨头的小战略

有一种观点认为，以山姆店入局电商，沃尔玛便可以节省一大笔建仓的费用，各地的会员店就是网上超市的仓库，网上业务可以与实体店进行有效的整合。然而，也有另一种观点认为，这笔钱根本省不下来，普通超市货物的陈列方式是根据顾客寻找商品的习惯和营销价值设计的，有刚性需求的商品如鸡蛋、牛奶、果蔬等，一般放在靠里的位置，是为了让顾客在卖场里逗留的时间长一些，希望其产生消费冲动，而这并不适合电子商务。
在中投顾问高级研究员黎雪荣看来，短期内，网上超市对于沃尔玛形式大于意义，现在布局只是为了将来不落后。沃尔玛的优势，还是在于其拥有不可比拟的采购能力和稳定的供应链，会员制则为之提供了大量的客户数据，以便今后的精准营销。

用户数据同样是淘宝的法宝之一。在淘宝的平台上，网上超市的供应商自主定价、自行促销，共享淘宝搭建的交易体系的同时，也共享超过2亿的用户。"这是无需再培养的、看得见的消费力。"颜乔表示，商家需要做的就是做好自己最擅长的销售服务即可，无需再操心建仓、配送等后端环节。相比之下，1号店的优势则在于其供应链管理系统。他们招聘的第一名员工就是CTO（首席技术官）。而于刚本人也直接参与了十几套系统模块的设计开发。以库存为例，依靠系统1号店可以实时掌握买断、寄售、转单等各类库存的精准信息，一旦库存降至安全点之下，系统将自动下单并进行追踪。"在我们的仓库中，商品摆放与一般的仓储摆放不同。越畅销的商品离包装台越近。顾客普遍喜欢同时购买多件商品，因关联度高，也被摆放在一起。而这些，都是通过系统计算出来的。"于刚说。

目前，1号店平均一个订单有16.7件货物，一名拣货员在仓库中完成一个订单大约需要127秒，未来这一速度将随着系统的不断优化继续提高，将缩短到50秒。"这才是真正意义的电子商务的效率。"

通常，传统超市的平均毛利率为20%-25%。沃尔玛由于比其他同行更善于控制采购成本，毛利率达15%便可实现盈利。网上超市省去了实体店面和大量人员，却多了包装和配送，成本算下来比传统超市略低3—5个百分点，因此，价格上比传统超市多了3%—5%的让利空间。理论上说，只要网上超市把销售量做上去，达到传统超市的利润水平并非不可能——当然，超市行业不是暴利行业——制约销售量的关键就在于配送。

配送，共同的难题

与垂直型B2C网站相比，综合类电子商务网站出售的商品种类和规格更多，货物的储存、包装和运输都更为复杂。若还顶着"超市"的头衔，并试图为了成为名副其实的超市而象征性地卖些生鲜果蔬，则对配送的速度和质量有着近似乎苛刻的要求。

在1号店上海2.5万平方米的仓库里，每时每刻都是货物流动的高峰期。仓库的一角被辟为收货区，每周供应商会按约定的时间在此向仓库供货。那些体积、规格不一的货物卸车后，将根据系统提供的"动销率"数据(衡量货物是否畅销)被摆放在不同区域的开放式货架上。一个有效订单生成后，仅需15分钟便可到达负责"拣货"的工人手中。

"若每个订单单独捡就会浪费太多时间，把多个相类似的订单聚起来跑波次（wave picking）一起捡，然后再拆分（sort），效率就会高很多。"于刚说，那些拣好的货物会集体放在一个拣货柜中，接着进行审核、包装程序，由于每个订单的需求都不同，货物体积也不一样，负责包装的工人必须在7种不同规格的箱子中迅速作出最好的选择，然后根据地址放在相应地区的配送站点上，整个过程要求在1个小时内完成。

自去年11月起，1号店通过自建和与第三方物流企业合作的方式，在上海已实现配送"半日达"，并可实现"早中晚"定时送货。即便如此，于刚仍然表示，很多环节还处于试验摸索阶段，今年内不会大规模上线生鲜果蔬。

事实上，去年中秋节前后，1号店曾在业内率先进行过一次销售生鲜的尝试。他们在阳澄湖承包了100多亩水域作为大闸蟹养殖基地，并与专门的物流公司进行合作。这边客户一下订单，那边就直接从湖里捕捞包装发货，运输途中温度始终控制在15摄氏度左右，以保证大闸蟹至少存活24小时，就这样最远卖到了昆明。这次尝试让于刚体会到两件事：第一，生鲜果蔬的市场很大；第二，生鲜果蔬的配送很难。

对于这部分生鲜商品，1号店与淘宝一样采取了与第三方合作的方式，只不过他们称之为"转单"，比如，有客户买冰冻食品，他们就直接将订单交给"思念"，由"思念"负责包装发货，交运能够提供冷藏服务的物流企业。可以预见的是，今后卖生鲜果蔬的电商企业基本上都会选择这种方式，仅扮演平台的角色。

作为平台在公布进军网上超市时，淘宝就当即公布了其配送解决方案。为了配合淘宝商城所建的淘宝大仓也被纳入网上超市的仓储配套之中。按计划，淘宝与合作伙伴——可以是供应商，可以是物流企业，也可以是包括淘宝在内的多方——一起负责建仓。所有符合淘宝标准的产品，所有承诺提供24小时配送的商家都可以进入这个共同的仓库，接受统一配送。

"很难想象，有消费者会愿意从10个不同的商家买10件日用品，付10份运费，再先后收10件包裹。卖家其实也不愿意舍近求远，为了异地的小额订单，还得特别包装、专门送运。"颜乔称，大仓加统一配送的模式，不仅可以保证配送时间，也节省了物流开支——付1份运费，用1个包装，同时收10件商品，买家和卖家都划算。

生鲜果蔬有独立的仓库，但会与大仓建在一起。用颜乔的话说，即便要求再高，也总有满足条件的供应商和物流企业。这样的后端合作方式未来将在若干城市中铺开，最终实现"一城一送"。愿意在网上买菜，愿意通过网购节省时间的人，往往也愿意支付用以保证生鲜果蔬新鲜无害的那部分差价。

图片来源：Getty

心媒体

心媒体：利化的年代与古老的敌意

　　"大多数人都生活在平静的绝望里"（梭罗语）。

　　能拯救人的，不是欲望的满足，而是心灵的激情和自由。

　　在利化的年代，逐利成了正经事，名是利的加速器。你与他人互相利用互为资源，为名利地位和房子车子而忙碌，最后，你的疲惫、空虚和失落感无从得到安慰。

　　诗人里尔克在《安魂曲》中写道："在生活和伟大的作品之间/总存在某种古老的敌意。"

　　泛言之，作为个人，保持古老的敌意，就是要对大流和随大流而动的自己都保持警惕，倾听内心的声音和心媒体的声音。

　　心媒体不仅是艺术、音乐、文学、宗教、诗歌，也可以是独具匠心、用心制作的物品，可以是以人为尊的场馆，可以是从心出发的广告，可以是透过纷然世相的浓雾，察看人性成色和人心纠结的传统媒体和电子媒体……人是自己内心的媒介，每个人都可以做自己的心媒体。

　　在利化的年代，做媒体易，做自媒体易，做成功人士易，做心媒体难。

《寒山拾得图》，（清）罗聘，美国纳尔逊·艾京斯美术馆藏。寒山、拾得乃唐末浙江天台山国清寺二僧，原为异姓兄弟，不幸同恋一女，后双双削发而言归于好。清雍正年间始封为"和合二圣"。"寒山拾得二圣降乩诗曰：呵呵呵，我若欢颜少烦恼，世间烦恼变欢颜，为人烦恼终无济，大道还生欢喜间，国能欢喜君臣合，欢喜庭中父子联，手足多欢荆树茂，夫妻能喜琴瑟贤，主宾何在堪无喜，上下情欢分愈严。呵呵呵。"在中国古代诗人中，寒山是对美国"垮掉的一代"影响最为深远的一位，20世纪50年代，加里·斯奈德翻译了24首寒山诗。其后凯鲁亚克发表长篇小说《法丐》，扉页上也写着"献给寒山子"。（图/新周刊图片库）

选择利益，还是选择"古老的敌意"?

文/孙琳琳

"狐狸多机巧，刺猬仅一招。"

古希腊诗人阿尔基洛科斯（Archilolochus）的诗句，曾被英国思想家以赛亚·伯林（Isaiah Berlin）拿来表明他对世界和人性的观点。

每个人身上都兼有这两种动物的特质，狐狸的一面保你生活无忧，刺猬的一面则意味着戒心以及"古老的敌意"仍然存在。

在利化的年代，狐狸成群，刺猬却成为珍稀动物。一心追求物质永不会得到满足，灵魂亦需要打点。这时代需要更多愚笨与固执的"古老的敌意"，需要传播真心实意的"心媒体"。

什么是"心媒体"?

所谓"心媒体"（Heart Media），即以人心为旨归，不追求宏观叙事和重大新闻现场，而透过纷然世相的浓雾，将心比心，直见本心，察看人性的成色和人心的纠结，追求更高远的精神境界和更宽广的心灵自由，给人提升与启迪。

心媒体可以是一个人、一句话、一本书，也可以是一件物品、一个场所、一种生活方式。重要的不是它的形状，而是它所承载的心灵，所传递的价值观。

相对于格式化的新闻通稿，把私人心得有感而发的社交媒体是心媒体；相对于罗列数据和优势的广告catalog，精心编排传递情感和思想的读物是心媒体；相对于统一装备玻璃幕墙的摩天大楼，山水间充满匠心的朴拙的石头房子是心媒体；相对于机器打版的成衣，一针一线绣好珠片与花纹的高定时装是心媒体；相对于摆满书店励志类书架的心灵鸡汤，《圣经》与"佛经"是心媒体；相对于摆出一副成功者专享派头的势利广告，以一群风烛残年的老人为主角的宣传片是心媒体；相对于庙堂般庄严的博物馆，乞丐和拾荒者皆可入内的图书馆是心媒体。

利化的年代更需要"古老的敌意"

当下中国，利益有泛化倾向。社会生活的每一个方面，都可进行成本核算。抚养一个婴儿要多少钱，照料一位老人又要多少成本；读哪个专业能带来什么前途，换一次工作又可以改成什么头衔；把自己混入哪个圈子最体面，嫁给谁可以衣食无忧……

在这个时段，你可以看见一切，就是见不着真心。很多过去是心媒体的事物，现在也变成了产业。就连以手写心的文学也是可以板块化运营的，写作、出版、打榜、销售，宛如工业流程。不少作家变成CEO，他们今天谈论的文学，不再是那些折磨卡夫卡和詹姆斯·乔伊斯的字句，而是"继承了中国传统文化基因的中国网络文学"，生来就是"世界性写作"。

利化年代前所未有的"盛况"，实际上伤害了这个时代的表达系统。如艺术家徐冰所言，中国这30年来的巨大变化，让文学呈现出失语状态。人们的在场感太强，反而不知如何表述自己亲身经历的剧烈伸缩。

里尔克长诗《安魂曲》中有云："在生活和伟大的作品之间，总存在某种古老的敌意。"这时候，那些试图发出有意义的声音的人，会本能地退回到"古老的敌意"。

选择利益，还是选择诚实？

帕斯捷尔纳克因《日瓦戈医生》而成为世界性的伟大作家，在斯大林治下，他一直作为一个圣徒和殉道者而存在，不顾可怕的压力而忠于自己的信念，他是一个"孤独的、纯真的、有主见并能全身心投入的人"（伯林语），固执的"古老的敌意"为他赢得了最铁石心肠的反对者和统治者的感动，使他得以安然活下去。更重要的是，他以忠于内心的笔墨创造出不朽的艺术。

丹麦文艺批评家勃兰兑斯一生树敌甚多，他的名作六卷本《十九世纪文学主流》由在哥本哈根大学的一系列演讲汇编而成，那是1871年勃兰兑斯赴英国、意大利和法国游学之后的观点表达，他极力推崇西欧19世纪文学，大力抨击处于停滞状态的丹麦文学，这种对祖国的敌意使他受到强力打压，后半生背井离乡。然而也因为这敌意与坚持，他成为文学史上最值得尊重的人之一。

在我们的时代，这种价值观同样有响应。

在一切试图保全个性和独立思想，不愿与当下流行观念妥协的人心中，"古老的敌意"从未消除。你可以不同意他们所说的话，但是他们还能表达想法，是这个时代的幸运。

为什么要有"古老的敌意"？

托尔斯泰被无从释放的"古老的敌意"所折磨，巨大名声、广阔田产和满堂儿孙是他灵魂的负累。在追求这些的路上，他并没有花费多少气力，然而在放弃这些的路上，他行走了一生也没达成心愿。

生活在利化年代的中国人，大多数还沉浸在成功和消费的汪洋中找不到彼岸，恐怕很难理解托尔斯泰的决心。一个人的存在不是为了占有尽量多的物质——物质常成为人的主子，如"你不理财，财不理你"即是一例——它并不能使人感到快乐和有价值。生命的价值常常是在对抗和疏离中产生的，否则人便只是大时代的附件。

少一些抱怨、多一些信任，少一些恶搞、多一些同情，少一些懦弱、多一些挺身而出……追求"古老的敌意"是一种内心的修行，而"心媒体"则是一种有血有肉的表达，来自这修行，能够照见本心，引发同理心。

那些高悬在城市天际线上空空荡荡的大词不是风景，它们甚至比不上一朵开在脚边的小花。孩子们摇头晃脑地背诵唐诗看起来是学习无用的技艺，但是多年后，当他们在外国的月亮底下吟出"床前明月光"，这种联想的能力便变得意味深长了。

如北岛所感到的那样，"当今社会中一切都变化得太快了，人们完全忽略了过去"。我们可以感受到的"心媒体"越来越少，但它们一出现，还是会使人感到强烈的触动。这种领受力一代代传下去，才能使更多年轻人成为肖邦那样"浪漫而有诗意，但雄赳赳，永远带有阳刚气息"（傅雷语）的人。

《红衣罗汉图》，（元）赵孟頫，纸本设色，26×52cm，辽宁省博物馆藏。（图/新周刊图片库）

"你得跟自己较劲，你得跟自己过不去"
北岛对北岛的敌意

文/丁晓洁

北岛出现在香港书展的名家讲座上，依然是一贯的浅灰色西装，却背一个双肩书包。

他当天演讲的题目叫"古老的敌意"，早在2005年出版的诗歌翻译文集

《时间的玫瑰》中，北岛就特别提及里尔克在《安魂曲》中的这句诗：在生活和伟大的作品之间，总存在某种古老的敌意。

20分钟的演讲，北岛始终低头念稿，以一种播音员式的语调，从不和听众交流——尽管现场源源不断地涌进人，在前排席地坐下，发出巨大的声响，

2008年，北岛在香港寓所。图/廖伟棠

他眼皮抬也不抬，毫无语气起伏继续念下去——这实在不是一个有煽动力的演讲者，让人猜想他在大学里应该就是那些从不和学生互动的教授类型。曾替北岛主编了《今天》杂志"中国当代建筑专辑"的香港大学建筑系助理教授朱涛笑称："北岛算是嘴比较笨的，他有个外号叫'老木头'。"

"作家是一个非常孤独的职业，这样的讲座，如果不是我的编辑逼着我，我根本不愿意来。因为我不需要粉丝，我是反粉丝的。"面对读者提问时，北岛说了这么一句。尽管如此，讲座结束后的索求签名的队伍还是挤满了整个走廊，他们中3/4的人专程从内地赶来，有人尴尬地说："虽然你是反粉丝的，但我从很早之前就是你的粉丝了。"更多人则激动地要求他在扉页写下《回答》中那句著名格言——卑鄙是卑鄙者的通行证，高尚是高尚者的墓志铭。

这是北岛定居香港的第四年。他每天早上穿过公园去书房工作，中午给自己下一碗方便面，晚上按时回家过家庭生活，他对融入香港的市民文化还感到困难，吃不惯粤菜，爱去一家叫"老北京"的餐馆吃炒饼和饺子，不看香港电视，反而偏爱盗版碟里的大陆电视剧。

在被称为"文化沙漠"的香港，北岛每年在中文大学教一门课，又牵头策划了"国际诗人在香港"和"香港国际诗歌之夜"两个诗歌节。2010年秋天，参加"国际诗人在香港"的谷川俊太郎为北岛写下这样的诗句："你是何时悄悄打开门，优美而利索地踏入了这粗暴的世界？今天，你又从那里归来，仿佛一个连假日也不休息的沉默的上班族。"

"和呼啸成群的大陆作家不同，香港作家更热爱孤独。也许是由于他们对商业化压力和文学本质有着更深刻的体验。换句话说，这儿没有幻觉没有眼泪，没有天子脚下的特权。依我看，非得把作家放在香港这样的地方才能

测其真伪：只有那些甘于寂寞清贫而不屈不挠者才是真的，真的爱这行。"2008年出版的散文集《青灯》中，北岛曾这样总结香港作家。如今他已是其中一员，他宣布："我是一位香港诗人了。"

2011年夏天，北岛52岁，头发渐渐花白，重新开始写诗。

"我是要跟自己较这个劲"

《新周刊》：从《青灯》到《城门开》，从《七十年代》到《北京四中的暴风雨》，感觉到了香港，你整个人遁入一种回忆中了？

北岛：老了呗！这是很自然的，人到了一定年龄要回头看。不过我认为这种回顾不是个人的，而是我们要反对遗忘。通过个人的回忆，我们要重构原来的历史场景，找到历史的质感。现在的80后基本对以前的事不了解，甚至认为那是古代的事——其实没有多远，这段历史是连接在一起的。我早就有这个打算，不是从香港开始，但结果是在香港看到的。

《新周刊》：你到香港的另一个变化，是最近又开始写诗了？

北岛：我这十年的时间，写诗写得很少，感觉有点不务正业。最初写散文是出于生活的压力，为了赚钱、为了养家。但后来和经济没关系了，就是写上瘾了，写得也挺顺畅的，散文是大家容易说好的东西，也的确是得到了朋友和亲人的赞誉。

这对一个作家是危险的，就像我谈到的和自己的敌意——你得跟自己较劲，你得跟自己过不去——在这一点上，我觉得写散文应该有意识地停掉。诗歌需要几乎全力以赴来写，而且对我来说更有挑战性，需要克服更多的苦难和障碍。我现在转向诗歌，就是要跟自己较这个劲。诗歌像修行，要保持内心的封闭状态，才能和自己有深入对话。

对我来说，现阶段相对来说是一个平静时期，和二十多年的漂泊生活相比，我从来没有这么稳定过。但青春的冲动依然在我内心里非常强烈，我时时能感觉到它对我的冲击，这是我停止散文写作的一个重要原因。我还远远没把我想表达的东西表达出来，它最好的形式就是诗歌。

《新周刊》：上一次以这种封闭状态创作诗歌，还是在90年代吧？

北岛：90年代是我诗歌的一个高峰，我在那个时候也感到一种危机，就是写得太多了。写作常常会产生惯性，你会突然意识到你写的东西是没有新意的，是一种重复。所以在90年代末，记得当时接受《书城》的一个采访，我就提到要放慢写诗的速度。就跟我现在面临散文的问题一样，突然警告自己，要小心一点，不要重复。

《新周刊》：你说过，诗歌永远是和青春联系在一起的。

北岛：我说和青春联系在一起，并不是指年龄，而是青春的激情。我觉得我依然保存着青春的热情，看我现在的诗，会发现激情和愤怒依然存在。不同的是，我的人生经验和语言经验丰富了。就像陈敬容所说的，老去的是时间。这句话是非常适宜的，我们没有真正变老，我认为我自己从内心里并没有老。

《新周刊》：现在处在青春期的孩子们，都不是特别愿意读诗、写诗。

北岛：现在的问题就是，孩子们都没有青春。这是物质主义时代很悲惨的一个结果。我经常看到孩子们暮气沉沉的，包括我教的一些学生也是这样，他们对世界没有好奇心，甚至没有记忆。我觉得最好笑的是，我让他们写童年的生活的记忆，他们没有细节。怎么可能没有呢？再大一统的社会，也会有不同的记忆。这点真的让我感到非常沮丧——他们虽然年轻，但是没有青春。

《新周刊》：你的敌意和愤怒，是和你的天性有关，还是和漂泊经历有关？

北岛：这我就不知道了。愤怒其实不算是一种准确的说法，你不如说它是激情。对爱与憎、对世界不公平的愤怒、对一切美好事物的赞美……这些都在一起。我并不觉得随着自己生理年龄的衰老，这种激情会逝去。

没办法判断别人是什么样的，但我觉得一个人的动力系统是永远的，应该是有一致性的。激情就是我内在的动力系统，直到我生命尽头都是一样，不会因为年龄的增长而衰退。

网络时代的危险

《新周刊》：你曾说："我现在是一个香港诗人了。"是什么样的情况使你说出了这样的话？

北岛：经过这么多年漂泊，身份问题变得不重要了。在美国，或者在国际诗歌节，他们经常标我是"China/USA"，甚至有的就把我变为美国诗人。

过去有一部电影叫做《处处无家处处家》，我不再认为归属感有那么重要。除了在语言上我认为汉语是我唯一的母语以外，所有长期居住过的地方都是我的家，连乡愁也变得非常模糊了。我会想念我在加州的生活，想念我在巴黎的生活，现在回到香港，我就很自然地觉得香港就是我的家，我的家人就在这儿，我的朋友、慢慢形成的文化圈子也在这儿。我不认为我说我是香港诗人这有什么不对的，2009年的第一届"国际诗歌之夜"，标的就是"北岛（香港）"，我觉得这样也挺好的。

《新周刊》：在香港的生活状态是怎样的？

北岛：生活不是一个问题。和在美国相比，现在我不用为钱发愁，而且我现在很奢侈，在和我家有一定距离的地方，我有自己独立的书房。在香港我已经很满意了，没有什么可抱怨的。香港人不太请人到家里去，但我很喜欢请朋友到家里吃饭，然后谈中国跟世界的问题，一直聊到深夜。这是我香港生活中非常重要的一部分。

我不是太喜欢粤菜。北方人口重，基本上是在家里吃。我有个朋友开了家餐馆叫"老北京"，我们聚会经常就是到"老北京"去吃一顿家常菜。

香港电视我不爱看，我现在挺喜欢看大陆的电视剧的，比如新《三国》、《潜伏》和《黎明之前》，我觉得大陆的电视剧比电影拍得好。正好国内一个盗版商是我的粉丝，我其实没见过他，但他经常给我定期供应各种碟。

香港是一个过路码头，中国、美国以及台湾地区，来自五湖四海的人都经过香港。因为人太多了，有时候我不得不逃避。总体来说，这些朋友都带来了各种信息、各种观点、各种立场……所以在这儿，其实是一点都不缺乏信息。

《新周刊》：内地诗人常常感叹"诗歌死了"，而在香港这种地方，诗歌好像从来都不曾存在过一样。

北岛：其实也不是这样。香港只不过是因为生活压力大，作家也不像在内地那样有作协之类的官方机构支持，很多香港诗人其实一直在挣扎，在香港做一个诗人更难。人家说香港是文化沙漠，我觉得这是不公平的。而且香港人有一个好处，他们有一种非常执著的专业精神。

诗歌推广是一个很复杂的过程。诗歌节的优点是可以在短时间内吸引人们的注意，引起社会效应，但是它不够扎实，人们过了诗歌节，马上又进入繁忙的生活了。我想做一个更具体的工作，邀请国际诗人到香港，和香港社会进行互动，我们组织工作坊，由专家（往往是译者）来进行导读，不仅介绍某个诗人的诗歌，也同时介绍该国的诗歌历史。诗歌的教育其实是需要织体的，就像布一样，织出不同的花纹。仅仅一个大事件是不够的，需要不断地制造新的东西来补充。

《新周刊》：你如何看待诗人和读者之间的关系？

北岛：我认为诗人和读者常常是背道而驰的。我在国外朗诵，常常会遇到一些读者，他们都说：我们喜欢你早期的诗，能不能为我们朗读《回答》？读者和诗人相遇是一个偶然的过程，相遇了也可以离开。所以我为什么反对粉丝文化呢？我认为诗人是不需要粉丝的。至于有没有人喜欢诗歌，是一个偶然相遇的过程。如果他们意识到诗歌的重要性，他们在一个时期喜欢过诗歌，那也不错。

《新周刊》：你是一个不太容易接受新事物的人吗？

北岛：什么叫新事物？（笑）为了传播和推广诗歌教育，网络是不可避免的。所以在三年前，我花了将近一年的时间，每天泡在网上四五个小时，去和网友互动。但我确实是对某些东西有抗拒，比如博客和微博，有人盗用我的名字开博客，我反复声明，没人听。

《新周刊》：你虽然抗拒微博，但我发现你其实很了解微博，你连"僵尸粉"这么专业的名词都知道。

北岛：这是因为前不久韩东跟我通电话，他说他开了个微博，送给他一万多个僵尸粉。他说，你开的话，肯定可以送你几万个。

《新周刊》：你为什么如此抗拒微博这种新的传播方式？

北岛：我精力有限。因为我做的诗歌节活动，每天上网的时间已经很长了，必须花很多精力在E-mail上，我没有更多时间了。而且微博的内容太有限了，就100多字，很琐碎。我后来听人描述过微博，也看到过一些微博的内容，它可以关注很多民间问题，比如丢失的孩子，这是一件好事。但就跟电脑一样，让我们方便的同时也给我们带来了巨大的问题，我最近被黑客黑了，邮箱里所有的地址都没了，跟外国作家的联系全都断掉了，我突然感到一个巨大的恐怖，这就是网络时代的危险。

我们在《今天》出了一个新媒体专辑，讨论网络可能带来的对人类整个文明史的改变，包括书写，包括思想，都将发生一个根本性的改变。我们无法预测这个改变会到什么程度，可能远远超过电视对人类的改变。

"古老的敌意"外篇

北岛　历史叙述中的个人记忆

"我来到这个世界为的是看太阳，和蔚蓝色的田野。"苏联诗人巴尔蒙特的诗歌《为了看看阳光，我来到世上》，北岛曾经反复引用。

这几年，世界发生了大的变化。尤其是来到香港后，这个感觉更强化了。中国文化的大环境也发生了变化，从21世纪开始是个转折点。其实有一段时间我们有些迷失，就像一个人在黑暗中待太久了，你不知道往哪儿走。而下一代不可能经历这种对个人极限的挑战，没有这种社会环境。

重要的是需要有人在这昏梦之外

所谓人的自由，其实是某种悖论，我早年写过这样的诗句："自由不过是/猎人与猎物之间的距离"（《同谋》）。而猎人与猎物是可以互相转换的，即猎物也可能变成猎人——二者之间有某种同谋关系。在物质主义的时代也是如此——出发的时候还自以为是猎人，转眼就成了猎物。

一个人的勇敢是很多因素造成的。1978年，由于历史的转机，也由于我个人生活中的不幸事件，我对危险并没特别在意，认为生命并没那么重要，做好冒一切风险的准备。正如狄更斯在《双城记》中所说的，这是一个最坏的时代，也是一个最好的时代。关键是如何尽量把这个时代的细节全部展示出来，历史的复杂性往往在文学虚构或历史陈述中被简单化了。

往往越是有才气的人越容易提早退出舞台，就总体而言，他们比较脆弱，与时代发生冲突时容易受伤害。而像我这样的由于笨由于迟钝，反而幸存下来。

富人，他会请你吃饭一掷千金，而当你要他为文学杂志捐款，他就开始装糊涂了。这里面有富人的心态，请吃饭是一种仪式，是他们行使金钱权力的一种仪式。

我们在1970年代不适应，我们要反抗那个时代，而在当今的时代肯定也不适应。我们从来没想美化那个1970年代的社会，那个时代是非常压抑的，但正是由于反抗，生命才体现了它的价值，在这样的压力下，个人必须强大，才会释放出自己的所有能量。

走在多种潮流中，我们在跨越界限。保留身份的多重性，没有必要去确认一种身份，那反倒是一种特权——不断越界，就是不断从不同角度对世界发言，这就是漂泊者的特权。

人生冷暖，许多事尽可原谅，但某些历史事实却非说不可，要敢于说出这个世界的过失与危机，并为自己的话承担责任。对于大历史来说，有没有意义并不重要，重要的是需要有人在这昏梦之外。

闪电的形成并不仅仅是因为有乌云

怎么能够找到一种积蓄能量的方式，这让我感到茫然。其实就是我们所说的文化传统。比如当今以娱乐主导的商业化，进一步瓦解诗歌。正如我说过的，在曾经那个压抑的社会，个人在与社会的对抗中获得能量，积蓄能量的方式就是诗歌，这有点儿像独唱。在商业化社会，个人在与社会的妥协中消减能量，导致某种类型化的合唱或轮唱。那是另外一种艺术（如果还能算艺术的话）：无聊，单调，自哀自怜。比如所谓的"白领文化"，他们找到新方式的疏导，释放了商业化时代的能量。完全不需要借助诗歌，因为他们不是积蓄能量，而是如何以最快最轻松的方式消耗能量。

我跟我女儿这一代的年轻人有接触，他们对物质生活感到厌倦，对新时代有了反省和批判精神。这是一个很好的征兆。我认为这世界就像钟摆，走到一个极端必然会摆向另一个极端。这是一个积蓄的过程，正如闪电，要达到爆发的程度才能转换为闪电。闪电的形成并不仅仅是因为有乌云，需要沉积、对峙和撞击，只有在特定的条件下才能发生转换。

我们这代人的写作和"文革"有很大关系，正好在中国文化走向尽头时绝处逢生。所谓"工人教育知识分子"，指的是我们这些本来没有什么知识准备的工人，却由我们来发起了一个新的文学运动。就这一点来说，尤其是我自己，完全没有思想准备和知识准备，仓促上阵。因此这一文学运动带有明显的硬伤。虽说这是历史的契机，我们抓住了，但深感力不从心。

知识分为两种，一种是系统性的，外在的知识；还有另外一种知识，是内在的知识。诗歌来自于内在的知识，和灵魂有关的知识。要说两种系统兼备是很困难的。我们的出现是在那个知识系统出了毛病的时候，反倒可能提供另一种可能性，另一种出路。

人们在忽略中匆匆奔向死亡

我教过的美国学生往往会对创作产生幻觉，认为只要经过系统化的训练就可以成为好作家。我在上课的头一天就说明这是不可能的。按美国诗人加里·施耐德的说法，最多是得到一张打猎许可证而已。唯一可教的就是如何阅读与欣赏诗歌，原创的东西是没办法教的。

中国也开始学美国，人们想通过写作课成为好作家，这是一种幻想，而且有很大的毒害作用。创作这行手艺是很神秘的，来自每个人的内心，每个人能走多远是无法预料的。外部引导没有多大用处。

我这几年写得很慢，这是有意识的。当今社会中一切都变化得太快了，人们完全忽略了过去。人们在这种忽略中匆匆奔向死亡。而我恰恰想通过"历史叙述中的个人记忆"来重新恢复某种质感。写作是一种抚慰个人痛苦的过程。其实每个作家都要随时提醒自己，写到一定程度就应转换或放弃。我在写作中寻找的新方向是，尽量把速度放慢，扩大细节，重新构置个人想象的经验。

在汉语写作中，包括散文写作中，到底留下了什么样的传统？依我看，恰恰主流之外的某些作家，倒是留下了好作品，比如说汪曾祺，他就是一个主流之外的作家，他反倒留下了对我们来说很重要的文化遗产。而属于主流文化的作家，我不愿意指谁的名字，我相信大都会被时间所淘汰所遗忘。

作家其实就跟蛀书虫一样，需要的是黑暗和孤独，如果总在光天化日下曝光，是非常危险的。（口述/北岛 整理/胡赳赳）

《松涧横琴图》，（元）朱德润，绢本，水墨画，25.8×27cm，台北故宫博物院藏。朱德润（1294—1365），中国元代画家，诗人。字泽民，号睢阳山人。（图/新周刊图片库）

心媒体的七个样本（节选）

利化的年代，一切似乎都可以利益来衡量，心不见了。然而在利益交换之间，总还有心灵的自媒体，让一切不那么糟。文学在当下延续，微博上传递良知，建筑重建人与自然的关系，手感中包含着心思与心血，读经书有领悟，图书馆也可以对拾荒者敞开大门，广告中发掘励志与温情……这七个"心媒体"样本，显出的正是回归自我，回归内心的价值。

文学：回归当下

文/谭山山

"文学"近来很热闹，它正在回归，回归当下的语境，以这种或那种方式嵌入更多人的生活。

这一年，3月，《大方》创刊；4月，《天南》创刊；5月，《百年孤独》正式授权本出版；6月，略萨访问中国——尽管《天南》主创欧宁认为《天南》、《大方》等文学新刊受到追捧"不是复兴，而是一种消费"，但不可否认的是，"文学"正在回归，回归当下的语境，以这种或那种方式嵌入更多人的生活。

北京大学中文系教授张颐武说，纯文学的读者一直都有，而且他们的数量不是减少了而是增加了。《1Q84》首印100万册，《百年孤独》首印50万册，《独唱团》首印50万册、最终销量近百万册，都传达了这样一个信息：

人多，钱多，品种少，速来。尤其是文学杂志这一块，老牌文学杂志如《人民文学》、《收获》、《十月》、《译林》固然各有固定读者，但它们数十年如一日的版式和调性阻碍了新读者的进入也是事实。不仅文学创作需要变革，文学阅读的介质及其形态也需要变革。尽管业内人士不以为然，郭敬明公司旗下的《最小说》及《文艺风象》、《文艺风赏》，张悦然主理的《鲤》等mook却持续大卖，这就是原因所在：它们代表了变革的可能。

所以《大方》创刊号宣称首印100万册，除了村上春树的号召力，也因为主办方对新形态的文学阅读有信心。《天南》创刊号的印数没有公布，但从上市短短几天就断货来看，它对于市场的预期显然保守了点儿。因为几乎同期上市，《大方》和《天南》免不了被拿来比较，业内人士在比，读者也在比，比的不仅仅是杂志内容架构、作家阵容和文本的可读性，还有杂志形态。

读者想看的，是一本好看的文学杂志，不单文本要好看耐读，视觉也必须好看。从后者来看，《大方》远远不及《天南》，因为《大方》是按做书的方式去做杂志，而《天南》在做视觉艺术出身的欧宁的指导下，给读者呈现了意外的惊喜。比如杂志开篇部分刊出台湾诗人吴晟的诗歌手稿《我不和你谈论》，就让人有久违的亲切感。"装帧、排版、设计，及手感而言，《天南》完胜。两者都文艺，但方向各异。《天南》偏知识分子，带精英范儿。《大方》偏小资。《天南》像是文艺版的《读库》，《大方》则像大龄版的《最小说》。"有人这样品评二者的区别。

作家蔡骏在微博上说，十年前，他有次到榕树下公司去拜访，偶遇安妮宝贝，她当时在主编电子杂志；十年后，安妮宝贝出任《大方》的主编。他感慨道："永远不要忽视千千万万小众青年，或许未来只有这样的纸书才能生存，期待中国的《纽约客》。"做成中国的《纽约客》并不难，难的是，有没有文学阅读的环境，还有更重要的，爱文学、懂文学的读者。读者是需要培养的。

欧宁的看法是，文学会重新成为一个消费产品，未来5年内甚至诗歌也会很热门，诗集会流行起来。"但是那并不是对于文化本身的注视，而是把它当成一种象征来消费。"今天的文学应该如何呈现？是通过被消费而嵌入更多人的生活呢，还是仍然小众，像刚刚获得茅盾文学奖的张炜所抱怨的，"写了几十万字，连个鸟叫都没有"？这是个见仁见智的问题。倒是欧宁把

《天南》定位为"纯文字读物"，《大方》编委马家辉说愿意把《大方》理解为一本人文杂志，耐人寻味。是不好意思打出"文学"的旗号，还是觉得"人文"的说法进可攻退可守？

无论如何，文学在哪个时代都应该存在，尤其是今天这个时代。它可以令古往今来所有人的故事都浮现纸面，并直达你的内心。

微博：网络之心

文/何雄飞

如果你问：在中国，哪家媒体最接近真相与人性？答案：微博。在2亿双眼睛的围观之下，真相裸奔，至少还会穿上一条"红底裤"。

互联网是上帝赠予中国人最好的礼物！微博是其中一样。

有人嘘唏，天天泡微博，惊觉身上都是负能量。"@小宇宙鼠"宽慰她：你的面前有阴影，那是因为你的背后有阳光。

有人发问：微博的伦理底线在哪里？

"@历史–袁老师"反问：微博杀人了吗？微博酒驾了吗？微博淫乱了吗？微博强拆了吗？微博给日本人立鬼碑了吗？微博贪污受贿了吗？微博驾着和谐号追尾了吗？汽车撞死过人、喝水呛死过人、馒头噎死过人，你们怎么不追问汽车的道德底线在哪里，水的道德底线在哪里，馒头的道德底线在哪里？

有网民作答：1.微博是腐败的曝光机；2.微博是谣言的粉碎机；3.微博是真相的挖掘机；4.微博是自由声音的发动机；5.微博是民众微言的呼吸机；6.微博是社会空气的清洁机；7.微博是事件记录的影像机；8.微博是推动社会进步的永动机。"@胡延平"补答：现实很肮脏，不能要求微博很纯洁。

微博中，2亿博友是不领薪水的新闻记者、律师和行业专家，"@微博小秘书"、"@微博辟谣"是24小时的看守者与清洁工。如果你要问：在中国，哪家媒体最接近真相与人性？答案：微博。因为在2亿双眼睛的围观之下，真相裸奔，至少还会穿上一条"红底裤"。

在一定程度上，微博改变了中国政治生态。

有论者称，"离人民群众最近的是互联网，离中南海最近的也是互联网"。微博政务厅里，有外宣系、公安系、司法系、交通系、医疗系、城管系、招商系、外交系……约3000个机构账户，在"微博问政"潮中，体制内的公务员们"活跃跃"创作"微博公文"，发布加送Q币的"淘宝体"通缉令，听民意，解民困。

微博上，官员的一块手表、一盒香烟，不端行为与绯闻艳照，都将成为网络反腐的靶心。微博，成为悬挂在腐败官员头上的达摩克利斯剑。官员的雷人雷语，转瞬就会成为热门段子——@笑话：一民女状告遭强奸。领导："他戴套了，不算强奸！"女："他没戴，他撒谎！"领导："不管你信不信，我反正信了！"女："我都怀孕了！"领导："这是一个奇迹！"女："那现在怎么办？"领导："我只能说，它就是发生了。"

微博启民智活民风，让真相不再成为特供品，让社会情绪有了一个"减压阀"。慈善机构的虚与委蛇，网络红人的背后内幕，城市规划的下半身残疾，名人光鲜衣裳里的虱子等，一一成为网民围观的活话剧与饭局上的热谈资。有网民甚至还评选出内心"2011上半年网络大奖"——1.信任大奖：红会；2.安全大奖：动车；3.炫富大奖：美美；4.幽会大奖：局长围脖；5.情感大奖：锋言芝语；6.特效大奖：水漫帝都；7.震撼大奖：日本海啸；8.咆哮大奖：有木有；9.感受大奖：伤不起。

微博亦是一片生机勃勃的道德湿地与爱心暖棚。

人们会为一个好人蒙难伸出援手、为一个坏蛋得到惩罚欢呼雀跃，会为一个板车老汉、失学儿童、重症患者、地震灾民捐款，会为解救乞讨儿童随手拍照，会组成网民考察团查究冤案，即便是在对待远方的一棵树、一只猫、一条狗，爱心一样毫不吝啬。

广告：感动至上

文/何雄飞

广告进入观众的内心，是他们被感动的时候。

"在商业创作的领域里，基本的道德是去解决客户在商业上的课题。"（台湾广告人许舜英语）但是在这基本道德之下，创意有高下，品质亦有参差。像"今年过节不收礼"、"羊羊羊"那样的广告，通过不断地机械重复，的确达到了传播的效果：它让消费者记住了此种商品，被反复播发的广告词甚至一度在脑海中挥之不去。但洗脑式灌输也招致反感。

试图将人圈入商业的"动物庄园"的洗脑式广告存在于不成熟的消费文化中，商人冒着被唾弃的风险，赚一笔就走人。但是，广告可以不必如此讨人嫌。广告与受众之间，经过多年打磨，已形成了某种默契，很多人都表示：不会讨厌广告，只要它不让我讨厌。

在台湾有这样一个老人团队，他们完成了一次为期13天的摩托车环岛游。这个团队一共有17人，其中还包括两名老年妇女。三年后，他们的故事成了台湾大众银行《梦骑士》的广告文案：

"人为什么活着？……为了思念？为了活下去？为了活更长？还是为了离开？5个台湾人，平均年龄81岁，一个重听，一个得了癌症，三个有心脏病，每一个都有退化性关节炎。6个月的准备，环岛13天，1139公里，从北到南，从黑夜到白天，只为了一个简单的理由。人，为什么要活着？"片尾出现的是一个大大的"梦"字。

《梦骑士》推出后不到两天便风靡各大视频、社交网站。这类感性诉求广告的作用点在于社会心理需求：在沉重的现实面前，我们还有梦想的能力吗？如果这些平均年龄81岁的老人依然可以执著于梦想，我们为什么就不可以？

在谈及大众银行广告创意时，广告的创意人胡湘云说："它的名字'大众'给了我答案。我一直用我会做的事，为我的同胞做点事，所以，当我研究100多个真实故事时，我越发觉得应该告诉更多台湾人，他们有多么不寻常。"

台湾广告人，同时也是著名编剧、演员、导演吴念真说："广告让他（观众）感动，所以就记住产品的名字了。"保力达B的新年广告中，他让劳工阶层用一分钟朴素的语言总结这一年的艰辛和下一年的期待："……靠人靠天不如靠自己，身体是根本，健康是福气，只要气力充足，无论担头有多重，牙根咬紧，咱们照常担。"画面上是汗流浃背的渔民、农民、建筑工人，但是，生活不易该是所有阶层的共识，"保力达B，明天的气力"激励的是所有为生活付出努力的人。吴念真说："其说我是个创作者，我更把自己定位为一个沟通者。"这位长相平凡的大叔，自己做创意，有时出声音，有时现真人，频繁出现在台湾的电视广告中，小S、陶晶莹的广告总量都不如他多。

《连线》的资深独行侠

凯文·凯利：人类已经成为技术产物

文/钟蓓

　　凯文·凯利到了，对谈很快开始。北京尤伦斯当代艺术中心里的各种信号都很好，前来围观的听众挤满了厅里厅外。对谈开始，不断有人把现场嘉宾的妙语警句发到微博。凯利背后大屏幕上显示的有对谈的妙言警句，四五不着调的问题，甚至是对老头儿长相的评价……很多不在讲座现场的人都可以通过微博，了解此时此地发生的一切。

　　如果算上背后大屏幕上的链接，这就是场没有主角的对谈，因为参与者不仅仅是台上坐着的几位，延伸拓展开，方圆几公里都有参与者。这是某种意义上的失控和去中心化，是凯利若干年前预料到的。

　　此刻在《连线》杂志的版权页上，看不到创刊时凯利的执行主编身份。杂志被卖的那一刻后，他为自己与《连线》的关系找到了一个有趣的位置——资深独行侠（Senior Maverick）——凯利让自己游离在杂志事务之外，不时又把脚探进杂志里。

科技的预言者

　　善于观察科技革命的凯利不用手机，在若干天的活动中，他用过的最先进个人设备是照相机。在人类社会已经普遍得像空气一样的手机，于他而言是绝缘体。

　　"凯文·凯利强调有选择性，因为技术本身是中性的，只有选择才能让它更合理，解决的方式才可能比问题更多。很多看上去很新鲜的东西，他觉得不需要或者认为这件东西并不能给他的生活带来很大的改观、好处，他就不碰。但是他并不排斥新事物，比如，他本人最早体验互联网、在线会议……假如他觉得这个事物是有意义的，他就深入研究。"东西网的创办人、凯利《失控》的翻译组织者赵嘉敏说。

汽车，似乎是在过去的20年里凯利最为接受并着实使用的"新"事物。20年前，他刚刚开始写自己的宏大巨著《失控》。那会儿没有万维网，因特网刚刚进入实用阶段，仿真处于初级阶段，计算机绘图还很少见，电子货币尚不为人知。虚拟生活、去中心化的力量以及由机器构成的生态等概念，即使是在美国，也没有太多意义。这些故事和逻辑听上去太抽象、太遥远。

20年后，各种类型的互联网已经遍布全球，有电话、iPad和个人计算机组成的实时网络，还有采用了物联网技术，可以自动驾驶的汽车……都出现了。但人们"对如何使大规模复杂事物运作起来的理解仍然少有进展"，"不论是在人工生命还是机器人技术，抑或是生态学或仿真学领域中，并没有出现新的重大思想"。

今天人们所知的，绝大多数在20年前就已知。比如《失控》一书的翻译过程印证了凯利20年前提出的"群蜂协作"的思想——"它并非由一位专业的作者（自顶）来完成，而是由一些业余爱好者通过一个非常松散的去中心化的网络协作（自底）完成的。"

亚洲的感召

凯利的观念可能来自他20—28岁时断断续续的亚洲之旅。那会儿他去了很多亚洲的国家，间或回美国赚钱。他还年轻，正是接受新事物的时候。"重要的是，我开始换一种方式思考。我开始领会到大型任务如何通过去中心化的方法并借助最少的规则来完成；我懂得了并非所有的事情都要事先计划好。印度街道上车水马龙的画面始终浮现在我脑海里：熙熙攘攘的人群，伫立不动的牛群，钻来钻去的自行车，慢慢悠悠的牛车，飞驰而过的摩托车，体积庞大的货车，横冲直撞的公交车——车流混杂着羊群、牛群在仅有两条车道的路面上蠕动，却彼此相安无事。亚洲给了我新的视角。"凯文写道。

另外一件重要的事情是他仍然活着。原本他以为自己在未来6个月就要死。对失而复得的未来，凯利很高兴。以至于许多年后，他一直都认为：未来具有某种特殊价值，它是上帝赐予的礼物。

这期间，凯利在佐治亚大学担任科技电影制作人，他接触到了最新的计算机网络，遇见了他日后的台湾太太付佳明（音）。他为《新世纪》杂志撰写旅游文章，同时创办了一本专注于休闲步行的杂志。在跨越国界的自行车朝圣之旅中，凯利写下很多诗句，其中一些发表在电子杂志《共同进化季刊》上。杂志创始人斯图尔特·布兰德将杂志改名为《全球概览》并重新发行时，他说服了凯利移居西部，成为杂志的编辑。但很快凯利就丧失了热情，暂时离开了这份工作，全身心开始写自己的大作《失控》。

关于《连线》的诞生

"当时路易斯·罗塞托和简·梅特卡福（编者注：均为《连线》创始人）生活在阿姆斯特丹，他们在做一本翻译的杂志《电脑和翻译》，但路易斯不满足于此，他想做更有趣的杂志。很快，他更改了杂志名，《电脑和翻译》更名为《语言技术》，之后又从这个名字变成《电子词汇》。他给我寄了一本样刊，因为当时我正在《全球概览》。我看了他寄来的杂志，对他说：'这真是本很棒的杂志。'每期内容使得《电子词汇》越来越文化，他的出版人不得不关掉了这份没有广告收入的杂志。即便如此，路易斯还是希望能做一份数码杂志。后来他到旧金山拜访我，说了他的想法。我对他讲，如果想做，就搬到旧金山。之后，他们就走了。一年后，他们又来找我。路易斯说：'好吧，我们就在旧金山做这本杂志，我们有资金。'我说：'行，听上去不错。'很多人当时都办杂志，但没几个成功。当时我想，咳，这不过也是个失败的案例。"凯利说。

"为什么一年后，路易斯还是希望和你，不是其他人合作？"记者问。

"因为当时没人觉得路易斯的杂志有趣，只有我认为这本杂志很好玩。第一次他来找我谈办杂志的事，我对他说的是'祝你好运'。一年后，我看到样刊后对他说的是，'这次你需要的是个好编辑。这活，我来做'。接着路易斯就说：'好。让我们开工。'事情就这么开始了。我和路易斯各自对做杂志都有一套自己的理念，但他的比我的要大得多。"凯利回忆。

1992年的夏天，凯利的大作差不多完工。他以为自己对路易斯的兴趣会转瞬即逝，因为他非常忙，而且对小型杂志不再感兴趣。不过，当凯利来到

《连线》杂志的办公室看到样刊时，他改变了主意。他发现，路易斯不是在做一个小杂志。《连线》高调看待数字化革命，好像它是每个人的重要事件。反馈的典型过程是，放大器让较小的声音循环，直到它变成巨大的咆哮声。《连线》的目标是成为放大器。

路易斯让凯利做执行主编。当他接受这个职务时，《连线》已经不再是一个前卫的计算机杂志，它成为更极端的东西：试图让读者重温梦想，对未来有乐观的期待。他的到来也改变了杂志社的气氛。当两人一起合作，凯利的执著和路易斯的好斗互相作用，就像氧气碰到了火焰。

凯文·凯利专访：假如有一天乔布斯死了，苹果也就玩完了

《新周刊》：在《失控》里，你提到了很多禅的内容，禅对你的思想体系有什么帮助？

凯文·凯利：我想禅真正带给我的影响并不是在于某种哲学，而在于具体的实践，比如如何达成目标。我不能说我的思想是受了禅的影响，但是我的日常生活、日常行为都受到了禅的影响，比如专注当下。

《新周刊》：《黑客帝国》的导演要求他们的演员必须读《失控》，这是为什么？

凯文·凯利：我想导演之所以要求演员们这么做是希望他们能够理解《黑客帝国》构建的奇异世界以及这部电影所表达的一种思想。这个系列电影有3部，最后一部想说的是奇异世界背后的事物——上帝、科技以及人类的关系。导演让演员们读了这本书，无非希望他们能表演得更好些。和这部电影有关的一位导演给我看过一些片段，片段的内容是演员们在讨论《失控》。

《新周刊》：《科技想要什么？》是你的新书，它和《失控》之间有什么联系？

凯文·凯利：《科技想要什么？》延续了《失控》的某一个想法。这个想法是科技、自然是有延续性的，科技是自然系统和人类生活的延展。

《新周刊》：在各种掌上终端和移动互联网越来越普及的今天，传统媒体是否必须和iPod、iPad等发生联系，才能生存下来？

凯文·凯利：我不确定中国的情况。在美国，我不认为传统纸质媒体，包括杂志、报纸，能撑下去。它们只有和这些新的数字科技发生关联，才可

能活下来。对中国媒体，这个存活期可能会长一些，20年、30年？但在美国，就我所知的来判断，5年是这些传统媒体的存活极限。

《新周刊》：你曾在一次演讲中说道，人类以后将成为机器感官的延伸，这和麦克卢汉的理论恰恰是相反的。麦克卢汉认为，机器是人类的延伸。你如何得出你的结论？

凯文·凯利：我们俩人说的都对。作为人类，我们已经很技术化，人类已经创造了很多东西，而且在创造的过程中在不断创造自我。这意味着你在创造，也在被创造。所以我们同时是机器的延伸，机器也是我们的延伸。

《新周刊》：《连线》一直在追踪科技的发展，同时也在观察硅谷的公司。你个人怎么评价亚马逊？

凯文·凯利：从亚马逊建立起的那一天开始，我每周都从那儿买东西。亚马逊是个很棒的公司。它之所以很棒是因为公司的CEO杰夫·贝佐斯（Jeff Bezos）非常非常在意它的用户体验。假如你对他说，我是亚马逊的用户，他会问："我们怎么还能做得更好？""我们做得足够好吗？"这是非常少见的。如果你说，"谢谢"，并且告诉他你有多喜欢亚马逊。他会问："还有什么做得不够的？"他是真正把注意力放在顾客身上，并且希望一切都能顺利解决的人。我想这是为什么这家公司非常成功的原因。

《新周刊》：但是苹果呢？

凯文·凯利：苹果做的是相反的工作，因为苹果由史蒂夫·乔布斯一个人决定一切。他会说："就这样吧，把它拿走。"他们不会为顾客考虑，史蒂夫只为艺术工作。亚马逊一直都在取悦顾客，而苹果则不然。如果你喜欢苹果的产品，你买就好了。如果不喜欢，你就去做点儿别的事吧。假如有一天史蒂夫·乔布斯死了，苹果也就玩完了。但假如杰夫·贝佐斯死了，亚马逊依旧存在。

《新周刊》：普通人应该如何应对科技时代的变化？

凯文·凯利：科技发展要求我们不断学习新事物，意识到新技术产生带来的新问题。我们需要明白常识意义上的科技给我们带来什么，而不是具体到某一种产品的科技，比如：笔记本电脑、手机……我们需要明白整体的科技的意义，然后才能创造出更棒的科技。

《新周刊》：就你个人来说，你过去20年的生活发生了什么改变？我们知道你甚至都不怎么用手机。

凯文·凯利：过去我只骑自行车，现在我有了辆车，这是我的改变。此前我在亚洲生活时，并没有使用太多科技产品。我对科技有的印象是它并不怎么人性，甚至可能有点儿冷酷，有些庞大，并不是很个性化。当我把PC机和电话线连在一起时，我意识到另一端有一个线上世界。那一刻起，我对科技的看法改变了。哦，天啊，它柔软、人性、社会化、温暖、很生活。那次线上经历后，我开始重新思考科技的意义。

《新周刊》：作为《连线》杂志的创始人，你与科技的距离感具有讽刺效果。

凯文·凯利：是有些讽刺。不过我必须说《连线》并不是一本科技杂志，它强调的是科技的文化、科技的哲学，我想这些才是让这本杂志有趣的原因。假如《连线》讲的只是科技，一定会很闷，没人想读。我感兴趣的是谈论和科技有关的人、围绕科技文化的主题，我对研究电脑硬件没兴趣。

《新周刊》：我在办公室找到一份2010年8月的《连线》杂志，版权页上仍然能看到你的名字和职务——资深独行侠：凯文·凯利。"资深独行侠"为这份杂志做什么？

凯文·凯利：我会和《连线》杂志的编辑们聊天，出点儿主意。我告诉他们现在这个东西特有趣，那个东西又是什么。我有一个接一个的想法，有时他们会采用我的想法，有时候不会。我从中国回去后，就会和他们的编辑聊一聊，告诉他们我在这里的所见所闻。有些很棒的话题就能写一篇文章。

《新周刊》：是你亲自写吗？

凯文·凯利：不，我告诉他们我的想法，然后他们会有人来写。

《新周刊》：在过去的近20年时间里，《连线》发生了什么改变吗？

凯文·凯利：有的，它从印刷版变成了iPad版本。事实上，iPad版的《连线》看上去棒极了，甚至比纸质的还要好。改变使杂志赢利。《连线》这些年越来越多关注更大主题的内容，比如科技文化，而不会专注到某一项具体的技术。

《新周刊》：美国在线和雅虎倡导的门户模式都在美国遭遇了失败，但在中国很成功。美国人为什么更喜欢Facebook，而不是前两者？

凯文·凯利：美国在线失败的原因在于它准备时间过长，没有及时开放。当它们意识到需要开放，一切为时已晚。我认为Facebook之所以成功的很重要的原因之一在于它坚持用户注册用真实姓名，不匿名，这使人们对用户身份的真实性可以信赖。

在这个利化的世界上
你是你自己的心媒体

文/肖锋

到一座城市看什么？看广告。虚张声势的广告，是夺人眼目的强迫阅读。但你到一座欧洲城市，发现广告内敛地一行小字贴在楼面上。欧洲是三百年后的内敛，中国是三十年中的暴发。

有人用玛莎拉蒂吹牛，有人用豪宅吹牛，有人用摩天大楼吹牛。打开一座城市，上书顶级奢华、皇家帝景，却找不到一家书店，就是没有了内涵。城市的抱负就如人们的脸，无论装扮多么酷、多么炫，也难掩内心苍白。城市是人造的，是人心的投射。人心苍白，时代苍白；人心乱，时代就乱。

那么，回到一千五百多年前禅宗二祖慧可的人生命题：找心。

心VS心眼

整部《坛经》就是让人"但用此心，直了成佛"的。心如明镜台。禅宗教人直指人心，可我们的心在哪？

基督教人有爱心，可我们连心都从"愛"拔除。书简识繁，你可以不写繁体，但必须认知。建议大陆小学适当恢复繁体字学习，那是与古人沟通的密码。

没有了爱心，没有了佛心，则心机盛行。正所谓"机关算尽太聪明"：上EMBA，只是为了今后能有一个良好的人脉；讲情调，只是为了满足人的本能的前戏；做慈善，只是为了博取一个好的名声与评价……我赴台观光，行前被告知台湾人不搞砍价，尤其厌恶"腰斩"的砍价法。我成长于广州的儿子从小就会砍价，还学会了"假装走人"逼卖主就范的绝招。苏东坡在其

《洗儿》一诗中这样写："人皆有子望聪明，我被聪明误一生。唯愿孩儿愚且鲁，无灾无难到公卿。"苏东坡对自己一生因聪明而受的苦真是刻骨铭心，以至于希望自己的儿子愚蠢一点，才能躲避各种灾难。我希望"孩儿愚且鲁"，但又怕他吃亏上当。

现在来盘点过去的三十年，我们进口了西方价值观中最坏的部分：一个是成功主义；另一个是消费主义；再有一个就是阴谋论。中国崛起了，可以说不了。但这并没有得到西方的尊重。因为我们捡起了他们丢掉的东西。

同情心、同理心VS阴谋论

鲁迅先生曾说"不惮以最坏的心思来揣测部分人"，到了互联网时代，我们"不惮以最坏的心思来揣测所有人"。

在中国做企业别被盯上，三鹿被盯上了，蒙牛被盯上了，汇源被盯上了……在中国当成功人士别被盯上，只要被盯上麻烦跟着到。唐骏被盯上，李一被盯上了，郭美美被盯上了，郎咸平要解脱郭美美，结果郎教授被盯上了，网民怀疑他收了两百万。

西方人是罪感文化，日本人是耻感文化，中国人是惩戒文化。在中国，只要没被盯上，你就是个好人或好企业。

互联网暴露了人们怎样的心性？是否互联网放大了阴谋论？天津撞人事件二审，整个社会的同情心受到打击。

没有同情心的社会是冷漠的。但除了同情心还应讲讲同理心。假如都换位思考，想一想别人怎么看你，或许跋扈和恶搞会少一些，社会两极对峙的状况会改善一些。

Twitter说自己要成为"地球的脉搏"。Facebook要成为"人类的大脑"。在《阿凡达》里，所有树木的根都紧密相连，说是相当于人脑的细胞和神经元的相互交错，因而产生了高等智能。在微博上，每个人的微博内容就相当于Ta的神经元，人们相互收听相互评论和转播，就相当于这些神经元的相互交错和能量交换。因此也产生了超越于个人大脑之上的高等智慧。

心能转物，物也能转心。我们的心情投射到城市，城市也决定着我们的心情。心心相连，心物相连。当我们想寄情山水时，山水没了，树没了。寄情花鸟，花鸟绝迹了。你不善待大自然，大自然就不会善待你。

良知VS诚信

弗洛伊德说我们内心有三个我，每次言行是"本我"、"自我"和"超我"的交战。其实，还有一个"真我"在俯视三个我的战争。

我在微博上发了条"中国缺什么"的帖子，许小年教授反问：人们也许会说，缺宗教，缺道德，缺法治，缺科学，缺民主，缺正义，缺公平，缺尊严……其实什么都不缺。缺是相对需求而言的，未满足的需求为缺。将物质需求置于首位，视非物质追求为虚无和虚假，你已得到了你想要的GDP。其他一切从来就不是真正的需求，何谈缺？

"贵格"号称是世界上最闪亮的金字招牌。目前英国的五大银行中，就有三家是贵格会的信徒所创立。在船运、钢铁、铁路等领域，贵格会成员都声名显赫。贵格会成员在商业上的惊人成功，其奥秘就在于上升到信仰层面的"诚信"。他们拒绝宣誓，认为宣誓根本没必要，只需要一言为定，个人良知为上，不需要再订立任何契约。

在商业活动中，贵格会成员不搞讨价还价，一律是一口价。很多贵格会成员之间做生意，依然不签合同，一诺千金。传媒评论说，这或许就是温总理所说的"道德的血液"吧。

其实"道德的血液"不必求诸西方，中国人的传统伦理中即有，比如王阳明的"致良知"之说：无善无恶是心之体，有善有恶是意之动，知善知恶是良知，为善去恶是格物。

"良知"即"本心"是本然之心与明觉之心的先天自然统一体，既具有是是非非、知善知恶的潜能，又具有是是非非、知善知恶的实际内容。当下中国社会也许"失去了本心"。在这个利化的世界上，那就回到内心，回到良知吧。

人联网——2011网络生活价值榜

今年，是中国互联网纪元的第17年。

互联网经济如火如荼，互联网的生活价值更加凸显。

你所能想到的所有互联网形态都有了移动终端的表现形式。

互联网的移动化在加速，没让传统的电脑死去，却先让传统的手机凋零。手机和其他移动终端，代表着互联网的未来，是网络精神的又一个肉身，与用户正形成新的体验模式和生活方式，更人性化更便捷。

延续2009年和2010年的年度"网络生活价值榜"评选，今年，《新周刊》依然联合专家学者组成推荐委员会，共同梳理出正在为当代中国人生活提供新价值的网站和网络工具，以评估、奖掖和推广那些深入人心并把国人的生活带往自由、快乐和沟通新境界的互联网新秀。

2011年的互联网，是依靠手机等移动终端连接起来的人的聚合。互联网，或许应该叫做人联网。

欢迎进入"人联网"时代！

插图：华盖创意

2011中国网络生活红皮书

文/陈漠

就在一年多前，诺基亚还不太拿正眼打量自己的对手。全球市场占有率前四名的手机企业中，三星、LG、摩托罗拉三家的市场份额加起来，也就刚好够得上诺基亚的分量，那个时候我们把iPhone和Android手机叫做新贵和黑马。

然而就在一年后，媒体在描述诺基亚的时候开始使用"败局"这个词。诺基亚2011年7月21日发布的财报显示：2011年二季度，诺基亚净亏3.68亿欧元，而2010年同期盈利2.27亿欧元；二季度出货量比2010年同期下降20%，智能手机的下降尤为明显。与此同时，2011年二季度，iPhone系列出货量超过诺基亚的智能手机出货量；而那个代工出身的HTC在2011年三季度的美国市场上以自有品牌荣登智能手机出货量冠军。

诺基亚CEO康培凯离任，全球副总裁、中国公司副董事长邓元鋆离任，大中国、韩国及日本区高级副总裁梁玉媚离任，诺基亚关闭在美国、英国、法国、西班牙等国的在线商店，诺基亚将全面退出日本手机市场，诺基亚市值跌到只有苹果市值的1/13，仅略高于苹果一个季度的收入……

等一等，这是网络界的事情吗？这不是手机界的新闻吗？

这个问题，恐怕正是困扰着诺基亚的问题。苹果和安卓的胜利在于，它们把手机变成了另外一个东西，系统、App、云、网络前所未有地融合在一起。门户网站进驻手机，新闻网站进驻手机，社交网站进驻手机，电商团购、分类信息、娱乐休闲、影音视听、沟通聊天……你所能想到的所有互联网形态都有了移动终端的表现形式。

互联网的移动化，并没使传统的电脑死去，却让传统的手机先死去了。

2011年的互联网，是依靠手机等移动终端连接起来的人的聚合。互联网，或许应该叫做人联网。

手机王道

雷军曾有一句著名的话："乔布斯终究会死，我们还有机会。"不知道现在的世界是否已经出现了很多机会？但至少有一点是明确的，诺基亚的没落，倒是让大家都找到了很多机会。

小米公司自2010年4月成立起，创始人之一的雷军的角色扮演就从软件巨擘变成了硬件大佬。小米从米聊开始，到迷人浏览器、小米便签、小米分享、小米司机等手机应用，再到操作系统界面MIUI，所有人都能看出小米"由软到硬"、"农村包围城市"的野心。以软件培养用户群和用户习惯，到最终推出集成这些软件的硬件，小米只用了一年时间。

2011年8月16日，小米手机首次发布会，9月5日开放预订，根据小米官网的统计，34小时内预订量就超过了30万台。现在小米的问题，是卖得太多，出货量可能跟不上。

手机不再是过去那个传统的手机，生产手机也不再是手机厂商的专利，移动互联网把更多的软件商、网络服务商吸引进了移动终端这块以往的传统硬件领域。

小米手机开放预订的第二天，9月6日，百度宣布推出"百度·易"手机，由戴尔负责硬件制造。"百度·易"是百度近期重点推广的移动终端发布平台，这次推出以其命名的手机，显然是打算把"百度·易"的软件服务直接嵌入到移动终端。百度的多种应用，包括百度搜索、百度的云服务、百度地图等等，现在有了专属的硬件载体。

而在此之前的7月29日，阿里巴巴集团旗下的阿里云计算就已经和手机厂商天语合作，推出了"阿里云"手机。这款手机和天语原有的W700机型一样，唯一不同的是增加了一个"云"按键，可直接调用"阿里云"应用，包括云账号同步、淘宝比价、淘画报、趣淘等阿里巴巴的电子商务服务。

国内互联网三巨头，就只剩下腾讯没有推出自己的手机了。其实，腾讯在6月就和中国电信联合推出过"QQ智能手机"。腾讯很低调地称之为，只是在电信手机上整合了腾讯的几项手机业务，并不是QQ品牌的手机。

但在这场争夺移动终端的战争中，腾讯并没有闲着。9月6日，腾讯正式推出基于移动互联网的应用平台——腾讯应用中心。腾讯应用中心力图拆除各种网络应用商店的"墙壁"，以和开发者、广告主结盟的方式，把网络应用产品全部纳入腾讯应用中心的货架。先固定住使用者，再徐图后计，毫无疑问也是移动互联网的常见之举。

除此之外，腾讯的微信自年初低调上市之后，一直是小米的米聊的最大竞争对手。按照多家IT资讯网站的报道，微信的用户超过1.8亿，不过，DCCI互联网数据中心总经理胡延平前不久曾声称，微信活跃用户数是3000万，1.8亿的数据或许是按照下载安装量统计的，不够准确。即使如此，这样的用户数量也让这款通信软件到了可以执旗的地位了。

从手机到手机聊天软件，互联网界开始了一场热火朝天的争夺战。是什么让它们如此看重这个小小的通信工具？

手机的争夺战，或者不如说成手机通讯录的争夺战。从Facebook和Twitter的成功开始，人们就在强调人际互联、人际传播的重要性。而如今，人际的新战场在手机上。你有没有发现很多手机应用的权限都包括了读取手机通讯录？特别是微信、米聊这样的手机聊天工具，它们利用网络流量传输信息，却以手机通讯录为资源池，在你这些"实名实号"的人际资源中拓展自己的势力范围。它会向你的朋友推荐"要不要聊一下"，它也会根据LBS为你联系附近的陌生人，它既是"熟人杀手"，也是"约炮利器"。

而且，在众多新兴网络形态还没有找到自己的盈利方式的时候，手机上的很多应用已经赚得盆满钵满。手机支付方便快捷，而且便宜，很多人会很容易花几块钱去下载一个应用，无论是sim卡支付还是银行第三方支付都不会让你有购买的心理压力。

现在的手机不仅仅是通信工具，更是人际关系、人际传播、人际娱乐、人与社会环境的一切的总和。

有的生，有的死

去年我们的网络榜写下了这么一句话："团购网站一夜之间勃发，但立刻就被成群复制。技术门槛低，快进快出，团购网站立刻成为了最混乱的类别。"

今年，我们看到的是，团购网站集体麻烦缠身：审查不严导致商家卷款逃走、抬高原价造成低价假象、大规模裁员……

根据一淘网的监测数据显示，2011年9月有超过8%的团购网站在30天内没有更新商品，至少有超过400家中小型团购网站因各种原因改版或倒闭。第三方团购导航网站领团网的数据则是，9月国内团购网站关闭数量高达419家，截至9月底，已有1027家团购网站关闭。

10月29日，拉手网申请纳斯达克上市。而招股资料的财务报告显示，拉手网自2009年9月15日成立以来，累计净亏损逾4.7亿元人民币，其中2009财年净亏损为70万元，2010财年净亏损为5350万元，2011年上半年净亏损为3.91亿元。从这些数字我们也可以看到，团购网站快流尽最后一滴血了，上市或许是它们得到输血的最后一步。

其实，不了解那些深奥的业内知识，我们也能大概知道网络界的风向。你看看现在的路牌、公车广告，去年满街都是的团购网站广告哪儿去了？如今满街的都是"赶集啦"、"58同城"。

分类信息网站是2011年的新热点，赶集网、58同城、百姓网是其中的三强。其实，分类信息网站并不新鲜，赶集网早在2005年就已经上线。中国的众多分类信息网站历经了五六年的苦熬终于在今年有了总体的爆发。它们瓜分的是报纸的分类信息广告，瞄准的是城市流动人群的活跃需求，它们也同样以手机为最便捷、最随身的出口。

然而爆发之后，自然就是无尽的口水战。58同城CEO姚劲波、赶集网CEO杨浩涌纷纷在自己的微博上公开谴责百姓网"假冒拉客"。

口水战似乎是中国网站的特色。年初，当当网上市后，当当网联合总裁李国庆在微博上公开痛骂承销商摩根士丹利，引发一轮电商和券商之间的口水战。之后，当当网与京东商城之间再度爆发一轮口水战。

10月31日，苏宁易购宣布上线图书频道，京东商城、当当网立刻宣布各自的优惠活动，"0元售书"、"满100返200、满200返400"、"满200立减50%"……各种宣传标语仿佛让网络界也变成街头的拆迁商铺，口水战变成了肉搏战。

苏宁易购宣布三年不盈利；当当网推出"斩首行动"，"赔钱也要做"；京东商城"图书疯抢三小时"，搞得服务器崩溃。三家电商战得如火如荼，价格优惠、活动促销争相出炉。有意思的是，他们却不约而同地抵制比价搜索引擎一淘网。京东商城、苏宁易购、当当网纷纷屏蔽一淘网的搜索蜘蛛抓取评论，苏宁易购甚至在它们的robots.txt文件中写下这么一段话："最烦*淘了，打着'倡导新商业文明、诚信'的口号，干着绑架消费者权利的商业行为！当消费者都是傻子啊！靠卖假货发家的，果然够无耻，没办法跟他讲商业伦理和契约精神！人民公敌，坚决抵制！"

想当年，淘宝也愤然屏蔽百度的蜘蛛抓取，如今和淘宝同门的一淘却又被几家大电商屏蔽。卖货的和带路的，始终不是一路人吗？

一淘网前方惹事，阿里巴巴后院又着火。淘宝商城修改收费规则，提高年费和保证金，引发了众多中小卖家的反弹。这场网络上的风波最终闹到了现实中，在淘宝总部门前众多卖家聚集表达抗议。不仅如此，他们还以提取支付宝余额的方式抵制淘宝新政，这一度引起是否会导致金融秩序混乱的担忧。

淘宝商城风波最终以淘宝的让步暂告一段落，但此事件中暴露的问题却让人难以宁静。正如之前在阿里巴巴和雅虎股权之争中所讨论的商业伦理一样，在淘宝小卖家战争中，商业伦理和市场规则同样是让人挠头。或许在两场战争中手执同样的道德旗帜站在两边的，却是同一个人。

网络文化与传播

网络最大的作用还是信息传播和文化创造，2011年的中国网络也是如此。

知乎，一个问答类网站，悄悄地铺开了自己的版图。上线10个月，注册用户过10万，在这里你可以提出疑问，也能回答别人的问题，用户基本都是相对专业的人士，回答不会像百度知道那样天马行空。人人都在以自己的知识和经验贮备为别人提供帮助，另一方面，这也就成了一种以问答为形式的社交网站。

"轻博客"是2011年的新宠，点点、推他是国内轻博客的先发者。轻博客让用户能简单快速地发布文字、图片、视频等各种格式内容，既像博客那样能有表达空间，又具有微博和社交网站那样的传播力和互动性。点点网4月7日上线，目前用户数已过百万。

从2010年10月编写代码开始，到2011年7月第一个产品《失控》上线，这个以做电子书发布到App Store为主要工作内容的"唐茶"开始崭露头角。唐茶把做电子书做了一项工作，既得力于App Store良好的付费环境，也抓住了一块容易被人忽视的小领域。把小东西做专业，这似乎是唐茶给我们的启示。

在信息传播上，微博依然是2011年的重要阵地。

7月23日，温州动车追尾事故，微博上掀起一片烟尘。除了博友的亲身体验、记者的现场报道、专家公知的评论之外，当事人也纷纷开设微博传递信息。"郭美美"、"顺手拍解救被拐儿童"等事件同样源发自微博。

借力于微博，我们能够比以往更快地得到信息、更真实地得到体验，同时我们也淹没在大量的信息喧嚣当中，也比以往更真切地体会到注意力的短暂和热点的转移。当然，我们也要感谢微博的管理者，他们让我们对技术有了更深刻的认识，让我们学到了面对信息的时候第一时间要截图。

除此之外，年初的百度文库风波、年尾的央视PK百度，让我们看到网络版权和商业道德的争论不休。腾讯和360依然在闹，但网民们已经烦了。VeryCD改版、微博上各位名人骂战一片、Google收购Moto、国付宝终于出台、求伯君退位、乔布斯去世、凤姐去了美国、杨澜和苍井空合影……2011年的网络烟尘四起。

面对这一片烟尘，最后是一个冷笑话留给中国的网络世界：Facebook、Twitter、Craigslist、Groupon、Tumblr、Quora、Kik、Talkbox、Dropbox、Zynga……它们对本文亦有贡献。

图—Getty/CFP

心媒体

晋江文学城今年因《步步惊心》声名大噪。和多数以玄幻为主题、以男性为读者的文学网站不同，"晋江文"最常见的类型是耽美、穿越、虐恋，女性色彩极为明显。（插图/向朝晖）

果壳是一家专业性极强的科普网站，由于今年在日本地震和核泄漏等议题上持续发声，引起极大关注。它的文章主题和写作都相当有趣，吸引了一大帮 Geek 粉丝。（插图/向朝晖）

互联网人的呼愁

最终，互联网是你我的故乡

文/胡赳赳

有一个场景能概括当今互联网生活的氛围：用苹果手机上微博讨论《失控》。它指涉到三个关键词：微博、苹果、失控。背后的潜台词是：互联网枭雄们活着就是为了改变世界，传统互联网到移动互联网仅有一步之遥。"碎片化、去中心化、民主化"的微博带来了一个围观的中国，《失控》讨论的则是万物有灵的哲学和庸众胜利的模式比集权更有效。

互联网是"他的国"，人们在其上淘金、生活、娱乐、消费、营销，发行各种虚拟货币。它使人更容易暴露自己的心机、念头、idea、观念。它远比现实精彩，反过来，越来越构成现实的"照妖镜"，在网上，在粉丝那儿，在陌生人那里，大家都原形毕露。贪婪的归贪婪，贪玩的归贪玩，贪心的归贪心。

网络生活似乎与经典化的生活方式背道而驰，生活方式研究院的微博日前援引法国人雅克·阿塔利在《21世纪词典》中描述的奢侈生活说："不再是积累各种物品，而是表现在能够自由支配时间、回避他人、塞车和拥挤上。独处、断绝联系、拔掉插头、回归现实、体验生活、重返自我、返璞归真、自我设计将成为一种奢侈。"而网络生活，则并非如此——坐立卧行，有手机和电脑相随——无怪乎有人说：信息社会成熟之后，连工业社会也变成遥远的田园牧歌了。

网络生活的品质在哪里？这是一个大问题。追问这个问题，它的答案大约又要回到"人性"那里去。是的，人性。如果说商业抓住的是人性中的弱点，对它进行猛烈攻击，那么，创新则是人性的优势——你要绞尽脑汁、运用智慧，才能达到目标。可怕的是，网络生活的品质，不是由乔布斯决定的，而是由商人们决定的。中国能否出现乔布斯，先决条件是你是否认为品质比商业更重要。

在人类的进化上，人体的力学结构已经发生变化，拇指和食指的功能得到强化，下肢则趋向于萎缩。如果一个人远离网络，那他活着也等同于死去，如果一个人的ID由机器转发或他人代理，那他虽死犹生。这是网络人的逻辑。

历经了新世纪十年快速发展的互联网，又在构筑互联网的"云计算"，这像一只上帝之手，将所有的资源、信息网罗起来，共享、分配、核准。云计算是否是最大的专制呢，想想看。

"商业的、政治的"最终都是"利益的"，互联网是一盘"很大的棋"，各方打起了阵地战和割据战。如果是利益众生，则前景可观；若是利益私己，则前景堪忧。

如果有一个"此在"，并非大众的福祉，无法让人满意，那么，互联网提供了另一个"在场"，在这里，人们更加容易释放自己人性中的恶与善、美与丑。

芙蓉姐姐并未烟消云散，貌似更加坚实地在打拼事业；陈冠希也开始谈起了新的恋爱；韩寒、李承鹏继续指点江山、嘲笑江湖；还有众多梦想者渴望通过网络爆红，网络生态，也是他们的。

Google的离席，说明互联网进程的倒退；无数山寨数码的出现，说明互联网进程的倒退；淘宝网开始制订议价规则，说明互联网进程的倒退。网络生活，首先是一种网络生活权利，其次才构成网络生活空间，但权利始终缺位。这并不是我们想要的互联网环境，互联网同样面临着"大都市病"。

然而，互联网终究成为了我们的第二故乡，它不仅是新新人类的故乡，最终也是你我的故乡。如果我们不去争取、不去修缮，那么它将坍塌，甚至于成为"真实的废墟"。"不要问我从哪里来，我的故乡在互联网。"新世纪十年来，互联网霍然成为新新人类的故乡、网络公民的守望之乡、淘金者的冒险之乡、娱乐者的温柔之乡、生活者的醉梦之乡。

让我们生活在宪法里

"小悦悦"的离去，除了使某些人在内心谴责自己，并遭到舆论和道德的批判之外，每一位公民也许都应该明白，道德约束不了的地方，需要法律出面。

弱势群体无法维护自己的权益，求助无门时，只能用身体维权，用"开胸验肺"之类的行为来证明自己的身体损伤。

当下一个无辜路人被撞之后，下一个肇事者如果也有"李刚"爸爸，他该采取什么行动？

要想避免弱势群体的合法权益被侵犯，避免下一个"李刚之子"的出现，需要司法公正，执法严明。

要想让每个人都活得有尊严，需要人人平等的环境。

让所有人都生活在宪法里，建立社会共识。

大唐没有外地人

文/肖锋

　　房产限购令将本地人与外地人的命题重又推上舆论焦点。在改革开放进程中，"外地人"是一个渐被淡化的称谓，他们成了新北京人、新浦东人或新广府人。限购令又将他们打回"外地人"。

　　房市、车市的限购令是改革开放大势之下的回流。为缓解大城市病，用急药来治慢性病，属权宜之计，有违建设现代型开放城市的大势。实质上，房价高企、交通拥堵、环境危机等中国大城市病，非一日之功，而是权力集中的最终结果。

城市胸怀的倒退

　　1400年前，大唐以其自信、开放、宽宏、博大，将中华民族的声威撒播四海。海外对"唐人"的称谓自此确立，"唐人街"后来诞生。彼时，长安是名副其实的国际大都市，以其文化中心的优越地位，恢宏而井然的城市景观，容纳和吸引了四海各方人士。

　　许多来华的外国人（胡人）乐不思蜀，留在了大唐，人数达20万之众。若以长安城百万人口计，胡人占到了1/5。唐朝甚至慷慨赠予日本遣唐使国家藏书的1/4。国家形象无需推广，自然远播天下。

　　大唐盛世是建立在自信与包容的基础之上的。长安城是中国第一个"国际大都市"，不排外，不限购，绝少本地人与外地人的区别政策。

　　假如一个大唐人到今天的京城会怎么样？他会买不到房，购不到车，娶不到妻，被一张叫北京户口的纸片卡死。他交一辈子社保最终还得回原籍。

他望着"北京欢迎你"的广告牌发笑。

限购新政从限购变成限外,在网上展现出泾渭分明的立场,本地人拥护,外地人反对。必须提醒的是,今天的外地人不再是保姆、清洁工,不再招之即来、挥之即去,他们是白领,是社会中坚,是创业者。他们都是有想法的人,不是猛龙不过江。可眼下他们有想法、没办法。

限外至少有两点不公平:第一,中心城市的强势是以周边甚至全国补贴为代价的,北京是全国人民的北京;第二,外地人同税不同权,他们要纳税够一定年限才能享受相应权利。

各市正在规划建设"国际大都市"。中国官员们骄傲于城市化水平达到了46%,却羞于提城市户籍人口比例只有33%。另外13%即1.28亿中国人属外籍市民。当今城市的胸怀还不如大唐,不能让外籍市民乐不思蜀。

中国大城市病的病根是权力集中

表面看,中国大城市病是产业规划、城市规划失策,是公共交通发展滞后。实质上,这里面有典型的中国国情:权力过度集中、资源分配不均。以权力为核心的资源不平等是中国大城市病的病根。大城市像一个超级吸盘将周边及远方的资源和人才吸食殆尽,形成边缘依赖中心的恶性循环。

没有权力、资源、机会,回归二三线城市就流于空谈。教育、求职、创业、发展,一切向一线城市倾斜。近十年来,随着国进民退,有愈演愈烈之势。

与此同时,对外地人的标签化和污名化屡屡见诸报端。只将犯罪率高归于民工,却忽视城市没有给他们提供正当机会。让农民工子女分享本地的教育资源本是理所应当,本地人却认为是外地人分了他们碗里的羹。

户口这张小纸片背后捆绑的不平等福利制度,突显资源分配失衡困局。这又岂是一个房产限购令能够解决?

没有共识是当前最大的社会困境。既得利益者每每表现"变心板"征候,上车后坐在安稳的位置就不想让别人上车。改革于是寸步难行。

"十二五"规划的关键词是包容性增长、开放性增长、利益均沾式增长。中国的改革开放让举国气象万新,关键在于释放了被压抑已久的活力。正是这种活力把利益的蛋糕做大,没有了活力蛋糕只会越做越小。

城市是一个国家的活力所在,外来人又是城市的活力所在。在《我爱纽约》、《我爱巴黎》中，城市是情人们的城市。城市本身就是情人，创业者的情人。

中国约有两亿人是外乡人。他们在祖国大地上漂移，选择最适合自己的一方水土，这是他们的权利。他们给城市增添绚丽色彩，他们是另一种城市风景。

生活的道理千条万条，可我们坚信一条：生活的乐趣在参差多态，生命的竞争力在参差多态。

希望有一天，中国人仅凭一个社会保险号码即能走天下；希望有一天，权力低下高傲的头，而权利能均分你我；希望有一天，创业者会像在硅谷一样不必非要到大城市；希望有一天，不再区分本地人、外地人，因为我们都是中国人。

一辆名叫"共识"的车

文/何树青

中国的路上开着一辆车。

司机喝了酒开车，被交警拦住测试后，视酒驾、醉驾分别处以扣证、扣分、拘留、罚款、吊销驾驶证的不同处罚。这事发生在2009年8月以来的中国。

它由飙车成瘾的20岁司机驾驶，在斑马线上把25岁的工程师撞飞5米高20米远致死，警方说的"70码"被网友称为"欺实马"。这事发生在杭州。之后，在杭州首条爱心斑马线上，17岁打工妹又被酒后驾车的保时捷车主撞死。

它由旅游局局长开着撞了中学生，局长下车直接抽学生耳光，说"我是领导"。这事发生在马鞍山。

它由与三名女同事共饮了15瓶啤酒的邮政局局长开车上路，半小时后以100公里以上时速撞死5名少年。这事发生在洛阳。

　　它在大学校园撞死了女大学生，司机驾车逃逸未遂，之后被传扬言"我爸是李刚"。这事发生在保定。

　　它是一辆套牌走私的保时捷卡宴，司机醉驾被拦时冒充富二代和官二代，"我要和你们领导单独谈谈"。这事发生在重庆。

　　它行经闹市区，司机不停地按喇叭，车上四人与两名行人发生抓扯，数百群众要求司机为打人道歉才肯放行。这事发生在绵阳。

　　它无视红灯疾驰过斑马线而不减速时，被愤怒的七旬老汉用砖头砸碎车窗玻璃，围观群众齐叫"砸得好"。这事发生在兰州。

　　它与豪华车队在火车站迎接一只花300万元从青海玉树买回来的藏獒。这事发生在石家庄。在宿迁，另有28辆车的豪华车队迎接一条花费160万元从河南买来的藏獒。

　　它停在家具城外，用沙发占住旁边车位以方便装货。当有商户搬开沙发停车时，中年女司机先用铁撬杠捅对方再拎起1米长的大刀将对方砍伤。这事发生在郑州。

　　它在凌晨两点多撞倒了下班女工，司机怕女工记车牌号，抽刀让家有两岁半孩子嗷嗷待哺的女工死于八刀之下，然后驾车逃逸。这事发生在西安。

　　它的挡风玻璃前搁着"市直属机关"的牌子，在校园与大学生的电动摩托发生小剐蹭，司机与大学生争吵，分别暗示自己是公务员和富二代。这事发生在深圳。

　　当它挂着军牌时，它经常肆无忌惮地闯红灯、违规掉头和乱停放。

　　它是公车，年消费10万元，在全国与同类创造了每年4000亿的公款消费。

　　它每天与同城的上百万辆车一起堵在路上，15个城市因此每天损失近10亿元。

　　——你一定见过或听过甚至开过这辆车。现在，我们通过这辆车，来讨论中国的社会共识：

　　在越来越为汽车而造的中国城市，汽车代表获得了优势资源的既得利益者和权力，公车和特殊牌照车尤其如此。它没有义务照顾弱势群体，但它的利益应以不侵犯他人利益和公共利益为前提，它的权力必须服从于法律法规——所谓的社会共识也依此建立。

　　若说当代中国社会有"共识"，社会笑了。然后哭了。我们所见的以上故事，有的披着铁皮外衣顿失人形，有的仗着权力背景急于逃脱责罚，有的热衷于豪奢炫耀，有的享受着公款消费。酒驾醉驾者心存侥幸，视他人性命、公共安全和法律法规如无物；堵车者焦躁不安，迁怒旁车和行人；当拥有汽车成为一项普通的"权力"，就有人希望引入更大的特权来获得路上的安全感和优越感。——这时，社会共识如浮云一样散去，剩下的就是拼霸道和拼权力。

今日中国，每个人都要安全感和幸福感，安全感都不够多，幸福感更饥渴。但没有共识以及不遵从社会共识的结果，是谁也别想获得安全感和幸福感，因为有罔顾他人性命和能搬弄更大权力的人来伤害你。

社会共识，不在纸上、口号里和学习文件里，也不在某一个人的手上，只在每个人的心里。社会共识永远不会从天而降，永远需要公众个体的参与共建，媒体的凝聚，公职部门监督的到位，法律的强援，才有可能进入公众生活的血液。否则，特权观念和个人利益最大化的自私心理，会杀死一切似是而非的共识。

圣雄甘地曾说："毁灭人类的七种事是：没有原则的政治，没有牺牲的崇拜，没有人性的科学，没有道德的商业，没有是非的知识，没有良知的快乐，没有劳动的富裕。"这七件事都有违共识，而没有权威的法律和没有遵从的共识，最终将毁灭一切创造，徒剩弱肉强食。

当你开着车时，你必须意识到，你开的是一辆名叫"社会共识"的车。每个人的社会行为，都是在名叫"社会共识"的车里车外发生。若不遵从共识，它或许能开动，但绝不会向一个名叫"和谐社会"的地方驶去，"民主法治、公平正义、诚信友爱、充满活力、安定有序、人与自然和谐相处"皆是画饼。若还拿霸道和权力来拼，结果只有一个：车毁人亡。

一棵伤心的白菜提出的时代命题

文/肖锋

4月16日，济南一个叫韩进的普通菜农，面对遍地卖不出去的蔬菜，选择上吊自杀。"菜贱伤农"的话题为举国关注，与此同时，城里人感受到的却不是菜价的暴跌而是逐步走高。"菜贱伤农"与"菜贵伤民"同时并存。一棵白菜从田头到了消费者手里时，菜价已是原始菜价的十倍甚至几十倍。

《云南信息报》调查的蔬菜流通情况是：以白菜为例，菜农售价0.27元/公斤；批发商支出油费、市场费等定价0.4元/公斤；零售商支付摊位费、卫生费等后定价1.5元/斤，成本每公斤0.74—0.96元；小贩每公斤成本价0.5元，售价1.3—1.5元。

不难看出，首先，昂贵的物流成本抬高了菜价。在物流成本中，过路费又占到其中的30%—40%。于是，出现河南运沙车天价过路费的事件也就不足为奇了。另一个是油价，油价由垄断国企俗称"三桶油"控制，油价的上调给了运输环节巨大的压力。其次，蔬菜批发商和零售商所要交纳的摊位费不断上涨，也在强力推高菜价。蔬菜批发商不但要向批发市场交纳租摊费，还要交"进门费"——凡是要进入批发市场的菜，就得按斤两另行交一笔费用。这种"坐地收费"的方式也属垄断性质——城管驱赶菜贩除了维护城市美观和道路秩序外，还有就是维护官办菜市场的利益，保证相关部门能收到摊位费和进门费，以便大家都从中分一杯羹。

于是我们看到了这样的怪圈，田头上的"菜贱伤农"到餐桌上的"菜贵伤民"并存，菜农、物流商、批发商、零售商都赔钱或挣不到钱。一棵白菜的伤心旅程，可以小见大，说明中国生产链条如何被利益集团扭曲，如何严重影响到百姓的利益和整个国民经济的活力。

生产关系为生产力服务，当生产关系严重阻碍生产力发展时变革就不可避免。这是我们中学政治课常讲的一个道理。韩进们以自杀的方式提请我们注意，中小企业们以关门或出逃提请我们注意，中国的经济问题早已非经济问题，而是社会问题和利益问题。这就是一棵伤心的白菜提出给时代的政治命题：改，便活；不改，便死。

除了大环境需要变革，需要一系列全社会的重新谈判外（此过程必将极为艰难，必将引起利益集团的强烈反弹，必然有赖于执政者的勇气和智慧），关于农业生产的制度创新也应提上议程。韩进舍弃古稀的双亲、年幼的双女和妻子而自杀，是一连串的生产失败所致，卷心菜只是压倒这个39岁男人的最后一根稻草。

2009年，成都提出了农村产权制度改革、农村基层民主政治建设、农村土地综合整治和村级公共服务及社会管理改革的"四大基础工程"。这一"田园化"革命应可借鉴。

特别是其中的农村产权改革工程进一步促进了农村生产要素的资本化，具体讲，就是推广"企业+专业合作社+农民"的模式。公司比农户个体更有实力，更掌握市场动向，也更具市场谈判地位，可避免韩进现象的发生。原来农民勤劳耕耘土地产出也不过千元，而城市资本的介入可以使安龙村的耕地年均亩产值达到万元甚至10万元人民币。越来越多的农民将承包地流转给公司或合作社，自己则进城打工或在自家的土地上为别人打工。

耕地流转后，农民摆脱了分散劳动的传统习惯，为村民集中居住创造了前提，为城乡一体化提供了制度创新的基础。

法国社会学家图海纳曾以马拉松比赛比喻现代化进程如何引发社会结构的断裂：一部分跑进了现代化，享受到了现代化红利，而另一部分则被甩在了现代化这场马拉松比赛的后面，于是社会成员之间拉开距离，导致社会动荡发生。

中国乡村的衰落已是一个不争的事实，传统意味的故乡渐行渐远。今日之农村是"386199部队"的居住地："38"以"三八"节代指留守妇女，"61"以"六一"节代指留守儿童，"99"以九九重阳节代指农村老人。他们留守中国乡村，构成农业生产的主力军。而外出打工的"春运大军"就是要与这支"386199部队"会合，既壮观又辛酸。中国农民、农村、农业正处于图海纳所谓被甩到现代化马拉松后面的危险。要解决农民不被甩在现代化进程之外的命题，除了把持关键环节的利益集团让利，更需要一场宏大的制度创新，让中国的乡村有活力也有吸引力。

社会教你明规则

文/何树青

达芬奇在中国，不是指意大利文艺复兴时期的那位画家、寓言家、雕塑家、发明家、哲学家、音乐家、医学家、生物学家、地理学家、建筑工程师和军事工程师，而是一家原产地包括意大利、中国、西班牙、越南、菲律宾和德国等10个国家的家具代理中国公司。它的CEO以哭闻名，它的家具以贵闻名，它的客户以退货闻名。

红十字会受到广泛质疑，然后安然无恙。它是不是真的安然无恙，谁说了都不算，明年的捐款统计数据才说了算。

中国原来有两副脊梁，一副叫共和国脊梁，一副叫中华脊梁。300多人可以隆重领奖，但共和国脊梁主办方说，11人的专家评审委员会名单不方便透露。而中华脊梁的主办方说，参会者交纳9800元的活动文件是一个临时工伪造并发出的，早已辞职。

谁是脊梁？就是在陌生女童从小区10楼坠落的千钧一发之际，冲过去用双手将其接住，导致自己骨折的吴菊萍这样的。生活中她是给自己孩子喂奶的妈妈、网络公司的普通员工，与大多数中国人一样善良与爱心常在。

什么叫保障房？就是截至5月底各地开工总数为340万套、截至6月底开工量就陡增到500万套的一种安居工程。提速很好，但据人民日报记者了解，少数地方将去年未开工的项目结转到今年开工项目中，少数地方在审批手续不全的情况下就开工建设，少数地方将奠基仪式作为开工标志，铲土算开工。

什么叫铿锵玫瑰？就是1999年的中国女足和2011年的日本女足。替亚洲人夺冠的日本女足，赢得了美国女足中锋瓦姆巴赫"她们的球技确实很好，因为她们从未放弃"的评价、中国女足教练李霄鹏"中日韩朝澳，都在一个水平线上"的评价。

什么叫爽约？就是国务院三令五申要求中央部门压缩预算，并明令要求98家中央部门务必于今年6月将本级三公经费支出情况向社会公开。结果到了7月19日，只有34家中央部门公布。人民网报道："仍有七成部门爽约。"

临街房如何成为海景房？内陆城市如何成为沿海城市？答案是：下一场大雨。全国62%的城市发生过内涝，因城市建设重地表、轻地下，重外貌、轻脏腑。大家重复着雨果的话：下水道是城市的良心。

什么叫作为？就是成都退休职工胡丽天视听证会为"政府给公民提供的一个参政议政的平台"，7年报名抽签40多次，抽中并参与听证23次，11次同意3次未表态9次异议。什么叫不作为？就是政府部门对市民的知情权和市民参与听证会的便捷度毫不热心，有听证会曾因参与人数不足而夭折。

什么叫长江后浪推前浪、前浪死在沙滩上？就是像诺基亚、Soap Opera杂志、Myspace社交网络、Corn Pops爆米花制造商、索尼爱立信手机制造商、西尔斯超市、美国服饰公司、萨博汽车、索尼影音、A&W餐厅这样的霸主级品牌企业，也会被华尔街日报网站评为"2012年即将消失的品牌"。它们当然不会真的消失，但敌人实在是太强大了。

什么叫别人的好事？就是连网络小胖都结婚了，照片真的不是PS出来的。什么叫自己的坏事？就是扶手电梯事故频发，与己无关但同样胆战心惊。

什么叫比赛？就是两千人横渡珠江，市委书记得了第一名，市长得了第二名，皆大欢喜。什么叫大自然本色？就是从游泳比赛第二天起，水浮莲重新占领了治理得颇有成效的珠江江面。

什么叫官方解释？就是京沪高铁四天内三次因列车故障停运，"恰恰证明安全系数高"；沪杭高铁列车倾斜行驶，"属于正常现象"。什么叫解释不了？就是厦门市臧副市长说"德国人上网非常难，层层审批费用很高"被公众认为有违事实。

什么叫社会热点？就是微博所关注的一两件事。什么叫热点新闻？就是微博所遗忘的大多数事。

不拼爹拼啥？

文/肖锋

2011年过去大半，"干爹"和"坑爹"是两大热门关键词。郭美美炫富或李天一打人，突显了官二代、富二代、穷二代贫富代际传递这一社会困境。

中国是否已经进入"拼爹"时代？当下，毕业求职一半以上靠关系，主要是"爹"的关系。在幼儿园抢凳子，有孩子说"我爸是科长"；在小学欺负同学，有孩子说"我爸是主任"。这是"拼爹"游戏中令人难堪的段子，将社会转型期的"二代病"展示在公众面前。

一个"拼爹"的时代是病态的，一个民众默许"拼爹"的社会是可悲的，且"拼爹"拼不出中国的未来。

如何避免陷入"拼爹时代"？

首先，"爹"要端正态度。子不教父之过，"中国爹"需学习一下巴菲特。当美国政府提出为富人减税时，巴菲特等人站出来明确反对，巴菲特对子女说："如果能从我的遗产中得到一个美分，就算你们走运。"美国文化鼓励子女独立奋斗，子女满18岁后，离家独立生活，富豪子女也不例外。曾与巴菲特共进慈善晚宴的段永平决定将财产捐献，"我不能剥夺孩子创造财富的乐趣"。

其次，"儿"要调整心态。阴性化、娇贵化、懒惰化成为下一代的隐忧。郭美美式的"拜金女"或形形色色的"炫富男"成为部分新世代的榜样。4月，广州首届女大学生论坛发布的《广州女大学生价值观调查红皮书》显示，59.2%愿意嫁给"富二代"，理由是可少奋斗很多年。《非诚勿扰》的幸福方程式似乎是：嫁有为青年并慢慢等他致富不如找个现成的富二代。

　　更关键的是，社会要营造鼓励奋斗的氛围和良好的制度环境。

　　李天一事件凸显的是社会不满情绪，即对社会竞争机会一边倒的不满。这不可能靠处理一两件热点事件即能解决，要涉及更大范围的改革。

　　网上调侃说，男性80后90后最惨的是：在事业上跟官二代竞争，在感情上跟富二代竞争。穷二代和农二代的噩梦是向上流动无望。

　　贫富的代际传递困境，正是当前中国阶层固化的一个重要表现。弱势群体的第二代，即使少部分上了大学，其改变身份和地位的可能性也比从前收窄许多。

　　要改变"拼爹"困境，需要一次大范围的利益调整与制度设计，让公平公正真正唱主角，"拼爹"的观念才能从根本上转变。

　　《宪法》宣告，中华人民共和国公民在法律面前一律平等。1776年美国《独立宣言》的起草者们宣布："我们认为这些真理是不证自明的：人人生而平等，他们的造物主赋予了他们某些不可转让的权利，其中包括生命、自由和追求幸福的权利。"保障人们平等地追求生命、自由和幸福的权利，是现代型政府应有之责。

　　当前，既得利益阶层严重影响了中国的公平和正义。"二代病"的根源是权贵的"爹"们的言传身教，决定着下一代的特权和特权思想。官二代、富二代之所以如此嚣张，起因还是在现实中见惯"爹"的权力无所不能——能够轻易打破司法、行政各领域的壁垒，完成权力通吃。许多"爹"在遇到问题时，首先喊的也是"我是领导"。

　　上世纪学生们的名言是"学好数理化，走遍天下都不怕"，如今演变成"学好数理化，不如有个好爸爸"。

　　要治"二代病"需从打造公平的社会环境开始。本届夏季达沃斯，北大教授张维迎警告，刺激计划不能买来发展，发展需要的是市场、竞争和企业家精神。同理，欲实现下一个三十年的长足发展，需从激发民间的拼劲尤其是新世代的奋斗精神开始。那么，不拼爹拼什么？

　　第一，拼胆气。一个民族的创新精神离不开敢为天下先的胆气。联想的创业者如不脱离安逸的体制，如何有今日的国际品牌？当初的个体户们如不狠下心闯出一条血路，如何有今日繁荣的商品市场？

　　第二，拼毅力。一个国家长足的发展要靠跑长跑，谁跑到最后谁才是胜者。鼓励年轻世代不做短平快，不走"关系"捷径，靠持之以恒的毅力打出一片新天地，需要给予他们一个长远的预期和愿景。

第三，拼体制。中共中央政治局委员、广东省委书记汪洋在今年4月曾表示："人不怕穷，怕的是没有致富的公平竞争的市场条件。"比如，新一代农民工的梦想是做城里人，20年前农民工打工是为了攒钱回乡盖房，20年后新生代农民工要做城里人。中国梦的实现不需要政府的担保，只需为奋斗者提供公平的机会。如果做不到这一点，下一个三十年将面临重大危机。大国崛起之梦也无从谈起。

快乐才是孩子的成功学

文/肖锋

部分中国人积极参与了地球停电一小时倡议，但中国人更应参与的是地球免除作业一小时倡议，对中国孩子们这很有必要。在同一时段比如晚上8点或周末，非洲的孩子在野外玩耍，美洲的孩子在玩电子游戏，欧洲的孩子在玩捉迷藏，而可怜的中国孩子在做作业或上课外辅导。

家长们抱怨，一些学校的作业要做到晚上11点甚至更晚。法国小孩的家庭作业如果超过15分钟，就可以到校方投诉老师。我们只能用身心摧残来形容中国当下的应试教育。

为什么中国的孩子只有一天是儿童节，而其他364天都是学习节？能否让中国小孩快乐一点，这是每位老师和家长的命题，也是全社会的命题。在快乐童年与成功未来之间取舍，我们宁愿选择前者。

不要让成功主义的病毒侵入童年

童年的消失是全球性的命题。成长于电子媒体尤其是互联网的儿童，他们不再天真无邪，不再充满幻想，他们老成而不快乐。

我们看到八面玲珑的林妙可，少年老成的"五道杠"黄艺博，他们背后是父母的拔苗助长，是成人世界的成功逻辑。而普通中国少年儿童，虽不是广告炙手可热代言人，虽不是2岁看《新闻联播》、7岁读《人民日报》，但成人化是不可否认的基本面。我们看到各类达人秀上，每一位小人精儿背后都有大人的影子，是父母和老师把孩子们变得那么不"孩子"。

电子媒体严重影响了儿童的心智。美国儿童每天要在电视机、电子游戏机或电脑面前度过至少两个小时，而阅读书本的时间只有39分钟。而中国儿童的问题是从事室外活动太少，跟大人一起看电视的时间太多，达人秀、电视征婚或谍战片。

从前，孩子只宜生活在他们的世界里——这个世界里有红花绿草、有阳光和歌谣、有小白兔和大灰狼。纪录片《幼儿园》有个基本结论：现在"孩子的世界和成人的世界是一模一样的"，有欲望、欺骗、残忍等负面东西。

不再有什么"少儿不宜"，少儿频道中间会大大方方插播丰胸广告和卫生巾广告。儿童的世界消失了，大人的世界充斥一切。这是一种可耻又可悲的侵入。在所有这些成人逻辑中，当属成功主义病毒对童年侵害最可悲。因为成功主义让儿童失去了幻梦，失去诗意，失去可爱，当然，更失去了快乐。

心智平衡才是教育的根本

有学者批评大学生低幼化，拍毕业照时还抱着公仔。当下，成人反智、儿童耍酷是一对看似矛盾实为一致的命题。社会潮流用颠倒的方式缩短着年龄差距。如果蜡笔小新是儿童成人化典范，5岁就懂"三温暖"、"美女陪护"，那么大学生毕业时还挂奶瓶、抱公仔就是心理断不了奶。两者都不是真正意义上的长大成人。

只是无论儿童还是大学生，他们是否有发自内心的开心？心开了就开心了。假如心被囚禁在成功主义的成人世界，心如何开，人如何开心？

我们曾经有过弹玻璃珠、滚铁圈的年代，我们曾有丢沙包、踢毽子、捉迷藏的年代，我们还用弹弓打碎过玻璃。我们曾与大自然如此亲近，斗蛐蛐、打水漂、滚雪球，现在那个碧水蓝天的大自然与我们渐行渐远了。改革开放三十年急行军之后，我们终于痛心地发现自己失去了最宝贵的东西。

假如用一个快乐的童年去换取所谓成功的成年，我们宁愿不换，宁愿一直保持童真快乐。

当下中国，人生就像打通关，要得到一系列证书、卡片或职位，就必须放弃快乐的童年。人生如战场，儿童被过早卷入社会这架竞争的绞肉机。于是，药家鑫们就批量产生了。

所谓"心智"，首先要有心，然后才是智。即便这个智也被今天的中国人变成了小聪明、小精明、小算计。

中国人成了地球上最善于考试的民族。中国学生考试成绩世界第一，而想象力却列倒数。今天功课要拿全A的中国人，明天却不得不给功课只拿B甚至C的美国人代工。这就是中国教育可悲的现实！

家长发现最可悲的结论是，自己不再是子女的权威。孩子"最佩服的人"不是父母而是某位明星或卡通人物。在互联网这个平等平台上，社会关系被重新定义。更关键的是，假如你不能给儿童带来快乐，甚至成为他快乐的障碍，他又何必佩服你呢？

从来就有两种逻辑，大人的逻辑和小孩的逻辑。既然社会这么无诗意，说明大人的逻辑出了问题。既然大人的逻辑导致世界的失衡，你又何必强加给下一代呢？何不让儿童们快乐一点点呢？

把善根留住

文/肖锋

慈善并非舶来品。中华民族有着悠久的慈善传统。

当前的慈善困境是，一方面政府主导的慈善模式缺乏公开透明的机制，另一方面民间慈善机制尚未培育起来，无论是宗教团体、慈善NGO还是公益的个人，均处于起步阶段。善款被挪用，诈捐门频生，传媒与公众无不对一些善举或行为，抱以质疑甚至阴谋论的揣测。于是由郭美美引发的对中国红十字会的舆论狂潮，就在所难免了。

我们希望，"郭美美炫富门"能成为社会向善、慈善事业走向正轨的契机。

善心是社会最柔软部分，亦是社会疗救方式、均衡社会差距的有效手段。人类社会是利他倾向的。换言之，利他基因是我们建立社会和国家的前提和基础。故而莫以善小而不为，社会积小善而成大善。

从善如流。中国人不缺慈善之心。我们缺的是一个公开透明的慈善制度和一个可持续的慈善模式。

然而中国的现实，往往是一个正命题伴随着一个反命题。我们从"郭美美炫富门"中也不难看到这种似是而非又似非而是的两难困境：

中国是暴富的，中国又是贫穷的

中国经济的硬实力不硬，中国的富裕程度还远未能惠及所有人群。中国的软实力真软，文化沙漠比比皆是。

中国特色的奢侈品豪客背后，是一个财富分配不均及文化根基浅薄的中国。一个小小的炫富女击中的正是中国这条软肋，其背后是极度躁动的社会情绪。

红十字会内幕的展开，像推倒的多米诺骨牌，谁是第一张已然不重要了，关键在最后那张。微博时代的新闻就是这样，人们的群集智能有如激光制导，导弹总是打向人们想打的那个部位。郭美美是此次事件的导火索，绝不应该成为替罪羊。

公众的舆论，郭美美不是目标，她与中国红十字会是否有关不是目标，公开善款去向和财务花销才是目标，改变慈善事业乏力、社会离心离德的困境才是最终的目标。

郭美美是重要的，郭美美又是不重要的

郭美美被以"虚构事实扰乱公共秩序"立案，即使她被判刑，也解答不了人们心目中所有的疑问。

大肆炫富会刺痛普通中国人的神经。慈善不透明则是更大更严重的问题。有评论提出，红十字会最该感谢郭美美，因为可以以她为契机促进红十字会的良性发展。

作为中国慈善的最权威的机构，红十字会的一举一动牵动着国人的神经。比如上海卢湾红十字会的天价餐费，比如总会"超标采购420余万元"等问题，人们提出红十字会要财务透明和去行政化，督促其完善制度，这些都是事态好转的契机，社会向善的开始。

慈善是不可以商业化的，慈善又是可以商业化的

不要一概否定公益组织和企业合作，从国际经验来看是允许公益组织自己办企业的，以解决公益组织"造血"和可持续发展问题，只是要规避打着公益的旗号去牟取暴利的企图。

在国内外不乏将慈善变成一门"生意"的成功尝试，比如由U2主唱波诺发起的红基金，将国际各大品牌号召于旗下，人们每消费一件时尚产品便会向该基金捐一定比例的钱。于是慈善变成了一门可持续的"生意"，商家、消费者和被救助者三方受益。我们看到，国内像麦当劳、南航等商业机构均推出过类似的基金运作方式。当人们还在质疑某某企业借慈善逃税、慈善是否应商业化时，早已有成功的案例摆在那里了。

比财富稀缺的是慈善，比慈善更稀缺的是相关良性制度和可持续机制。

我们欣慰地看到，中国红十字会通过此次纷争表示将重点完善组织建设制度、业务工作制度和信息公开制度，进一步增强红十字会的凝聚力、执行力和公信力。假如香港红十字会可查十年账，可以细到一箱方便面或一条棉被，为什么中国红十字会做不到呢？假如人家的慈善机构，其行政经费不得超过捐款额的5%，为什么中国红十字会做不到呢？

在此次郭美美事件中，红十字会的反应由迟钝缓慢和官僚气，转向主动接受媒体采访，主动公布内部运作，并坦言存在四方面不足，表示要从组织内部查找原因并研究应对办法，这对那些官方的或半官方的公共服务机构们，是否有所启示呢？

"要上对得起祖宗，下对得起后代"

文/肖锋

广东省委书记汪洋近日在环保专项调研时指出，要以"上对得起祖宗、下对得起后代"的责任感和使命感做好环保工作，用环保倒逼转型，用执法造福群众；并强调，在当代中国，坚持发展是硬道理的本质要求就是坚持科学发展。

要经济GDP还是要绿色GDP？中国的发展权与环保政治是一个问题的两个方面：绿色环保的普世价值成为与国际接轨的通道，也是一种身份认定，更是产品通行证；但同时环保政治也成为西方打压中国制造的"道德武器"。

但我们必须指出，环保不只是国际政治，而更应为吾土吾民的利益着想。

试问，中国的环境污染让GDP打多少折扣？我们给子孙留下多少碧水蓝天？今日，中国已是全球最大的能耗国，但同样的GDP，中国的能耗是日本5倍；美国一度被指责是全球能耗最多的国度，但美国用同样的能耗创造出了三倍于中国的GDP。

《新周刊》曾对中国的环保险恶状况提出警醒与发出呐喊，比如《我反对》，比如《破地球》和《未知日》。媒体的价值和使命，就是社会在急行军时充当瞭望者、警示者与守望人。

当我们被超速发展的思维绑架了之时，唯有灾难让我们警醒。这是可悲可耻的。

高铁是中国经济发展的一面镜子，折射出大干快上的痼疾、丛林社会的高速发展以及只争朝夕的急迫感。现在，经受7·23动车事故冲击的高铁全面降速。"暂停审批新的铁路建设项目"。

回想三十余年，中国挖出多少矿产？把它们折现成钱总有几十万亿人民币吧。中国又卖出多少亩地？把它们折现成钱也总有几十万亿人民币吧。可钱还是不够花，地方政府还要超发债券。假如这些祖上留下的以及未来世代承担的巨额财富，未能产生应有效益，未能转换成全民财富，被挥霍掉了，试问，中华民族的先人及后代，将怎样看待这个时代？

云南铬渣污染事故由来达17年之久，却只处理两个货车司机。其背后的利益盘结及地方保护，还有"不顾一切，先发了再说"的发展思维，尤其可怕，继而可耻。当地方环保局局长称"离当地群众饮用自来水水源地很远，尚未对群众饮用水安全造成影响，也尚未发现铬渣污染造成人员伤亡，只有若干只牲畜死亡"之时，河流下游广大腹地的百姓唯抱惊恐之心。事实上污染源头已现"死亡村"，据村民说，该村每年至少有6至7人死于癌症，村民依偏方每天要生吃50多只臭虫来缓解病痛。消解铬渣污染事故需要多少年？专家答：100年。

回想三十余年，中国人兑现了大江大河，兑现了地下矿藏，却也透支着民族的未来。请少讲点兑现主义，多抱些对未来的忧思和敬畏之心吧。

父债子偿。老祖宗和后代（小祖宗），我们谁都得罪不起，却又都得罪了。面对祖上留下的遗产和一个不确定的未来，唯去自私之心而抱敬畏之心。

当我们被所谓现代化的生活方式绑架了之时，唯有参照东方朴素的生存智慧，回归老子、回归易经等传统智慧。有人概括说：资本主义的本质，一是敢花别人的钱，二是敢花未来的钱。华尔街金融危机、美国国债危机，以及西方世界向中国等发展中国家转嫁污染成本，亦当令我们警醒。全球化和现代化，需要东方智慧的一条缰绳。

东方式敬天爱人是对现代消费主义的一帖清心剂。什么是未来真正的奢侈品？无非是清洁的空气、水和食物。

如何才能"上对得起祖宗，下对得起后代"？传承传统文化中的精粹，首先学会尊重土地。可我们的土地，没有多少是不用化肥、没有几亩是不用农药的。当放心的餐桌成为一个奢侈的期望时，全社会都该反省我们的生产方式了。

我们不光要对每施一次化肥反省，还要对每坐一次飞机反省，对每开一次车反省，对每开一次空调反省，对每使用一次塑料袋反省。我们要问：这是必需的吗？

国际论坛上曾有"中美国"的提法，这在环保上却是有意义的。作为全球最大的发达国家，美国人必须转变消费方式；作为全球最大的发展中国家，中国人必须转变经济模式。那种美国疯狂消费、中国拼命生产的"中美国"模式，只会合力把地球搞垮。

我们凭什么享受现有的经济成果？请记住，那是祖上和子孙让给我们的。自私自利只会招致他们的诅咒。

让我们生活在宪法里

文/肖锋

最近，许小年教授在微博上感慨："我有一个梦想，生活在我们的宪法里。在那里我有选举和被选举权，选民决定官员的任免；在那里我有言论自由，不再为文章的内容和措词发愁。那里有九年义务教育，无论你是王子还是父辈打工；那里有人的尊严，只要手持《宪法》，就没有虎狼城管，暴力拆迁，命丧黄泉。"

网友回复："我也有一个梦想，永远生活在新闻联播里：那里的孩子都能上起学，穷人都能看起病，百姓住每月77元的廉租房，工资增长11%，大学生就业率达到99%，物价不涨，交通不堵，环境宜人，罪犯统统落马。"

48年前，马丁·路德·金发表演说《我梦想有一天》，"这个国家将会奋起，实现其立国信条的真谛：'我们认为这些真理不言而喻：人人生而平等'。"

人人生而平等。谁有权剥夺中国农家子弟的读书权，尤其是上名校的权利？最近农家学子为何难上北大清华的新闻引起社会广泛关注。据统计1978—1998年，来自农村的北大学子比例约占三成，2000年至今，考上北大的农村子弟只占一成左右。清华2010级学生中，农村生源只占总人数的17%，而改革开放之初，农村生占到清华新生的40%。

以上名校现象在各个重点中小学校亦有广泛体现。全社会必须考虑这样几个问题：

第一：假如贫穷剥夺了农村孩子上名校的权利，那么名校岂不成了城市某些群体的俱乐部？

第二：如何让农家子弟不输在人生的起跑线上，高校如何实施到位助学贷款制度和开通"绿色通道"，让他们的求学之路更顺畅？

第三：如何改善农村教育资源不断恶化的现状，从师资到教育设施？

更大的问题是，中国农村留守儿童数量已达5800万人！大部分农村青壮年到城市打工，广大农村正空洞化、荒芜化。农村留守儿童没有图书馆，没有文化活动中心，享受不到学习的氛围，感受不到社会的巨变，了解不到外面的世界的精彩，如何能够增长见识放眼世界？又如何能建设社会主义新农村呢？

北京40多万适龄流动儿童正为教育问题饱受煎熬。北京数百万外来务工者，是这座庞大城市正常运转的重要支撑。如何善待伴随这些人而来的40多万适龄流动儿童成为检验北京市政当局是否以"育人为本"的试金石。

媒体质疑：北京能容60家高尔夫球场，却容不下20所民工学校？北京作为中国的"首善之区"，为何以"控规"之名拿民工学校开刀？北京的尴尬也正是全国各大城市的尴尬。

为保障流动人口子女全部享受免费义务教育，上海在2008年确定了"三年行动计划"：到2010年流动人口子女小学阶段70%纳入公办学校就读、初中阶段100%纳入公办学校就读，剩余的全部纳入政府出资改造和提供办学成本补偿的合格民办学校就读。

上海为全国城市作出了表率。事到如今，我们必须自问：究竟是谁的城市？从某种意义上讲，城里人都是既得利益者，享受着包括教育在内的公共资源，而这些公共资源的投资流动人口也有份。改革的难点，在于如何取得各个社会群体的利益的均衡。社会需要一次广泛的利益谈判，城里人需要作出某些利益让渡。

国家统计局调查数据显示，中国的流动人口一直呈加速增长趋势：1982年537万，到2010年22143万。如果将没有户籍的暂住人口也纳入，则远不止这个数。城市是原住人口的城市，也是流动人口的城市，是暂住者的城市。因为后者对城市也作出了巨大贡献。

善待流动人口尤其是农家子弟，不仅牵涉到我们整个社会的公平和开放，也关系到我们这个民族的活力与未来。

"育人为本"是教育工作的根本要求，也是共和国宪法的要求。宪法是共和国的基本大法，是全民的共识，包括城里人与农村人的共识：消除起点的不公平。非不能也，是不为也。国家要兑现承诺。美国是通过一次次平权运动才实现今天的中产社会的。打造中产社会，中国任重道远。

广东省委书记汪洋最近提醒说：要防止掉入"中等收入陷阱"。改革开放的目标之一，就是要打造中产社会。而中产群体如果没有广大农村精英和外来精英的加入，将是中国一个大问题。

改革无不涉及体制创新。但在体制创新之前，落实宪法规定的权利是当前最重要的改革。对当下中国而言，更好地落实宪法，激发民智，激活民力，才是最重要的改革。